相山学术丛书

傅 瑛◎著

MINGUO ANHUI WENXUE SHILUN

民国安徽文学史论

中国社会科学出版社

图书在版编目(CIP)数据

民国安徽文学史论/傅瑛著. —北京：中国社会科学出版社，2019.3
（相山学术丛书）
ISBN 978 - 7 - 5203 - 4048 - 9

Ⅰ.①民… Ⅱ.①傅… Ⅲ.①地方文学史—现代文学史—文学史研究—安徽 Ⅳ.①I209.954

中国版本图书馆 CIP 数据核字（2019）第 027247 号

出 版 人	赵剑英
责任编辑	郭晓鸿
责任校对	朱妍洁
责任印制	戴 宽

出　　版	中国社会科学出版社
社　　址	北京鼓楼西大街甲 158 号
邮　　编	100720
网　　址	http://www.csspw.cn
发 行 部	010 - 84083685
门 市 部	010 - 84029450
经　　销	新华书店及其他书店

印　　刷	北京明恒达印务有限公司
装　　订	廊坊市广阳区广增装订厂
版　　次	2019 年 3 月第 1 版
印　　次	2019 年 3 月第 1 次印刷

开　　本	710 × 1000　1/16
印　　张	19.75
插　　页	2
字　　数	294 千字
定　　价	86.00 元

目　　录

绪　　论

在此绪论中，笔者想阐述三个问题：第一，关于"中国现代文学史"；第二，关于"民国安徽文学史"；第三，关于本书论及的几个问题。

要厘清什么是"中国现代文学史"，必须从中国现代文学的学科定位说起。这一学科历经 20 世纪 20 年代的奠基，50 年代的崛起，80 年代的反思，以及 2000 年以来的冷静回顾，它犹如一名经历人生风风雨雨的学子，告别了幼年的稚嫩和轻信、少年的偏激与轻狂，不无自信地抬起头来，开始了对自我出身的探究，对于以往人生经历的自省，对于当下命运和未来走向的认真思考。

于是，自 20 世纪 80 年代中期以后，黄子平、钱理群、陈平原、陈思和等现代文学研究界知名专家学者纷纷发表文章，表述他们长期治学的感受。他们不约而同地发现：

> 自己的研究对象的某种"不完整"，好像都在寻找一种完整性，一种躲在后面的"总体框架"①。

清晰地感受到：

> 把传统视作对抗现代文明的不祥之物，视作黑暗的闸门，以为唯有逃脱它的制约才能获得全新的自由与光明，这实际上只是迷人

---

① 陈平原、钱理群、黄子平：《"二十世纪中国文学"三人谈·缘起》，《读书》1985 年第 10 期。

的幻想。①

　　五四新文学中的西方成分是显在的词汇，真正深层的语法规则，却潜藏在中国文学传统之中。②

几乎所有思考者众口一词地提出，中国现代文学的上限绝不能再局限于传统教材所提出的1917年，为此，他们或提出"20世纪中国文学"的概念；或致力于建设"百年中国文学史""19—20世纪文学"；或从事"中国近百年文学""中国近现代文学""中国新文学六十年"研究。继而更有学者明确提出，"在十九世纪二十世纪之交，建立中国现代文学的界碑"③。凡此种种观点看似纷乱，但纷乱中却有一点完全一致：不论"中国现代文学"学科概念如何被解构、被重建，一个根本的问题不会改变——它还是一门独立学科。

　　这就产生了一种荒谬。

　　首先，就名称而论，"中国现代文学"无疑是"中国文学"的一个组成部分，诚如一些研究者所说：

　　　　中国古代文学是中国近百年中国文学的前身和渊源，中国近百年文学则是中国古代文学的后续和发展，两者是一个密不可分的结构整体。④

　　但在如今通行的文学史教材中，《中国文学》已经成为"古代文学"的特指，现代文学始终游离于"中国文学"体外，成为与"中国文学"对等的另一种存在。在高等学校的课堂上，它常常与"中国文学"并驾齐驱，全然是一个迥异于"中国文学"的思想文化系统。母子被割裂，亲情被斩断，这一显而易见的荒谬似乎已经被大家默认为合理。究其原因，一方面可能在于"惯性"：几十年来这门学科就是如此，既然曾经建立，曾

---

① 陈思和：《中国新文学对文化传统的认识及其演变》，《复旦大学学报》1986年第3期。
② 高旭东：《比较文学与二十世纪中国文学》，人民文学出版社2003年版，第103页。
③ 范伯群：《在十九世纪二十世纪之交，建立中国现代文学的界碑》，章培恒、陈思和《开端与终结：现代文学史分期论集》，复旦大学出版社2002年版，第37页。
④ 冯济平：《论中国现代文学学科命名的规范化》，《中国文学研究》2006年第4期。

经分庭抗礼，就没必要改变。但是，20 世纪 20 年代朱自清写作《中国新文学研究纲要》，周作人撰写《中国新文学的源流》，实在是因为彼时新文学过于弱小，需要重视，需要在强势而霸道的古代文学研究之外另辟一片发展天地以证实其价值，如今，这一生命已经足够强大，完全可以健康生存，还有什么必要给它以特护？

　　至于建立于 20 世纪 50 年代的"中国现代文学"，本是源于一种特殊的政治需求，意在创建以"无产阶级领导的人民大众的反帝反封建的新民主主义的文艺"——一种仅仅属于特定意识形态的文学，一种"第二革命史"。时至今日，中国文学终于渐渐摆脱"左"的阴影，反思曾经走过的路程，越来越多的研究界同人已经认识到，任何一个时代的文学都是多元化的，它不应当只是从一个政治集团、一个社会阶层的视角对文学进行取舍、评判，而是应当具备更宽广的胸怀，一种兼容并包的"中华民族"的文学史观，它的研究对象应当涵盖各民族、各派别、各文体、各语言……具体来说，不仅应当包括汉民族文学艺术，还应当包括其他少数民族的文学创作；不仅应当面对不同的文学创作流派，诸如"左翼文学、京派文学、海派文学、通俗文学"，而且应当包括白话文学之外的文言文创作；不仅应当研究小说、诗歌、散文、戏剧，而且应当将民间艺术纳入视野……

　　但是，即便如此，即便几乎所有的研究者都已经清晰地看到中国现代文学必将摆脱"学科时段过于短暂，内容过于单薄，视野的过于狭窄，无法同几千年的中国古代文学相比并列"①的局面，他们还是宁愿从各种角度重新构建一个新的"现代文学"学科理念，却无人提出回归"中国文学"这个简单可行而又前途光明的发展路径。

　　这其实不难理解。毕竟有这么多人习惯了"独立"的现代文学，习惯了在这片属于"自我"的一亩三分地上耕作。为了保持这一习惯，就不能不找出最有力的理由，说服自己，也说服大家。于是，各路专家一致肯定"现代文学"是与"古代文学"相对应而存在的"新文学"形态，它的所

---

　　①　冯济平：《论中国现代文学学科命名的规范化》，《中国文学研究》2006 年第 4 期。

谓"新",主要表现在"用现代文学语言与形式,表达现代中国人的思想、感情、心理"①。但是,哪个时代的文学不是表现那个时代人的思想、感情、心理?《诗经》让我们看到了先秦百姓的思想与生活,李白、杜甫、白居易的诗歌肯定给我们展现了唐代生活的方方面面,《水浒传》《红楼梦》当然表现的是明清中国人的思想感情与心理,这又会有什么疑问?至于"现代"的语言形式,说穿了就是白话。可中国历史上文学创作使用白话并非从一个意义不明的"现代"开始,譬如元曲,不就是彻头彻尾的元代"白话"?

文行至此,关键词仍是"现代性",是近年来研究者津津乐道的文学"现代性"。因为具有"现代性",所以中国现代文学是一个完全不同于古代文学的文学体系。但是,"现代性"虽然是在与中世纪、古代的区分中呈现自己的意义,却并不等于只有"区分"而没有继承。中国文学的"现代性"并非都是舶来品,自有本民族体内的孕育,只不过外来思想的冲击大大加快了文学现代化的进程。一者为源,一者为流,只有认清了源头何在,才能更深刻地理解各位现代文学大家面对西方文学的态度。也许有人会说,现代文学之所以一定要独立,那是因为现代文学研究方法必须是"现代"的。这种说法仍然站不住脚。难道古代文学研究就不需要"现代性"的立场观点?换一个角度来说,"以人的价值为本位的自由、民主、平等、正义等观念"当属于"现代性"最重要的文学精神,但它也未能作为主流贯穿现代文学始终。比如在"十七年"文学与"文革"十年的主流文学作品中,我们若要寻找它的影子,只怕不仅要点起灯笼火把,而且还得带上高倍率放大镜。可我们还是没有办法把这两个年代的文学从"现代文学"中驱逐出去。

因此,我认为中国现代文学实质上与"先秦两汉""魏晋南北朝""唐宋元明清"文学一样,应当以"民国"和"新中国"的姿态进入中国文学行列,成为贯通古今的"中国文学"的一个有机组成部分。承认这一点无损于对中国现代文学的评价,不仅不是它的终结更不是对它的否定,相

---

① 钱理群、温如敏、吴福辉:《中国现代文学三十年·前言》,北京大学出版社 1998 年版。

反，是要重构一个更加开放、更加科学、更加完整、更为深广的"中国文学"学科格局，使我们得以更深入地认识现代文学体内来自传统文化的遗传因子，这就是"中国经验"。不正视"中国经验"的现代文学研究不可能走向深入：不了解浙东学派，怎能理解周氏兄弟的知识构成？不懂得李贽、汪中、龚自珍、章太炎、梁启超等人的文学观念，又怎能解读五四文学革命的渊源？实际上，早在新文学创立之初，周作人、胡适都曾经著文谈到新文学的来龙去脉，谈到现代文学与中国古代文学之间密不可分的联系。可惜今天我们的现代文学研究者一方面承认在现代文学与古代文学之间，"后者是前者的源头和依托，前者是后者的继承和发展。它们共同组成中国文学的完整系列"①；另一方面还在煞费苦心地琢磨，现代文学是不是应当包括近代文学，它的命名究竟是"20世纪中国文学"比较好，还是"百年中国文学"更恰当，抑或是"中国新文学六十年"更合适？②

也许有人担心回归"中国文学"体系，就失去了现代文学研究者多年耕作的一亩三分地。我以为这纯属过虑。失去本身就是获得。记得曾经有学者说，研究先秦文学，只要懂得先秦就可以了，而研究唐宋的，则必须对先秦有所了解，至于研究元明清者，那就不仅要懂得先秦，而且要通晓唐宋。同理，研究中国现代文学，没有深厚的古代文学知识打底，研究就难以深入，如此的治学理念对于我们现代文学研究者来说，既是挑战，也是自豪与光荣。因为这就意味着现代文学研究者必须具有更深厚的文化底蕴，更宽广的研究视野，更敏锐的洞察力，不仅能洞悉古今文学演变历史，同时还能对现代文学的发展动向及时做出判断，果真如此，将是中国现代文学研究之幸。当然，我们还不妨想象一下大学中文系的课堂，倘若"民国文学"与"新中国文学"不再以一门比较"好懂""浅显"的"现代文学"学科姿态成为大一、大二学生的"开胃汤"，而是作为中国文学的一部分，作为中国文学走向现代的一个重要趋向，面对已经熟读先秦两汉文章、唐宋诗词之作、元明清戏剧小说及传统文学理论的大学生，

---

① 冯济平：《论中国现代文学学科命名的规范化》，《中国文学研究》2006年第4期。
② 朱德发：《"中国现代文学史"学科的反思与突围》，《东岳论丛》2002年第1期。

那么，学生对它们的身姿动态、音容笑貌的认识，将会何等深入，对它们的未来发展又会多么期待！

此外，现代文学回归"中国文学"，以"民国""新中国"序列入队，还将大大推进中国文学的整体贯穿性研究。目前的高校中文系，绝大部分中国古代文学（即中国文学）课程讲到清代中期即"曲终人散"，近代文学既不属于"古代"也不属于"现代"，从而成了爹不疼、娘不爱，流落街头的苦孩子，根本难以进入课堂。这就造成了文学发展的断代，晚清、民初诸多重要的作家作品、文学流派与文学现象全被忽略。但是，如果能在清代文学之后接续"民国文学"与"新中国文学"，情况就会大为改观，如今所谓"近代文学"中十分重要的两部分——"晚清文学"与"民初文学"都将成为不可忽略的文学史段落，找到它们应有的一席之地。而这种重新构建的中国文学史，对于文学研究者构建起一个兼容并包、完整开阔的学术研究格局，也将具有重要作用。再进一步说，文学之事从来不仅仅属于文学，打破"古代文学"与"现代文学"之间的隔膜，建立一个统一、大气、一以贯之的"中华民族"文学观，对今天的中国人重新认识和解读"传统"，重新认识中国思想文化，感受传统力量对每一个"现代"中国人的影响，乃至于重新感悟中国历史，改变一代中国人的思想文化观念，都将起到意想不到的作用。

第二，关于"民国安徽文学"。

安徽自古即为文学大省。明清以降，又得新安学派、桐城派馈赠家乡的丰厚文学遗产。时至民国，皖省儿女在文学创作与研究方面更加成就斐然：由新安学派、桐城派继承者为代表的皖地传统文学，于时代变革之际呈现出最后的辉煌，留下了弥足珍贵的文学史料；以陈独秀、胡适等人为代表的一代皖人高举五四新文化大旗，开创了中国文学的新纪元，他们的存世之作不仅表现着皖地五四风采与新文学初起状态，更是中国新文学运动的宝贵影像；而以王钟麒、胡怀琛、程善之等为代表的中国新旧文学转型期人物，虽被以往多种文学史忽略，但他们的大量著述却清晰地留下了皖地儿女走出旧文学壁垒、为新文学的建设做出重大贡献的深深足迹；新文学走向成熟之后，安徽更孕育了以朱光潜、张恨水、吴组缃、钱杏邨、路翎、杨宪益等为代表的众多新文学理论家、作家、翻译家，继续在文学理论、文学创作、文学翻译等领域产生重大影响。此外，由于众多民国皖人曾参与国家政务决策，因此，其文学著述所涉上至军国要务，下至身边琐事，对于民国史以及中国文化史研究甚有价值。

正因为如此，民国安徽文学史绝不仅仅属于安徽。正如张泉先生在论及区域文学史撰写的意义时曾说：

国家文学史无力或无须覆盖的地方内容，也会为国家文学通史提供一些可供选择的新材料。以中国现代文学研究为例，史料的整理与研究一直是这个领域受重视程度远为不够的环节。对于文学的地域空白或地域时段空白的深入开掘，往往是与史料上的新发现联系在一起的，有可能促成国家文学史的内容发生变化，甚至会改变文学通史的格局。①

事实正是如此。民国安徽文学之于中国文学而言，贡献尤其突出，意义不同凡响。它的撰写意义，自然绝非仅仅为存留安徽乡土文献，提升皖人乡土自信，而是将在一个具象层面上，更深入地揭示中国文学从古代走向现代的经济、地理、文化、民众心理等多重因素，从而更清晰地反映出这一时期中国文学的必然走势。

论述及此，一个重要的问题凸显出来，这就是文学史料的整理与研究，以及基于史料之上的区域文学特色的阐发与论证。无此，则无真正有意义的区域文学史写作，很可能使它只能成为"全国性文学史在区域性范围上的缩小"，"很少能对一般的全国性文学史有大的突破"②。

但是，由于众所周知的原因，在以往相当长的一个历史阶段，民国文学中的许多著述由于文白之界、雅俗之界、著者地位与所属阶级阵营之界被漠视、遭冷遇，长久地躺在冰冷的书库里、尘埃中，无奈地等待自身的消亡。所幸中国的改革开放纠偏取正，传统文化重得发扬光大，皖地这一批重要文献也有望迎来生命之春。鉴于岁月久远，它们中的很多存在已被世人淡忘，故笔者将多年来的所见所知介绍如下，渴盼能对研究者有所裨益。

---

① 张泉：《为区域文学史一辩》，《文艺争鸣》2007 年第 7 期。
② 朱晓进：《评中国西部现代文学史》，《文学评论》2005 年第 6 期。

1. 民国安徽文学文献中未经整理出版的名家抄本、稿本

此类著述均出自清末民初名家之手，由于种种原因，至今未得整理出版。譬如安徽博物院藏《长枫诗话》，著者为皖籍著名学者程演生。程曾留学英、法、日，新文化运动中参与编辑《新青年》杂志，后出任安徽大学校长。他编著的《圆明园图考》《安徽清代文字狱备录》《天启黄山大狱记》《安徽丛书》《安徽艺术志补》《中国清代外交史料丛书》《西泠异简记》《东行三录》《明武宗外记》《国剧概论》《皖优谱》等，在文史研究界影响甚巨，唯独署名"天柱外史"的《长枫诗话》，因仅有安徽省博物馆藏稿本与抄本，学界少有了解。此书涉及安徽乃至全国多位近现代学术名家事迹，是研究清末民初学术文化不可多得的资料。

同样情况还有晚清民国政界、学界重要人物王揖唐诗作的抄本、稿本。王揖唐系晚清进士、洪宪男爵、北洋上将、安福系主将、日本侵华期间臭名昭著的汉奸文人，一生著述颇丰。其《广德寿重光集》五种四十五卷、《横山草堂联话》《今传是楼诗话》，以及译著《新俄罗斯》《前德皇威廉二世自传》等，都曾有较大影响力。对于这样一个特殊人物，了解他的生平、文学著述、思想发展轨迹，是真实、全面认知中国近现代文化的必需。但是，目前国内王揖唐诗作仅有1941年刊刻本《逸塘诗存》，内录著者起自1910年迄于1941年古近体诗300余首，而中国国家图书馆另藏王揖唐诗作抄本《甲子稿乙丑稿》《丙寅稿》《丁卯诗稿》《戊辰诗稿》《抱瓮亭诗》《漫稿拾存》，已录王揖唐诗作超过千首，另有稿本《逸塘诗选》《逸塘诗稿》《王揖唐诗稿》，以及民国粘贴本《王揖唐诗粘》。

清末民初，桐城派传人姚永朴、姚永概名扬天下。他们曾同时主讲于北京大学，又同入清史馆为纂修。清史馆馆长赵尔巽曾说："今天下学人求如二姚者，岂易得哉！"① 由于"二姚"专注旧学，在新文学兴起的时代大潮中，他们的学术成就渐渐被搁置、淡忘。20世纪80年代以后，"二姚"重新引起学界注意，部分著作得到校勘整理，但仍有一些稿本静置于图书馆深处。如安徽省图书馆藏姚氏抄本《慎宜轩古今诗读本》，内录姚

---

① 转引自吴孟复《吴孟复安徽文献研究丛稿》，黄山书社2006年版，第149页。

永概所辑古今名家诗作，计有五古读本三册十八卷、七古读本二册十二卷、五律读本一册、七律读本一册，颇能体现选者眼光；而姚永朴所作《白话史》（稿本），以白话著历史，供家中儿童学习，从另一个角度展示了进入民国后他的思想变化。

至于收藏在天津图书馆的刘声木所著《十友轩所著书》，更应引起研究者注意。刘声木系清淮军名将、四川总督、庐江刘秉璋第三子，为我国著名藏书家、目录学家，曾刊刻编撰《寰宇访碑录》《桐城文学丛书》《直介堂书目》《苌楚斋书目》《清藏书记事诗补遗》《苌楚斋随笔》《桐城文学渊源考》《桐城文学撰述考》《续补汇刻书目》《寰宇访碑录校勘记》《续补寰宇访碑录》《国朝鉴藏书画记》等多种著述，汇为《直介堂丛刻》行世。但其中并不包括《十友轩所著书》。据天津图书馆记载，此丛书为稿本，有《苌楚斋书目》二十二卷，《国学保存会阅书记》二卷，《直介堂藏书目》，《四续补汇刻书目》十六卷，《五续补汇刻书目》十六卷，《六续补汇刻书目》八卷，《俗字汇》二卷、《补遗》一卷，《画雅》四卷，《学画琐记》四卷，《天地间人自序文钞》三卷（存卷中、下）、《卷外续》一卷，《天地间人艳体诗钞》十三卷，《天地间人诗钞》二卷，《天地间人诗续钞》二卷，《天地间人文钞外编》二卷，《士礼居藏书类跋拾遗记》二卷，《清湘老人续颂记》一卷，《家训述闻》七卷，《苌楚斋书目》二十二卷，《直介堂征访书目》一卷，《曾文正公集外文》一卷，《苌楚斋随笔六笔》十卷，《苌楚斋随笔七笔》十卷，《苌楚斋随笔八笔》十卷，《苌楚斋随笔九笔》十卷，《苌楚斋随笔十笔》十卷，《苌楚斋随笔十一笔》十卷，《苌楚斋随笔十二笔》十卷，《苌楚斋随笔十三笔》十卷，《苌楚斋随笔十四笔》十卷，《苌楚斋随笔十五笔》十卷，《引用书目》十卷，《桐城派撰述录要》，《桐城文学撰述考绩补遗》四卷，《摘录金石学录国朝人姓氏韵编》，《续补碑传集膡稿》，《碑传三集名氏目录汇编》，《直介堂未刻撰述序例汇录》二卷。

2. 新旧文学转型期的重要作家作品

晚清至民初，安徽是旧文学鼎盛、新文学蓬勃之所在。因此，新旧文学转型期的作家作品也就特别引人瞩目。但是，由于以往文学史的写作遮蔽了此类文学著述，一批皖籍重要作家被忽略，他们的众多优秀作品及文学贡献也被尘封。

譬如著名小说家、剧评家杨尘因。杨尘因（1889—1961）早年毕业于日本早稻田大学，加入同盟会，民初任《申报》副刊编辑。自 1916 年开始，他陆续推出长篇章回体小说《新华春梦记》《燕云粤雨记》《绘图爱国英雄泪》（又名《朝鲜亡国演义》《英雄复仇记》）、《神州新泪痕》《绘图老残新游记》《民国春秋：天下第一英雄传》《龙韬虎略传》（又名《王阳明演义》）等长篇章回体小说。这些作品或描写袁世凯复辟帝制始末，轰动一时；或记载 1917 年至 1918 年南北战争史实，描写段祺瑞、孙中山等人的政治活动；或以中日《马关条约》签署前后朝鲜一系列压迫与反压迫、侵略与反侵略事件为背景，描写 19 世纪末朝鲜亡于日本之历史；或描写民国初年社会生活；或歌颂孙中山革命业绩；或写明末清初江湖侠义故事……曾在当时文坛引起强烈反响。鲁迅先生于《中国小说史略》中提到他的小说，蔡东藩著述的《民国演义》也引用了《新华春梦记》的大量史料。特别值得一提的是，1919 年，他还在五四运动中同步写下《上海民潮七日记》，记载了 1919 年 6 月 5 日到 12 日上海罢市事，这是历史上唯一一部展现五四与普通民众关联的纪实性文学作品。此外，杨尘因主编的《春雨梨花馆丛刊》以及他撰写的大量剧评、剧本，也是人们在论及中国戏剧发展史时难以忽略的资料。

然而，这样一位本应在中国现代文学史上占据重要地位的作家、批评家，却长时间地被"新文学"排斥在外，各类著述散落全国各地。尤其令人心忧的是，因民国铅印本不易保存，他的许多作品已经处于濒危状态。

与杨尘因著述处于同一状态还有南社成员胡怀琛之作。胡曾为改革旧诗、创造新诗殚精竭虑，为发展民国教育事业著书立说，为小说创作繁荣做出努力。但由于他始终行走于新旧文学之间，以致遭遇新旧两派均不认同的尴尬，因此，其一生 200 余种著述大部分未得深入研究。此外，民国时期皖籍重要戏剧评论家刘豁公、周剑云，著名诗人、剧作家唐绍华，重要小说作家唐在田、程善之、潘伯鹰、张海沤、项翔、周天籁，著名出版人、科普作家索非（A. A. Sofio），以及名列《光宣诗坛点将录》的旧体诗人吴保初、陈诗，曾在中国近现代女性文学史上做出过杰出贡献的女作家吴弱男、姚倚云、吴芝瑛、邵振华、吕碧城姊妹等，他们的绝大部分作品也还没有引起研究者的注意。

3. 藏于诗文间不可多得的历史资料

清末民初，安徽军政界人物众多，段祺瑞、徐树铮、徐谦、冯玉祥、张治中等人都有多种文学著述传世。因此，众多记录历史的宝贵文献，也是民国安徽文学的重要组成部分。

此类文学文献大致有两类。一类出自重大历史事件的参与者，除上述军政要员之外，还有辛亥志士、光复安徽的主要策划者之一韩衍的《青年军讲义》《绿云楼诗存》，淮上军起义将士蔡颐的《天囚诗存放园词存》，洪晓岚的《淮上民军起义始末记》，查光佛（楚之梼杌）记述辛亥武昌起义的笔记小说《武汉阳秋》，民国后曾出任安徽省都督的孙毓筠所撰《烬余集》，柏文蔚退出政坛后撰写的《柏烈武五十年大事记》等，这些作品因当事人早逝、退隐等原因，被遮蔽已久。

另一类出自民间刊刻。安徽自古民间著书、刻书风气极盛，民国期间依然如此。这些民间著述家所刻之书，或描述百姓眼中的太平天国、辛亥革命、北伐战争、抗日战争，或记录新文学运动在安徽民间的影响，作品刊印数量极少，未得广泛流传。

譬如徽商余之芹所著《经历志略》，绩溪学者胡在渭所著《徽难哀音》，均再现了太平天国时期徽州动乱之状；安徽省图书馆所藏徐传友著《池阳溃兵过境记》，翔实真切地记载了1926年11月五省联军三万余人由南浔败退，经过池州之事；南通女子师范学校首任校长姚倚云与南京两江女子师范学校校长吕湘的诗文，不仅表达了她们的生活感慨，而且折射出两位中国早期女子教育家的教育观；而安徽省图书馆所藏、刻写于1922年至1923年的六安师范油印本《新文范》，与1923年六安师范油印本《文艺因缘》，前者是迄今为止国内发现的第一部新式师范学校国文教科书，后者选辑六安师范1923届毕业生作品，"内容以新体诗居首，以示提倡新文学的意思，旧体诗次之，以示一面提倡新文学，而一面不废旧文学的意思。卷末附以歌谣，以示新文学当以适应民众心理的民众文学为方针的意思"①。令人清晰地看到新文学在安徽的巨大影响力。

4. 地方文学总集

安徽地域文化历来受乡党重视，地方文学的纂集工作代代相传。除却地方志的记载，还有相当多的著述记录了皖省各地文学风貌。进入民国以后，此类著述问世甚多，十分引人瞩目。其中光铁夫编著的《安徽名媛诗词徵略》、李家孚编著的《合肥诗话》均已为黄山书社整理出版，颇受读者好评。清末民初著名诗人陈诗编刻的《皖雅初集》四十卷，内录清初至清末安徽 8 府、5 直辖州、55 县诗人 1200 余家，诗作 3700 余首，虽未获整理重刊，但在近年来的文学研究中也已引起多方重视。相比之下，另一些地方文学总集就少有人关注。譬如安徽省图书馆藏 1921 年居鄡刘氏蛰园木活字本《居鄡诗征》，编者刘原道为清光绪廪生，历任江南制造局主事、江南水师学堂监督、扬州十二坪盐务监督，襄助许世英办理扬子江赈务。此书虽然辑录了自元末明初迄清末民初巢县名流诗作 3000 余首，却少有研究者问津。又如张灿奎所纂《宿松文征正续编》，内录宿松县历代诗词文赋，方澍所辑《濡须诗选》录无为县诗人之作，均为研究安徽区域文学不可忽略的重要资料，同样很少有人关注。

综上所述，笔者期待学术界同人能够打破以往文学史人为界定的各种禁区，深入挖掘皖人民国文学著述史料，剖析皖地民国文学种种现象，并在此基础上完成这样一部民国安徽文学史：它不仅是区域性的，也是地域性的，它将特别关注安徽各个地域（例如徽州、桐城、皖中、皖东、皖北）文学生长的自然生态和人文生态；它具有最大的包容性，努力展示此期安徽作家文言、白话、俗文学、雅文学、旧文学、新文学、翻译文学等具有不同审美特点、面向不同读者群、具有不同政治主张的文学创作；它将实事求是地评介作家作品，不会因人废言，也不会被既定的观念所束缚，而是尽可能地全面展示那一特定历史时期的安徽文学风貌，并因此对中国大文学史有所增益。

---

① 胡在渭：《文艺因缘·序》，六安师范油印本 1923 年版。

第三，关于本书所论民国安徽文学史的几个问题。

本书所论，仅仅涉及民国安徽文学史中的几个问题。它们的共同特点是：①笔者以为对民国安徽文学的发展具有重要意义；②从一个特定的角度展示了民国安徽文学风貌；③在以往各类文学史中无人予以特别关注。在论述方法上，力求紧紧抓住"地域文化"这一特色，抓住安徽人文历史这条线索，追根求源，探索究竟。

其一，"南社皖星：皖籍南社成员文学成就概观"。这一选题，意在将此期皖人文学创作置于清末民初对全国文化界影响甚巨的"南社"这一平台上，展示皖人的文学贡献。以往的南社研究虽然也不可避免地涉及皖籍人士，诸如黄宾虹、王钟麒、范光启、胡朴安等，却从未将他们与安徽地域文化联系在一起，更没有进行专题研究。即便是 2013 年由安徽学术界完成的《安徽文学史》，在对"近代文学"和"现代文学"的阐述中，也未涉及这一问题。① 但是，南社文学是那一历史时期安徽作家与全国作家进行思想文化和文学创作交流的一个重要渠道，也是安徽士子展现文学才华的一个重要舞台。忽视了这个"点"，极不利于了解晚清民初安徽作家成长、发展的历史。为此，本章重点描述了皖籍南社成员在中国历史与文学发展的不同阶段的出色表现，并努力探究了皖地文化对他们的影响。这一群体因晚清以笔为旗的"革命文学"创作，民初倡导存学救世的种种努力，新文学初兴之时的不凡识见，以及长期创作与倡导通俗文学的辉煌成就，成为后期南社的中坚力量，正视这些作家迈过历史门槛时的特有心态与现实抉择，对于民国安徽文学史的开端，具有重要意义。

本章末附"皖籍南社成员名录"文学"暨书目"。由于南社资料繁杂，回忆文章颇多谬误，此中或有疏漏，敬请各位读者原谅。表中书目收藏地，可参看笔者编辑的《民国皖人文学书目》。

其二，"武将文踪：民国皖籍军事将领文学著述谈"。"军事"与"文学"看似相去甚远，但在一个文化底蕴特别深厚的省份，它们却紧紧相依。本章以此为切入点，选取了一个独特的角度，一群以往基本被文学史

---

① 唐先田等主编：《安徽文学史》，安徽文艺出版社 2013 年版。

忽略的创作者，展示了民国安徽文学的别一番风貌。笔者首先论证了明清以来一直以新安朴学和桐城文派知名天下的安徽，是如何在晚清民初的政治风云中培育出众多的军事将领，而这些走上战场的皖籍书生，又是如何使自己投笔从戎、慷慨报国的一腔热血与口吟诗文、手挥笔墨的文人风采交相辉映。至于他们在金戈铁马的战场上对于诗文之心坚定不移的守护，对家乡学术传统的深深依恋，则深深印证着皖地文脉对他们身心的无声浸润。由于这些军事将领的文学写作从根本上来说只在抒写他们的人生感慨、史家情怀与兼济理想，从不受"新旧""文白"等文坛争论的影响，因而我们反倒能在这些尽情尽意的挥洒中，体会到他们对于中国传统文化发自内心的热爱、继承、发挥，对于新文学真诚的学习和接纳。

其三，"水孕山成：'五四'绩溪作家群研究"。本章是民国安徽地域文学的个案研究，研究对象是身处皖南山区的徽文化重镇绩溪与五四文学革命之关联。在中国现代文学史上，身处皖南大山中的绩溪是一个需要特别重视的县份，它在群山环绕之间培育了"维新巨子"汪孟邹，五四新文化旗手胡适，"新式标点第一人"汪原放以及在五四文学革命中冲锋在前的一大批优秀作家、编辑。本章就此入手，力求探索绩溪文化从古代走向现代的地理、历史、经济、文化等多重动因，以期有利于中国地域文化研究视角的开拓及民国中国文学史的深入解读。

当然，在安徽，需要借助地域文化研究以深入剖析文学现象的地区还有很多。比如培育了诸多桐城派大腕，同时也培育了新文学领袖陈独秀，著名美学家、翻译家朱光潜的安庆；孕育了周馥家族文化的东至；曾是淮军将领的故乡、民国时期又曾是著名诗人陈诗、吴葆初，著名女翻译家吴弱男故乡的庐江等。唯因学力不及，本书未能全面展开此项研究，只有留待有志者继续，仅将"民国至德周氏家族文学撰述提要"附录于书末，为引玉之砖。

其四，"闺阁琴箫：清末民初皖籍才媛风采略述"。晚清民初，安徽涌现了一批杰出的女性作家，诸如吕碧城姊妹、吴芝瑛、吴弱男、姚倚云等。她们不仅具有驰骋文坛的出众才情，而且怀抱经国济世的远大志向。笔者从影响皖地妇女文学传统的社会文化、地域文化与家族文化入手，探究了这一女性群体作家在安徽出现的缘由。其中来自多种史料的记载，可以证明在以江淮重臣、新安朴学、桐城学派、徽州富商为代表的皖地风流背后，早已形成了一个不容忽视的安徽女性群体，这就是饱经风霜也饱读诗书，既以节烈著称、长于相夫教子，为世人留下众多贞女烈妇牌坊，但也同时拥有丰富多彩的个人内心世界，将无数令人击节赞叹的诗词歌赋置于世人面前的皖籍才媛。民国皖省女作家的崛起正是继承了她们的优良传统，在她们的思想文化基础之上，将封建时代女性之优长与局限均发扬到极致。但也正因为如此，当他们真正步入民国新世界的时候，又不免失落，不免困惑与迷茫。由此认识与理解民国女性文学创作的得与失，或许能为新的文学史写作提供些许补益。

其五，"俗中大义：现代皖人通俗文学三题"。民国安徽通俗文学的创作成果，即便置身全国范围之内，也堪称优秀。以张恨水、程小青等人为代表的作家作品，早已风靡全国，引起诸多学者的注意，但更多的通俗文学作家却在纷争多年的"雅俗"之战中，被既往正统文学史所忽视，即便当年曾经红遍四方，无人不知，无人不晓，也终于在被批判、被漠视之中，淡出文坛，甚至连姓氏生平，也成为一团迷雾。在本章的写作中，笔者以钩沉、打捞的姿态，向大家介绍了唐在田、杨尘因、项翱三位当年的创作大家。尽管以某些人的观点来看，他们的作品难说精深，思想上存在不少"落后"的观念，艺术上也颇多粗疏之处。但回到清末民初，正是他们的创作在批判现实、唤醒民众、状写社会人心方面做出了重要贡献。回首多年来多种"现代文学史"收录、介绍的作家，思想艺术方面存在这样那样问题的何止一二？更何况从文学史的角度而言，大众的阅读、接受是不应被忽略的重要文学现象，而唐在田、杨尘因、项翱等人，不正是面向大众，也最受彼时彼地民众欢迎的作家？忽视他们的存在，何谈大众文学的面貌？

最后，"译林群英：民国皖籍文学译者群研究"。在中国现代文学翻译史上，皖籍译者群影响重大。就数量而论，多达百余人的皖籍文学翻译者与300余部①翻译作品也许难与浙江、福建、广东等沿海开放地区比肩，

---

① 此数据来自傅瑛《民国皖人文学书目》，中国社会科学出版社2016年版。

但作为一个地域文学翻译群体，它独特的翻译贡献，特别是在中国现代文学史各个阶段均显示了不可替代的历史价值，十分引人瞩目。无论是在中国文学从近代走向现代的路途中，还是五四文学革命的高潮间，以至20世纪20—40年代的中外文学交流中，民国皖籍学人都是实践与理论两方面的推进者。这是一个中国现当代文学都无法回避的问题。没有西方文学的大量译介，民国文学与当代文学都不会是今天这个面目。但是，因为"翻译"问题对于大多数现代文学研究者来说，已属跨界作业，因而在以往文学史的撰写中，也只能寥寥勾画几笔，甚至完全忽视。笔者在此提及这一问题的重要性，却也无力真正从"翻译"角度予以研究，只是打了一个擦边球，从安徽地域文化与翻译史的角度，对民国皖籍译者群做了一个简单的介绍。

最后，本人还要向读者表示极大的歉意。由于本人功力所限，也由于民国安徽文学史的博大精深，本书所写，记述描绘多而深层研究少，不能不说是一大缺憾。为此我也曾犹豫，也曾不安，最后还是下定决心，不揣浅陋，以之问世，仅为对于心目中那一部实事求是、尽可能全面深入地展示民国安徽文学历史的著作的热切期待。倘若本人这几点意见能够成为学界进一步研究的几块基石，则幸甚！

第一章

南社皖星:皖籍南社成员文学成就概观

　　南社是晚清至民国活跃在中国文坛上的一个进步文学团体。它诞生于封建专制王朝土崩瓦解之际,兴盛于谋求共和的疾风暴雨之中,入会成员有千余人之多,涉及地域达十余省之广。在这一广泛影响了 20 世纪中国社会文化进程的文学社团中,安徽人是一支十分活跃的力量。虽然就绝对数量而言,皖籍南社成员远低于江苏、浙江、广东、湖南等省,仅居全国第五①,但其作用却不可小觑,文学成就更为卓著。由于地理、历史的原因,他们中间的大多数人,因循当年徽商出行之路,来到苏南、沪上,求学于斯,求职于斯,交友于斯,一方面深得江浙一带先进思想观念之浸润,另一方面又不曾抛舍家乡故土文化底蕴。在南社多年的变迁之中,他们既有经国济世之志、冲锋在前的勇气与胆识,也有爱国保种、存学救世的赤胆忠心;既有探索追寻新文化,创造新文学的不懈努力,也有保护与整理传统文献的不朽之功。为宣传民众,他们在通俗文学领域开疆辟壤;为保存国粹,他们为中国传统戏曲的发展做出了独特贡献。但是,由于多年来文学界对皖籍南社成员关注甚少,回忆颇多讹误,记载更多缺失,致使许多曾经驰骋文坛的骁勇之士黯然淡出公众视野。为此,本章将尽绵薄之力,梳理南社皖籍成员的文学成就,力求使他们对国家民族的贡献再次回到世人视野之中。

---

　　① 据统计,南社成员居前五位者:江苏为 437 人,浙江为 226 人,广东为 172 人,湖南为 119 人,安徽为 54 人。参见孙之梅《南社研究》,人民文学出版社 2003 年版,第 51 页。

第一节 以笔为旗的"革命文学"

南社成立早期，即有周祥骏、孙变齐、黄宾虹、叶振谟、王钟麒、胡韫玉、胡怀琛、范光启等皖籍人士积极参与其中。身处中国从古代走向现代的历史转折期，早期南社皖籍成员自入社始，就与诸位同志一样，怀抱"欲一洗前代结社之积弊，以作海内文学之导师"①之志。此种志向自然并非仅仅着眼于文学，而是关乎"国魂"，关乎国家兴亡大业，诚如同盟会领袖、南社创始人之一高旭在《南社启》中所言：

> 今世之学为文章，为诗词，举丧其国魂者也……倘无人以支柱之，则乾坤或几乎息矣，此乃不特文学衰亡之患，且将为国家沉沦之忧矣。②
>
> 为此，他们决定"同声相应，同气相求……以挽既倒之狂澜，起坠绪于灰烬"③，实现救国强民之愿望。

在此方面，王钟麒④的创作与理论十分引人瞩目。这位原籍歙县，长居扬州的才子，1907 年进入上海报界，先后为上海《神州日报》《民呼日报》《天铎报》主笔，又曾参与筹建《民吁日报》《民立报》《独立周报》，1910 年加入南社，4 年后因病去世。在短短 33 年的人生经历中，王钟麒不仅活跃在新闻界、文学界，而且亲自参加了江浙诸省联军为攻占南京而组织的一系列军事活动，一度充任总统府秘书。其言其行，其诗其文，无不体现着早期南社"创建民国、维护共和，呼号奋斗"的宗旨。他坚定不移地鼓吹"文学救国论"，认为：

---

① 高旭：《南社启》，《民吁日报》1909 年 10 月 17 日。
② 同上。
③ 同上。
④ 王钟麒（1880—1914），字毓仁，又作郁仁，号无生，别署天僇、天僇生、僇民、大哀、蹈海子、一尘不染等。歙县人，南社入社号 99。

　　……吾侪今日，不欲救国也则已；今日诚欲救国，不可不自小说始，不可不自改良小说始……夫欲救亡图存，非仅恃一二才士所能为也；必使爱国思想，普及于最大多数之国民而后可。求其能普及而收速效者，莫小说若。①

至于戏剧，他更指出：

　　……欲革政治，当以易风俗为起点；欲易风俗，当以正人心为起点；欲正人心，当以改良戏曲为起点……诚以戏曲之力足以左右世界，其范围所及，十倍于新闻纸，百倍于演说台……吾侪今日诚欲改良社会，宜聘深于文学者多撰南北曲……宜广延知音之士，审定官谱，宜于内地多设剧台，宜收廉价，宜多演国家受侮之悲观，宜多演各国亡国之惨状。凡一切淫靡之剧黜勿庸，一切牛鬼蛇神迷信之剧黜勿庸，一切曲词之不雅驯者黜勿庸。夫如是，则根本清，收效速，数年以后，国民无爱国思想者，吾不信也。吾故曰：欲革政治，当以改良戏曲为起点。②

　　怀抱着"殚精极虑，著为一书……树民族之伟义，为光复之先河"③的愿望，王钟麒写下多种文学著述，据初步统计，他借助《申报》《神州日报》《月月小说》《安徽白话报》等平台，共刊载小说创作 36 种，小说译作 6 种，戏剧创作 11 种④，时人谓之"当今文学界巨子"⑤，又称"在小说界上，天僇生三字，尤占一重要位置"⑥。这些作品中相当一部分内容堪称"革命文学"，"以少数之血泪，博天下人之多数血泪，其有造于吾国

① 天僇生：《论小说与改良社会之关系》，《月月小说》1907 年第 1 卷第 9 期。
② 僇：《论戏曲改良与群治之关系》，《申报》1906 年 9 月 22 日。
③ 王钟麒：《报马君武书》，胡朴安辑《南社文选》，江苏广陵古籍刻印社 1996 年版，第 141 页。
④ 邓百意：《王钟麒年谱·前言》，河南文艺出版社 2013 年版。
⑤ 高旭：《愿无尽庐诗话》，郭长海、金菊贞辑《高旭集》，社会科学文献出版社 2003 年版，第 551 页。
⑥ 姚民哀：《说林濡染谭》，《红玫瑰》1926 年第 2 卷第 40 期。

前途者"①。它们或直面现实、抨击时政，如讽刺小说《新年梦游记》，著者借梦游"雌国"所见所闻讽刺腐败无能、崇洋媚外的晚清政府；在戏曲《穷民泪传奇》开篇，著者借角色之口高呼：

> 哎哟呀！天在那里？地在那里？世界的公理在那里？这一班做官的天良又在那里？哎哟呀！兀的不气杀我也！……咳！只可惜我这四万万同胞的弟兄姊妹呵，那一个不是神农黄帝的嫡派子孙？到了今日，或是遭官吏之摧残，或是受外人之虐杀……真不晓得我们同胞，前生前世，造了甚么恶因，生在这二十世纪的中国。②

而《血泪痕传奇》第一出开场白即为：

> 我每但知道爱国是强国，那晓得全是数十年前，男豪女侠，志士仁人，拿头颅颈血换来的呢。此书所说各情，不知为假为真，未审是泪是墨，但教我哭一回笑一回，觉得字字珠玑，言言药石……③

《藤花血传奇》写高丽爱国志士安重根刺杀伊藤博文事，上场诗即是一腔报国激情：

> 如此江山，问世事从何说起？……家国恨，空羞耻；身尚在，差堪喜。似鬼神来告，吾仇至矣。把剑伤心聊一哭，投杯壮志仍千里。看等闲谈笑起风云，空余子。④

在早期南社皖籍成员中，同样重视以戏曲创作鼓吹革命的还有睢宁周

---

① 陈霞章：《血泪痕传奇序》，《申报》1907 年 4 月 14 日。
② 无：《穷民泪传奇》，《民呼日报》1909 年 5 月 15 日。
③ 无生生：《血泪痕传奇》，《申报》1907 年 4 月 21 日。
④ 无生生：《藤花血传奇》，《民吁日报》1909 年 11 月 8 日。

祥骏①。这位皖北辛亥烈士 1914 年被张勋部下杀害于徐州，他生前推出的一系列剧作，如《捉酸虫》（未完稿）、《打醋缸》《胭脂梦》《睡狮园》（未完稿）、《黑龙江》《薛虑祭江》《康茂才投军》《团匪魁》《维新梦》《学海潮》等，皆以一腔热血，宣传推翻专制政权，谋求中国的独立自由。其中《打醋缸》开场曲即称："勇气冲霄，热血来潮。振民权，力追卢骚，要把专制推倒"②，堪称周氏所有戏剧之宗旨。《维新梦》歌颂了为国流血，万死不辞的变法志士：

> 民约论，翻动了，千秋铁案。自由钟，打破了，世界迷团。凿空航海开生面，中兴罗马海成田。革命西欧经百战，合群北美创起了民权。补天只要石能炼，人海何愁恨难填。③

在《黑龙江》《薛虑祭江》《胭脂梦》等剧作中，他愤怒地声讨侵略者，痛批清政府的无能，歌颂人民群众抗击侵略的壮举；在《团匪魁》《睡狮园》中，他揭露"身兼将相，权倾当朝"的朝廷守旧官员对内镇压百姓，对外奴颜婢膝的丑恶嘴脸；在《康茂才投军》中，"叫三军奋勇心把胡氛扫，除渣滓，驱异族，方显得汉种长材"④ 的唱词，更鲜明地表现了作者的报国情怀。

由于南社皖籍成员新闻报刊界从业者众多，诸如歙县王钟麒、黄宾虹、程善之，泾县胡韫玉、胡怀琛，合肥范光启，旌德汪洋、江亢虎、吕碧城，桐城刘豁公等，因此，很多人借助各大媒体平台以诗文宣传革命，其中佼佼者如胡朴安、范光启。

胡朴安⑤为中国现代著名古文字学家、训诂学家、藏书家，曾出任民

---

① 周祥骏（1870—1914），字仲穆，号更生，别号春梦生，睢宁人，少年时代即入安徽萧县读书，辛亥革命时曾与安徽革命者并肩作战。1909 年入南社，入社号 36。

② 梁淑安：《南社戏剧志》，社会科学文献出版社 2008 年版，第 76 页。

③ 阿英：《晚清文学丛钞·说唱文学卷》，中华书局 1960 年版，第 526 页。

④ 周祥骏：《康茂才投军》，转引自梁淑安《南社戏剧志》，社会科学文献出版社 2008 年版，第 79 页。

⑤ 胡韫玉（1878—1947），字仲明，颂民，号朴安，别署有忬、半边翁，泾县人，南社入社号 97。

国日报社社长、上海正论社社长、上海通志馆馆长等职。这位"雄心不甘商人伍""慷慨悲歌难自已""杀人未执三尺剑，笔伐尝书千张纸"[①] 的皖籍学者，清末民初任职于《民立报》期间，即

> 搜集明遗民之事迹与其言论含有种族思想者，编为笔记类，次第刊之报端……编有《发史》一种，凡清初不肯薙发而被杀或祝发而为僧者，悉为编入。又编《汉人不服满人表》一种，自江上之师至黄花冈止，凡汉人反满之史实作一简明之表……又曾作小说一种，题名《混沌国》，描写清朝政府腐败之状况，所谓以文字鼓吹革命也。[②]

袁世凯阴谋复辟，宋教仁被刺杀，事发后，他一鼓作气推出数十篇文章，如《论宋案迟延之危机》《告政党》《宋案与大借款》《论袁世凯之激变造祸》等，勇猛进击。

范光启[③]是一位得到孙中山表彰、蒋介石追认、毛泽东肯定的辛亥革命元老。他早年从事反清民主革命活动，曾任《民呼日报》《民吁日报》《民立报》编辑，1911 年武昌首义后，出任安徽铁血军总司令。"二次革命"爆发后，范光启积极从事反袁活动，1914 年 3 月 20 日被刺身亡。这位一生革命、一生战斗的志士，笔下之文多为报章杂文，字字带血，句句为枪。譬如在《国民新病谈》中，他说：

> 时当炎夏，淫雨连旬……记者夜静孤灯，危楼独坐，忽闻呜呜然、殷殷然，一片呼天吁地之声，初不知其何自而来也。倾耳而听之，则凄凄然、切切然，一片悲哀惨淡之音，又不知其何由而至也。因不禁仰天而笑，俯而悲肃，然而言曰：噫！此同胞之病呻也，此国

---

① 胡朴安：《病废闭门记》，《朴学斋丛书·第 2 集》（19），安吴胡氏刊本 1940—1943 年版，第 33 页。

② 胡朴安：《五九之我》，《朴学斋丛书·第 2 集》（18），安吴胡氏刊本 1940—1943 年版，第 65—66 页。

③ 范光启（1882—1914），又名范鸿仙，合肥人，南社入社号 177。

民之哭声也……所最伤心者，则吾国民种种之病情是也。①

目睹惨淡民生，他奋笔直呼：

　　生人之一哭一歌，均自性真流出，当歌而哭，固为矫情，当哭而歌，尤属无耻。

　　若乃目击同胞颠沛流离之惨状，耳聆同胞呼号乞命之哀音，感触所加，泪随之下，是则人类之重至耳。

　　昨阅皖灾报告书，一字一血痕，几乎不能卒读。当泪眼模糊时，恍如见哀哀垂死之同胞，旋绕予侧……倘效彼当哭而歌者，手提一像鬼火的小灯笼，高呼国会万岁，则非记者之所敢知矣。②

面对岌岌可危之国势，他怒不可遏：

　　今日之世界，黑铁之世界也。有黑铁，然后有国家，有黑铁，然后有公法，有黑铁，然后有人道。黑铁乎？神圣乎？原料萃九州，河山巩固矣。

　　人以黑铁亡我国，而我亦以黑铁挽救之。朝购一钢船，暮购一巨炮，海军无费则借之，陆军无费亦借之。噫嘻伤哉！黑铁乎？妖孽乎？原料自他邦，国民饮泣矣。③

辛亥年救国运动风起云涌，范光启欣喜地写下：

　　苍天已死，黄天当立，虽以凄风惨雨之中华，行将见祥凤威鳞之

---

① 范光启：《国民新病谈》，《民呼日报》1909 年 7 月 17 日，转引自《范鸿仙》，安徽人民出版社 1989 年版，第 75 页。

② 范光启：《呜呼同胞……一歌一哭》，《民立报·大陆春秋》1910 年 11 月 17 日，转引自《南京文史集萃·范鸿仙专辑》，江苏古籍出版社 1990 年版，第 21 页。

③ 范光启：《黄金黑铁两伤心》，《民立报·大陆春秋》1910 年 12 月 13 日，转引自《南京文史集萃·范鸿仙专辑》，江苏古籍出版社 1990 年版，第 36 页。

气象，国魂归来，其今日乎！①

第二节　存学救世的赤胆忠心

作为一个爱国主义文学社团，南社自酝酿期就已喊出"发明国学、保存国粹""爱国保种，存学救世"的响亮口号，其成员一致认为："夫一国之立，必有其所以立之精神焉，以为一国之粹，精神不灭，则国亦不灭。"②

此后若干年里，对中国传统文化的弘扬倡导，一直是南社的重要文学活动。如果说他们早期的努力体现了"操南音，不忘本也"的反清排满主旨，那么，成立于 1912 年的"国学商兑会"，则集中体现了推翻清政府之后，南社诸人的另一重忧患意识。面对西学汹汹东来，中学岌岌可危的现状，他们痛切地感到：

> 今日欧化东渐，新学诸子，以神州之不振，归咎于国学之无用，乃欲尽弃其学而学焉。以至祖国古籍，等诸刍狗，蟹行之书，充塞宇宙，学风之坏，莫坏于今日矣。不图国学之亡，不亡于学术专制之时，而亡于振兴教育之日，岂不大可悲哉！③

因此，他们大声疾呼：

> 罗马强盛，在于古学复兴。日本振兴，基于保存国粹。前事不远，彰彰可考也。故今日欲保我种族，必先保存国学。而保存者，非固守不化之谓也，当光大之，发挥之。至于泰西学术，为我学所未及者，亦极多焉。当取其精华，弃其糟粕，融会而贯通之，而后国学庶

---

　① 范光启：《国魂归来》，《民立报·大陆春秋》1911 年 3 月 3 日，转引自《南京文史集萃·范鸿仙专辑》，江苏古籍出版社 1990 年版，第 73 页。

　② 邓实：《鸡鸣风雨楼独立书·语言文字独立》，《政艺通报》1903 年第 24 号。

　③ 姚光：《国学保存论》，《姚光全集》，社会科学文献出版社 2007 年版，第 11 页。

能复兴。我神州之旧民，黄炎之遗胄，亦能复振矣。嗟嗟，风雨如晦，嘐嘐不已，先有鸡鸣，后乃天曙。今日之世，其有黄冠草履，空山独居，抱残守缺，使天柱赖以不折，地维赖以不裂，而存国学于一线者乎？则我愿负笈以从之。①

从源远流长的新安朴学、桐城学派中心地带走来，皖籍南社成员存学救世之心更为急切，他们的努力也更少空泛议论与激情挥洒，更重学理探讨，尤其注重谋求新旧文学的完美交融。譬如王钟麒。自 1903 年进入报界之后，王钟麒即发表大量文章，通过回顾中国学术史，阐发传统学术精华，以及他的卫护之情。1907 年 4 月 21 日，他于《申报》开始连载长篇学术论文《中国四千年文学变迁大势论》，以中国四千年文学变迁大势为证，阐明文学与学术、群治之间的关系，既指出文学改良的必要性在于"今日而欲发明学术，演进群治，舍改良文学，其道未由"，又同时指出，这种改良应当是古今文学的融合：

> 吾之所谓改良文学者，非如近日新学小生，操觚为文章，三史埋尘，六籍覆瓿，沿袭东洋文体，而嚣嚣然自命为文学革命家也。吾之所谓改良者，则欲用最古之体裁，而运以最新之思想。②

又如《中国历代小说史论》与《中国三大家小说论赞》。在前一篇文章中，作者于中国学术界首次提出"小说史"的概念，并指出"吾以为欲振兴吾国小说，不可不先知吾国小说之历史"，继而反思从唐代传奇到清代长篇小说之发展历程，指出中国作家的创作动机主要在于反对专制政治、反对黑暗统治、反对封建婚姻和追求自由幸福的理想生活，高度评价了我国古代长篇小说的创作主旨与艺术成就。与此同时，他主张引进外来文学，但又明确提出反对盲目"移译异邦小说"，认为中外文学毕竟"事势既殊，体裁亦异"，如果仅仅依靠引进西方小说以图新民求治，无异于

---

① 姚光：《国学保存论》，《姚光全集》，社会科学文献出版社 2007 年版，第 11 页。
② 傃：《中国四千年文学变迁大势论》，《申报》1907 年 4 月 21 日。

"执他人之药方，以治己之病"①。在后一篇文章中，王钟麒以简洁明快的语言，逐一评介《水浒传》《金瓶梅》《红楼梦》的思想成就与艺术造诣，并将这些作品与欧洲名家之作进行对比，顿使读者眼界大开。例如，他在赞叹施耐庵、王弁州、曹雪芹之后，说：

> 使耐庵而生于欧美也，则其人之著作，当与柏拉图、巴枯宁、托尔斯泰、迭盖司诸氏相抗衡。观其平等级，均财产，则社会主义之小说也……②

对于《红楼梦》，他说

> （王国维）常言此书为悲剧中之悲剧，于欧西而有作者，则有如仲马父子、谢来、雨苟诸人，皆以善为悲剧，声闻当世。至于头绪之繁，篇幅之富，文章之美，恐尚有未迨此书者。③

如此，有力地反击了当时一些激进人物将中国古代小说一笔抹杀，统统斥之为诲淫诲盗的言论。

1909 年，王钟麒再推出《论近世学术思想变迁之大势》，对明清之际学术变迁史进行勾勒，强调"国于天地，必有与立，舍学术即无以自存"，"固有之学术既亡，则爱国之心亦随之渐灭殆尽"④。1912 年 5 月 19 日始，王钟麒于《民立报》复开设《文坛挥麈录》专栏，首期即阐明自己对文学的认识，抨击当下文学界的流弊。他引述颜之推、柳宗元对文章源流、文章本质的论述，指出，地球上所有号称文明国的国家"无不以保存固有之文学为第一要义"，但时下一些"国之妖孽"对中国六经三史百无所知，只知大量引进东洋新名词，倡导东洋文体，为此，他大声呼吁"返吾之固

---

① 天僇生：《中国历代小说史论》，《月月小说》1907 年第 1 卷第 11 期。
② 天僇生：《中国三大家小说论赞》，《月月小说》1908 年第 2 卷第 2 期。
③ 同上。
④ 蹈：《论近世学术思想变迁之大势》，《民吁日报》1909 年 10 月 21 日。

有，以为民国之光"①。

如果说早逝的王钟麒文中还有些许青年意气，那么在弘扬国学的过程中，出身于皖南宣歙文化圈内、自幼深受传统经学熏陶、历经人世沧桑的胡朴安，展示出来的则是徽派朴学家的客观冷静、坚韧不拔、持之以恒。自 20 世纪之初加入国学保存会，担任《国粹学报》编辑始，朴安先生弘扬中国传统文化矢志不移，即便是中风致残，成为"半边翁"，也没有停下手中之笔，直至 1946 年去世。

1914 年，以振兴国学为己任的"国学商兑会"刚刚成立两年，胡朴安即编辑出版《古今笔记精华录》二十四卷，

> 搜集汉魏六朝及唐宋元明清以迄近人笔记，撷其精华、分类编纂，各以类从，不相屡越，可谓极笔记之精华。②

在论及选编初心时，他明确表达了对"既无新颖之思，复缺润色之功"的草率文学作品的不满：

> 孔子有云，言之无文，行而不远。时流著书，朝脱于稿，夕锓于梨。既无新颖之思，复缺润色之功，说部充栋，大半复瓿。③

因此，他精心选编此书，希望能以"古人精心之作"，成为新时代人们"研究文学之助"④。

1923 年，经历了新文化运动的胡朴安参与创办新南社，并出任《国学汇编》编辑。回顾以往，他认为：

> 民国以来，虽有国学复兴之几（笔者注：原文如此），而无国学

---

① 无生：《文坛挥麈录》，《民立报》1912 年 5 月 19 日。
② 胡朴安：《古今笔记精华录·例言》，上海古今书局 1914 年版，《民立报》1912 年 5 月 19 日。
③ 同上。
④ 同上。

可述之实……开民国学术群众运动之先河,有二大团体焉。一国学保存会,一南社。二团体皆创造于光绪之季年。国学保存会抱光复汉族主义……一时影响所及,学术界勃然有生气焉。南社抱民主主义,以诗文播革命之种子,与海外之《民报》相应,以慷慨激昂痛哭流涕之文字。感发人民之志意。指示平等自由之径途……兹二团体,不可谓非国学群众运动之先导也。①

但是,胡朴安并不以此为满足。他说:

虽然《国粹学报》与《南社社集》之学术文章,可以当民国之国学乎? 曰未也。可以当国学复兴之动几乎? 曰亦未也。《国粹学报》与《南社社集》,仅可为学术群众运动之先声,若国学复兴之动机,于学术言,于文章言,当具有整理之精神,为有统系之撰述。②

为此,在主编《国学汇编》时,他极力主张"以客观的研究,为整理国学之方法;以主观的研究,为发扬国学之方法",避免"未经精密之考察,第凭一己之见,以从事于批评",期待"旧籍以研究而得统系,新理以研究而日滋生"③,处处渗透着朴学实证的研究精神。此后十数年,尽管南社已经成为过去,但他还是孜孜不倦地校订、编著了《断肠词》《漱玉词》《胡笳十八拍及其他》《唐人传奇选》《子夜歌》《言文清文观止》《唐代文学》《诗经学》《庄子章义》《皖学者传》等文学研究著述,汇编完成《国学汇编》第一集二十一种、第二集十五种、第三集十五种,《南社丛选》文选十卷、诗选十二卷、词选二卷,《朴学斋丛书》第一集二十五种附二种、第二集十七种三十卷、第三集十种十卷,为保存南社文献与整理国故尽了最大的努力。傅熊湘因此评说:

---

① 胡朴安:《民国十二年国学之趋势》,《民国日报·国学周刊》1923 年 10 月 10 日国庆日增刊。

② 同上。

③ 胡朴安:《国学研究社宣言》,国学研究社编《国学汇编》第一集,国光书局 1924 年版,第 1 页。

胡之勤，不必如柳，而甄综芟削之功则过之，南社得柳而大，得胡而长也。①

论及皖籍南社成员在弘扬传统文学方面的贡献，不能不提及他们的多种诗话、词话。诸如王钟麒的《惨离别楼诗话》《无生诗话》《天僇生诗话》《小奢摩室诗话》《惨离别楼词话》《孟晋山房词话》《词林脞录》，胡朴安的《南社诗话》，胡怀琛的《海天诗话》《福履理路诗话》《公园诗话》，方廷楷的《习静斋诗话》《习静斋诗话续编》与《习静斋词话》等。就总体而言，这些作品均继承了中国传统诗话辨句法、备古今、纪盛德、录异事、正讹误的特点，但又各具特色，于不同角度显示出新时代的气息。其中胡怀琛的《海天诗话》为我国第一部专论译诗的诗话著作，著者"采辑皆东瀛、欧西之诗"，旨在"多读西诗以扩我之思想"②；胡朴安之《南社诗话》以南社元老身份写作，且先叙创作背景，再加上"所记者皆是已故社友"③，因此具有极为重要的文献价值。王钟麒自1909年开始大量写作诗话、词话，不仅品评前辈名家之作，尤重收录同时代名家、友人及皖籍同乡作品事迹，如陈三立、李慈铭、王闿运、陈独秀、谢无量、马一佛、刘逊甫、汪衮父、周美权、周立之、周无觉、方泽山、郁曼陀等，由于作者往来结交多为清末民初文化界重要人物，其文献价值更不可小觑。

与王钟麒、胡朴安、胡怀琛诗话相比，方廷楷④诗话虽然视野较为狭窄，但也有其独到之处。其影响最大的《习静斋诗话》收录了晚清以来诸多南社成员及皖籍乡土诗人之作，在文献保存、地方文化彰显方面功不可没。身处时代转折关头，《习静斋诗话》还令人清晰地感受到新时代、新风气的影响。例如，著者肯定了《天演论》翻译者严复的成就，不仅将严复一腔激

---

① 傅熊湘：《南社丛选序》，胡朴安《南社丛选》，上海国学社1924年版。

② 胡怀琛：《海天诗话》，张寅彭主编《民国诗话丛编》（5），上海书店出版社2002年版，第309页。

③ 胡朴安：《南社诗话》，杨玉峰、牛仰山校点《南社诗话两种》，中国人民大学出版社1997年版，第140页。

④ 方廷楷（？—1929），号瘦坡山人，室名习静斋，太平人，南社入社号365。

愤的《戊戌八月感事》全文收录，而且向读者郑重介绍严复其人：

> 博学能文，尤邃西学，著述宏富，诚近世哲学大家也，诗多忧时之作。①

此外，方廷楷还提出"以新名词入诗最有味……读之理想极佳，别开生面"，并在诗话中收录了其师面向新世界的诗作《有感》：

> 渺小中悬圆扁球，星辰日月络大周。内含雅弗三兄弟，亚美欧非四部洲。山自昆仑分祖干，海从两极汇中流。汽轮铁路通全地，上策何人解伐谋。②

当然，还有其中"神仙亦爱新花样，拟作气球谒玉皇"③"《霓裳》自入留声机""穆王今坐汽车来"④等诗句。这些新名词固然不能对旧思想产生强烈的冲击力，却可以折射新时代社会生活的变化，表达了作者"异日当鼓发轮舟，飞渡重洋，遍访诸诗人"⑤的愿望。

除却文学研究与评论，皖籍南社作家存学救世的另一成就，表现在文言诗文创作方面。譬如女作家吕碧城⑥之作。这位21岁就出任天津女学堂总教习，留下大量直面现实人生的作品的女作家，以传统诗词的创作，表达了自己对新时代、新生活的向往，抒发了忧国忧民之心绪，具有一种时代赋予的英武之气。翻阅《吕碧城词笺注》，可见作家面对国家危难所抒写的女儿情志：

---

① 方廷楷：《习静斋诗话》，贾文昭主编《皖人诗话八种》，黄山书社1995年版，第389页。
② 同上书，第425页。
③ 同上书，第451页。
④ 同上书，第425页。
⑤ 同上书，第453页。
⑥ 吕碧城（1883—1943），原名贤锡，字圣因，一字兰因，号遁天、明因，后改法号宝莲，别署兰清、信芳词侣、晓珠等，旌德人，南社入社号418。

眼看沧海竟成尘，寂锁荒陬百感频。流俗待看除旧弊，深闺有愿作新民。江湖以外留余兴，脂粉丛中惜此身。谁起平权倡独立，普天尺蠖待同伸。①

走出国门她写瑞士冰山：

图画展遍湖山，惊心初见，仙境穷犹变。惟怕乾坤英气尽，色相全消柔艳。②

一派大自然的神奇惊悚。而她笔下的巴黎铁塔，则又是一种人间奇景：

……铸千寻、铁网凌空，把花气轻兜、珠光团聚……问谁将、绕指柔钢，作一柱擎天，近冲羲驭？绣市低环，瞰如蚁、钿车来去。③

与吕碧城同样活跃在清末民初文坛，并以文言写作取得丰硕成果的皖籍南社成员还有程善之。这位辛亥革命时《中华民报》的编辑，曾为孙中山秘书，1913 年投身讨袁斗争，新文化运动中又倡导成立扬州学生会，声援北京五四学生运动。作为一位曾写作 200 余篇政论文章，并著有《清代割地谈》《宋金战纪》《印度宗教史论略》等学术专著的政治家，他在清末民初文坛上同时是令人瞩目的文学高手。1912 年，他完成文言散文《倦云忆语》。这是一部堪与《浮生六记》媲美之作，"趋庭"一章记儿时事：

夏月炎暑，浴罢，趁晚风移藤榻庭前，铺大荷叶或蕉叶于地，余与诸侄辈，大者不及十二三，小者才三四岁，坐卧其上，裸祖匍匐，或作犬行凫趋，先君坐榻上顾之而乐。④

---

① 吕碧城：《书怀》，李保民《吕碧城诗文笺注》，上海古籍出版社 2007 年版，第 1 页。
② 吕碧城：《念奴娇》《解连环》，李保民《吕碧城词笺注》，上海古籍出版社 2001 年版，第 162 页。
③ 同上书，第 165—166 页。
④ 程善之：《倦云忆语》，广益书局 1993 年版，第 5—6 页。

满篇融融暖意。"堕欢"写妻子之亡，凄惨动人：

> 一夕，姬忽能起，至余榻前，欲为余理发。余以非时，且病体不宜劳动，止之。姬含笑不答，余不得已，听其所为。栉讫，僵卧榻上，气恹恹欲绝，天明始苏。询夜来事，已不甚清晰矣。①

在此书序言中，胡朴安、寄尘兄弟称：

> 我们在许多的旧的文学作品中，只看见那一部《浮生六记》，似乎找不出第二部和《浮生六记》性质相同，而价值相等的作品来。其实不然，我们现在找到一部《倦云忆语》，他的性质正和《浮生六记》相同，他的价值只有高出《浮生六记》，决不会比他不如的……书中说到清末革命和清末学界的逸事，更足以供我们参考。②

柳亚子亦为此书题诗曰：

> 浮生六记沈三白，后有作者程倦云。多谢胡郎能拂拭，人间始识此奇文。③

1914 年，程善之另有《短篇小说》问世，此后又推出《小说丛刊》《倦云忆语》《文字初桄》《儿时》《骈枝余话》《残水浒》《与臞禅论词书》《思李叟》《洪可亭先生家传》等。王钝根为《小说丛刊》作序时，称程善之小说：

> 怀抱非常之才，郁郁不得志，乃本其生平所阅历名山大川、人情世故，一一托于文章，激昂慷慨，褒贬劝惩，以抒写其胸中蕴积之气，而补救人心，启发知识之功，亦于是乎收焉。是岂寻常所谓小说

---

① 程善之：《倦云忆语》，广益书局 1933 年版，第 37—38 页。
② 同上书，序。
③ 同上书，题诗。

家者所能望其功业哉！①

而《骈枝余话》也被时人称为"《聊斋志异》式的文章"②。

需要特别提及的是，生活在拥有深厚传统文学底蕴，又屡屡得风气之先的徽商故土，皖籍南社成员在弘扬国学与开创新时代文化局面之间，常常提出独到之见。早在国学商兑会成立之际，面对南社诸人一片保存国粹的呼声，周祥骏首先发声，冷静地提醒主要发起人姚光：

> 吾辈若欲商兑国学，必须研究孔学真际，方能致用。若扬汉学之余波，袭宋学之皮毛，钞录数千条生僻史事，便自诩为史学专家，是犹航绝流断港而欲至于海也。有是理乎？③

他一再劝告大家努力超越旧式文人观念，为"孔学"填充入新的"质"，创造新旧融贯的时代文学，避免陷入"浅狭文人之恒态"：

> 盖实见夫今之文学家，率皆略变新法，半途辄止，故局促一隅，而弗克言谈微中。不惟因文见道之境，急切未能涉其藩篱，即欲指陈世故，阐扬节孝，亦多乏论断之才，而出言时谬。此等似是而非之弊，皆新旧未能融贯之故耳！纵有所作，仍是旧时浅狭文人之恒态，又安望其传世行远哉？④

可惜的是，周祥骏没有来得及完全展开自己的论述，就惨遭军阀杀害。此后，黄宾虹⑤也在《与柳亚子书》中说到自己的忧虑，认为近日中

---

① 王钝根：《小说丛刊序》，程善之《小说丛刊》，江南书局 1922 年版。
② 郑逸梅：《民国笔记概观》，上海书店出版社 1991 年版，第 44 页。
③ 周祥骏：《与高天梅书》《与姚凤石第三》，转引自杨天石、王学庄《南社史长编》，中国人民大学出版社 1995 年版，第 190 页。
④ 同上书，第 193 页。
⑤ 黄宾虹（1865—1955），初名懋质，后改名质，字朴存，号宾虹，别署予向，歙县人，南社入社号 96。

国学术："蔽于时好者多，而误于泥古者亦复不少。"① 与周、黄二人基本持同样观点的是程善之。他认为"国故之整理，一得之愚，以为宜先从历史着手"，但观察历史却应具备新眼光：

> ……其他崇帝王、贵圣贤、信灾异、说果报，皆有必需澄清淘汰者，此在消极方面也。若积极方面，近来五洲广远，金石发掘，远则墨西哥汉碑，近则敦煌秘笈，殷墟龟甲，凡可资考订者，诸如此类，材料极丰。又古代纪述，以政府为中心，故凡人民之生计，社会之习惯，限于体格，不能详述，而地图一项，简直无有。若以今日之眼光，其应搜罗增补者，不知凡几。倘能合群将五千年历史，重整一过，诚不朽之盛业。②

第三节 新旧时代文学转型之前驱

身处新旧时代的交接点，皖籍南社成员中有识之士都意识到中国文学必须开创新局面，才能更好地承担起救国救民之使命。王钟麒在《论今日改良文学之必要》一文中就曾疾呼：

> ……今日非文学衰亡之时代，正输进新文学、调和旧文学，而另开新世界之时代也。吾同胞诚能遵此三者而休息之，何风气之不开、何事业之不兴？性情可以变易，风俗可以转移。作运会之前驱，为国民之先导，吾惟望吾国之卢梭、史可忒其人速出世，以拯我祖国。念相需之太急，思来日之大难，安得不上求黄炎、下视屈宋，三薰三沐，求其速降宁馨儿，以亢我宗也！③

---

① 黄宾虹：《与柳亚子书》，《黄宾虹书简》，上海人民美术出版社1988年版，第90页。
② 程善之语，转引自《南社诗话两种》，中国人民大学出版社1997年版，第145页。
③ 傡：《论今日改良文学之必要》，《申报》1907年4月12日。

在纵论近三百年学术变迁大势后，他以为中国学术界应"取泰西之长，以救吾之短"①，在回顾中国历代小说史后，他又提出，今日文学家欲发挥小说效力，

> 不可不自撰小说，不可不择事实之能适合于社会之情状者为之，不可不择体裁之能适宜于国民之脑性者为之。②

为实现这一目的，他积极倡导白话文学创作，不仅参与《安徽白话报》的创办，出任主笔，还一度实际主持报务。《安徽白话报》出刊首日，王钟麒就于此发表白话小说《重阳登高》，讲述革命志士对国家形势的忧心忡忡，次年又刊登白话讽刺小说《大王神》，矛头直指愚昧无知的清政府官员与盲从的百姓。

可惜的是，王钟麒英年早逝，未及全身心投入"输进新文学、调和旧文学"之运动，更未及迎来此后的新文学大潮。但是，另两位皖籍南社成员胡怀琛与梅光迪却迎来了这一机遇，并积极投身其中，且他们的参与皆与"皖籍"身份有关，与新文学的主要倡导者——同样诞生、成长于徽州文化圈的胡适相关。

胡怀琛③于辛亥革命爆发后，与柳亚子一起编撰《警报》鼓吹革命，先后曾任《神州日报》《太平洋报》《中华民报》编辑，并结识了皖籍革命家陈独秀等新文学先行者。一旦呼吸到新文学的空气，他便立即进入新文学领域。胡怀琛对于新文学的探讨是从引进外国文学开始的。早在清末，他就推出中国第一部专论译诗之《海天诗话》，以极大的热情拥抱外来诗作：

> 孰谓西诗无益于我乎？大抵多读西诗以扩我之思想。④

---

① 傻：《近三百年学术变迁大势论》，《申报》1906 年 11 月 12 日。
② 天傻生：《中国历代小说论》，《月月小说》1907 年第 1 卷第 11 期。
③ 胡怀琛（1886—1938），原名有忭，字季仁，后名怀琛，字寄尘，泾县人。1911 年与兄长胡朴安一起加入南社，入社号 105。
④ 胡怀琛：《海天诗话》，张寅彭主编《民国诗话丛编》（5），上海书店出版社 2002 年版，第 309 页。

西人诗大半激发人之志气，或陈述社会疾苦，字句不嫌浅易，而以能感人为归。①

他欣赏英国作家肯斯里西：

善摩写小民疾苦，能使读者陨涕。彼国民率爱读之，而富人视若仇雠。②

他称赞歌德名著《少年维特之烦恼》中的《阿明海岸哭女诗》"苍凉悲壮，使读者泫然泪下"③，对于"醉心自由"的拜伦，胡怀琛更是深表景仰，并在《海天诗话》中破例收录胡适所作拜伦年表。目及日、英、德、法、意大利、芬兰、印度等诸多国度之诗人诗作，胡怀琛或述或评，视野开阔，南社社员、香港《华字日报》《实报》主笔、中国近代著名诗人潘飞声因此称赞《海天诗话》是：

君为广大教化主，重译佉卢作正声，看掣鲸鲵东海上，五洲大地拓诗城。④

此后，在谈及中国现代小说时，胡怀琛又说：

自从西洋小说输入中国以后，才使中国的文人看重"小说"，认为他是文学中重要的一部分。这是一个大变化。自从林琴南大量的介绍西洋小说到中国来，才使中国人普遍的知道西洋也有好的小说。自从五四运动以后，第二次大量的介绍西洋小说到中国来，才使中国的读者认识西洋小说的真面目。最近十年来，中国人的创作已和西洋小

---

① 胡怀琛：《海天诗话》，张寅彭主编《民国诗话丛编》（5），上海书店出版社2002年版，第306页。
② 同上书，第305页。
③ 同上书，第303—304页。
④ 曼昭、胡朴安：《南社诗话两种》，中国人民大学出版社1997年版，第102页。

说走上一条路，单就中国方面说，是一种空前的创作。①

一方面满怀热情介绍外来文学，另一方面激情四溢地开始新文学创作。作为新文学两大旗手陈独秀与胡适的安徽老乡，胡怀琛对白话诗必将取代旧体诗充满信心，他热情赞美以胡适为代表的白话新诗之问世，"乃如摧枯拉朽"②，彻底动摇了旧体诗的地位。正因为持有这一信念，早在1919 年他就写出《长江黄河》《自由钟》等白话诗，告别传统诗歌的写作方法，以通俗的语言形式纵情歌唱祖国，歌唱自由：

> 长江长；黄河黄。滔滔汩汩，浩浩荡荡。来自昆仑山；流入太平洋。灌溉十余省，物产何丰穰。浸润四千载，文化吐光芒。长江长！黄河黄！我祖国我故乡！③

> 竖起独立旗；撞动自由钟。美哉好国民，不愧生亚东。心如明月白；血洒桃花红。区区三韩地，莫道无英雄。悠悠千载前，本是箕子封。人民美而秀；土地膏而丰。那肯让异族，长作主人翁？一声春雷动，遍地起蛰虫。祖国人人爱；公理天下同。我愿和平会，慎勿装耳聋！④

1921 年 3 月胡怀琛结集出版《大江集》。这是继胡适的《尝试集》之后中国新诗史上的第二本个人新诗集，其中不仅收录自撰《长江黄河》《自由钟》《老树》《明月》等白话诗 30 余首，而且收录国外诗人译作《燕子》《百年歌》《花子》等 11 首。

在新旧文学转型时代，胡怀琛的另一贡献是在文学理论建设方面。自新文学诞生起，他就密切关注新文学的发展，接连推出《白话文谈及白话诗谈》《尝试集批评与讨论》《新文学浅说》《新诗概说》《小诗研究》《文学短论》《中国文学史略》《诗学讨论集》《诗歌学 ABC》《中国文学辨正》

---

① 胡怀琛：《中国小说概论》，刘麟生、方孝岳等《中国文学七论》，广西师范大学出版社2007 年版，第 248 页。
② 胡怀琛：《白话文谈·白话诗谈》，广益书局 1921 年版，第 18 页。
③ 胡怀琛：《大江集》，崇文书局 1933 年版，第 1 页。
④ 同上书，第 2 页。

等专著，参与到中国现代文学的建设之中。他毫不怀疑新文学的诞生是历史的必然，认为新诗的兴起是：

> 为时势所逼迫，不得不变。做诗人的环境都已变迁了，他做的诗，怎能不变？如要不变，便违背发表自己感情的本旨，便不是真诗。[①]

他相信：

> 凡事穷则变……一个老法子，用得滥了，他动人的效力也渐渐失了，所以要变。现在的旧体诗，岂不是滥极了么？[②]

他指出旧体诗发展到如今，只能：

> 装饰他的表面，却不知诗的精神早已失了，所以不得不有新诗发生。[③]

与同时期一般的新文学倡导者不同，胡怀琛始终将新文学纳入中国文学历史长河中进行审视，他认为新文学应当汲取外来营养，但又坚决指出：

> 我以为欲研究中国文学，当然要拿中国文学做本位。西洋文学，固然要拿来参考；却不可拿西洋文学做本位。倘用西洋文学的眼光，来评论中国文学；凡是中国文学和西洋文学不同的地方，便以为没有价值，要把他根本取消了，我想是没有这个道理。[④]

他肯定发展新文学的必要，但又认为新文学的发展必须从古代文学中

---

① 胡怀琛：《白话文谈及白话诗谈》，广益书局1921年版，第18页。
② 同上书，第18—19页。
③ 胡怀琛：《新诗概说》，商务印书馆1923年版，第8页。
④ 胡怀琛：《小诗研究·序》，商务印书馆1924年版。

汲取营养，希望建设一种"采取新旧两体之长，淘汰新旧两体之短"① 的
"新派诗"。他积极地为新文学建设出谋划策，但策略中也有很多对于传统
文学的关注。譬如，在《白话文谈及白话诗谈》一书中他就提出：

> 分文学为两大部，（一）古文（二）今文……出两部字典（一）古文
> 字典（二）今文字典……清理古书，将今日以前所有的书籍清理一番；编
> 一目录，供人家查考……翻译古书，将有价值的古书次第翻成今文。②

本着对新文学负责的态度，他热心为胡适修改《尝试集》，并毫不客
气地指出：

> 既然负了倡造新诗的责任，自然要完全做得好，既然负了廓清旧诗
> 的责任，也应该将旧诗的内容晓得十分清楚，然后好是好，坏是坏，断
> 不能一笔休杀……我也不是说先把旧诗做好了，然后改做新诗，我只是
> 说担任倡造的人，开口批驳的人，不得不多用几年功，然后再说话。③

1938 年，日军侵占上海，胡怀琛于愤激中病逝，没有在此后的文学史
上留下太多的痕迹。但是，历史终不会埋没这样一位热爱祖国、热爱中国
文学的学者。若干年后，他的朋友赵景深在回忆录中提到胡氏一首咏天竹
的小诗，以为很能代表他当时的心迹：

> 苦心孤诣向谁论？热烈情怀只自珍。拼洒胸头千点血，造成血里
> 一团春。④

比胡怀琛更早介入新文学之发起与倡导的皖籍南社成员是宣城梅光迪⑤。

---

① 胡怀琛：《白话文谈及白话诗谈》，广益书局1921年版，第27页。
② 同上书，第9—10页。
③ 胡怀琛：《尝试集批评与讨论》，泰东图书局1923年版，第11页。
④ 赵景深：《文人剪影 文人印象》，三晋出版社2015年版，第219页。
⑤ 梅光迪（1890—1945）字迪生、觐庄，泾县人，南社入社号439。

他是中国首位留美文学博士，也是学衡派创始人。梅光迪 1911 年赴美留学，1912 年在致胡适信中，就表达了他对新时代文学的看法：

> 一国文学之进化，渐恃以他国文学之长，补己之不足……将来能稍输入西洋文学知识，而以新眼光评判固有文学，示后来者以津梁，于愿足矣。①

在回应胡适"作诗如作文"之论时，梅光迪并非如坊间所传一味否定，而是十分诚恳地建议：

> 吾国近时诗界所以须革命者，在诗家为古人奴婢，无古人学术怀抱，而只知效其形式，故其结果只见有琢镂粉饰，不见有真诗，且此古人之形式为后人抄袭，陈陈相因，至今已腐烂不堪……究竟诗界革命如何下手，当先研究英法诗界革命家，比较 Wordsworth or Hugo［华兹华斯或雨果］之诗与十八世纪之诗，而后可得诗界革命之真相，为吾人借镜也。②

此后，他又再次建议并鼓励胡适：

> 文学革命自当从民间文学（fol klore，popular poetry，spoken language，etc）入手，此无待言；惟非经一番大战争不可，骤言俚俗文学，必为旧派文家所讪笑攻击。但我辈正欢迎其讪笑攻击耳。③
>
> 弟窃谓文学革命之法有四，试举之如下：一曰摈去通用陈言腐语……二曰复用古字以增加字数……三曰添入新名词，如科学、法政诸新名字，为旧文学中所无者。四曰选择白话中之有来源、有意义，有美术之价值者之一部分，以加入文学，然须慎之又慎耳……弟窃谓此数端

---

① 参见罗岗、陈春艳《梅光迪文录》，辽宁教育出版社 2001 年版，第 120 页。
② 同上书，第 160 页。
③ 同上书，第 162 页。

乃吾人文学革命所必由之途，不知足下以为何如。①

诚然，梅光迪与胡适在文学革命的方式、路径方面，存在很大分歧，但这毕竟不是要不要文学革命的问题，而是如何进行革命的问题，正如梅光迪所言：

> 天下事最忌简易与速成，吾人如欲文学革命必须取极迂远之途，极困难之法，为极大之精神与脑力上之牺牲，始可有成耳。故吾人第一件须精通吾国文字，多读古书，兼及汉以来之百家杂史、说荟笔记等，为从来 Orthodox 文学所不介意者；再一面输入西洋文学与学术思想，而后可言新文学耳。②

值得注意的是，无论是胡怀琛还是梅光迪，他们虽然都是新文学的拥护者，但是在面对文学革命时的态度，又十分一致地表现出南社成员对中国传统文学的钟爱。他们希望今日的文学革命能够在认真研究传统文学之优劣的基础上进行，而不是粗暴地割裂。当历史行至 21 世纪以后，人们回头打量这些前驱者的身姿，早已明白了何谓保守，何谓理智和冷静。

第四节　通俗文学的创作与编辑

晚清至民国，通俗文学以大都市工商经济发展为基础而滋长繁荣。这些作品内容上以传统心理机制为核心，形式上继承中国古代小说传统，一时间风靡于市井书肆。尽管它们长期以来一直被排除在高雅文学与革命文学之外，成为诸多文学史不屑一提的"鸳蝴"派，但这些作品最贴近大众生活，迎合大众的口味，反映普通民众的喜怒哀乐，展现人民的审美观，也最能体现一个民族的人文精神。正如朱自清所说：

---

① 参见罗岗、陈春艳《梅光迪文录》，辽宁教育出版社 2001 年版，第 171 页。
② 同上书，第 172 页。

鸳鸯蝴蝶派的小说意在供人们茶余酒后的消遣，倒是中国小说的正宗。①

他又以"三言"和"两拍"为例，说明：

中国小说一向以志怪、传奇为主。②

清末民初，皖籍南社成员中的大部分人都曾致力于通俗文学的创作和编辑。如前所述，被称为"中国小说界巨子"的王钟麒曾经对中国古代通俗小说诸如《水浒传》《金瓶梅》《红楼梦》等均有极高的评价，且执笔写作诸多通俗化戏曲、小说，借此鼓吹革命。可以肯定地说，王钟麒的通俗文学创作曾经影响了鲁迅，鲁迅小说《药》里的"夏瑜"之名，最早正是见于王钟麒的短篇小说《轩亭复活记》。

至于南社皖籍成员中于通俗文学倡导与推进最力者，还属胡怀琛。仅1913年至1921年间，他就采用古代章回体和旧式笔记体的结构方式，译述并写作言情、志怪、历史、侦探、滑稽小说《弱女飘零记》《春水沉冤记》《藕丝记》《冰天鸿影》《黛痕剑影录》《血泪碑·罗霄女侠》《寄尘短篇小说》《黄金祟》《银楼局骗案》《明史通俗演义》《怪话》《滑稽新丛书》《捧腹谈》《最近二十年目睹之社会怪现状》等，并编辑出版虞初体小说集《虞初近志》，以及《古今小说精华》《小说名画大观》与《小说革命军》，堪称著述丰硕。这些作品一方面体现了鸳蝴派之小说观：

"小"就是不重要的意思，"说"字在那时候和"悦"字是不分的……凡是一切不重要、不庄重、供人娱乐、给人消遣的话称为小说。③

---

① 朱自清：《标准与尺度》，文光书店1948年版，第33页。
② 同上书，第34页。
③ 胡怀琛：《中国小说的起源及其演变》，正中书局1934年版，第23页。

　　另一方面，作为一名时时刻刻将国计民生悬于心头的南社爱国文人，胡氏所作所选又绝非仅仅供人娱乐，给人消遣，在时代演进中，他的通俗文学写作与编辑思想也在不断发生变化。

　　例如，1913 年出版的《捧腹谈》内录文言笑话 117 则，编者于序言中特别说明此书：

　　　　事非幽怪，体有别乎齐谐；语属滑稽，意半在于讽刺。①

　　于此，我们已经能够感受到胡氏胸中的磊磊不平之气。而同年编辑出版、而后又不断补充再版的《虞初近志》，则在继承清初小说集《虞初新志》之风范的同时，明确地融进时代精神，宣传革命思想。这部作品主体部分为人物传记，传主主要有如下两类：其一，来自社会底层的"小人物"，譬如艺人、乞丐、仆人、吏卒、幕客、商人、妓女等，可以说是网罗了一个时代的众生群像。编选者在这些下层人物的传记中，集中表现了通俗文学的教化作用，体现了作家对传统儒家美德的呼唤。其二，奇人奇事。猎奇是虞初体小说的共同特点，也是通俗小说的重要卖点。《虞初近志》收集了诸多奇人异事，其中既有八指头陀、李伯元、戴东原、我佛山人、黄公度、杨守敬、娑婆生、苏曼殊、霍元甲、大刀王五等著名文人学者、武术奇人的轶事，也有名不见经传的以卖文为生的小说家、落魄的桐城才子、侠客、盗贼、隐士、义犬之奇行，以及意大利国贤妃、中国殖民八大伟人等足以吸引读者眼球的故事。如果说这两类选材还没有超越"文多时贤、事多近代"，"小说主角，多出下层"的《虞初新志》的惯例，那么，此书特别收录的 11 篇革命先行者的传记，包括戊戌六君子、邹容、秋瑾、尹锐子等人的事迹，则成为《虞初近志》较一般通俗笔记小说最为突出的亮点。这些为国奋斗、为民牺牲的英雄行为比传统的忠孝节义更具有时代性，也更能鼓舞读者斗志，更突出地表现了选编者的思想价值取向。及至 1916 年胡怀琛编辑的《小说名画大观》问世，我们可以清晰地看到，

————————

①　胡寄尘：《捧腹谈》，广益书局 1913 年版，编者序。

这部内分教育类、伦理类、道德类、家庭类、历史类、政治类、爱国类、外交类、军事类、科学类、冒险类、侦探类、言情类、哀情类、侠情类、奇情类、社会类、警世类、滑稽类、神怪类的作品，其中有关国家前途命运、道德伦理的思考，已经远远超过了言情、侦探、猎奇等内容，而"科学类"的出现，更是令人感到一股清新之风的注入。1917 年，胡怀琛主编的另一部小说集《小说革命军》出版，作者明确地宣称，此书宗旨为：

> 一改革浮泛之文辞，二改革秽亵之思想……实行社会教育，提倡优美之文学……为小说界放一光明，为少年人作一益友。①

另一位在清末民初通俗文学创作上取得不凡成就的皖籍南社成员为休宁程华魂②。这位著者久已被人遗忘，但翻阅民初《礼拜六》《繁华杂志》《七天》《朔望》《好白相》《中华妇女》等刊物，却可发现"休宁华魂"是一个频频出现的名字，《可怜侬》《双泪落》《欧西风云中之七岁童》《救命符》《风流孽报》《判得好》《晚妆楼上杏花残》《中华第一贵佣妇》《巾帼英雄记》等数十篇小说均出自他的笔下。这些作品少数为伦理小说，如《风流孽报》，更多的则是将"儿女情"与"英雄气"相结合，颇耐人寻味。譬如《可怜侬》：留日归国的青年同盟会员王雪楼爱上了女子师范毕业生、女学教师、新寡女子倪闺隐，后革命事起，王雪楼奋勇作战、英勇献身，成为黄花岗七十二烈士之一，留下遗书交予闺隐，称：

> 男儿生不成名，死当葬身马革，与其忍辱以偷生，何如杀敌沙场而死。推倒虏廷是仆之素志，虽死无所恨也。所不瞑目者，惟上不能为祖国雪耻，下不能为知己吐气，引以为憾焉……仆今日之死，谓为祖国也可，谓为知己死亦无不可。③

---

① 胡寄尘：《小说革命军·宣言书》，波罗奢馆 1917 年版。
② 程华魂，字光泽，号瞍堂，笔名休宁华魂，南社入社号 494。
③ 程华魂：《可怜侬》，《礼拜六》1913 年第 11—12 期。

闺隐阅毕，亦心痛而死。这篇小说集合了清末民初中国社会诸多引人瞩目的社会因子：女学的兴办、寡妇的恋爱、革命的发生、黄花岗七十二烈士的牺牲，带有鲜明的政治色彩，堪称后世"革命＋恋爱"小说创作模式之先驱。

1924 年至 1926 年，桐城刘豁公①的表现十分引人瞩目。这位曾在辛亥革命时期横刀跃马、驰骋疆场的桐城男儿，入民国后进入通俗小说界。此期他与友人合作，接连编辑出版《说部精英：甲子花》《乙丑花》《丙寅花》，以及小说季刊《春之花》《夏之花》，集合周瘦鹃、恽铁樵、包天笑、姚民哀、王西神、海上漱石生、严独鹤、程小青、杨云史、张静庐、徐枕亚、胡寄尘、郑逸梅等当时众多通俗小说作家作品展出，显示了他们的创作力量与弘扬民族小说之理想。在《甲子花》序言中，豁公之兄蛰叟写出了此书编辑主旨：

> 有清末页（笔者注：原文如此），文字寖衰，而嗜小说者益众……自林琴南先生译述欧美名家小说数百种，风气为之一变。而异国烹调，终不适吾人肠胃，又转而求其宿嗜之乡味。海内时贤……斟酌古今，寓讽于谐，兹各出其近作……《说部精英：甲子花》虽不能抗衡汉魏，接踵古人，然必有造于近今之社会。②

此外，刘豁公对传统戏剧的梳理、评论、研究，也充分显示了皖籍南社同人对通俗文学的情有独钟。自徽班进京开始，安徽戏剧界名人辈出，一般民众也对戏剧演出特别爱好，文人士子更具品鉴能力，这就为皖籍南社成员进军中国戏剧界奠定了坚实的基础。自 1918 年始，迎着新文学阵营批判传统戏剧之热潮，刘豁公来到沪上，编辑出版了《戏剧大观》，其中"俳优列传"盛道伶人之历史；"粉墨阳秋"评骘艺术之优次；"乐府新声"收录豁公所撰之院本；"京剧考证"则"考其事之原而纪之以文，使顾曲者得辨戏中人也"③。1919 年他又推出《京剧考证百出》，前半部为"歌曲探源"，杂论戏曲音乐唱腔、角

---

① 刘豁公（1890？—？），名达，字豁公，号梦梨，别署哀梨室主，南社入社号 993。
② 刘蛰叟：《甲子花序》，刘豁公、王钝根编《甲子花》第 1 集，五洲书社 1924 年版。
③ 苦海余生：《戏剧大观发端》，刘达著，苦海余生编《戏剧大观》，交通图书馆 1918 年版。

色身段，及昆曲、梆子艺术特点，包括《角色定名之意义》《演戏之纲要》《昆曲概况》等；后半部为"京剧一百出考证"，实系剧评。所评有《空城计》《捉放曹》等77出传统剧目，内容涉及剧情故事、艺术特色、各派演员表演特点。紧接着，他又于1920年出版《梅郎集：兰芳轶事》《梅兰芳新曲本》《戏学大全附大鼓书》；1923年起发表系列戏剧评论文章《哀梨室戏谈》；1924年出版《律和声》《雅歌集特刊》，收录《文姬归汉》《饯春》《步飞燕》等剧本及戏曲评论文章多篇；1926年出版《戏学汇考》10册；1927年出版《兰社特刊》；1931年出版《戏考大全》第1至6册，辑录百代、高亭、开明、胜利、蓓开、大中华六家唱片公司所出唱片之曲词，分为京戏、大鼓、昆曲、秦腔、申曲、舞蹈等；1928年6月，豁公创办了当时中国发行量最大、也最受读者欢迎的戏剧专刊之一《戏剧月刊》，进一步奠定了他在中国戏剧评论界的重要地位，也为后世研究中国近代戏曲史提供了大量可资借鉴的文献。更引人瞩目的是，此刊于创办之年就发起以"四大名旦"为题的征文，尚小云、梅兰芳、程砚秋、荀慧生"四大名旦"之称谓至今深入人心，而《梅兰芳》《尚小云》《程砚秋》《杨小楼》《荀慧生》《谭鑫培》6个专号，亦在中国京剧史上留下了不可磨灭的痕迹。

反观豁公评剧生涯，有论者评说：

豁公所编剧目主要可分为三类：一类为历史剧，一类为时事剧，一类为应时戏。历史剧以《香妃恨》《蔡文姬》为代表，多据中国历代才女故事敷衍成剧，借剧中才女的悲惨遭际，抒发豁公的身世之悲与家国之痛。时事戏以国家大事为题材，表达豁公的政治观念。如1917年张勋复辟时，他为上海天瞻舞台编写了《复辟梦》（又名《恢复共和》），此剧因讽刺保皇党，一时"大受沪人士之欢迎"。他曾编写过四场讽刺剧《欢喜冤家》，以辛辣的笔触，尖锐讽刺了1909年清政府与日本签订的卖国条约《图们江中韩界务条款》，无情鞭挞了清廷中卖国求荣的投降派。豁公虽身处物欲横流、藏污纳垢之近代上海，却坚守着文人的正直气节。他虽弃武从文，却仍以自己的笔为刀剑，刺向那些置民族大义于不顾、卖国求荣的无耻之徒。①

---

① 张芳：《民国初期戏剧理论研究（1912—1919）》，吉林大学出版社2013年版，第99页。

结 语

综上所述，南社皖籍成员在中国近现代文学史上之贡献已不可小觑。但是，本章所述仅为冰山一角，倘能进一步深入海下，更有黄宾虹、奚侗、杭海、郑衡之、方廷楷、柏文蔚、江亢虎、赵炜如、汪洋、储光霁、程丝碧以及成长于皖省之易白沙、成舍我等南社成员的大批著述有待检点、整理、研究，这将是安徽文学研究者理应承担的历史重任。

附录 皖籍南社成员名录暨文学书目

皖籍南社成员名录

入社号	姓名，生卒年月，字号	籍贯	注
24	程家柽（1874—1914），字韵荪，一字下斋	休宁	
32	张我华（1886—1938）	凤阳	
36	周祥骏（1870—1914），字仲穆，号更生	睢宁①	
57	孙变齐，字鲁望，号仲戟	寿县	孙毓筠子，湜弟
59	沈钧，字半峰	合肥	
73	赵炜如（？—1960），字坚白	太湖	赵朴初父
86	叶振谟，字典任	歙县	
89	江绍铨（1883—1954），字亢虎，号洪水、亢庐、康瓠	旌德	
96	黄质（1865—1955），字朴存，号宾虹，别署予向	歙县	
97	胡韫玉（1878—1947），字仲明，号朴安	泾县	
99	王钟麒（1880—1913），字毓仁、号无生、别号天僇等	歙县	
100	吴楚昌，字逸尘	庐江	
105	胡怀琛（1886—1938），字季仁，号寄尘	泾县	胡朴安弟
127	黄盛启，字田光	合肥	
174	程慈，字心兹	歙县	

---

① 查《江苏建置志》，睢宁民国期间一度隶属安徽，且周祥骏少年时代曾求学于安徽萧县，故录入。但由于此期睢宁主要归属江苏，且睢宁其他南社成员自报江苏籍，因此不予录入。

入社号	姓名，生卒年月，字号	籍贯	注
177	范光启（1882—1914），字鸿仙，号孤鸿	合肥	
230	汪洋（1879—1921），字子实，号影庐，又号破园	旌德	
279	孙湜，字伯纯，一字伯醇	寿县	孙毓筠长子
280	孙天逸，字以同	寿县	孙湜族侄
305	奚侗（1878—1939），字度青，号无识	当涂	
315	杭海，字席洋，号漱潆	定远	
317	朱琼，字味莼	泾县	
326	郑衡之（1877—1938），字树滋	英山	
342	吕陶，字篙雨	旌德	
348	程善之（1880—1942），名庆余，字善之，号小斋	歙县	
365	方廷楷（？—1929），字瘦坡山人，室名习静斋	太平	
400	程苌碧，原名忠，字心中，号心丹	黟县	
418	吕碧城（1883—1943），女，原名贤锡，字圣因，一字兰清	旌德	
421	王横，字瘦月	歙县	
439	梅光迪（1890—1945），字迪生，一字觐庄	宣城	
442	叶吟生	太平	
445	马汉声，字哭天	怀宁	
490	吴云，字阙父，号梅痴	歙县	
494	程华魂，字光泽，号瞍堂，笔名休宁华魂	休宁	
543	李光，字少华，号思声	太湖	
552	胡惠生（1893—1956），原名道吉，别号蕙荪，笔名孤芳	泾县	胡朴安侄
602	方培良，字秋士	寿县	
603	李国凤（1885—1936），字少川	合肥	李鸿章侄孙
636	余崑，字裴山，号贞一	休宁	
671	凌毅（1878—1930），字蕉庵	定远	
694	彭昌福	芜湖	
722	龚耀宗，字缘亚	泗县	
727	柏文蔚（1876—1947），字烈武	寿县	
772	潘寿元，字鲁庵	桐城	
811	刘云昭（1886—1962），字汉川	萧县	

续表

入社号	姓名，生卒年月，字号	籍贯	注
813	范国才，字俊夫，号淮狂	怀远	
815	朱大倬，字甫田，号绮琴	休宁	
853	陈珮章，女，字纫兰，一字银兰	安徽建平	建平属郎溪县
888	苏良，字公盦	太平	
895	盛世弼	怀宁	
978	陆福庭（1885—1960），名嘉佑，字心亘，号福廷，又作福庭	灵璧	
993	刘达（1890—?），字豁公，号梦梨，别署哀梨室主	桐城	
998	李敬婉（1884—?），女，字季琼	合肥	李经邦女，赵恩廊妻
999	朱络英，女	泾县	黄忏华妻
1000	刘世杰（1894—?），字仲英，号冲虚	萧县	
1008	谢幼支（1890—1939），原名广彬，字醒持	灵璧	
1021	储光霁，字华亭	阜阳	
1059	吕六韬（1890—1947），字渭仙	太湖	
1104	阚轶群	合肥	
1107	薛炎，字季厄	安徽入社登记未注县、市	
入社号不详			
1.	郑逸梅（1895—1992），本姓鞠，名愿宗，后改姓郑，谱名际云，号逸梅，笔名冷香、纸帐铜瓶室主	歙县原籍歙县，生于苏州	
2.	杨秋瀛，字晓帆	当涂奚侗弟子	南社湘集成员
3.	周培焘，字亮孙	合肥	南社湘集成员

皖籍南社成员文学书目

名次排列以入社号为序

周祥骏

1. 周祥骏：《更生斋类稿·乙编》，国华书局 1912 年版。

2. 周祥骏：《晚眺》，中国文史出版社 2017 年版。

注：宋庆阳《徐州与南社》一书收录《更生斋诗选》《更生斋诗话》《更生斋文选》《更生斋戏曲选》，团结出版社 2014 年版。

郭爱棠

1. 郭爱棠：《徐州续命坎》，睢宁县西北乡马浅集更生斋光绪三十三年（1907）刊本。

江绍铨

1. 江亢虎：《洪水集》，1913 年版。

2. 江亢虎：《新俄游记》，上海商务印书馆 1923 年版。

3. 陈景新、江亢虎、蒋达文：《小说学》，上海泰东图书局 1924 年版。

4. 江亢虎：《江亢虎南游回想记》，中华书局 1926 年版。

5. 江亢虎：《台游追纪》，中华书局 1935 年版。

6. 江亢虎：《江亢虎文存初编》，江亢虎博士丛书编印委员会 1944 年版。

黄质

1. 黄宾虹：《宾虹杂著》，1919 年版。

2. 黄宾虹：《宾虹诗草》三卷附补遗一卷，1933 年石印本。

3. 黄宾虹：《宾虹蜀游草》一卷，民国写刻本。

4. 黄宾虹著，许承尧收集：《黄宾虹信札》，民国稿本。

胡韫玉

1. 胡朴安：《古今笔记精华录》二十四卷，古今书局 1914 年石印本（第 2 版）。

2. 胡朴安：《拳师传》又名《技击家列传》，广益书局 1915 年版。

3. 胡朴安：《北游草》一卷，《朴学斋集》本。

注：胡朴安辑《朴学斋集》四种四卷，1918 年版。

4. 胡朴安：《歇浦咏》一卷，《朴学斋集》本。

5. 胡朴安：《闽海吟》一卷，《朴学斋集》本。

6. 胡朴安：《和陶诗》一卷，《朴学斋集》本。

7. 胡朴安编著：《京锡游草》四卷，1919 年版。

8. 胡朴安：《包慎伯先生年谱》一卷，《朴学斋丛刊》本。

注：胡朴安辑《朴学斋丛刊》，安吴胡氏 1923 年版。

9. 胡朴安：《读汉文记》一卷，《朴学斋丛刊》本。

10. 胡朴安:《历代文章论略》一卷,《朴学斋丛刊》本。

11. 胡朴安:《论文杂记》一卷,《朴学斋丛刊》本。

12. 胡朴安:《奇石记》一卷,《朴学斋丛刊》本。

13. 胡朴安:《余墨》一卷,《朴学斋丛刊》本。

14. 胡朴安:《周秦诸子学略》一卷,《朴学斋丛刊》本。

15. 胡朴安主编:《国学汇编》第一集,国光书局1924年版。

16. 胡朴安主编:《国学汇编》第二集,国光书局1924年版。

17. 胡朴安主编:《国学汇编》第三集,国光书局1924年至1925年版。

18. 胡韫玉选辑:《南社词选》二卷,《南社丛选》本。

　　注:胡韫玉选辑《南社丛选》二十四卷,国学社1924年版。

19. 胡韫玉选辑:《南社诗选》十二卷,《南社丛选》本。

20. 胡韫玉选辑:《南社文选》十卷,《南社丛选》本。

21. 胡朴安:《诗经学》,商务印书馆1928年版。

22. 胡朴安、胡怀琛著:《唐代文学》,商务印书馆1929年版。

23. (宋)朱淑真著,胡朴安、胡寄尘选校:《断肠词》,广益书局1930年版。

24. 胡朴安选录:《胡笳十八拍及其他》,广益书局1930年版。

25. (宋)李清照著,胡朴安、胡寄尘选校:《漱玉词》,广益书局1930年版。

26. 胡朴安、胡寄尘选校:《唐人传奇选》,广益书局1930年版。

27. 胡朴安、胡寄尘选校:《子夜歌》,广益书局1930年版。

28. 胡朴安:《胡氏家乘》一卷,《朴学斋丛书》第一集本。

　　注:胡朴安辑《朴学斋丛书》第一集二十五种附二种,安吴胡氏1940年版。

29. 胡朴安:《庄子章义》三卷,《朴学斋丛书》第一集本。

30. 胡朴安:《从诗经上考见中国之家庭》,《学林》1941年第六辑抽印本。

31. 胡朴安:《五九之我》,1937年稿本,后辑入《朴学斋丛书》第二集第18册。

　　注:胡朴安著,胡道彦编辑《朴学斋丛书》第二集十七种三十卷,安吴胡氏1985年影印本。

32. 胡朴安：《和寒山子诗》，民国稿本，后辑入《朴学斋丛书》第二集第
    26 册。

33. 胡朴安：《病废闭门记》，1943 年稿本，后辑入《朴学斋丛书》第二集
    第 19 册。

34. 胡朴安鉴定：《言文清文观止》，春江书局 1943 年版。

35. 胡韫玉：《离骚补释》，民国稿本，后辑入《朴学斋丛书》第二集第
    21、22 册。

36. 胡韫玉：《归田集》，胡道彤《朴学斋所著书目》著录。

37. 胡韫玉：《和范石湖田园诗》，胡道彤《朴学斋所著书目》著录。

38. 胡韫玉：《和拾得诗》，胡道彤《朴学斋所著书目》著录。

39. 胡韫玉：《强仕集》，胡道彤《朴学斋所著书目》著录。

40. 胡韫玉：《无闻集》，胡道彤《朴学斋所著书目》著录。

41. 胡韫玉：《演林和靖诗》，胡道彤《朴学斋所著书目》著录。

42. 胡韫玉：《养疴集》，胡道彤《朴学斋所著书目》著录。

43. 胡韫玉：《悦禅集》，胡道彤《朴学斋所著书目》著录。

44. 胡韫玉：《枕戈集》，胡道彤《朴学斋所著书目》著录。

　　王钟麒

1. 天僇王无生：《恨海鹃声谱》，民权出版社 1915 年版。

2. 王无生：《述庵秘录》一卷，昌福公司 1920 年第 4 版。

3. 铁生著，天僇润词：《姊妹花》，《神州日报》本，阿英《晚清戏曲小说
   目》著录。

　　胡怀琛

1. 胡怀琛：《海天诗话》一卷，清末版。
   　　注：又《海天诗话》一卷，广益书局 1914 年版。

2. 寄尘编辑：《兰闺清课》，太平洋报社 1912 年版。

3. 胡寄尘：《黛痕剑影录》，广益书局 1913 年版。

4. 胡寄尘编辑：《滑稽新丛书》十种十卷，广益书局 1913 年版。

5. 胡寄尘：《见闻述存》，广益书局 1913 年版。

6. 胡寄尘编辑：《捧腹谈》又名《新解颐语》，广益书局 1913 年版。

7. 胡寄尘编：《清季野史》第一编，广益书局 1913 年版。

8. 胡寄尘编辑：《虞初近志》六卷，广益书局 1913 年版。

　　注：又胡寄尘编辑《虞初近志》十二卷，大达图书供应社 1932 年版。

9. 春梦生、胡寄尘：《蕙娘小传附录冰天鸿影》，广益书局 1914 年版。

　　注：是书附录《冰天鸿影》，为胡寄尘作。

10. 胡寄尘：《寄尘短篇小说》，广益书局 1914 年版。

11. 胡寄尘辑：《近人游记丛钞》，广益书局 1914 年版。

12. 胡怀琛：《朴学斋夜谈》一卷，广益书局 1914 年版。

13. 胡寄尘辑：《清季野史》第二编，广益书局 1914 年版。

14. 胡寄尘辑：《清季野史》第三编，广益书局 1914 年版。

15. 胡寄尘：《弱女飘零记》，广益书局 1914 年版。

16. 胡怀琛：《文则》一卷，广益书局 1914 年版。

17. 胡怀琛：《春水沉冤记》，进步书局 1915 年版。

18. 胡寄尘改编：《孤雏劫》，瘦腰郎译，进步书局 1915 年版。

19. 胡寄尘、金石辑：《古今小说精华》三十二卷，广益书局 1915 年版。

20. 胡寄尘编译：《黄金劫》，文明书局 1915 年版。

21. 胡怀琛：《寄尘短篇小说》第二集，广益书局 1915 年版。

22. 胡寄尘：《藕丝记》，文明书局 1915 年版。

23. 胡怀琛：《童子尺牍》，广益书局 1915 年版。

24. 宋紫瑚、胡寄尘编译：《血巾案》，文明书局 1915 年版。

25. 胡寄尘辑：《清谈》十卷，古今图书局 1916 年版。

26. 胡寄尘辑：《小说名画大观》，文明书局 1916 年版。

27. 胡寄尘译述：《铁血美人》，进步书局 1917 年版。

28. 胡寄尘辑：《小说革命军》第一辑，波罗奢馆 1916 年版。

29. 胡寄尘：《小说革命军》第二辑，波罗奢馆 1916 年版。

30. 胡寄尘：《黄金崇》，文明书局 1918 年版。

31. 胡寄尘、蕙生：《银楼局骗案》，文明书局 1918 年版。

32. 怪人：《怪话》，广益书局 1919 年版。

33. 胡寄尘：《国文课外讲义》，文艺丛报社 1919 年版。

34. 胡寄尘：《明史通俗演义》，广益书局 1919 年版。

35. 胡怀琛编辑：《中外名人演说录》，1919 年版。

36. 胡怀琛：《中国文学评价》，华通书局 1920 年版。

37. 胡怀琛：《白话文谈及白话诗谈》，广益书局 1921 年版。

38. 胡怀琛：《大江集》，1921 年版。

39. 胡怀琛选辑：《唐人白话诗选》，又名《评注白话唐诗三百首》，崇新书局 1921 年版。

40. 胡怀琛：《新文学浅说》，泰东图书局 1921 年版。

41. 胡寄尘：《最近二十年目观之社会怪现状》，新华书局 1921 年版。

42. 胡怀琛：《爱情花》，1922 年版。

43. 胡怀琛选辑：《评注历代白话诗选》，中原书局 1922 年版。

44. 胡怀琛：《中等简易作文法》，崇文书局 1922 年版。

45. 胡寄尘：《中国五千年全史》，新华书局 1922 年版。

46. 胡怀琛辑：《尝试集批评与讨论》，泰东图书局 1923 年版。

47. 胡怀琛编辑：《记实文范》，崇文书局 1923 年版。

48. 胡怀琛：《托尔斯泰与佛经》，世界佛教居士林 1923 年版。

49. 胡怀琛：《新诗概说》，商务印书馆 1923 年版。

50. 胡怀琛：《修辞学要略》，大东书局 1923 年版。

51. 胡怀琛：《中国诗学通评》，大东书局 1923 年版。

52. 胡怀琛：《中国文学通评》，大东书局 1923 年版。

53. 胡寄尘：《最短之短篇小说》，晓星编译社 1923 年版。

54. 胡寄尘：《苦丫头》，商务印书馆 1924 年版。

55. 胡寄尘编：《劝俗新诗》，晓星书局 1924 年版。

56. 胡寄尘：《三迁》，商务印书馆 1924 年版。

57. 胡怀琛编辑：《诗学讨论集》，晓星书局 1924 年版。

58. 胡寄尘辑：《双复仇》，文明书局 1924 年版。

59. 胡寄尘选辑：《田家谚》，商务印书馆 1924 年版。

60. 胡怀琛：《文学短论》，梁溪图书馆 1924 年版。

61. 胡怀琛：《小诗研究》，商务印书馆 1924 年版。

62. 胡怀琛：《小说的研究》，商务印书馆 1924 年版。

63. （清）曾国藩编，（清）李鸿章审订，刘铁冷、胡怀琛等注释：《详注十八家诗钞二十八卷》，中原书馆 1924 年版。

64. 胡怀琛：《中国文学史略》，梁溪图书馆 1924 年版。

65. 胡寄尘辑：《中国寓言集》，商务印书馆 1924 年版。

　　注：又胡怀琛辑《中国寓言》第一册，商务印书馆 1947 年版。

66. 胡怀琛、庄适编纂，朱经农、王岫庐校订：《订正新撰国文教科书》1—8 册，商务印书馆 1925 年版。

67. 胡寄尘：《家庭小说集》，广益书局 1925 年版。

68. 胡寄尘：《中国八大诗人》，商务印书馆 1925 年版。

69. 胡怀琛：《中国民歌研究》，商务印书馆 1925 年版。

70. 胡怀琛：《作文研究》，商务印书馆 1925 年版。

71. 胡怀琛：《作文津梁》，大东书局 1926 年版。

72. 胡怀琛：《胡怀琛诗歌丛稿》十卷，商务印书馆 1926 年版。

73. 胡怀琛选辑：《新体女子白话尺牍五编》，大东书局 1926 年版。

74. 胡寄尘：《胡寄尘说集》，大东书局 1927 年版。

75. 胡怀琛等选注：《史记》，商务印书馆 1927 年版。

76. 胡怀琛、沈圻编：《新撰国文教科书》第八册，商务印书馆 1927 年版。

77. 胡怀琛：《中国文学辨证》，商务印书馆 1927 年版。

78. 胡怀琛选校：《归有光文》，商务印书馆 1928 年版。

79. 胡寄尘：《胡寄尘近作小说》，会文堂新记书局 1928 年版。

80. 胡寄尘：《今镜花缘》，商务印书馆 1928 年版。

81. 胡怀琛选校：《柳宗元文》，商务印书馆 1928 年版。

82. 胡寄尘：《文艺丛说》，商务印书馆 1928 年版。

83. 胡怀琛：《中国神话》，商务印书馆 1928 年版。

84. 胡怀琛：《东坡生活》，世界书局 1929 年版。

85. 胡寄尘：《佛学寓言》，世界佛教居士林 1929 年版。

86. 胡怀琛：《诗歌学 ABC》，上海 ABC 丛书 1929 年版。

87. 胡怀琛：《诗人生活》，世界书局 1929 年版。

88. 胡朴安、胡怀琛：《唐代文学》，商务印书馆 1929 年版。

89. 胡怀琛编：《新时代国语教科书》，商务印书馆 1928—1929 年版。

90. 胡怀琛：《中国小说研究》，商务印书馆 1929 年版。

91. 胡寄尘：《短篇小说丛存》，广益书局 1930 年版。

92. （宋）朱淑真著，胡朴安、胡寄尘选校：《断肠词》，广益书局 1930 年版。

93. 胡寄尘：《寄尘杂著丛存》，广益书局 1930 年版。

94. 胡怀琛：《陆放翁生活》，广益书局 1930 年版。

95. 胡寄尘编著：《描写人生断片之归有光》，广益书局 1930 年版。

96. 胡寄尘编著：《女子技击大观：国术新著》，广益书局 1930 年版。

97. （宋）李清照著，胡朴安、胡寄尘选校：《漱玉词》，广益书局 1930 年版。

98. 胡朴安、胡寄尘选校：《唐人传奇选》，广益书局 1930 年版。

99. 胡怀琛：《陶渊明生活》，广益书局 1930 年版。

100. 胡怀琛：《中国寓言研究》，广益书局 1930 年版。

101. 胡朴安、胡寄尘选校：《子夜歌》，广益书局 1930 年版。

102. 胡寄尘选编：《故小说家的诗选》，广益书局 1931 年版。

103. 胡怀琛：《抒情文作法》，世界书局 1931 年版。

104. （晋）干宝著，胡怀琛标点：《搜神记》，商务印书馆 1931 年版。

105. 胡寄尘编著：《文艺丛说》第二集，商务印书馆 1931 年版。

106. 胡怀琛：《修辞的方法》，世界书局 1931 年版。

107. 胡怀琛：《一般作文法》，世界书局 1931 年版。

108. 胡怀琛：《中国文的过去与未来》，世界书局 1931 年版。

109. 胡怀琛：《中国文学史概要》。

110. 胡寄尘译述：《百喻经浅说》，佛学书局 1932 年版。

111. 胡怀琛：《孔子》，商务印书馆 1932 年版。

112. 胡寄尘：《谁是你们的母亲》，新中国书局 1932 年版。

113. 胡寄尘：《喜》，大众书局 1932 年版。

114. 胡怀琛编：《虞初近志：新式标》，大达图书供应社 1932 年版。

115. 胡怀琛:《猫博士的作文课:儿童作文指导》第一册,少年书局 1933 年版。

116. 胡怀琛:《抒情文作法范例》,大华书局 1933 年版。

117. 胡怀琛改编:《水浒传》,商务印书馆 1933 年版。

118. 胡怀琛:《文艺古老话》,民国稿本。

　　注:此书曾以《文坛老话》为名,连载于《珊瑚》杂志 1933 年第 1、2、3、30 期。

119. 胡怀琛:《小品文作法范例》,大华书局 1933 年版。

120. 胡寄尘:《血泪碑　罗霄女侠》,广益书局 1933 年版。

121. 胡怀琛:《一个平凡的少年》,少年书局 1933 年版。

122. 胡寄尘:《真西游记》二卷,佛学书局 1933 年版。

123. 胡怀琛:《中国文法浅说》,商务印书馆 1933 年版。

124. 胡怀琛编著:《作文概论》,大华书局 1933 年版。

125. 胡怀琛:《作文门径》,中央书局 1933 年版。

126. 胡怀琛、宋寿昌辑:《儿童音乐故事》,正中书局 1934 年版。

127. 胡怀琛:《读书作文的故事》,新中国书局 1934 年版。

128. 胡怀琛:《故事剧》第一册,商务印书馆 1934 年版。

129. 胡怀琛:《故事剧》第二册,商务印书馆 1934 年版。

130. 胡怀琛:《故事剧》第三册,商务印书馆 1934 年版。

131. 胡怀琛:《故事剧》第四册,商务印书馆 1934 年版。

132. 胡怀琛:《猫博士的作文课:儿童作文指导》第二册,少年书局 1934 年版。

133. 胡怀琛:《孟子》,商务印书馆 1934 年版。

134. 胡寄尘选辑,朱太忙标点,胡协寅校阅:《随园诗选新式标点》,大达图书供应社 1934 年版。

135. 胡怀琛:《文章作法全集》,世界书局 1934 年版。

136. 胡怀琛:《岳传》,商务印书馆 1934 年版。

137. 胡怀琛:《中国故事》十册,商务印书馆 1934 年版。

138. 刘麟生、胡怀琛、金公亮等:《中国文学讲座》,世界书局 1934 年版。

139. 胡怀琛:《中国小说的起源及其演变》,正中书局 1934 年版。

140. 胡怀琛：《中国小说概论》，世界书局 1934 年版。

141. 胡寄尘：《夺产奇谈》，商务印书馆 1935 年版。

142. 胡怀琛：《国学概论》，乐华图书公司 1935 年版。

143. 胡寄尘：《快乐人》，商务印书馆 1935 年版。

144. 胡怀琛：《快乐之水》，少年书局 1935 年版。

145. 胡寄尘：《明史演义》，大达图书供应社 1935 年版。

146. 胡寄尘：《三兄弟》，商务印书馆 1935 年版。

147. 胡怀琛：《我的歌》，商务印书馆 1935 年版。

148. 胡寄尘：《无形的家产》，商务印书馆 1935 年版。

149. 春梦生、胡寄尘：《潇湘雁影》，广益书局 1935 年版。

150. 胡寄尘：《潇湘雁影附蕙娘小传冰天鸿影》，大达图书供应社 1935 年版。

151. 胡怀琛选辑：《新生活文选》，大华书局 1935 年版。

152. 胡寄尘编：《新笑话》，商务印书馆 1935 年版。

153. 胡怀琛：《修辞学发微》，大华书局 1935 年版。

154. 胡寄尘编辑：《谚语选》，商务印书馆 1935 年版。

155. 胡寄尘编：《随园文选》，广益书局 1936 年版。

156. 胡怀琛编辑：《小学生模范文选》第一册，商务印书馆 1936 年版。

157. 胡怀琛：《中学国文教学问题》，商务印书馆 1936 年版。

158. 胡怀琛：《萨坡赛路杂记》，广益书局 1937 年版。

159. 胡怀琛、杨荫深选注：《民歌选》，商务印书馆 1938 年版。

160. 胡怀琛选注：《五忠集》，建华印刷 1938 年版。

161. 胡怀琛：《古文笔法百篇：言文对照》，大东书局 1939 年版。

162. 胡寄尘：《快乐家庭》，广益书局 1939 年版。

163. 胡寄尘：《恋爱之神》，广益书局 1939 年版。

164. 胡怀琛：《读书杂记》一卷，《朴学斋丛书第一集》本。

  注：胡朴安辑《朴学斋丛书》第一集二十五种附二种，安吴胡氏 1940 年版。

165. 胡怀琛：《福履理路诗钞》一卷，《朴学斋丛书》第一集本。

166. 胡怀琛：《江村集》一卷，《朴学斋丛书》第一集本。

167. 胡怀琛:《秋山文存》一卷,《朴学斋丛书》第一集本。

168. 胡怀琛:《上武诗钞》一卷,《朴学斋丛书》第一集本。

169. 胡怀琛:《太白国籍问题》一卷,《朴学斋丛书》第一集本。

170. 胡怀琛:《庄子集解补正》一卷,《朴学斋丛书》第一集本。

171. 胡怀琛:《蒙书考》四卷,震旦大学图书馆 1941 年版。

172. 胡怀琛编辑:《小学生模范文选》第二册,商务印书馆 1944 年版。

173. 胡怀琛编辑:《小学生模范文选》第三册,商务印书馆 1944 年版。

174. 胡怀琛编辑:《小学生模范文选》第四册,商务印书馆 1944 年版。

175. 胡寄尘:《明史演义绣像仿宋完整本》,广益书局 1947 年版。

176. 胡怀琛:《陷坑》第三部,秦文漪译,中兴出版社 1948 年版。

177. (清)李伯元著,胡寄尘选校:《南亭笔记》,民国版。

178. (清)王慎旃原辑,胡寄尘续录:《圣师录圣师续录》,世界佛教居士林民国版。

179. 胡怀琛:《献给我的母亲》,新中国书局版,胡道静《先君寄尘著述目》著录。

180. 江红蕉、何海鸣、胡寄尘:《笑》,笑社民国版。

181. 胡怀琛:《这就是我》,新中国书局版,胡道静《先君寄尘著述目》著录。

182. 胡寄尘:《村学诗钞》,胡小静《胡怀琛传略》著录。

183. 胡怀琛:《胡氏儿歌》,胡怀琛《诗歌学 ABC 例言》著录。

184. 胡寄尘:《寄尘小说剩稿》,胡小静《胡怀琛传略》著录。

185. 胡寄尘:《寄尘小说新集》,胡小静《胡怀琛传略》著录。

186. 胡寄尘:《今日笔记》,胡道静《先君寄尘著述目》著录。

187. 胡寄尘:《历代平民诗续编》,胡道静《先君寄尘著述目》著录。

188. 胡寄尘:《毛锥》,胡道静《先君寄尘著述目》著录。

189. 胡寄尘:《民间文艺书籍的调查》,胡道静《先君寄尘著述目》著录。

190. 胡寄尘:《牧羊杂记》,胡道静《先君寄尘著述目》著录。

191. 胡寄尘:《慕凡女儿传》,胡道静《先君寄尘著述目》著录。

192. 胡寄尘:《诗歌的诞生及其寿命》,胡道静《先君寄尘著述目》著录。

193. 胡寄尘：《十年笔记》，胡道静《先君寄尘著述目》著录。

194. 胡寄尘：《十年旧梦》，胡道静《先君寄尘著述目》著录。

195. 胡寄尘：《他山诗钞书目提要》，胡道静《先君寄尘著述目》著录。

196. 胡寄尘：《文学源流浅说》，胡小静《胡怀琛传略》著录。

197. 胡寄尘：《小慧录》，胡道静《先君寄尘著述目》著录。

198. 胡寄尘：《解学士诗考证》，胡道静《先君寄尘著述目》著录。

199. 胡寄尘：《元代西域四诗人》，胡道静《先君寄尘著述目》著录。

200. 胡寄尘：《中国戏曲史》，胡道静《先君寄尘著述目》著录。

范光启

1. 范光启等辑：《陈烈士兴芝冤狱录》，民国版。

2. 范鸿仙著，政协合肥市委员会文史资料委员会编：《范鸿仙》，安徽人民出版社 1989 年版。

汪洋

1. 汪洋：《西湖四日记》，1917 年版。

2. 汪洋：《病榻支离记》，邵迎武《南社人物吟评》著录。

3. 汪洋：《息影枝谭》，邵迎武《南社人物吟评》著录。

奚侗

1. 奚侗：《庄子补注》四卷，江苏省立官纸印刷厂 1917 年版。

2. 奚侗：《度青先生青岛杂诗》，民国版。

郑衡之

1. 郑衡之：《石城诗集》，陈凯文、江健民《郑衡之传略》著录。

程善之

1. 程善之：《短篇小说》，江南印刷厂 1914 年版。

2. 程善之：《倦云忆语》，江南印刷厂 1914 年版。

3. 程善之：《小说丛刊》，江南印刷厂 1914 年版。

4. 程善之：《文字初桄》，有正书局 1915 年版。

5. 程善之编纂：《忏因醒呓》一卷，有正书局 1917 年版。

6. 程善之：《骈枝余话》，江南印刷厂 1922 年版。

7. 程善之：《残水浒》，新江苏报馆 1933 年版。

8. 程善之：《程善之先生时评汇刊》，新江苏报馆 1934 年版。

9. 程善之：《思李叟》，新江苏报馆 1935 年版。

10. 程善之：《洪可亭先生家传》一卷，1937 年版。

11. 程善之：《沤和室诗存文存》，黄山市地方志办公室编《黄山市近现代人物》著录。

12. 程善之：《四十年闻见录》，黄山市地方志办公室编《黄山市近现代人物》著录。

方廷楷

1. 仙源瘦坡山人辑：《习静斋诗话》四卷，武汉商务日报馆晚清版。

2. 方廷楷：《论诗绝句百首》一卷，1917 年版。

3. 方廷楷：《习静斋词话》一卷，1917 年版。

4. 方廷楷：《习静斋诗话续编》二卷，1917 年版。

5. 方廷楷：《香痕奁影录》，蒋寅《清诗话考》著录。

6. 方廷楷：《独赏集》，蒋寅《清诗话考》著录。

吕碧城

1. 吕碧城：《信芳集》诗一卷词一卷，1918 年版。

   注：又吕碧城《信芳集》三卷，中华书局 1925 年版。

   又吕碧城《信芳集》诗一卷词一卷增刊一卷文一卷《鸿雪因缘》，1929 年版。

2. 吕碧城著，费树蔚校阅：《吕碧城集》五卷，中华书局 1929 年版。

3. 吕碧城编译：《欧美之光》，开明书店 1932 年版。

4. 吕碧城：《晓珠词》一卷，1932 年版。

   注：又吕碧城《晓珠词》四卷，1937 年版。

梅光迪

1. 梅光迪讲，张其昀记：《文学概论》，民国油印本。

   注：此书为梅光迪 1920 年于南京高师授课讲课记录。

2. ［英］温切斯特（C. T. Winchester）著，景昌极、钱坤新译，梅光迪校：《文学评论之原理》，商务印书馆 1923 年版。

3. 梅光迪：《梅光迪文录》，国立浙江大学 1948 年版。

   注：又梅光迪《梅光迪文录》，（台湾）"中华大典编印会" 1968 年版。

又梅光迪著，罗岗、陈春艳编《梅光迪文录》，辽宁教育出版社 2001 年版。

又梅光迪著，梅铁山主编《梅光迪文存》三卷，华中师范大学出版社 2011 年版。

4. 梅光迪：《卡莱尔与中国》，（台湾）"中央文物出版社" 1953 年版。

5. 梅光迪著，李今英编：《梅光迪先生家书集》，（台湾）"中国文化学院" 1980 年版。

胡惠生

1. 胡惠生：《参观台湾番族生活品标本后》，1930 年版。

柏文蔚

1. 柏文蔚：《柏烈武五十年大事记》，安徽省文献委员会 1946 年至 1947 年抄本。

刘达

1. 刘达著，苦海余生编辑：《戏剧大观》，交通图书馆 1918 年版。

2. 刘豁公：《拆白伟人传》，新民图书馆 1919 年版。

3. 刘豁公：《京剧考证百出》，中华图书集成公司 1919 年版。

4. 刘豁公编辑：《梅兰芳新曲本》，又名《梅郎集：梅郎曲本》，中华图书集成公司 1920 年版。

5. 刘豁公编辑：《梅郎集：兰芳轶事》八卷，中华图书集成公司 1920 年版。

6. 刘达：《戏学大全附大鼓书》，生生美术公司 1920 年版。

7. 刘豁公等编辑：《律和声》，律和票房 1924 年版。

8. 刘豁公、王纯根编辑：《说部精英：甲子花》第一集，雕龙出版部 1924 年版。

9. 刘豁公编辑：《雅歌集特刊》，1924 年版。

10. 刘豁公：《上海竹枝词》，雕龙出版部 1925 年版。

11. 刘豁公、王钝根编辑：《说部精英：乙丑花》第一集，五洲书社 1925 年版。

12. 刘豁公、董柏崖编辑：《春之花：小说季刊》，青青社 1926 年版。

13. 刘豁公、王纯根编辑：《说部精英：丙寅花》第一集，五洲书社 1926 年版。

14. 刘豁公、董柏崖编辑：《夏之花：小说季刊》，青青社 1926 年版。

15. 凌善清、许志豪编，徐慕云、刘豁公校阅：《新编戏学汇考》，大东书局 1926 年版。

16. 刘豁公、郑子褒编辑：《兰社特刊》第一集，兰社 1927 年版。

17. 刘豁公：《孽海惊涛》，大亚影片公司 1927 年版。

18. 刘豁公辑：《戏考大全》，文华美术图书印刷公司 1931 年版。

19. 刘达编：《演说选》，北新书局 1935 年版。

20. 刘豁公：《沧桑记》，《中国戏曲志》编辑委员会编《中国戏曲志·上海卷》著录。

郑逸梅

1. 郑逸梅著，赵眠云编：《梅瓣集》，上海图书馆 1925 年版。

2. 郑逸梅著，顾明道编：《罗星集》，潮音楼 1926 年版。

3. 郑逸梅编辑，徐行素校正：《小说素》，竞新书局 1926 年版。

4. 郑逸梅：《红花儿》，又名《慧心灿齿集》，潮音楼 1927 年版。

5. 网蛛生著，郑逸梅校订：《人海潮》，春新村书社 1927 年版。

6. 郑逸梅：《游艺集》二卷，潮音楼 1927 年版。

7. 郑逸梅：《茶熟香温录》，益新书社 1928 年版。

8. 徐碧波著，郑逸梅校勘：《流水集》，益新书社 1929 年版。

9. 郑逸梅著，顾明道编：《羽翠鳞红集》，又名《杂作小记》，益新书社 1929 年版。

10. 郑逸梅：《浣花嚼雪录》上下卷，益新书社 1930 年版。

11. 郑逸梅：《玉霄双剑记》，益新书社 1931 年版。

12. 郑逸梅：《孤芳集》，益新书社 1932 年版。

13. 郑逸梅著，顾明道编：《逸梅小品》，中孚书局 1934 年版。

14. 郑逸梅：《逸梅小品续集》，中孚书局 1934 年版。

15. 赵眠云著，郑逸梅校：《云片二编》，中孚书局 1934 年版。

16. 汪仲贤、郑逸梅编：《红羊豪侠传电影特刊》，上海新华影业公司 1935 年版。

17. 郑逸梅：《花果小品》，中孚书局 1935 年版。

18. 郑逸梅：《小品大观》，上海校经山房书局 1935 年版。

19. 郑逸梅：《逸梅丛谈》，上海校经山房书局 1935 年版。

20. （明）瞿佑著，郑逸梅校订：《剪灯新话：明人笔记》四卷，中央书店
    1936 年版。

21. 郑逸梅：《瓶笙花影录》，上海校经山房书局 1936 年版。

22. 郑陶斋编，汪漱碧、郑逸梅校订：《唐人剑侠传：名家笔记》八卷，又
    名《绘图正续合订唐人剑侠传》，中央书店 1936 年版。

23. 郑逸梅：《小阳秋》，日新出版社 1936 年版。

24. 郑逸梅、朱子超编校：《全国大中学校学生生活素描》第一集，国华学
    社 1937 年版。

25. 郑逸梅：《人物品藻录》，日新出版社 1946 年版。

26. 钱化佛口述，郑逸梅编著：《三十年来之上海》，又名《拈花微笑录》，
    学者书店 1947 年版。

27. 钱化佛口述，郑逸梅编著：《三十年来之上海续集》，又名《花雨缤纷
    录》，学者书店 1947 年版。

28. 郑逸梅：《淞云闲话》，日新出版社 1947 年版。

29. 郑逸梅：《近代野乘》，新中书局 1948 年版。

30. 郑逸梅：《三国闲话》，广益书局 1948 年版。

31. 郑逸梅：《味灯漫笔》，光华书局 1949 年版。

杨秋瀛

1. 杨秋瀛：《红藕村人诗存》四卷，民国版。

第二章

武将文踪:民国皖籍军事将领文学著述谈

清末民初是安徽革命志士层出不穷的时代。当太平天国战争使得清政府几乎束手无策的时候,江淮大地上崛起的一支部队横扫大江南北,威名远播。李鸿章、刘秉璋、刘铭传、张树声、潘鼎新、周盛波、吴长庆、周馥、丁汝昌等一大批皖籍人士也因此成为晚清政坛、军界叱咤风云的人物。这仿佛是一个命运的转折点,从此之后,明清以来一直以新安朴学和桐城文派知名天下的安徽,再也放不下一张安静的书桌。无数青年投笔从戎,走出书斋,高举义旗,奔走四方。他们志在抵御外辱、富国强民,推翻清廷、谋求共和。一时间,江淮大地英雄四起,将星闪耀。在晚清革命思想潮涌的军校中,在推翻清政府的新军起义里,在灾难频仍的军阀混战期间,在高歌北伐的革命征途上,在抗日战争的严酷岁月中,在为新中国诞生的奋勇搏击里,一批又一批英雄志士于血与火之间书写他们充满豪情的别样人生。这里既有自晚清起步,而后于中国政坛叱咤风云的徐树铮、段祺瑞、冯玉祥、张治中;也有辛亥革命的前驱者范光启、柏文蔚、郑赞丞、蔡颐;更有中国共产党的早期领袖高语罕、许继慎;在抗日烽火中保家卫国、立下赫赫战功的方振武、戴安澜、孙立人;以及告别战场后,在文坛寻找另一个自我的汪律本、李警众、刘豁公……

时至今日,人们往往只记得他们在战火硝烟中出没的身影,记得与他们的名字相关的一件又一件政坛大事,一场又一场惨烈战争,至于他们曾经的诗词曲赋,高歌浅吟,似乎早已消逝在渐渐远去的历史烟云中。但是,我们实在不应忘记这毕竟是一批从积蕴深厚的安徽文化沃土中走出的志士豪杰，不应忘记他们为后人留下的底蕴丰厚、内容独到的文学著述。故而，本章旨在对他们的创作情况做一简单介绍，以期帮助读者对影响深远的皖地文化，对成长于血与火之中的民国皖籍军事将领有更为深入的认知。

第一节　投笔从戎、慷慨报国的皖籍书生

从一个文化积淀极为深厚的省份走出，现代皖籍军事将领大多受过良好教育，他们之所以投笔从戎，献身革命，与中国传统儒学的经世致用价值取向与国难当头的政治局势有着直接关系。

皖省自古儒风极盛。以朱熹为代表的新安理学兴于宋，固于元，盛于明，"修身、齐家、治国、平天下"的《家礼》深入人心。紧随其后的徽派朴学与桐城文派，根源即在清初学者顾炎武、黄宗羲等人以"复古"求解放，以经世致用相标榜的号召中。被梁启超称为"前清学者第一人"①的徽派朴学大师戴震明确提出，学问的根本问题，乃是"闻道"，是"正人心之要"②；桐城派的开山之祖方苞阐释孔子学说为"明诸心，以尽在物之理而济世用"③。因此，虽然有清一代徽派朴学曾一度沉醉于考证、校勘、辨伪古文经传之中，桐城派也有过疏离社会政治、陶然于清澄雅正之文的倾向，但骨子里从不敢忘怀国计民生。道咸年间，随着国力衰减，外敌入侵，对"忠义之气，高亮之节，道德之养，经济天下之才"④的追求，成为皖省学人的最高奋斗目标。以姚莹、方东树等为代表的桐城大家，不仅响亮地喊出"君子立言，为足以救乎时而已"⑤的口号，而且直接投身于经济世务，关注夷情，成为"为国家宣力分忧，保疆土而安黎庶"⑥的

---

① 梁启超：《戴东原图书馆缘起》，《梁启超全集》（7），北京出版社1999年版，第4217页。
② （清）戴震：《与段若膺书》，《戴震集》，上海古籍出版社1980年版，第481页。
③ 吴瑞书编：《方望溪文选·传信录序》，商务印书馆1935年版，第11页。
④ （清）姚鼐：《惜抱轩全集·荷塘诗集序》，世界书局1936年版，第37页。
⑤ （清）方东树：《仪卫轩文集·辩道论》，贾文昭《中国近代文论类编》，黄山书社1991年版，第52页。
⑥ （清）姚莹：《再与方植之书（癸卯四月）》，《清代诗文集汇编》编纂委员会《清代诗文集汇编·东溟文外集》，上海古籍出版社2010年版，第497页。

表率。而曾国藩等洋务重臣加盟桐城派，"以躬行为天下先，以讲求有用之学为僚友劝，士从而与之游"①，素以古文为要务的桐城文派因时而变，

> 取西人器数之学，以卫尧舜禹汤文武周孔之道，俾西人不敢蔑视中华。②

太平天国运动爆发后，安徽成为重灾区，江南江北，一片狼藉，死难者不计其数。当此之时，皖籍进士出身的高官吕贤基、李鸿章、赵昀、刘秉璋等携手返乡筹办团练，其间又有吴长庆、周馥、张树声、潘鼎新、陈篑举等文士纷纷加入。他们的行为，开启了皖籍文人大规模从军报国之模式，其建功立业的赫赫成就，也鼓沸了后辈青年学子的一腔热血。

此后，随着甲午战争的失败，北洋新军的成立，辛亥革命的酝酿、爆发，北伐战争打响，日军入侵中华……皖籍学子投军热情一次次高涨，仅民国时期名动四方的杰出将领就难以胜数：

在皖北，萧县耕读之家走出的徐树铮自幼深受儒学熏陶，7 岁能诗，13 岁考中秀才，17 岁以岁试一等一名的成绩补廪生。1897 年，目睹列强瓜分中国、朝廷无能为力的局面，他慨然投笔从戎，认为：

> 儒者读书，要以致用为宗。频年朝政日非，丧师割地，为国大辱。释而不图，虽皓首牖下何益？③

从此，这位血气方刚的年轻人远走他乡，投入段祺瑞麾下，义无反顾地开始了驰骋疆场的军旅生涯，并迅速成长为近现代中国政坛上的一颗耀眼新星，辅佐段祺瑞完成"三造共和"大业。

在皖南，乾嘉年间盛极一时的朴学研究中心——徽州不疏园汪氏后代汪宗沂之子也选择了投笔从戎的道路。汪宗沂是光绪六年（1880）进士，

---

① （清）黎庶昌：《庸庵文编序》，薛福成《庸庵文编》，光绪薛氏家刻《庸庵全集》本。
② （清）薛福成：《筹洋刍议·变法》，《薛福成选集》，上海人民出版社 1987 年版，第 22 页。
③ 徐道邻：《民国徐又铮先生树铮年谱》，台湾商务印书馆 1981 年版，第 6 页。

曾主讲芜湖中江、安庆敬敷、徽州紫阳和黟县碧阳书院，著作等身，有"江南大儒"之誉，也是皖派朴学最后一位传人。1894年，他27岁的儿子汪律本考中举人，适逢甲午海战爆发，"其后国难日亟，科举将废，有志者皆思奋厉救国，而耻于学"，于是，汪律本"仅一试于礼部，即弃去"①，与汪宗沂的弟子黄宾虹、许承尧等秘密组织反清社团黄社。此后，他又加入同盟会，成为新军一员，并参与谋划军中起义，走上了一条与先祖从事的考证、校勘、训诂之学完全不同的道路。

在桐城派与淮军的生长地皖中，更有一批又一批读书人相携从军。其中包括：民国时期著名政治家，号称"北洋之虎"的皖系军阀首领，中国第一所现代化军事学校——保定军校的总办段祺瑞；毅然告别私塾，投入北洋军队怀抱的桐城兄弟将军施从滨、施从云；年仅16岁即怀抱"习文不如学剑"的志向，投入安徽武备学堂，"倡言复我汉族"②的中国国民党创始人之一、辛亥革命功臣张汇滔；1906年告别私塾，考入安庆武备练军学堂，后参加马炮营起义、南京起义，加入中华革命党，后与冯玉祥、吉鸿昌组织察哈尔民众抗日同盟军，任前敌总司令的寿县方振武；12岁读完《山海经》《尔雅》和四子书，14岁时《诗》《书》《礼》《易》《春秋》等儒家经典皆能背诵，20岁考中秀才，却认为"经国大计不在此雕虫小技也"③，毅然走进安徽武备练军学堂的柏文蔚；早年投身秘密反清活动，1908年参加安庆马炮营新军起义，辛亥革命爆发后出任安徽青年军秘书长，以后成为黄埔军校政治教官、南昌起义发起人之一的寿县高语罕；从辛亥革命、护法运动、北伐战争、抗日战争一路浴血走来的巢县爱国将领、中国国民革命军陆军二级上将张治中；出身于庐江官宦之家，毕业于清华大学土木工程系，以安徽省第一名的成绩考取清华庚子赔款留美预科，最终考入美国弗吉尼亚军校改学军事，在抗日战争中被誉为"学历之深，无人可及；练兵之精，无人可及；战功之高，无人可及；身上弹孔之

---

①　汪民视：《汪旧游先生事略》，《歙县文史资料》1987年第2辑。
②　邵体平：《国魂不死　张汇滔烈士传》，东方出版社1998年版，第377页。
③　柏心瀚：《缅怀先父柏烈武将军》，《淮南文史资料选辑》1984年第3辑。

多，无人可及；国际性声誉之隆，也无人可及"①，歼灭日军最多的中国军事将领孙立人；六安名儒张侍臣之弟子、上海大学学生，先后参加黄埔军校两次东征的中国工农红军第一军军长许继慎；曾于上海美术专科学校、上海新华艺术大学学习，后担任浮山公学美术教员，于祖国山河破碎之际走入军营，加入中国工农红军的枞阳黄镇……

第二节　头枕经典、口吟诗文的战场英豪

正是由于有了这些满腔热血、满腹才学、投笔从戎的青年人，民国皖籍军人才能显现出非同一般的风采。纵然是在戎马倥偬之际，他们中间的许多人依然头枕经典、口吟诗文，表现出对文学与家乡学术传统的深深依恋。

这种依恋首先表现在对于诗文之心坚定不移的守护。

以凤台蔡颐为例，这是个几乎被人淡忘的名字，当年却是辛亥革命队伍中威风八面的"孩将军"②。1910 年他参加淮上军起义，此后历任安徽陆军第二混成旅步兵团排长、连长，皖军第一师司令部参谋，冯玉祥所属革命军第二军第六师师长、军参谋长。北伐胜利后，又在方振武所属第六路军任少将参谋长兼皖北警备司令、蚌埠水陆公安局长。因方振武反蒋活动失败，蔡颐东渡日本考取日本陆军士官学校，归国后任安徽省保安副司令兼省政府秘书长，1940 年赴贵州担任国民党中央炮校政治部主任兼总教官，1946 年授少将衔。就是这样一位身经百战、万里从戎的军人，征战之中竟写下《天囚诗存》15 卷 3000 余首、《放园词存》一卷百阕。其中《天囚诗存》内录自 1906 年至 1910 年之《投笔集》，自 1911 年至 1913 年之《剑光集》，1914 年至 1916 年之《放楚集》，1917 年至 1918 年之《磨盾集》，1919 年至 1920 年之《蜀道吟》，1921 年至 1922 年之《归去辞》，

---

① 汪荣祖、李敖：《蒋介石评传》（下），青海人民出版社 1999 年版，第 712 页。
② 蔡颐《避难平阿教会，闻倪军到寿、凤冤杀党人千余名，蚌埠为建生祠，愤而书此》有句："箫吹吴市月，谁识孩将军（光复时余年十九，谯者以小孩营长呼之）。"见《天囚诗存·剑光集》，民国二十四年刊本。

1923 年至 1927 年之《中州集》，1927 年至 1928 年之《长征集》，1929 年至 1930 年之《淮海集》，1930 年至 1931 年之《燕尘集》，1931 年至 1932 年之《击筑集》，1932 年至 1933 年之《塞上吟》，1933 年至 1934 年之《吹剑集》，1934 年至 1935 年之《香草吟》，1935 年之作《皖江集》。堪称

廿年戎马，万里从军，故国伤心，前尘影事，都借吟咏以发挥之。

所有叱咤风云的英雄气概和建功立业的豪情壮志都在诗词之中得到淋漓尽致的抒写，其中写于淮上军起义期间的一首尤显古来淮上英雄气概：

把剑倚天气吐虹，揭竿斩木亦英雄。中原连岁伤胡马，亭长还乡唱大风。

十万横磨驱颍右，八千子弟起江东。河山恢复军声壮，淮上旌旗照眼红。①

又如英年早逝的霍邱郑赞丞。他早年就读于霍邱书院时，就在月考作文中诘难清廷，有"请看今日之域中，竟是谁家之天下"② 之句，青年时代与友人于安庆藏书楼演说时悲愤陈词，抨击清政府与沙俄签订丧权辱国的条约，并与潘赞化、柏文蔚等组织青年励志学社社员进行军事操练，随时准备效命疆场。辛亥革命中，他先后参加了熊成基马炮营起义、广州新军起义，民国后历任江苏镇军参谋长、孙中山国民政府参议员、安徽内务司司长，二次革命失败后随孙中山流亡日本，1914 年病逝。短短 37 年间，他奔走四方，谋求民族解放，万千感慨皆入诗作，仅一部《郑赞丞先生遗诗》就收录古近体诗 90 首。

再如来自桐城的皖籍将军都履和。他出身太学生世家，青年时代即入军旅，抗日战争前曾任察哈尔都统公署书记长，抗日名将苏炳文将军某师处长等职，"九一八"事变后，他再度从军，参加了名震中外的"西安事

---

① 蔡颐：《天囚诗存·序》《天囚诗存·剑光集》，《天囚诗存·剑光集》，民国二十四年刊本。

② 翁飞、汤奇学主编：《安徽辛亥英杰》，黄山书社 2011 年版，第 215 页。

变"和抗日战争，授少将衔。日寇侵华十余年中，都履和虽戎马倥偬，仍笔耕不已。据《世界名人录·中国卷》记载，他于国事危艰之时遍战西北江南，所过之地搜奇觅古，信手成文，著述颇丰，如《劫余零笔》《天南尘忆》《西楚随笔》等，均在当时《北方论坛》《晓风杂志》《武汉日报》连载。1940 年，都履和又补辑完成《桐城派文人传略》，为方苞、刘大魁、张尹、叶酉、姚范、赵青藜、方泽、姚鼐、方绩、梅曾亮、方旭等 93 人作传，仅此一书，足可见都氏对桐城文派的崇敬之心。

确实，存在于民国皖籍军事将领诗文之间的，不仅仅是个人经历、心中感慨，还有字里行间流露出的传统文化的深深印记，皖地文脉的深刻影响。

以合肥饱学之士范光启为例。青年时代他曾被孙家鼐聘为家教，之后又曾协助于右任创办《神州日报》《民呼日报》《民吁日报》《民立报》，并主笔政。但他更相信推翻独裁政府不能仅仅依靠文章，更需投身实战。因此，他参与谋划安庆起义、黄花岗起义和武昌首义，辛亥革命后，为巩固和保卫新政权，又亲任安徽铁血军总司令。1914 年他奉命赴上海策动反袁斗争，出任上海中华革命军司令长官，同年被袁世凯派人刺杀，时年 32 岁。1989 年安徽人民出版社搜集整理烈士时论杂文近 300 篇，出版《范鸿仙》一书，使我们得见"孤鸿"的慷慨陈词。其中"牺牲吾人宝贵之碧血，以刷新共和之颜色"[1]，令人可感书生报国之一腔热血；而

　　　　自古迄今，人类之意念，已经历三时代，第一曰神学时代，其学理为假定。第二曰任意时代，其学理为悬论。第三曰验事时代，其学理为实用学理，最后一时代之事也。[2]

又令人分明可见"实用学理"对那一代青年的深刻影响；至于

　　　　读《哀江南赋》：日暮途远人间何世句，不禁心灰意冷。及读史

---

① 范光启：《范鸿仙》，安徽人民出版社 1989 年版，第 248 页。
② 同上书，第 251 页。

记圣智略绝人独患无身二句，又不禁有短刀匹马驰骋中原之概。①

则让我们似乎可以触摸到传统文化在他心中的律动。

相比之下，萧县徐树铮的诗文更鲜明地表现了对桐城文派的深深依恋。作为北洋军阀段祺瑞政府之干将，徐树铮是一位颇具争议的历史人物，《一士类稿》有言："誉者钦其壮猷远略，毁者病其辣手野心"。他曾经极力推行段祺瑞"武力统一"政策，直接和间接发动了直皖战争和第一次直奉战争，致使百万生灵涂炭；他也曾经坚决反对袁世凯复辟，收复疆土，努力维护国家领土完整与主权统一。他善于玩弄权术，又最终死于谋杀。不过，

> 其人起家诸生，雅好文事，与柯劭忞、王树楠、马其昶、林纾、姚永朴、永概诸人游，盖有儒将之风。②

却是公论。这位在家乡享有"神童"之誉的将军，一直自命为桐城弟子，多年来身边始终携带《古文辞类纂》。1925 年徐氏有《上段执政书》，更是表达了他对桐城文人的眷念之情：

> 反政以来，文教废坠，道德沦亡，读书种子日少一日……林畏庐（琴南）姚书节（永概）两先生先后病殁，至为痛惜。树铮辟地频年，奔走南北，兄姊亲爱，死伤迭仍，皆为私痛，未至过戚。惟两翁之殁，不能去怀，每一念及，辄复涕零。③

徐树铮一生搏击于政坛军旅，却出人意料地完成《诸家评点古文辞类纂》七十四卷的集评和《经传评点》的编辑，以实际行动承接桐城余续。

---

① 范光启：《范鸿仙》，安徽人民出版社 1989 年版，第 158 页。
② 徐一士：《一士类稿·谈徐树铮》，中华书局 2007 年版，第 247 页。
③ 徐树铮：《上段执政书》，转引自徐一士《一士类稿·谈徐树铮》，中华书局 2007 年版，第 248—249 页。

此外，他还有多种文学著述存世，身后被编为《视昔轩文稿》《兜香阁诗集》二卷、《碧梦庵词》。同时代学问大家王晋卿曾评价这些作品：

其论文导源班、马，而以唐宋八家为正宗，以近代方、姚为入门之的。诗嗜少陵，词嗜白石、梦窗。①

徐一士也认为：

阅《视昔轩遗稿》，其文及诗词，颇有功候，不乏斐然之作，不仅以人传也。②

同样表现了皖籍军事将领儒雅之风的还有无为戴安澜。这位誉满中华的抗日英雄，幼年师从桐城名士周绍峰，于饱读诗书、练就书法的同时，接受了尽忠报国的思想。此后，他在叔祖父——辛亥革命前辈、时任广东建国粤军第四师团长的戴昌斌引导下，考入黄埔军校。毕业后，戴安澜参加北伐、长城抗战、台儿庄战役，1939年出任国民革命军第五军第二〇〇师师长，在昆仑关战役中亲赴前线指挥，击毙日军旅团长中村正雄。1942年春，所部编入中国远征军，入缅甸与盟军协同作战，将军壮烈殉国。翻开《安澜遗集》，最引人注目的是散文《自讼》。这是一篇"穿越"散文，现代军人与古代帝王、能臣、贤士、哲人、姬妾相聚一处，讨论关于社会人生的大问题，充分显现了将军非凡的文学想象力。在这篇散文中，戴安澜借王阳明之口痛惜地说：

自宋儒提倡理学，专讲主敬存诚以后，把一般人心变成静的，不是动的。而我所以提倡知行合一，以消除心理上的病根。可惜后代子孙们忽略了，反被日本人拾去，做了富国强兵的基础。③

① 转引自徐明《老照片53·徐树铮的背影》，山东画报出版社2007年版，第48页。
② 徐一士：《一士类稿·谈徐树铮》，中华书局2007年版，第247页。
③ 戴安澜：《自讼》，《江苏文史资料第66辑》，1994年版，第133页。

又借薛仁贵之口说："坐而言不如起而行""你既通经史，就应该知道经史所以致用的道理"①；再借老子之口宣称：

> 人生的态度还用讨论吗？"民吾同胞，物吾与也"，就是说人要以悲悯的胸怀来拯救世界和人类。②

全文鲜明地表达了皖派学人的人生价值取向，也表现了民国皖籍军事将领从中国传统文化中汲取的丰富营养。

民国期间，许多皖籍军事将领还在战火纷飞的岁月里，以激情作为浓墨，将信念融入笔端，创作了一大批旨在宣传群众、组织群众的文学作品。时隔多年，人们仍然能够在这些作品中感受到充沛的革命激情，同时也感受到皖地文化无声的浸润。

在这些宣传之作中，舒城胡底的戏剧作品十分引人瞩目。大学毕业的胡底1925年加入中国共产党，1929年与李克农、钱壮飞一起打入国民党最高特务组织，为党中央、红色根据地提供了大量重要军事情报，成为"龙潭三杰"之一。1931年他离开上海到达江西苏区，担任红军工作部执行部部长、中央革命军事委员会前方司令部特派员、红一方面军保卫局执行部长等职，在此期间，他创作了《暴动的前夜》《两条战线的斗争》《今古奇观》《阶级》《新十八扯》《义勇军》《热河血》《松鼠》（又名《红色间谍》）、《沈阳号炮》《活菩萨》《改选之前》等多部戏剧作品，在根据地宣传党的方针政策大获成功，以至于当年的红军剧团

> 每到一个地方，群众总不轻易放他们过去，至少也要演几出才能走……剧团已经离开一百二十多里路了，他们还派人去追请。③

---

① 戴安澜：《自讼》，《江苏文史资料第66辑》，1994年版，第116页。
② 同上书，第118页。
③ 周浣白：《红军医院苏维埃剧团到处受欢迎》，原载《红色中华》1934年3月31日，转引自汪木兰、邓家琪编《苏区文艺运动资料》，上海文艺出版社1985年版，第108页。

研读胡底创作的这些极符合百姓审美情趣的作品，可见它们无论是从插科打诨的丑角人物设置，还是热闹好看的情节推进，都大量借鉴了中国传统戏剧的创作手法，令人自然而然地联想到晚清民初在安徽特别繁荣兴盛的戏剧演出，并感受到这一传统对作者的深刻影响。

同为宣传鼓舞之作，巢湖冯玉祥的诗歌堪称别具一格。冯出身寒门，系淮军后代。虽"幼从塾师读"，但

> 仅及《大学》《中庸》……及入伍后，深恨少小失学，顾又念人欲自立，随在可以为学，而积苦兵间，尤非学不足以上人也。①

没有良好的家庭传授，不等于没有对于文化的热切向往。冯玉祥曾聘请多位教师对他进行学习辅导，而担任国文教员的，恰恰是吴组缃。来自皖南泾县诗书世家的吴组缃，一方面继承了皖派学人良好的古代文学修养，另一方面又接受了五四新文学和现代政治经济学的熏陶，在他这里，"经世致用"的文学观已经成为新一代知识分子对社会生活的理性分析，成为自觉的现实主义写作。如此的思想表现在冯玉祥先生处，就是：

> 穷小子读书，不是为着装门面，不是为着升官发财，更不是为着吟风弄月，而是为着应用的，——用它来观察社会，了解社会，更进一步的来改革社会的。所以我们读书……是用批判的眼光来读，吸取精华，而排泄毒素，渣滓的。②

至于文学，他认为是：

> 有伟大效力的一个工具。有韵的文字，尤为一般同胞所喜爱的形式。我们正应该把它们拿来……发挥一点灌输和唤醒的作用。③

---

① 冯玉祥：《冯玉祥自传》，军事科学出版社 1988 年版，第 4 页。
② 冯玉祥：《我的读书生活·上》，作家书屋 1947 年版，引言。
③ 冯玉祥：《抗战诗歌选》，（汉口）三户图书印刷社 1938 年版，自序。

抗日战争开始以后，他更是特别指出：

> 我们在增加有形的抗战力量而外，更需要增加无形的抗战力量……因为无论飞机大炮怎样有力，总得有人来使用；不论我们民族怎样伟大，同胞怎样众多，总得大家都奋振起来，为抗战而努力。①

以此为指导思想，冯玉祥一生创作 1400 多首诗歌，辑为《玉祥诗集》《抗战诗歌集》《抗战长歌》《诗歌近作集》《战时诗歌选》等，周恩来曾评价这些作品"兴会所至，嬉笑怒骂，都成文章"②，而他的老师吴组缃更实事求是地评说，冯氏诗作有四个不可忽视的特点：

> 一是文字朴实，二是形式通俗，三是满带着热烈浓厚的感情，四是说得都是具体而浅近的事情。他自己把它们叫做"丘八诗"，其实却正是一般同胞所求之不得的好东西。③

在这些粗而不糙、俗而不庸的诗作中，冯先生表达了他对社会和人生的见解，对百姓疾苦的关心，改变着新文学作品距离群众较远，无法使老百姓接受的状况。在民国皖籍军事将领中，冯玉祥的作品可能是传播最广，最直接地起到鼓舞士气、振奋精神作用的。一直到 20 世纪 80 年代中期，他的老部下还能记得当年冯玉祥创作的大量歌词。比如《从军歌》：

> 男儿从戎行伍间，丈夫临阵勇当先，青年，青年，切莫萎靡不直前，坐教敌势威炽焰。不怕死，不爱钱，军人效命疆场边，洪水冲滔天，挚手挽狂澜，方不负，整军经武，后哲前贤。④

---

① 冯玉祥：《抗战诗歌选》，（汉口）三户图书印刷社 1938 年版，自序。
② 周恩来：《寿冯焕章先生六十大庆》，冯玉祥《冯玉祥诗选》，四川人民出版社 1982 年版，第 1 页。
③ 吴组缃：《抗战诗歌选序》，冯玉祥《抗战诗歌选》，（汉口）三户图书印刷社 1938 年版。
④ 谭胜功、黄砚如：《冯玉祥军歌选》，河南大学出版社 1986 年版，第 4 页。

又如《早饭歌》《睡觉歌》:

> 下了操场,先吃早饭;盘中粒粒,同胞血汗;保护同胞,要打日本;勇敢忠义,努力苦干![1]
> 烧杀淫掠,日本强盗;咬牙切齿,要把仇报;今天功课,样样做完;自问无愧,然后睡觉。[2]

这些歌词朗朗上口,言简意明,极具感染力,一旦想到当年抗战军营中数万军人齐声歌唱的恢弘场景,更令人感受到"丘八诗"不可替代的力量。

时隔多年,翻看民国皖籍军事将领写于戎马倥偬之际的这些作品,我们既能读出中华男儿生死为国的传统情怀、一腔热血报效人民的雄心壮志,同时还能借助他们的文字,穿越到战火纷飞的历史中间,耳闻冲锋号角的激越嘹亮,目睹将士不屈的身姿。

第三节　史家情怀、兼济理想的文学彰显

中国传统文化十分注重对历史的借鉴。富于政治情怀与社会责任感的民国皖籍军事将领继承了这一优秀传统,在任职期间、卸职之后,许多人秉笔直书,于抒写家国情怀和兼济理想的同时,记载了晚清民国期间众多历史史实,借助文学作品为后来人提供了弥足珍贵的民国问题研究资料。

在此方面,盱眙王伯恭之《蜷庐随笔》是很有特色的一本书。此书内容初载于 1918 年《小说月报》第 9 卷第 9 期,内录笔记 103 则,作者民国后为陆军部秘书。因晚清时他曾

> 相继入吴长庆、宋庆、张之洞幕,并以翁同龢、潘祖荫等朝中显要为师,与晚清重大事件亲历人物都有深切交往。[3]

---

[1] 谭胜功、黄砚如:《冯玉祥军歌选》,河南大学出版社 1986 年版,第 94 页。
[2] 同上书,第 98 页。
[3] 王伯恭著,郭建平点校:《蜷庐随笔》,山西古籍出版社、山西教育出版社 1999 年版,导言。

故此书之记述

　　什九为亲闻亲见，其中"清光绪甲申朝鲜政变始末""吴武壮""袁项城""潘文勤师""家风记"数则，都是第一手数据，最为重要……本书述及的清末名士尚有马眉叔、戴文节、张小浦、王壬秋、姚石泉、李莼客、易实甫、文廷式、李梅庵、张文襄、康有为、八指头陀等数十人，所述大多是王伯恭与之亲身交往的经历，弥足珍贵。①

　　同样作为珍贵历史文献存在的，还有柏文蔚先生之自传——《柏文蔚自述（1876—1947）》。该书内有《少年时代》《学生运动及革命时代》《辛亥、癸丑革命时代》《亡命时代》《肃清反动时代》《将退老学佛时代》6 篇文章，生动地叙述了著者自 1884 年至 1936 年之生平事迹与非同寻常的革命经历。著者在《凡例》中声明，此书"不及琐碎私事……所及皆对国家社会立言"②，为史之意昭然。在《自序》中他再次说明，此书之写作为

　　按年索想，历历在目，笔之于书，事皆翔实，不敢铺张，不敢炫耀。言为心声，以质诸世之掌月旦者。③

　　由于柏文蔚早年入安庆求是学堂、武备学堂学习，1905 年任安徽公学教员，曾参与组织强国会、岳王会，加入同盟会，1912 年后出任革命军第一军军长兼北伐联军总指挥、安徽省都督兼民政长、川鄂联军总指挥、鄂西靖国军总司令、长江上游招讨使、广东建国军第二军军长、武汉国民政府临时联席会议委员、武汉国民政府委员、南京国民政府军事委员会委员、南京国民政府委员、安徽省政府委员、中央政治委员会委员，阅历非同一般，堪称安徽乃至中国民主革命的重要见证人，因此，此书至今仍是

　　① 王伯恭著，郭建平点校：《蜷庐随笔》，山西古籍出版社、山西教育出版社 1999 年版，导言。
　　② 柏文蔚：《柏文蔚自述：1876—1947》，人民日报出版社 2011 年版，凡例。
　　③ 同上书，自序。

学界研究辛亥革命的重要史料。

在保存辛亥革命时期重要史料方面,高语罕、查光佛的文学著述也有十分重要的意义。

查光佛,字竞生,号汇川,笔名楚之梼杌,英山人。他 1905 年赴日本留学,加入同盟会,任鄂支部特派员;1911 年参加武昌起义,任湖北军政府秘书,教育部副部长;1916 年任湖北革命总司令部秘书长及驻汉特派员,参加倒袁护国活动。后历任护法军政府机要秘书、广州大本营秘书等职。1916 年,他以"楚之梼杌"为笔名发表了笔记小说《武汉阳秋》,记述辛亥武昌起义之异闻逸事。其《自序》称:

> ……第念彼无数先烈之掷头颅、流颈血,饮弹食丸,不惜牺牲其身命,以与垂死之国民争幸福者,其结局亦唯享有白骨荒丘,青磷蔓草之代价……虽然,际一代之大变革,无论其孰为败寇成王,而其事实要自有不容泯没者,此私家之著述所以较馆阁之纂注而能垂信千古也……无已,则取当日之遗闻轶事,笔之于篇,亦庶几乎他日考文献者之一助。①

1914 年年底,高语罕在《神州日报》上发表长篇连载文章《青年军讲义疏笺》,阐扬安徽辛亥革命义士韩衍及青年军的革命精神;1917 年,他又写作回忆童年时代家庭与社会环境的短篇小说集《牺牲者》②,通过《牺牲者》《炉边》《三十晚上》《乡下佬》《义子》《膏药》《玉搬指》《馒头》《苗沛霖造反》9 个故事,向读者展示出晚清安徽淮河流域民众生活图景;1923 年,他再推出以徐锡麟刺杀恩铭事件为主要材料的纪实性小说《百花亭畔》③。作为新文化运动的干将、中共第一批党员、朱德的入党介绍人、黄埔军校"四凶"和南昌起义的策划者之一,高语罕的一生风云激荡,且与新文化运动、中国共产党的早期活动密切相关。因此,他的志向

---

① 楚之梼杌:《武汉阳秋·自序》,湖北官纸印书局 1916 年版。
② 戈鲁阳:《牺牲者》,上海亚东图书馆 1928 年版。
③ 高语罕:《百花亭畔》,上海亚东图书馆 1923 年版。

绝非仅仅记录辛亥革命，而是

> 发愿把我二十年前所亲见，亲闻及亲身参与的革命中的轶事，叙述出来。①

正因为如此，尽管此后高语罕先生一路磨难重重，心灵与肉体都经受着残酷的折磨，但他始终没有背弃自己的这一诺言。在《新民报》连载的长篇纪实文学《九死一生记》中，他回忆了自己参与中国共产党早期工作的种种经历，包括中共旅欧总支部的建设与发展，南昌起义的前前后后，上海中共春野支部的若干记忆。1939 年，他所著的《烽火归来》由上海美商华盛顿印刷出版公司出版，作者以"过广州""粤汉道中""武汉小住""到南京""到安亭前线""到上海前线""南桥之夜"等 12 节文字，记述了自己 1937 年自香港取道广州、武汉、南京到上海抗日前线，以及从上海返回南京之经历见闻。而接下来刊于《民主与统一》的长篇纪实文学《入蜀前后》，再一次展现了他在抗战时期的经历、见闻。

抗日战争期间，安徽英雄辈出，名将云集。众多将领本系儒生，历经战火，留下的回忆性作品也就特别引人瞩目。譬如萧县战将王仲廉，黄埔一期毕业，曾率部参加长城抗战、台儿庄战役、武汉保卫战、九江之战、宜枣会战、豫南会战、豫中会战……1945 年出席河南郑州的日军投降典礼。战争的硝烟逐渐散去以后，王仲廉回忆多年抗战经历，写出了《追思投考黄埔往事》《投身黄埔军校记》《征尘回忆》《铁血染征衣——台儿庄敌我争衡战》《台儿庄战役亲历记》《王仲廉自传》等数篇回忆录，将那一段血与火的岁月永远地镌刻在中华民族的历史长卷上。尤为难得的是，王仲廉先生不仅仅回忆往事，而且分析、研究，一支笔犹如手术刀，一点点剖析当年的战争局势，敌我双方之战略布局，我军的经验与教训。因此，从某种意义上来说，其作品已不仅仅属于文学、史学的范畴，更有军校教科书、民族反思录的意味。

---

① 高语罕：《百花亭畔·自序》，上海亚东图书馆 1923 年版。

与王仲廉同出于皖北萧县的另一位抗日名将方先觉，早年深受儒学熏陶，后就读于上海法政大学。北伐开始前，他投笔从戎，入黄埔军校，开始了金戈铁马的军旅生涯。抗日军兴，方先觉先后参加台儿庄会战、长沙会战、常德会战、衡阳保卫战等重大战役。在衡阳保卫战中，他率军在孤立无援的情况下抗击近 6 倍于己的日军，血战整整 47 天，以 6000 人亡、9000 人伤的代价，毙伤敌军 20000 人。这场保卫战是中国抗战史上敌我双方伤亡最多、中国军队正面交战时间最长的城市攻防战，被誉为"东方的莫斯科保卫战"。战后《大公报》曾发表社论《向方先觉军长欢呼》，称：

> 拿衡阳做榜样，每一个大城市都打四十七天，一个个地硬打，一处处地死拼，请问：日寇的命运还有几个四十七天？①

抗战胜利后，方先觉撰有《衡阳坚守战回忆》与《子珊行述》，为国人保存了这份饱含中国军人伟大记忆的战争史料。

1942 年，正值抗日战争最艰难的阶段，一位北京师范大学历史系毕业的庐江青年走进抗日名将孙立人所属新三十八师的出征队伍。这位儒雅青年不是别人，正是孙立人将军的堂侄孙克刚。庐江孙氏世代书香，世为官宦，与桐城文派保持着密切的联系。国家危难时刻，孙克刚义无反顾地走进堂叔父指挥的抗战队伍，并随军远征缅甸。在随后几年的战争中，他以一位历史学者的眼光记载了诸多战时经历，整理成为纪实文学《缅甸荡寇志》②。这部作品以孙立人将军率领的驻印军主力新三十八师作战历程为主线，记述中国远征军缅甸荡寇之历史史实，初载于广州《建国日报》，引起强烈的社会反响。此后该书于 1946 年由上海时代图书公司编印出版。在短短 4 个月时间内，3 万册书销售一空。为了满足广大读者的需求，上海广益书局重版加印。它以大量生动翔实的第一手资料，记载了中国远征军同仇敌忾、精忠报国的历史史实，直到今天，仍是我们研究和了解中国远征军入缅作战历史的首选资料。

---

① 社评：《向方先觉军长欢呼》，《大公报》1944 年 12 月 13 日。
② 孙克刚：《缅甸荡寇志》，国际图书出版社 1946 年版。

　　与众多民国皖籍军事将领一样，冯玉祥文学著述的一个重要内容是传记。据不完全统计，冯氏传记目前至少有《我的生活》《我的读书生活》《我的抗战生活》《冯玉祥日记》《我所认识的蒋介石》，以及用对话体完成的《抗日的模范军人》存世。至于为什么花费这么多时间和精力写作传记，冯先生直截了当地说：

　　　　盖自董狐不作，直书为难，而世之著述者，往往闭门造谣，既或访闻之不周，复以爱憎为褒贬，其能信于人而传于世者，不多概见。故与其人为之而失其实，不如自为之而得其真。①

　　正是为了实现这一目标，《我的生活》从作者降生写起，——记载他年少清贫从军、滦州高举义旗、兴兵护法讨袁、力挫辫子军张勋、首都革命逐废帝、五原誓师讨军阀的经历，直到北伐胜利止，不仅再现了作者1930年以前的政治生活，而且将当时重大事件逐一记录在案，展示了一个时代的风云变幻。《我的抗战生活》则记述了1937年卢沟桥事变爆发后，冯玉祥将军抱着共赴国难的愿望奔走各地，呼吁国共合作，向城乡群众宣传抗日救亡的道理，四处游历的抗战生活。而《我所认识的蒋介石》一书，则用大量的事实讲述了蒋介石与冯玉祥之间关系的发生、发展、变化，披露了很多鲜为人知的内容，具有珍贵的史料价值。

第四节　告别疆场、重拾笔墨的酸甜苦辣

　　查阅民国史料，我们发现辛亥革命之后，由于目睹政界黑暗、民生凋敝，许多曾经豪情满怀的辛亥革命志士在失望与愤懑中纷纷告别疆场。他们之中有的归隐乡间，有的任教学校，有的步入文坛。虽然际遇各不相同，但文学作品的写作与整理，都是他们宽解心怀、怀念故人、寄托情感乃至谋生的重要方法。

----

　　① 冯玉祥：《冯玉祥自传·序》，军事科学出版社1988年版。

譬如歙县汪律本，他在民国任职时间不长，就发现

> 武夫弄兵，人心横决，国益痛瘁，遂不复与世事。①

于是拂袖而去。退隐后的律本先生

> 悒悒不欢，遂遁居池州之乌渡湖，资渔业终老矣。②

至此，汪律本只能与诗词为伴，

> 所为诗，得甲、乙、丙、丁、戊、己六卷，名《萍蓬庵诗》……
> 词则有《壶中词》《薄寒词》《曷归词》《劫尘词》《荒径词》五种。③

仅从这些诗词的名称来看，这位辛亥义士心中的苦闷已是难以描述。

又如寿县李警众。这位曾经高歌"义旗高举凯歌还""华炎恢复旧河山"④ 的辛亥革命芜湖军政分府总司令部正参谋官，1913 年江南讨袁军第三军司令部参谋厅厅长，于讨袁失败后出亡沪上。1915 年，他将"满腹牢骚，一腔幽愤"泼洒在随笔集《胆汁录》中，以求"警己警人"⑤：

> 吾人以"共和"二字为第二之生命，故不惜掷多数头颅，流无量颈血以购之。警众曰，变国体易，变人心难；图虚名易，图实效难。⑥
> 一朵娇嫩自由花，能经得几番风吹雨打？一张灿烂五色旗，能经得几次你割他撕？⑦

---

① 汪民视：《汪旧游先生事略》，《歙县文史资料》1987 年第 2 辑。
② 同上。
③ 同上。
④ 李铎：《庆祝辛亥革命成功》，《江苏文史资料选辑》，江苏古籍出版社 1981 年版，第 113 页。
⑤ 李警众：《胆汁录》，泰东图书局 1916 年版，小序。
⑥ 同上书，第 1 页。
⑦ 同上。

庄子云，哀莫大于心死，而身死次之。我国民何心死者之多也！聚无数尸居余气之人，遂至成一麻木不仁之国……彼苍者天，何忍先夺我国民之心志，致令铁血换来之共和从此烟消雾散耶！①

以身殉国之人，政府颇兹不悦；若有以国送人之人，政府当欢迎之，崇拜之。②

官字从食则为馆，故善宴乐；从系则为绾，故善罗织，从草则为菅，故善杀戮，从辵则为逭，故善逃遁。四恶一具，良心即去。寄语同胞，不官为愈。③

这一时期，李警众还接连推出《破涕录》《嚼舌录》。在文言幽默笔记小说《破涕录》中，《纸糊共和》《谒大总统》等篇章无不是寓讽刺于嘲讪，徐枕亚因此称：

李子之著此书，盖别有深意，所谓哭不得而笑，笑有甚于哭者也……中华民国共和之真种子，不速绝于此日；而支离破碎之山河，以一哭送之者，犹不如姑以一笑存之也。④

在古今诙谐笔记《嚼舌录》自序中，作者沉痛地说：

江山破碎，人孰无情？天下兴亡，匹夫有责。余不幸而生此浊世，见夫豺狼当道，魑魅横行，反复无常，良心已死，眦睚必报，战祸频仍，使无可告诉之小民奄奄无生气。苟不大声疾呼之，非但负此三寸舌，又何以惩奸邪，烛鬼蜮，洞人肺腑而察人善恶者乎？爰于愤恨之余，著《嚼舌录》。⑤

① 李警众：《胆汁录》，泰东图书局 1916 年版，第 2 页。
② 同上书，第 6 页。
③ 同上书，第 9 页。
④ 李警众、肝若：《破涕录》，民权出版社 1915 年版，序一。
⑤ 李警众：《嚼舌录·自序》，震亚图书局 1927 年版。

当然,李警众并没有一味愤激、破涕、嚼舌,他还用大量笔墨刻写辛亥英雄形象,陆续完成辛亥人物传记系列之作《秋瑾》《赵声》《陈英士》《林颂亭》《宋渔父》等。

同样是在民国初年,桐城刘豁公脱下军装,步入文坛,在此后的人生中谱写了新的辉煌篇章。如前所述,辛亥革命后刘豁公弃武从文,在通俗小说与戏剧评论界做出卓越贡献。20世纪20年代后期,他编写的电影剧本《孽海惊涛》由上海大亚影片公司出品,声名再振。但这并不意味着刘豁公抛弃了"经世致用"的皖派学人之路,也绝不意味着他从此远离国计民生。1925年他出版《上海竹枝词》,百首诗作写出步入商业化社会的上海的种种人间相,简直是一幅表现社会变革的百米长卷,一直到今天,依然为社会学家研究上海历史变迁提供着重要依据。难怪有序者称:

> 上海之得豁公,亦自有其真价,而豁公之与上海,诚可谓相得益彰矣。①

豁公在此书之《序》中以诗抒怀,写出了桐城后人的忧国忧民心声:

> 偶然小谪人间住,未许辞家世外逃。敢以词章警末俗,独留冷眼察秋毫。人情鬼蜮含沙射,魔火阴森逐道高。我欲振衣千仞上,中宵横笛听奔涛。②

1931年"九一八"事变后,刘豁公无比愤慨,在《戏剧月刊》第3卷第11期《卷头语》中,痛斥日本侵略者的罪恶行径;1937年,他于国家危难之际再次缅怀革命先烈,写下《革命先烈徐锡麟先生事略》③;1941年,年过半百的刘豁公推出慷慨激昂的《抗敌歌》,再现热血男儿英雄气概:

---

① 李次山:《上海竹枝词序》,刘豁公《上海竹枝词》,雕龙出版部1925年版。
② 刘豁公:《上海竹枝词·自序》,刘豁公《上海竹枝词》,雕龙出版部1925年版。
③ 刘豁公:《革命先烈徐锡麟先生事略》,《兴中月刊》1937年第1期。

……记否敌初侵吾国，万众流离遭惨劫。尔父被杀妻被淫，亲族无由问死生。尔是中华好男子，合杀雠仇雪国耻！……兄助弟兮父教子，男儿最好沙场死。誓将热血涤腥膻，不与倭奴共戴天！①

此外，刘豁公两位兄长刘炯公、刘蛰叟也都曾为军人，并最终回归文学。刘氏长兄刘炯公号哀时，才华横溢，为实现富国强兵之梦投入军旅，南北征战 20 年，曾任广东第一标标统，后因部下举义戍边新疆；仲兄刘泽沛号蛰叟，早年入江南陆师学堂，曾任贵州兵备处暨陆军学堂总办，后就职于北洋政府陆军部，1937 年授少将军衔。刘豁公在为长兄所著笔记小说《然藜奇彩录》所作《跋》中，感慨地说：

余兄弟皆武人也，横戈跃马之余，恒复稍稍治文事。然文以纪事，诗以遣兴而已。至于媚世之辞，违心之论，皆所不屑。伯氏炯公……其为文，胎息龙门，言皆有物，三十入军籍，由苏而黔、而闽、而车师，辗转数万里，大小百余战，短衣匹马，艰险备尝，出死入生者，忽忽二十年于兹矣。年来闭门种菜，养晦韬光，乃将生平足迹所经，见闻所及，一一笔之于书，名曰《然藜奇彩录》。②

在中国现代笔记小说中，《然藜奇彩录》是颇具特色的一部。其所选题材，多为辛亥前后事，清末民初人。字里行间可见热血，可见穷途，更可见著者激愤之情。《韬庵》一篇，记龙眠世家子韬庵，才华横溢，

父尝命学医，韬庵曰：大丈夫当医国救民，安能混迹岐黄！

甲午中东城下之盟，引为国耻，韬庵投笔而起，曰：国之存亡，匹夫有责，使吾青年，犹埋首牖下，习贴括，将见二十一省，地大物博，不几尽为异族蹂躏哉！乃与同志数人，入江南将备学堂。③

---

① 刘豁公：《抗敌歌》，《中央周刊》1941 年第 12 期。
② 刘豁公：《然藜奇彩录跋》，刘炯公《然藜奇彩录》，新民印书馆 1935 年版。
③ 同上书，第 16—17 页。

显然，这就是炯公兄弟与众多桐城青年投笔从戎的根本缘由。《狗军探》一文中，炯公对民初军阀混战扼腕叹息:

　　扫尽烦苛建共和，那堪同室又操戈。[1]

　　五洲震熸，种类纷歧，外患频仍，内讧迭起……民困兵骄，祸乱未已，庞然睡狮，沉酣不醒，可叹也![2]

而《穷魔》则记爱国富才之士黄生，一心求学报国，始终无门得入。当年学成归国途中，

　　舟中谈及世界竞争，祖国屏弱，当国者昏庸醉梦，坐中有泣下者，有太息者，有怒发冲冠者，有击楫中流者，有愤欲投海者，有拔剑斫地者……[3]

然而

　　迨舟泊上海，诸同志争购新冠华服，日则修信札、缮条陈，干谒当道，夜则呼朋引类，征逐于酒地花天。而平日爱国热心，已随天际浮云，愈演愈淡。[4]

若干年后，

　　昔日同学少年，强半居高位，拥厚资，蓄姬妾，饫肥甘。[5]

---

[1]　刘炯公:《然藜奇彩录》，新民印书馆1935年版，第36页。
[2]　同上书，第38页。
[3]　同上书，第9页。
[4]　同上书，第9—10页。
[5]　同上书，第10页。

而矢志报国的黄生，竟落得"亲朋俱加白眼"，"颠倒于穷魔"① 之手。读至此，令人不由得想到鲁迅小说所写清末留学生景况，更有《孤独者》魏连殳影像活动于前，难怪王钝根在此书《序》中指出，炯公之作"非世俗小说家能望其项背"②。

刘豁公次兄刘泽沛是我国现代早期文学翻译者之一。1917 年他与高卓共同翻译的英国作家可林克洛悌原著长篇小说《慧劫》，曾在当时的文学界引起很大反响。冰心在自己的著述中多次提到此书，并称"不能不佩服他五万字之中，几乎字字有理论，字字有哲学"。又说：

> 这书完完全全的贡献了作者的人生哲学，他笔挟风霜，看低了多少英雄才子。他对于社会上的人物，虽没有详细的批评，但轻轻的一两句话，便都描写尽了。③

1925 年《京报副刊》征集"青年必读书"，亦有推荐者提名《慧劫》。④

结　语

岁月悠悠，民国皖籍军事将领的身影已然消逝在历史的烟云中，不论他们曾经隶属于军阀集团，还是享有辛亥志士英名，抑或是抗日战争中出生入死的战将，或者是行进在中国共产党队列中的英雄。这些曾经属于不同政治派别，怀有不同理想的军人，以他们的诗文著述，让我们看到了皖山皖水间传统文化对他们心魂的滋养。有了这份滋养，厮杀的战场与寂寞的面壁都有了不同寻常的意义，枪械的搏击与笔墨的书写一样包含生命的思考。因此，今天面对他们的背影，我们才能摒弃一切偏见，由衷地表示敬佩，感谢他们从另一个角度，向世人展示了安徽文化的巨大魅力。

---

① 刘炯公：《然藜奇彩录》，新民印书馆 1935 年版，第 10 页。
② 王钝根：《然藜奇彩录序》，新民印书馆 1935 年版。
③ 卓如编：《冰心全集》第 1 册，《文学作品：1919—1923》，海峡文艺出版社 2012 年版，第 431 页。
④ 王世家编：《青年必读书》，河南大学出版社 2006 年版，第 145 页。

附录　安徽辛亥起义将士文学书目①(附小传)

柏文蔚 (1876—1947)

字烈武。寿县人。南社社员。早年入安庆求是学堂、武备学堂学习,1905 年任安徽公学教员,曾参与组织强国会、岳王会,加入同盟会,入江苏新军。1906 年因参与谋刺两江总督端方事泄而离职。1907 年投吉林新军吴禄贞部任职。辛亥武昌起义爆发后,南下任民军第一军军长,参与江浙联军会攻南京。1912 年任安徽都督兼民政长。1913 年参加讨袁,宣布安徽独立。失败后经上海流亡日本。1947 年病逝于上海。

其书目见《皖籍南社成员文学书目》。

蔡晓舟 (1885—1933)

合肥人。1908 年参加安庆新军马炮营起义。民国初年曾任甘肃盐运官,后任职于北京大学总务处图书馆。1919 年参加五四运动后归皖,先后主办《黎明周报》《安庆学生》《洪水》《新安徽旬刊》《"二七"惨案特刊》,创办工读夜校、工商夜校、义务小学,并参与筹建安徽大学。1924 年加入中国共产党,1926 年成立"安徽讨贼军第四路军司令部",任司令员。1933 年于北京出任"安徽中学"校长,返家途中被害。

1. 蔡晓舟、杨亮功编辑:《五四:第一本五四运动史料》,1919 年版。

2. 蔡晓舟:《白话文研究法》,戎毓明主编《安徽人物大辞典》著录。

蔡颐 (1894—1969)

原名蔡茂仙,字天因,别号梦周。凤台人。1911 年参加淮上军起义,任管带。1919 年保定陆军军官学校第六期步兵科毕业,历任安徽陆军第二混成旅步兵团排长、连长,皖军第一师司令部参谋,冯玉祥所属革命军二军六师师长、军参谋长,方振武所属第六路军少将参谋长兼皖北警备司令、蚌埠水陆公安局长。后赴日本士官陆军大学学习,归国后任安徽省保安副司令兼省政府秘书长。1938 年因其侄蔡效唐策动兵变,降任旌德

---

① 安徽辛亥志士众多,本书目仅收录辛亥革命期间曾参与武装斗争将士之书目。

县县长。1940 年任国民党中央炮校政治部主任兼总教官。1946 年授少将衔并退役。

1. 蔡颐：《天囚诗存·放园词存》，1935 年版。

范光启 （1882—1914）

字鸿仙，别署孤鸿。合肥人。南社社员。1908 年加入同盟会，参与创办《民国日报》，任社长。又参与创办《民立报》，任总理。1911 年起历任南京中国同盟会本部政事部干事，同盟会中部总会评议员、候补文事部长，安徽分部负责人，江苏军政府参事会长。南京临时政府成立后，任铁血军总司令，袁世凯任临时大总统后辞职。二次革命时被推举为安徽都督，后随孙中山筹建中华革命党。1914 年任上海中华革命军司令长官，同年被刺杀。

其书目见《皖籍南社成员文学书目》。

方济川 （1877—1940）

字驾舟。太湖人，方正廷第二子。1903 年毕业于安徽武备学堂，后旅居上海。1907 年后历任北京陆军部陆军贵胄学堂教官、湖北陆军测绘学堂提调，参与武昌起义。民国后曾供职于北京陆军部，出任湘西大庸县、江苏泗阳县知事，镇江市税务局局长，河北成安县县长，山东省郓城县县长。曾于清末著有《理想谭》。

1. 方济川：《岳麓钟声》，1916 年版。

2. 方济川：《庸城杂咏》，1917 年版。

3. 方济川：《京国游草》，1919 年版。

4. 方济川：《陵阳灾叹》，1920 年版。

5. 方济川：《泗滨汇唱》，1923 年版。

6. 方济川：《方家联语》，1924 年版。

7. 方济川：《松声琴韵集》，1946 年版。

高语罕 （1888—1948）

原名高超，又名雨寒，笔名淮阴钓叟、戈鲁阳、戴博林、张其柯、王灵均、王灵皋等。寿县人。早年留学日本早稻田大学、德国哥廷根大学，1908 年参加熊成基领导的马炮营起义，1911 年辛亥革命后，任安徽青年军秘书长，曾协助陈独秀创办《安徽白话报》，加入共产主义小组，指导安徽国民党党部事务，担任黄埔军校政治教官，南昌起义中出任前敌委员会委员。

1. 高语罕：《白话书信》，亚东图书馆1921年版。

2. 高语罕：《广州纪游》，亚东图书馆1922年版。

3. 高语罕：《国文作法》，亚东图书馆1922年版。

4. 高语罕：《百花亭畔》，亚东图书馆1923年版。

5. 高语罕：《白话书信二集》，1927年版。

6. 戈鲁阳：《牺牲者》，亚东图书馆1928年版。

7. 高语罕：《语体文作法》，又名《作文与人生》，亚东图书馆1928年版。

8. 张其柯：《现代情书》，亚东图书馆1929年版。

9. 王灵皋编辑：《国文评选》，亚东图书馆1932年版。

10. 高语罕：《青年书信》，现代书局1932年版。

11. 王灵均：《申报读者顾问集》第一集，申报馆1933年版。

12. 高语罕编著：《文章及其作法》，光华书局1933年版。

 注：又高语罕编著《文章评选》，大光书局1935年版，此书系《文章及其作法》一书改名出版。

13. 高语罕：《青年女子书信》，亚东图书馆1934年版。

14. 王灵均编辑：《申报读者顾问集》第二集，申报馆1934年版。

15. 马相伯口述，王瑞霖执笔：《一日一谈》，新城书局1936年版。

16. 程演生等主编，王灵皋辑录，中国历史研究社编：《中国内乱外祸历史丛书》第十一册，神州国光社1936年版。

17. 程演生等主编，王灵皋辑录，中国历史研究社编：《中国内乱外祸历史丛书》第二十五册，神州国光社1937年版。

 注：又王灵皋辑录，中国历史研究社编辑《虎口余生记》，神州国光社1941年版。此书内容同上书，辑入《中国历代逸史丛书》。

18. 高语罕：《烽火归来》，美商华盛顿印刷出版公司1939年版。

19. 王灵皋辑录，中国历史研究社编：《三朝野记》，神州国光社1941年版。

20. 高语罕：《中学作文法》，陪都书店1945年版。

21. 高语罕：《红楼梦宝藏六讲》，陪都书店 1946 年版。

22. 王灵皋辑录，中国历史研究社编：《甲申传信录》，神州国光社 1946 年版。

管鹏 （1881—1930）

原名应鹏，字鲲南，号乐定。寿县人。1908 年参加安庆新军马炮营起义，武昌起义爆发后曾任安徽都督府军务部部长、北伐队参谋长、省议会议员及省农会会长。讨袁战争失败后逃亡日本。1917 年参加护法战争，任安徽宣抚使。1920 年任国民党中央执委会宣传委员兼安徽总支部筹备处长，并创办《民治报》。1926 年参与组织国民党右派安徽省党部，次年任安徽省政府主席。不久辞职居沪。1930 年病故于北平。

1. 管鹏：《安徽革命实录》，李盛平主编《中国近现代人名大辞典》著录。

韩衍 （1870—1912）

原名重，字蓍伯，别号孤云，笔名新婴、海若。原籍丹徒，后落籍太和。早年毕业于江苏高等学堂，任北洋幕府督练处文案。1908 年至安庆督练公所任职，参加岳王会。马炮营起义失败后参与创办《安徽通俗公报》。武昌起义爆发后任维持皖省统一机关处秘书长，与高语罕、易白沙等组建青年军。1912 年与陈独秀、易白沙创办《安徽船》报，同年于安庆被暗杀。

1. 韩衍：《蓍伯遗著》五卷，《序》一卷，1935 年版。

2. 韩衍：《天倪斋近体诗之一》，民国版。

焦山 （1879—1942）

字石仙。怀宁人。早年先后入怀宁县学堂、安徽测绘学堂，1909 年入北京中央测绘学堂高等科就读。辛亥革命间参加革命军、同盟会，民国后于安徽、贵州、广东等地从事测绘工作。北伐战争期间任参谋团中校参谋。自 1929 年起，于江西、浙江、湖南等地继续从事测量和民政工作。1932 年任安徽省陆军陆地测量局局长兼省土地局技正、测量队长。

1. 焦山：《梅峰山房诗存 适轩联语》，1989 年版。

李警众 （1878—1962）

名铎，别号警众，室名红冰碧血馆，又号红冰碧血馆主。寿县人。曾参与创办《安徽白话报》，出任芜湖《皖江日报》主编，辛亥革命时任芜湖革命军政府总司令部参谋官，后出任江南讨袁军第三军司令部参谋厅厅长，讨袁失败后于上海、芜湖、南京等地任报社、杂志编辑。

1. 李警众、肝若编：《破涕录》，民权出版社 1915 年版。

2. 李警众：《胆汁录》，泰东图书局 1916 年版。

3. 李警众辑，李养贤校订：《风流艳集》第二集第六卷，泰东图书局 1917 年版。

4. 李警众、李养贤：《红冰碧血馆笔记》，震亚图书局 1927 年版。

5. 李警众：《嚼舌录》第十卷，震亚图书局 1927 年版。

6. 李涵秋著，李警众校订：《沁香阁诗集》五卷附《文》第一卷，震亚图书局 1927 年版。

7. 李涵秋著，李警众校订：《沁香阁游戏文章》，震亚图书局 1927 年版。

8. 李警众编辑：《赵声小传》，震亚图书局 1927 年版。

9. 李警众编辑：《陈英士》，震亚图书局 1928 年版。

10. 李警众选辑：《林颂亭》，震亚图书局 1928 年版。

11. 李警众编辑：《秋瑾》，震亚图书局 1928 年版。

12. 李警众编辑：《宋渔父》，震亚图书局 1928 年版。

13. 李涵秋、李警众：《怪家庭续集》，震亚图书局 1931 年版。

14. 李警众：《红冰碧血录》，陈玉堂著《中国近现代人物名号大辞典全编增订本》著录。

刘豁公（1890？—？）

原名刘达，字豁公，号梦梨，别署哀梨室主，以字行。桐城人。南社社员。早年毕业于保定陆军速成大学，辛亥革命时任南京铁血军马队营连长、福建警备队连长、都统副官。后历任安徽《民嵒报》主笔、上海《心声》半月刊主任，相继主编《雅歌集特刊》《戏剧月刊》《时事新报·戏曲副刊》《神州日报·戏剧副刊》等。

其书目见《皖籍南社成员文学书目》。

潘赞化（1885—1959）

名世璧，字瓒华、赞化，以字行，号仰聃。桐城人，潘黎阁之孙，出生于天津。1901 年参与组织青年励志社，后流亡日本，入东京振武学堂，加入兴中会，1907 年因参与徐锡麟起义失败，入早稻田大学。1911 年回国加入新军。民国后历任芜湖海关监督，国民革命军柏文蔚部副师长，实业部科长，桐城孟侠中学校长，桐城县临时参议会副议长。

1. 潘赞化：《峨眉游草一卷》，《安徽文史资料全书·安庆卷》著录。

孙毓筠（1869—1924）

字少侯，号夬庵。寿县人，孙家鼐之孙。1905 年赴日求学，加入同盟会，次年于南京组织新军，事泄被捕。民国后历任安徽都督，临时参议院议员、政治会议议员，约法会议议长。曾组织发起筹安会，任大典筹备处副处长。清光绪间著有《夬庵狱中集》。

1. 孙毓筠：《烬余集》，寿县地方志编纂委员会编《寿县志》著录。

王大杰（？—1949）

字卓甫。和县人。辛亥革命期间曾任和县军政分府参谋，后任和县第一高等小学校长兼任县立初级中学校长。

1. 王大杰：《强怒斋诗集》，戎毓明主编《安徽人物大辞典》著录。

王天培（1880—1917）

字元符。合肥人。1905 年于日本留学时加入同盟会，1910 年回国，任安徽学堂监督，翌年于安徽响应武昌起义，参与组织安徽独立活动，曾任军政府民军都督，南京临时政府参议员。

1. 王天培：《元符诗草》一卷附词，1926 年版。

杨炳坤（1861—1947）

原名玉岗，字子厚。回族。清末贡生。早年入南京金陵书院，结业后参加淮上军起义。历任安徽省军政府秘书、科长等职。二次革命时参加讨袁运动，任督军府参议、秘书。讨袁失败后返安庆，任教于省立一中。1930 年后历任南京金陵大学哲学教授、安徽大学文学系教授、定远教育局局长。抗战期间任津浦路西办事处参议员。

1. 杨炳坤：《中国文学史》，《滁县地方志》（方志出版社 1998 年版）著录。

查光佛（1886—1932）

字竞生，号汇川，笔名楚之梼杌。英山人。1903 年考入武昌普通中学堂，1905 年赴日本留学，加入同盟会，任鄂支部特派员。回国后任《商务报》编辑兼发行人，参与创办《大江报》。1911 年参加武昌起义，任湖北军政府秘书，教育部副部长。1916 年任湖北革命总司令部秘书长及驻汉特派员，参加倒袁护国活动。后历任护法军政府机要秘书、广州大本营秘书、《中央日报》总编辑、国民党汉口特别市党部宣传部部长、中央党史编纂委员会编纂兼秘书。

1. 楚之梼杌:《武汉阳秋》，湖北官纸印书局 1916 年版。

2. 查光佛:《草帽缘》，《安徽历史名人辞典》著录。

3. 查光佛:《革命花》，《安徽历史名人辞典》著录。

4. 查光佛:《双妹花》，《安徽历史名人辞典》著录。

5. 查光佛:《四金刚及八王传》，《安徽历史名人辞典》著录。

张之屏（1866—1935）

字树侯，室名晚菘堂。寿县人。1898 年参与创办强立学社，1903 年参与谋划安庆起义，次年考入安庆武备练军学堂。1906 年参加同盟会，并赴吉林、上海等地活动。寿州光复时参与淮上军军务。民国成立后曾协助孙毓筠督皖，后任教于南京、合肥、六安等地。

1. 张之屏:《淮南耆旧小传初编》，民国抄本。

2. 张之屏:《淮上革命史稿》第二卷，民国版。

注:又张立屏《淮军纪略》，安徽省政协文史资料研究委员会中共安徽省委党校理论研究所《淮上起义军专辑》辑录。

3. 张之屏:《联语录存》，寿县地方志编纂委员会编《寿县志》著录。

4. 张之屏:《诗文录存》，寿县地方志编纂委员会编《寿县志》著录。

5. 张之屏:《晚菘堂诗草》，寿县地方志编纂委员会编《寿县志》著录。

6. 张之屏:《晚菘堂谈屑》，寿县地方志编纂委员会编《寿县志》著录。

张治中（1890—1969）

原名本尧，字文白。巢县人。辛亥革命时于扬州参加反清起义。1912 年入陆军第二预备学堂，1916 年毕业于保定军官学校第三期步兵科，次年至广东参加护法运动，历任驻粤滇军连长、营长、驻粤桂军总部参谋、师参谋长和桂军军校参谋长等职。1924 年后历任黄埔军校学生总队长、军官团团长兼国民革命军第二师参谋长，广州卫戍区司令部参谋长，国民革命军总司令部副官处处长，黄埔军校武汉分校教育长，国民党中央陆军军官学校训练部主任、教育长兼教导第二师师长，第五军军长，国民党第四军总指挥。抗战爆发后，历任第九集团军总司令兼左翼军总司令，湖南省主席，国民政府军事委员会政治部部长兼三民主义青年团书记长。抗战胜利后任国民党政府西北行营主任兼新疆省主席。1946 年代表国民党参加军调处三人小组，1949 年任国民党政府和平谈判代表团首席代表，同年应邀参加中国人民政治协商会议第一届全体会议。

1. 张治中：《黄埔颂》，军事委员会政治部 1944 年版。

郑赞丞（1877—1914）

名芳荪，原名培育，字赞成，亦作赞丞。霍邱人。早年就读于安徽大学堂，加入同盟会，参与安庆马炮营起义、广州新军起义。起义失败后，回皖创建淮上军。民国后历任江苏镇军参谋长、孙中山国民政府参议员、安徽内务司司长。二次革命失败后随孙中山流亡日本。

1. 郑赞丞：《郑赞丞先生遗诗》第一卷，安徽省通志馆民国抄本。

朱蕴山（1887—1981）

六安人。1906 年考入安徽巡警学堂，1907 年参与徐锡麟领导的反清起义，被押至刑场陪斩。后参加光复会，1911 年参与组织青年军，进行反袁斗争。1917 年秘密赴芜湖，参加当地的新文化运动，进行反对安徽军阀倪嗣冲的斗争。1919 年参加五四运动，1921 年联合李光炯、光明甫等创办《评议报》，1927 年参加南昌起义。后参与筹建农工党，是民革的主要创始人和领导人之一。新中国成立后出任政务院人民监察委员会委员、全国人大常委会副委员长和民革中央主席等职务。

1. 朱蕴山：《朱蕴山纪事诗词选》，安徽人民出版社 1981 年版。

第三章

水孕山成:五四绩溪作家群研究

在近年来中国现代文学研究中,有关安徽学人与五四文学革命之密切关系,早有多人阐述。早在 1923 年,陈独秀就曾撰文指出:

> 安徽在直系势力管辖之下,他们若只是空喊几声,也比广东、浙江学界的空喊有价值,况且他们还有在空喊以上的实际动作,在这一点上看起来,安徽学术界又实是全国学界之领袖。①

2008 年张耀杰先生于《民国背影——政学两界人和事》中谈道:

> 初创阶段的《青年杂志》几乎是安徽人的地方刊物……直到 4 卷 1 号演变为由北京大学的六位教授轮流编辑的同人刊物之后,才真正成为全国性的著名期刊。②

此后,又有论者说起:"一场新文化,多半安徽人"③,其中一个很重要的原因在于:

> 在中国传统社会,一向十分重视乡土亲谊关系,一个人事业的成

---

① 陈独秀:《安徽学界之奋斗》,《向导》1923 年第 46 期。
② 张耀杰:《民国背影——政学两界人和事》,浙江人民出版社 2008 年版,第 111—112 页。
③ 陆发春:《一场新文化　多半安徽人》,《新华月报(天下)》2010 年第 11 期。

功离不开同乡、同门、同籍人士的帮助和提携。清末民初的中国社会，乃是由传统社会向近代社会转型的过渡阶段，传统的地缘人际纽带仍发挥着重要的作用。作为此一过渡时期创办的《新青年》也不例外，陈独秀在创办《新青年》之初所依赖的社会支持力量，主要就是以地域因缘结合而成的皖籍知识分子。①

　　五四前后，安徽被视为全国最活跃的地区之一，尤以安徽主要政治、经济和文化重心的安庆和芜湖为烈……在中国近现代文化发展与转型时期，五四前后皖籍文人的群体性崛起及其历史影响力已成公论。②

以上所有论述都是不争的事实。笔者认为，皖籍文人为何能够在近百年前的五四文学革命中发挥巨大作用，是一个需要我们深入研究的课题。为此，本章选择身处皖南山区的徽文化重镇绩溪与五四文学革命之关联这一个案进行剖析，力求在一个具象层面上较为深入地展示绩溪文化从古代走向现代的地理、历史、经济、文化等多重动因，以期有利于中国地域文化研究视角的开拓及民国中国文学史的深入解读。

第一节　徽山徽水绩溪人

　　绩溪位于安徽省东南部，历史文化重镇徽州的最北端，素有"宣徽之脊"的称号，为徽文化发祥地之一。如果说历史上整个徽州都是"七山一水一分田，一分道路和庄园"，那么，这个位于崇山峻岭中的小县其状尤甚。它东依天目，西枕黄山，境内还有徽岭逶迤，全县千米以上山峰就有46座，耕地极为短缺。与此同时，绩溪又是一个水资源极其丰富的地方，县内两大河流分属两支水系，徽水河一路辗转北上，入青弋江、长江，是绩溪人进入

---

① 杨琥：《同乡、同门、同事、同道：社会交往与思想交融——〈新青年〉主要撰稿人的构成与聚合途径》，《近代史研究》2009 年第 1 期。

② 方习文：《五四前后皖籍文人的聚结与分化》，《阜阳师范学院学报》（社会科学版）2010 年第 4 期。

扬州、泰州、南京,并转道北京的便捷通道;登源河南下新安江,千百年来一直是绩溪老乡奔往杭州、上海的最佳途径。小小的绩溪县有山水,其他居民的性格也具有双重性。一方面,环境造就性格,为图谋生存,绩溪人具有山地民众特有的坚韧刻苦与铮铮铁骨;另一方面,奔流的河水"流离而复合,有如绩焉"①,又赋予绩溪人水的灵秀聪慧、清丽浪漫。

当然,历史也是造就绩溪人特性的不可忽视的原因。与徽州大多数居民一样,绩溪人十之八九为移民后裔,史称以"晋宋两南渡及唐末避黄巢之乱,此三朝为最盛"②。仅以著名的"绩溪四胡"——"龙川胡""金紫胡""遵义胡"和"明经胡"而论,无一不是外来移民。漫长的移民生涯使徽州人将身份、来历看得十分重要,唯恐失去自己的"根",故而有"悠悠万事,唯宗族为大"之说。居住乡间,他们"皆聚族而居,奉先有千年之墓,会祭有万丁之祠,宗祐有百世之谱"③。外出逃难,一副担子,一头挑着宗谱,一头挑着孩子;衣锦还乡,最重要的事就是盖一座"四水归堂"的宅院,如有更大的发展,那就修祠堂,办乡学,嘉惠于乡人。千百年岁月悠悠而逝,这些来自大山之外的宗族尽管已世代定居山中,但山外的世界总是他们心中难以割舍的牵挂。

正因为如此,绩溪从来不缺少与外界的联系。这首先表现为外出经商者众多。耕地的短缺,使许多家庭的男孩都不能摆脱"十三四岁,往外一丢"的命运,先学徒,再经商,以就口食。从简朴纯净的大山里走出,进入山外令人眼花缭乱的都市生活,人际关系顿时变得错综复杂,这就使得走出山外的绩溪人尤重乡土情谊,同乡之间的互通声气,互为提携,凝心聚力,被看作理所应当。他们尽管没有如歙县、休宁徽商一样,因取得盐业经营权而一夜暴富,但当徽州商人的盐业集团于道光年间遭受重创后,以钱庄、茶叶、徽墨和徽菜等为主要经营行业的绩溪小本生意,却在克勤刻苦、独立经营、相互帮衬的过程中逐渐壮大,涌现出如胡雪岩、胡开文、汪裕泰等名商巨贾,高奏了徽商的中兴之曲。因此才有《歙县风俗礼教考》之记载:

---

① 绩溪县地方志编纂委员会编:《绩溪县志》,黄山书社1998年版,第50页。

② 许承尧等主编:《民国歙县志》,江苏古籍出版社1998年版,第41页。

③ 绩溪县地方志编纂委员会编:《绩溪县志》,黄山书社1998年版,第135页。

　　　绩俗极俭，而安守本分，为诸邑所不及。语云："唯绩溪人真
　　老实。"①

　　此外，作为中原士族移民的后裔，绩溪读书人始终坚持将科举、出仕、与游学作为走出大山的首选途径。梁启超在《近代学风之地理分布》一文中指出："皖南，故朱子产地也，自昔多学者。"② 绩溪亦如此。仅胡姓之中，就有北宋名臣、大观三年进士胡舜陟，南宋文学家、《苕溪渔隐丛话》作者胡仔，明朝户部尚书胡富、兵部尚书胡宗宪、工部尚书胡松。乾嘉以降，绩溪"经解三胡"（胡匡衷、胡秉虔、胡培翚祖、叔、孙三代）卓然而出，他们以学术的深邃沉潜，保持了乾嘉学风的本质内涵，从而受到国内学界广泛关注。③ 据嘉庆《绩溪县志》和民国《金紫胡氏宗谱》所载，自宋至清，绩溪一县，仅金紫胡族人考中举人以上者计有38人之多，问世著述164种，尤以乾嘉时期汉学著述为多。杰出学者的出现有赖于地方教育的高度发展，绩溪官方与民众历来重视地方教育。早在北宋景德四年（1007），这里就率先建立了徽州第一个书院——桂枝书院，明清两代，计有东园书院、龙峰书院、颖滨书院、鹿苹书馆、谦如书院、嵋公书院、二峨书院、敬业书院、汤公书院、东山书院、濂溪书院等，其中，由著名经学大师、邑人胡培翚首倡众捐而兴建的东山书院闻名遐迩。除此之外，绩溪还有一批乡间文会，为地方上襄助教育的组织，大多以议事与保管、经理教育资产为责，有会产，按月课士，诸如云谷文会、萃升文会、鹿鸣文会、集贤文会、成教文会、毓英文会等。至于以书屋、书室、书堂、书楼、书馆命名的私塾，则星罗棋布，遍及全县，一批又一批绩溪籍秀才、举人、进士、商人，就从这里走出。

　　清代中期，因山高水冷，地瘠民贫，士多寒素，难以外出就试，绩溪科

------

　　① 转引自许承尧《歙事闲谭》，黄山书社2001年版，第601页。
　　② 梁启超：《近代学风之地理分布》，《梁启超全集》（7），北京出版社1999年版，第4268页。
　　③ 梁启超曾称：绩溪胡朴斋（匡衷），生雍乾之交，其学大端与双池慎修相近，以传其孙竹村（培翚）、子继（培系）。竹村与泾县胡墨庄（承珙）同时齐名，墨庄亦自绩迁泾也，时称"绩溪三胡"。竹村善治《仪礼》，集慎修、东原、易畴、繁斋、次仲之成，作新疏，曰《仪礼正义》。墨庄亦治礼，有《仪礼古今文疏义》，其最有名者则《毛诗后笺》。绩溪诸胡多才，最近更有胡适之（适）云。见《梁启超全集》（7），北京出版社1999年版，第4269页。

考排名一度于全徽州居后,这很快引起当地政府与士绅的关注。道光四年(1824),时任内阁中书的胡培翚倡议公捐经费,发典生息,资助科考,获得本籍士绅积极响应,邑中绅士踊跃捐资,并形成一套切实可行的对科举士子乡试盘费进行捐助的制度与办法,对于振兴绩溪科考起到重要作用。胡培翚晚年又在家乡重建世泽楼,博藏群书,为后人创办胡氏图书馆奠定了基础。就这样,来自官、商、士绅、民众的重视,终于成就令绩溪人自豪至今的记载:

> 大江之东,以郡名者十,而士之慕学,新安为最。新安之属,以县名者六,而邑小士多,绩溪为最。①

需要特别指出的是,乡土教育事业的发展不仅仅培养了学界精英,同时也提升了民众整体素养,戴震曾说:

> 吾郡少平原旷野,依山为居,商贾东西行营于外,以就口食,然生民得山之气,质重矜气节,虽为贾者,咸近士风。②

其实,"商贾近士"的原因当然不仅仅在于"生民得山之气",更重要的是尊师重教在此地早已蔚然成风,从绩溪乃至整个徽州走出的商人多数曾就学乡里,正如钱穆所说:

> 徽人居群山中,率走四方经商为活。学者少贫,往往操贱事,故其风亦笃实而通于艺。③

由此可见,绩溪"儒"与"商"并非截然对立的两个群体,他们相互之间的帮助,除却乡土情谊,还因具有共同的话语空间。

总而言之,山川地理风貌与历史的遗留传承相互糅合,造就了绩溪人

---

① 胡朴安:《中华全国风俗志》(上),上海科学技术文献出版社2011年版,第69页。
② (清)戴震:《戴节妇家传》,《戴震文集》,中华书局1980年版,第205页。
③ 钱穆:《中国近三百年学术史》,商务印书馆1997年版,第342页。

的品性，同时也造就了绩溪学界之风。他们既能登高望远、开拓创新，又能实事求是、坚韧不拔，而这些，正是自然与历史为大山里的绩溪人在五四文学革命之前、之中、之后发挥重大作用，所做的准备。

第二节　冲向中国思想文化高地

时至晚清，绩溪学界一方面书香传承，好学之风从未懈怠；另一方面，目睹鸦片战争后清政府之腐败，国家之危难，以胡传、邵作舟为代表的新一代学者登上历史舞台，转而探求以变革求民族生存的经国济世之道，奏响了绩溪学人倡导时代变革的先声，揭开了绩溪文化史上新的一页。

胡传（1841—1895），字铁花，现代著名学人胡适之父。他早年曾受业于扬州著名经师刘熙载门下，研习经史。然而，面对外患日盛之国势，胡传深感科考时文弊端多多，遂转向经世致用之学。自1881年起，他曾至宁古塔实地考察东北关隘，参与三岔口垦务；曾赴晖春会同俄罗斯使臣勘定边界，出任五常抚民府同知兼理儒学；曾应张之洞之约勘察琼州，遍历海南各地；曾赴河南治理黄河，以"异常出力""奉旨免补知县，以直隶州知州分省补用"；也曾在甲午战争爆发后应总兵刘永福私约而留台抗日。作为一名实干家，他

> 生平持论惟就现有之力，谋能为之事，着力于一"实"字；从不敢说大话、请钜款，放言而高论。①

充分展示了绩溪学人的坚毅、实干作风，深受乡里敬爱。

与胡传相比，邵作舟（1851—1898）不仅有任职于天津支应局的实务经验，且着力于时事研究，于光绪十三年（1887）著《邵氏危言》28篇，直陈当道之腐败，极言变法之必须，引起世人广泛重视。《邵氏危言》分列用人、学校、理财、纲纪、官弊、科举、冗食等章，条分缕析，所论务

---

① 沈云龙主编，胡传著：《台湾日记与禀启》，（台湾）文海出版社1981年版，第119页。

实，更显出绩溪学人求真、求实、求是的特点。面对危难局势，他胆识超人地将批判矛头直指中国数千年的君主专制，认为：

> 泰西之势在民，不能遽强，而亦不可遽弱……中国之势在君，可以一朝而乱，亦可以一朝而治。①
> 泰西……君不甚贵，民不甚贱。其政主于人人自得，民诉诸君若诉诸其友。国有大事，谋常从下而起……一兵之发，一钱之税，一条教之变，上不能独专也。中国不然，尊至于天而不可仰视，贱至于犬马鸟兽，鞭挞斩刈惟上之欲也。②

这就明确地表达了对自由、平等、民主政治的向往，对于"人"的尊重。于此，我们已经可以隐隐地嗅出五四气息。

围绕国家制度改革这一目标，邵作舟主张普遍引进西方文化：

> 大译诸国史乘、地志、氏族、职官、礼乐、学校，律令、事例、赋税、程式、一切人情风俗，典章、制度之书，官为刊集，遍布海内。则天下之有志于时势者，不必通其文字语言，而皆可以读其书，究其事，朝得而学之，夕可起而行之。③

此外，他又作《论文八则》，将经世济民的体用思想贯注于文学写作中。在"弁言第一"中，他提出的见解颇具改革创新之意：

> 言不必文，惟求其是，管窥蠡测，仅举大端……革往宿之名言，辟后来之途径。④

---

① （清）邵作舟：《邵氏危言》，《危言三种》，上海古籍出版社 2013 年版，第 432 页。
② 同上书，第 423 页。
③ 同上书，第 473 页。
④ （清）邵作舟：《论文八则》，绩溪县政协文史委员会编《绩溪文史》第 4 辑，1996 年版，第 275 页。

虽然，邵作舟在此文中一再强调"浸淫古籍"，鄙视俗语、小说，还不能真正摆脱传统文学观念的束缚，但他还是看到了"贸贸焉取古人之文而杂学之，依傍旧意，滥袭威调，剽窃一字一句，自以为古①"的艰涩之文的弊端，认为此类文章"小则废言，大则害事"，转而提倡"明白洞达"②之作。在为文"七本"中，他提出的最重要的两点就是"格物致知""博学好问"，如此，才可以

> 将以穷极万事万物之理，获吾学识之所独得，畅吾衷曲之所欲言；陶写性情，羽翼经传，大则以明道立教，小则以娱目谈心。③

若干年后，翻阅号称五四文学革命之发端的胡适之作《文学改良刍议》，似乎还能看到邵作舟《论文八则》的影子。特别是"八事"中首先提出的：

> 吾国近世文学之大病，在于言之无物。今人徒知"言之无文，行之不远"，而不知言之无物，又何用文为乎。④

实在与邵作舟"言不必文，惟求其是"⑤如出一辙，而

> 吾所谓"思想"，盖兼见地、识力、理想三者而言之。⑥

与《论文八则》所阐述的

---

① （清）邵作舟：《论文八则》，绩溪县政协文史委员会编《绩溪文史》第4辑，1996年版，第276页。

② 同上书，第281页。

③ 同上书，第276页。

④ 胡适：《文学改良刍议》，《新青年》1917年第5期。

⑤ （清）邵作舟：《论文八则》，绩溪县政协文史委员会编《绩溪文史》第4辑，1996年版，第275页。

⑥ 同上。

一曰格物致知，以旁其事理，则文之旨蕴必深矣；二曰博学好问，以富其见闻，则文之凭藉必厚矣。①

也保持了高度一致。

清代末年，绩溪仁里程序东等兄弟 4 人与城东秀才胡晋接携手合作，于光绪三十年（1904）正式创办了号称全徽州第一的近代学堂——私立思诚学堂，开设修身、国文、算学（包括代数、几何）、物理、化学、生物、历史、地理等新课程。为保证教学质量，学校购置了有关图书、仪器、化学药品、图表以及各种教具，特聘包括两名留日学生在内的高水平教师任教。自光绪三十年至宣统二年（1910），全县已办有高等、两等、初等小学堂 26 所，并开始了女子教育和师范教育，为新式人才的培养奠定了基础。在此背景下，绩溪金紫胡传人、著名教育家胡晋接以其人品、学识对他的学生产生了重要影响，而其中最重要的就是强烈的爱国之心与开放意识。据胡晋接弟子汪孟邹回忆：

> 甲午战败（1894，清光绪二十年），康（有为）梁（启超）维新，我的业师胡子承先生（名晋接）非常赞成他们的新思想，常常叫我们要多读历史、地理以及许多新书、新报。②

胡晋接还热烈赞赏陈独秀的革命思想：

> 今先生所主张之救国主义，独从改革青年思想入手，此诚教育之真精神所寄。必一般青年涮除其数千年来污浊之思想，而发生一种高尚纯洁适于世界二十世纪进化潮流之思想，然后吾国前途之新国民，乃能崭然露头角于新世界，而有以竞存而图强。③

---

① （清）邵作舟：《论文八则》，绩溪县政协文史委员会编《绩溪文史》第 4 辑，1996 年版，第 276 页。

② 汪原放：《亚东图书馆与陈独秀》，学林出版社 2006 年版，第 224 页。

③ 《胡晋接致陈独秀》，水如编《陈独秀书信集》，新华出版社 1987 年版，第 154 页。

在胡晋接的鼓励下，他的学生纷纷外出求取新学，汪希颜就是其中较早走出的一位。1897 年，正值戊戌变法前夕，汪希颜进入南京陆师学堂，接触众多新书报、新思想，眼界大开。1902 年，他在给弟弟汪孟邹的书信中，介绍自己阅读当时新报章杂志的感受，说：

> 在上海购得新书、新报数种，日夕观览，大鼓志气，大作精神，大拓胸襟，大增智慧。其得力最多者为日本新出之《新民丛报》，其宗旨在提倡一国之文明，其体制则组织学界之条理，中外双钩于笔底，古今一冶于胸中。吾谓游学六年，不如读此报一年；读书十卷，不如读此报一卷。此报一出，而一切之日报、旬报、月报皆可废矣。①

他殷殷教导弟弟：

> 吾人欲为世界上必不可少之人，必为世上必不可少之事。今日之日，乃中外交通，古今变迁，新旧接续一大关键，当此将交通、将变迁、将接续之际，则必有人交通之、变迁之，而接续之。吾人生逢其会，虽不能图其人中之前茅，亦不能不充其中之小校。②

同样，在胡适二哥胡绍之身上，我们也能看到一种非同寻常的气度。这位曾经就学于新式学堂的普通绩溪商人，在同父异母的幼弟胡适面临辍学的关键时刻，将他带到上海，送入新学。当胡适再一次失学后，他又将京城招考留美官费生的消息及时相告，勉励胡适出国留学。胡适留学期间，他写了大量书信向弟弟通报国内消息，诸如：

> 祖国近日全无进步。资政院开议后，余至京曾往旁听二次，所陈既不能根据学理，又不能按切事情……政府之腐败，日甚一日……自日俄

---

① （清）汪希颜语，转引自沈寂《时代碣鉴：胡适的白话文·政论·婚恋》，重庆出版社1996 年版，第 445 页。
② 同上书，第 446 页。

协约之后，朝鲜竟为日所并吞。俄谋蒙古，日图满州，愈逼愈紧，而我当轴者懵然不顾，全不思对付之方。恐二三年后，中国之地图又将改色重绘。①

兹有一可喜之佳音，不得不为弟告者：上月十九日，武汉革党起事以来，人心颇向，举国一致……以后如有佳音，余当飞书以告，决不使弟悬悬于海外。惟望弟力学爱身，作将来之后劲耳。②

特别值得一提的是，胡适考取庚款留学生之初，二哥继承父亲胡传经世致用思想，希望他学铁路、矿冶，以振兴家国。但看到胡适终于选择了文科，他又不失时机地给胡适新的建议：

弟近从事于文哲二学，立志未尝不是，惟恐寂寞无所见用于世耳！且以文学发挥哲学之精神，其功缓而微。不如以文学发挥政治之真理，其功速而大，况吾国今日尤以此为急务，未知吾弟曾有意乎此否？③

正是有了如此引导，绩溪学人才能迅速冲上那一时代中国思想文化的高地。

第三节　前进路途中的浓浓乡情

基于历史文化的原因，在走向新文学的道路上，五四时期绩溪作家群始终一肩两头：一头是开放的视野、远大的志向、敏锐的观察，另一头是浓浓的乡土情谊。如果说前者是导引他们走进新文化队伍的旗帜，那么，后者就是促使他们聚力一处、成就事业的黏合剂。

譬如，在南京陆师学堂，汪希颜得以结识章士钊与陈独秀，很快就将自己的弟弟、同为胡晋接弟子的汪孟邹介绍给章、陈，由此开始了陈独秀

---

① 胡绍之致胡适信，杜春和编《胡适家书》，河北人民出版社 1996 年版，第 495 页。
② 同上书，第 500 页。
③ 同上书，第 512 页。

与汪孟邹几十年的革命情谊，也开始了绩溪学人与辛亥革命和五四文学革命的直接联系。

光绪二十八年（1902），胡晋接以绩溪学人特有的儒者兼商者两重眼光，鼓励和支持因先后丧父、丧兄而不得不放弃学业的汪孟邹到芜湖去开新书店（科学图书社），自己也与人合股在屯溪开设分店（科学图书分社）。尽管经营新书在当时是蚀本生意，但胡晋接却坚持要做，以开新风。在此期间，陈独秀为增长国人见识，了解国内形势的变化，同房秩五、吴汝澄商议合办《安徽俗话报》，但资金短缺。胡晋接得知后，立即要汪孟邹与图书社同人"商妥"。次年春，得到汪孟邹大力协助的《安徽俗话报》顺利问世，并迁至芜湖，以科学图书社为发行所，再加上陈独秀、柏文蔚创办的反清革命组织"岳王会"与安徽公学、皖江中学、徽州公学声气相求，芜湖成为全省革命的策源地，科学图书社因而成为"会议机关"，汪孟邹也被誉为"维新巨子"。辛亥之后，汪孟邹在陈独秀、柏文蔚支持下赴上海开办亚东图书馆，为《新青年》的创办又立下了汗马功劳。

此后，汪孟邹又成为胡适走向文学革命的引路人。这位年长胡适14岁的绩溪乡亲，先是把胡适介绍给主政《甲寅》的章士钊，其时《甲寅》通信栏中已开始讨论"新文学"问题，即所谓"使吾辈思潮，如何能与现代思潮相接触，而促其猛省"①，而留学美国的胡适尚未提及文学工具的革新问题，他所翻译的外国小说，也还用的是桐城派古文。待陈独秀在上海创办《青年杂志》后，汪又将胡适介绍给陈，由是开始了陈、胡两位五四文学革命开创者的联手。此时胡适已在美国酝酿文学工具的革命，但其主张在留美同学中总是得不到支持。《文学改良刍议》一文于《留美学生季报》上发表后，未引起任何反应，但通过汪孟邹与陈独秀取得联系，一经《新青年》刊出，即名声大振。接下来，汪孟邹复转托陈独秀，将胡适引进北大②，使胡适得以在归国后立足于国内的最高学府，登高而呼，为文学革

① 黄远庸：《致甲寅杂志记者函》，《章士钊全集》第3卷，文汇出版社2000年版，第616页。

② 汪孟邹在1917年1月31日致胡适信中说："兄事已转达，仲甫已代谋就，子民先生望兄回国甚急，嘱仲甫代达。"见《胡适档案》，转引自沈寂《胡适史论拾零》，安徽大学出版社2011年版，第81页。

命和此后一系列事业的发展奠定基础。

五四文学革命爆发之后，亚东图书馆堪称文学革命的重要基地。此时，不仅《新青年》由亚东发行，北京大学的《新潮》和少年中国学会的《少年中国》《少年世界》，以及《每周评论》等，都交由亚东销售。在此期间，胡适充分表现了他友情和乡情的重视。此时的胡适已是知名人物，完全可以将自己的书稿交给出版实力和发行力量都要雄厚得多的商务印书馆去出版，然而，他最终还是选择了亚东图书馆这个既无名气又无实力的同乡人小书店，而且，他不仅将自己的书稿提供给亚东，还精心指导亚东的出版业务，并将朋友、同事的书稿介绍过来。据汪孟邹回忆，胡适介绍到亚东来的作家和学者有：陆志韦、朱自清、陶孟和、孟寿椿、刘半农、钱玄同、赵诚之、张慰慈、刘文典、李秉之、吴虞、陆侃如、俞平伯、康白情、徐志摩、孙楷第、顾颉刚等。有了这样一批高水平的作者队伍做后盾，亚东出版物的质量就有了保证。

在回忆自己的求学经历时，胡适也特别提到乡情之谊。完成思诚学堂的学业后，许怡荪、程干丰、章希吕等一群绩溪青年学人皆赴上海继续求学。而此时胡适也在上海中国公学、中国新公学读书。胡适从中国公学毕业之后，即在上海闸北海宁路华童公学任英文教员。那时的胡适，思想上很糊涂，行为上很放荡，课余之时，经常醉酒、打牌、打扑克。某次，因饮酒过量，归途中竟与租界巡捕发生冲突，被拘入捕房，还遗失金表一只。此事为许怡荪所知，遂再三规劝，勉其奋发上进。此后，又有程干丰资助胡适200元到北京的旅费，胡适这才得以考取庚子赔款官费生，前往美国留学。[①]

此外，许怡荪还为胡适保存了十年的日记、札记，胡适回国之前，他为胡适节抄《藏晖室札记》一部，送《新青年》发表。胡适对此终生不忘，曾于诗作中真诚地写道：

> 自视六尺躯，不值一杯酒。倘非朋友力，吾醉死已久。从此谢诸

---

① 多年后，在《许怡荪传》中，胡适提道："己酉、庚戌两年，我在上海做了许多无意识的事，后来一次大醉，几乎死去了。幸得怡荪极力劝我应留美考试，又与程干丰替我筹旅费。"见《胡适文集》（2），人民文学出版社1998年版，第492页。

友，立身重抖擞。去国今七年，此意未敢负……清夜每自思，此身非吾有：一半属父母，一半属朋友。便即此一念，足鞭策吾后。今当重归来，为国效奔走。①

正是在浓浓乡情的包孕之下，五四文学革命期间及其后，胡适倾力帮助、鼓励一批绩溪青年登上新文坛，取得不凡成就。

譬如汪静之。1921 年，19 岁的汪静之与潘谟华发起"晨光文学社"，次年又与应修人、冯雪峰、潘谟华一起成立了中国现代文学史上著名的"湖畔诗社"。1922 年 8 月，20 岁的汪静之以一本薄薄的诗集《蕙的风》飙入文坛，短期内加印 4 次，销量仅次于胡适的《尝试集》和郭沫若的《女神》。此后，汪静之就以一位新诗人的身份被记载在中国现代文学史中。多年后，硕果累累的汪静之谈到自己的成长，念念不忘胡适的提携：

> 五四运动一来，我就马上学写新诗。当然开头写不好，写了几个月，觉得进步一点了。因为胡适之这个提倡新诗的人是我们家乡人，我就寄诗给他看。他看了非常高兴，马上回信，一个最有名的大学教授，给一个中学生回信，这是少有的。我在信里告诉他我是哪里人，我们村庄离你的村庄半里路，我父亲在你这个村庄里头开店，我就住在你这个村庄里，家乡人，我写的诗请你指教。他回信讲他提倡新诗……现在原来还有你这么一个中学生写新诗，全国没有，你是头一个。所以我很高兴，我提倡的新诗还有一个中学生写……到杭州后我还是继续同他通信，他总是鼓励我写。我全部诗都寄给他的，陆续寄去。他忙得很，不是次次回信的，但是写了两三次信去，他总要回一次信……我喜欢诗；但是得到他的鼓励，那是很高兴的，这是全国第一个提倡新诗的名人，我就更喜欢写新诗了，因此写得更多了。②

---

① 胡适：《朋友篇·寄怡荪、经农》，《胡适文集》（1），人民文学出版社 1998 年版，第 196 页。

② 汪晴：《汪静之自述生平》，飞白、方素平编《没有被忘却的欣慰》，西泠印社出版社 2006 年版，第 165 页。

此后，汪静之的第一本诗集《蕙的风》，也是经过胡适审阅删改，并作序言，介绍给亚东出版。

同样得到胡适大力帮助的还有绩溪青年作家章衣萍、章铁民、胡思永、程万孚、程朱溪等多人。章衣萍在安徽省立第二师范学校读书时，爱读《新青年》杂志，崇尚白话文、白话诗，因思想活跃而被学校除名，于是辗转上海，投奔亚东图书馆老板汪孟邹。汪孟邹出于同乡情缘，将他介绍给胡适，赴北大预科学习，课余兼做胡适的助手，帮助抄写文稿，薪酬颇丰，不但解决了生活困难，更因接近名教授，知识水平大增。若干年后，章衣萍写下《胡适先生给我的印象》一文，记述了绩溪青年学子与胡适的亲密关系：

> 我到北京以后的四五年，从斗鸡坑的朋友穷得散伙以后，简直以钟鼓寺为我的第二家庭。胡先生的书籍，我们可以随便取来看览，他找书找不着，总说我们拿去了，骂了一场，又去买新的……我们绩溪人总有一种习气，无论到什么地方，绩溪人同绩溪人在一处，总是不改乡谈。所以我们在胡先生家中，说的全是绩溪话。①
>
> 胡先生晚上有暇，也同我们讲《诗经》，讲《楚辞》，《胡适文存》有一篇怀疑屈原的文章，就是那时的一个晚上同我们讲的。②

在胡适的资助、鼓励之下，五四时期登上新文坛的这批绩溪青年都取得不凡的成就。章衣萍北大毕业后，在陶行知创办的教育改进社主编教育杂志，又曾担任上海大东书局总编辑，与鲁迅筹办《语丝》月刊。1928年他出任暨南大学校长秘书兼文学系教授，抗战后任成都大学教授，虽然生年仅仅47岁，却留下短篇小说集、散文集、诗集、学术著作、少儿读物、译作和古籍整理等70余部。章铁民译有《少女日记》《波斯故事》《波斯传说》《少妇日记》《饿》，著有小说《粗人与美人》。程万孚译有《西藏的故事》《柴霍夫书信集》。程朱溪翻译了高尔基、契诃夫等人长短篇小说

---

① 章衣萍：《窗下、枕上、风中随笔》，东方出版社1994年版，第146—147页。
② 同上书，第138页。

和散文，如《廿六个和一个》《草原上》《决斗》《裁判官的威严》《契诃夫随笔》，并创作出版了散文诗《天鹅集》、短篇小说集《紫色炸药》，其中以长城喜峰口抗日战斗为背景的中篇小说《父与子》，初登于胡愈之主编的《东方杂志》，随后被选进新中国成立前高中国文课本。就连 1923 年早逝的胡思永也留下了《胡思永的诗》。因此，也难怪章太炎说，当时青年"以适之为大帝，绩溪为上京"①。

第四节　立足传统追寻未来的"绩溪牛"精神

当然，绩溪学子之所以能够在五四新文学运动中充分展示才华，还得力于大山深处千年传统文化的深深浸润，以及那一方山水赋予的锲而不舍、不断追寻的"绩溪牛"精神。

这集中表现在胡适倡导的"整理国故"运动中。1919 年，正当新文化运动达到顶点、新思潮如火如荼之际，以倡导白话文学著称的胡适却提出"整理国故"。此论一出，立即引起争论。但面对种种非议，胡适却坚持己见，在《新思潮的意义》一文中，他提出以"研究问题""输入学理""整理国故""再造文明"②作为新思潮和新文化运动的纲领。撇开种种外在因素，胡适提出"整理国故"实属必然。身处新安朴学的故乡，胡适自幼接受朴学熏陶，对古籍整理研究很感兴趣，早在 11 岁的时候就受到前辈鼓励，着手编辑《历代帝王年号歌诀》，"这也可算是我的'整理国故'的破土工作"③。成年后，论及《清代学者的治学方法》，胡适提出"中国旧有的学术，只有清代的'朴学'确有'科学'的精神"④，留美期间他更撰写了一批历史考证的文章，诸如《诗三百篇言字解》《尔汝篇》《吾我篇》《论训诂之学》《论校勘之学》《先秦诸子之进化论》《诸子不出于王官论》等，1916 年他又写下《论训诂之学》一文，阐述自己治朴学的经

---

① 章士钊：《评新文字运动》，张若英编《中国新文字运动史资料》，光明书店 1934 年版，第 229 页。
② 胡适：《胡适文集》(3)，人民文学出版社 1998 年版，第 343 页。
③ 胡适：《胡适自传》，江苏文艺出版社 1995 年版，第 43 页。
④ 胡适：《胡适全集》(1)，安徽教育出版社 2003 年版，第 371 页。

历。因此，当新文学已经破土而出，传统文化在巨浪冲击下凋敝零落之时，胡适挺身而出，指出过去三百年"国故学"的成就与不足，倡导以科学精神整理国故势在必行。在《口述自传》中，胡适说：

> 从 1920 年到 1933 年，在短短的十四年之间，我以"序言"、"导论"等不同的方式，为十二部传统小说大致写了 30 万字的考证文章。①

据易竹贤收集到的材料，从 1917 年 5 月的《再寄陈独秀答钱玄同》，至 1962 年 2 月逝世前 4 日写的《红楼梦问题最后一信》，前后 45 年间，胡适所作中国传统小说的考证文章、书信和论文，共有 46 篇，计 45 万余字，论及小说 20 余种②，难怪梁启超认为：

> 绩溪诸胡之后有胡适者，亦用清儒方法治学，有正统派遗风。③

同样是在五四文学革命期间，另一位绩溪学人、汪孟邹之侄汪原放担纲古典文学著作标点工作，不仅大大发展了亚东业务，更促进了五四文学革命的进程。这个曾就读于思诚学堂，有 3 年学徒经历，执着、顽强、认真的绩溪青年，被称为"中国新式标点第一人"。五四新文化运动中，亚东图书馆响应胡适倡导白话文的号召，采用新形式出版了一套古典白话小说的标点本。当时新式标点符号正在酝酿之中，懂得新式标点符号的人很少，汪原放勇敢地承担了此项工作。他以新式标点符号标点的第一部古典小说是《水浒传》，时为 1920 年。此后，他又紧锣密鼓地标点了《儒林外史》五十五回附一回、《红楼梦:程乙本》一百二十回、《古本西游记》一百回、《三国演义》一百二十回、《镜花缘》一百回、《王安石全集》百卷，以及《水浒续集》《儿女英雄传》《老残游记》《海上花列传》《官场

---

① 胡适:《胡适自传》，江苏文艺出版社 1995 年版，第 270 页。
② 易竹贤:《胡适传》，湖北人民出版社 1998 年版，第 227 页。
③ 梁启超:《清代学术概论》，上海古籍出版社 1998 年版，第 7 页。

现形记》等。汪原放标点古籍不仅要求数量，而且讲究质量，每种书籍都要校对 12 遍以上。《儒林外史》1920 年校点本系参照艺古堂本、齐省堂本、商务本、1914 年育文书局翻印增补齐本校改而成，十分畅销。但汪原放发现错误后，立刻依据嘉庆年间艺古堂本为底本，间用齐本校正，修改初版、再版之误，删除初版《校读后记》和再版《后记》，1922 年再次刊印，并予说明。同样，《红楼梦》亚东本初版，他不仅做了分段和标点工作，而且反复校改。但进行之中得知胡适手中乾隆壬子程排本的存在，汪原放特地写了《校读后记》附于书前，实实在在地说明：

> 等到我知道此本时，已太晚了，不及用来校改了。前半部虽有一些地方是承胡思永君用适之先生的程排本来校改的，但全书不曾用那个本子作底本，究竟是一件大不幸的事。①

几年后，他就依据最新发现的版本再次校改，这就是《红楼梦》亚东重排本。重排本改正了原来的标点错误、分段不当、校勘不精、错字不少等毛病，并在《后记》中就"重印的缘起""程乙本的说明及校读""新本与旧本的比较""从前读时疑问的解决""程乙本里的问题"一一做出说明，且不计成本毁掉旧版，只为彰显古籍整理的严肃性。无独有偶，1926年章衣萍从胡适嘱，校点印行宋代词人朱敦儒所著《樵歌》，此书前有吴枚庵《关于樵歌考证及朱敦儒史料》、胡适所撰《朱敦儒小传》，末有黎锦熙、林语堂等人跋并校点者后记，已堪称完备，但是，因发现

> 初印本校对不精，误植甚多，乃于 1929 年冬，借得胡适手校本，重新校改出版。②

与汪原放同样投入文学革命中的绩溪学人为数众多，他们中间很多人的名字已经渐渐被历史湮没。目前尚能够于各种文献资料中找到姓名与简单事

---

① 汪原放：《后记》，《红楼梦》，亚东图书馆 1921 年版。
② 张高宽等：《宋词大辞典》，辽宁人民出版社 1990 年版，第 197 页。

迹记载的，有章洪钟、胡鉴初、章希吕、程本海、余昌之、胡鉴初、汪乃刚、汪协如、胡梦华、胡在渭等。汪原放之兄汪乃刚标点了《醒世姻缘传》《宋人话本七种》和《今古奇观》，汪原放之妹汪协如标点了《官场现形记》和《十二楼》，章希吕、胡鉴初分别参与了《西游记》《镜花缘》《水浒续集》《红楼梦》的标点工作，与胡适叔侄相称的东南大学学生胡梦华于1926年发表《絮语散文》，对周作人所倡导的"美文"进行了深入研究，成为中国现代散文史上的重要著述。特别引人瞩目的是，绩溪著名经学世家"金紫胡"传人胡在渭，早在1922年至1923年间即编撰了新式国文教科书《新文范》①，兼收古代文学作品及五四前后白话文学新作，并详细介绍了新式标点的使用方法，问世时间几与叶圣陶、顾颉刚等人所编、号称中国第一本文言语体中学教材《新学制初中国语教科书》同步。

在诸多五四时期绩溪学子中，程本海是特别值得注意的一位。他有绩溪思诚学堂学习的背景，在亚东从学徒做起，与汪孟邹一起从绩溪走到芜湖，又从芜湖走到上海，经历了从辛亥到五四的时代风雨。1923年，程本海与胡梦华、许士骐等人发起成立以"联络乡谊，研究学术，改造社会"为宗旨的"徽社"，主要成员为负笈求学于北京、上海、天津、南京的徽州籍青年知识分子，他们聘请胡适、陶行知为顾问，出版《微音》月刊，栏目有言论、研究、通讯、纪事、文艺、杂感、社务报告等。程本海一直是主持编辑的中流砥柱。《微音》是一本十分能够表现五四时代绩溪学人特色的刊物，一方面，它具有明显的乡土意识，明确宣布此刊以

　　　　引导徽州的民众入于光明之途为己责，务使本刊成为我徽州人的喉舌，为我全徽州唯一的民众发言机关……除研究学术与文章之外，并一方面注重同乡旅外事业之发展，一方面谋内外之联络与团结，以集中注意力于共同的目标，而达到促进乡土之福利，与改造新徽州之目的。②

---

① 胡在渭编：《新文范》，1922年至1923年油印本，安徽省图书馆藏。
② 《本刊宣言》，《微音》，转引自徐松如《都市文化视野下的旅沪徽州人：1843—1953年》，上海人民出版社2015年版，第246—247页。

而陶行知刊载于此的《徽州人的新使命》，更是号召

> 徽州全体人民团结起来，创造一个能自立、自治、自卫的新徽州……要建立徽州万年不拔之基……把徽州做成中华民国的优美领土，把徽州人做成中华民国的有智慧、有实力、有责任心的国民。①

另一方面，这本刊物又绝不仅仅将视线局限于徽州，而是一直密切地关注关乎中国命运前途的大问题。譬如胡适所撰写的《我也来谈东西文化》以及胡适给徐志摩两封信，集中研讨了对苏俄模式的看法，颇能显现新一代绩溪人对国家命运的关怀，而此刊刊载的大量有关传播教育新思潮、关注民生实业的文章，更是既有五四时代特征，又传承了绩溪自古以来对教育和实业的重视。1927 年，程本海毅然告别都市，投奔晓庄学校，成为晓庄首批"十三门徒"之一，为中国的教育事业发展奉献了一生。

20 世纪 20 年代后期进入新文学园地的绩溪作家，还有索非。索非原名周益泉，是胡适的外甥。但他早年就背井离乡，像诸多绩溪青年一样外出打拼。他曾做过学徒，也曾推广世界语，1927 年前后进入上海开明书店，先后任编辑、襄理兼上海总店主任，1939 年与顾均创办《科学趣味》杂志。他还曾任立达学园讲师、劳动大学成人教育科教师、建设大学教授，并为索氏制药公司创办人、光华制药厂及怡中制药厂顾问，再一次展示了绩溪学人亦儒亦商的作风。在中国现代文坛上，这位学徒出身、全靠自学成才的作家以实际行动凸显了绩溪人的坚毅果决，他不仅留下了记述狱中生活与见闻的散文集《狱中记》《苦趣》《囚人之书》，而且无师自通地学习医学，满怀爱心地写下了"把医学常识灌输给民众的通俗读物"②：《疾病图书馆·法定传染病篇》《孩子们的灾难》《人体旅行记》《人与虫的搏斗·虫性传染病篇》《人体科学谈屑》等医学趣味小品集。

---

① 陶行知：《徽州人的新使命》，转引自《徽州社会科学》2005 年第 9 期。
② 索非：《疾病图书馆·法定传染病篇》，开明书店民国二十六年版，序。

结　语

有专家曾经指出，以陈独秀为首的皖籍知识分子的集结有重要意义，因为：

> 民初社会思想文化领域的滞后以至倒退，根本原因在于新型知识分子群体的精神状态低迷，其中具代表性的是在北京的以浙江籍为主的章门弟子同人，在上海的以江苏籍为主的南社文人，由于其精神领袖的思想在民初社会现实中丧失变革之力，而在整体上趋于消极无为（在这方面，地缘因素起到相当重要的抑制作用）；因此，皖籍新型知识分子同人在历史"夹缝"中的集结，就有可能借助于新的地缘因素以群体阵容突破清末民初社会思想文化的既有格局，确立新的变革起点。①

在这一"集结"与"突破"的过程中，以胡适为首的绩溪作家群有力地推动了文学革命进程，其传统地缘关系和"儒商结合"的文化传承起到了重要作用，并在特殊的历史场域中，诠释出传统向现代转换的延续性和复杂性。因此，最大化地走回历史现场，寻找不同地域文化与现代文学的关系，我们才可能看到更加真实而丰富的历史图景。

附录1　民国绩溪文学书目
（以年代为序）

1910—1919 年

1. 汪渊：《瑶天笙鹤词》第二卷，1915 年版。
2. ［法］都德等：《短篇小说第一集》，胡适译，亚东图书馆 1919 年版。

---

① 陈方竞：《"共和制情结"：〈青年杂志〉倡导思想启蒙的深层动因》，《文学评论丛刊》第 5 卷第 1 期，南京大学出版社 2002 年版，第 20 页。

3. 汪渊：《藕丝吟馆诗余》，民国抄本。

4. 汪渊：《蔀盐词》第一卷，民国抄本。①

1920—1929 年

1.（清）吴敬梓著，汪原放句读：《儒林外史》，亚东图书馆 1920 年版。

　　注：又（清）吴敬梓著，汪原放句读《儒林外史》，亚东图书馆 1922 年版。

2.（明）施耐庵著，汪原放句读：《水浒》，亚东图书馆 1920 年版。

　　注：又（明）施耐庵著，汪原放句读《水浒》，亚东图书馆 1921 年修订再版。

　　又（明）施耐庵著，汪原放句读《水浒》，亚东图书馆 1928 年重排第 9 版。

3.（明）吴承恩著，汪原放句读：《古本西游记》，亚东图书馆 1921
年版。

　　注：又汪原放、章希吕、余昌之句读《西游记》，亚东图书馆 1925 年版。

4.（清）曹雪芹原著，高鹗续著，汪原放句读：《红楼梦》，亚东图书馆
1921 年版。

　　注：又（清）曹雪芹、曹沾著，汪原放、胡鉴初句读《红楼梦》，亚东图书馆 1922
年版。

　　又（清）曹雪芹、曹沾著，汪原放、胡鉴初句读《红楼梦》，亚东图书馆 1927
年版。

5. 胡适：《胡适文存》四卷，亚东图书馆 1921 年版。

6. 胡适：《片羽》，又名《水浒传改正》，民国版。②

7. ［挪］易卜生著，潘家洵译，胡适校：《易卜生集·一》，商务印书馆 1921
年版。

8. 潘漠华、冯雪峰、应修人、汪静之：《湖畔》，湖畔诗社 1922 年版。

9. 汪静之：《蕙的风》，亚东图书馆 1922 年版。

10.（明）罗贯中著，汪原放句读：《三国演义》，亚东图书馆 1922 年版。

11. 胡适：《镜花缘的引论》，民国版。③

12. 胡在渭编辑：《文艺因缘》第一卷，六安师范 1923 年油印本。

13. 胡适：《西游记考证》，亚东图书馆 1923 年版。

---

① 汪渊先生逝世于 1920 年。
② 原著写于 1920 年至 1921 年。
③ 原著写于 1923 年 5 月。

14. 胡在渭：《新文范》，六安师范 1922 年至 1923 年油印本。

15. ［挪］易卜生著，潘家洵译，胡适校：《易卜生集·二》，亚东图书馆 1923 年版。

16. 胡适：《胡适文存二集》，亚东图书馆 1924 年版。

17. 胡思永：《胡思永的遗诗》，亚东图书馆 1924 年版。

18. 胡适辑，汪原放、章希吕句读：《水浒续集》，亚东图书馆 1924 年版。

19. 胡适：《五十年来中国之文学》，申报馆 1924 年版。

20. （清）文康著，汪原放句读：《儿女英雄传》，亚东图书馆 1925 年版。

21. （清）刘鹗著，汪原放句读：《老残游记》，亚东图书馆 1925 年版。

22. 章衣萍：《深誓》，北新书局 1925 年版。

23. （清）韩邦庆著，汪原放标点：《海上花列传》，亚东图书馆 1926 年版。

24. 胡在渭编辑：《徽难哀音》第三卷，1926 年油印本。

25. （宋）朱敦儒著，章衣萍校点：《樵歌》三卷，商务印书馆 1926 年版。

　　注：又（宋）朱敦儒著，章衣萍校点《樵歌》三卷，商务印书馆 1930 年重校本。

26. 章衣萍：《情书一束》，北新书局 1926 年版。

　　注：又章衣萍《桃色的衣裳》，北新书局 1926 年版，内容同上书。

27. 汪静之：《耶稣的吩咐》，文学周报社 1926 年版。

28. 胡适选注：《词选》，商务印书馆 1927 年版。

29. 章铁民：《粗人与美人》，北新书局民国版。

30. 汪静之：《翠英及其夫的故事》，亚东图书馆 1927 年版。

31. （清）李伯元著，汪原放、汪协如句读：《官场现形记》，亚东图书馆 1927 年版。

32. 胡适：《国语文学史》，文化学社 1927 年版。

33. 汪静之：《寂寞的国》，开明书店 1927 年版。

34. A. A. Sofio：《苦趣》，开明书店 1927 年版。

35. 章衣萍、铁民译：《少女日记》，北新书局 1927 年版。

36. 汪静之：《诗歌原理》，商务印书馆 1927 年版。

37. 胡在渭编辑：《陶园春永集续编》，1927 年油印本。

38. A. A. Sofio：《狱中记》，开明书店 1927 年版。

39. 胡适:《跋宋刻本白氏文集复印件》,民国版。①

40. 胡适:《白话文学史上卷》,新月书店 1928 年版。

41. 胡梦华编辑:《表现的鉴赏》,现代书局 1928 年版。

42. 章铁民译:《波斯故事》,北新书局 1928 年版。

43. [俄]高尔基:《裁判官的威严》,朱溪译,北新书局 1928 年版。

44. [俄]高尔基:《草原上》,朱溪译,人间书店 1928 年版。

45. 汪静之:《李杜研究》,商务印书馆 1928 年版。

46. 胡适:《庐山游记》,商务印书馆 1928 年版。

47. 胡止澄:《梅轩笔记》六卷,1928 年抄本。

48. 程本海编译:《贫女和王子》,1928 年版,聂光甫《山西公立图书馆目
    录初编》著录。

    注:又程本海译《贫女和王子》,中华书局 1933 年版。

49. 汪原放译:《仆人》,亚东图书馆 1928 年版。

    注:汪乃刚句读《宋人话本八种》,又名《京本通俗小说》,亚东图书馆 1928 年版。

    又汪乃刚句读《宋人话本七种》,亚东图书馆 1935 年重订第 3 版。

50. 程朱溪:《天鹅集》,人间书店 1928 年版。

51. 章衣萍:《樱花集》,北新书局 1928 年版。

52. 章衣萍:《种树集》,北新书局 1928 年版。

53. 章铁民译:《波斯传说》,亚东图书馆 1929 年版。

54. 章衣萍:《窗下随笔》,北新书局 1929 年版。

55. 汪静之:《父与女》,大江书铺 1929 年版。

56. 章衣萍:《古庙集》,北新书局 1929 年版。

57. [俄]契诃夫:《决斗》,张友松、朱溪译,北新书局 1929 年版。

58. [俄]契诃夫:《契诃夫随笔》,章衣萍、朱溪译,北新书局 1929 年版。

59. [英]娜克丝:《少妇日记》,章铁民译,北新书局 1929 年版。

60. 胡适、郁达夫等著:《文学论集》,亚细亚书局 1929 年版。

61. (明)施耐庵著,胡适整理:《一百二十回的水浒》,商务印书馆 1929

---

① 此书内录胡适写于 1927 年至 1928 年论文 11 篇。

年版。

62. 汪原放译：《伊所伯的寓言》，亚东图书馆 1929 年版。

63. 章衣萍：《枕上随笔》，北新书局 1929 年版。

1930—1939 年

1. 汪静之编：《白雪遗音续选集》，北新书局 1930 年版。

2. ［挪威］哈姆生：《饿》，章铁民译，水沫书店 1930 年版。

3. 胡适：《胡适文存三集》，亚东图书馆 1930 年版。

4. 胡适：《胡适文选》，亚东图书馆 1930 年版。

   注：又胡适著，芸丽氏、筱梅辑《胡适文选》，仿古书店 1936 年版。

   又胡适《胡适文选》，大陆书局 1942 年版。

5. 章衣萍：《黄仲则评传》，北新书局 1930 年版。

6. A. A. Sofio：《囚人之书》，开明书店 1930 年版。

7. 汪原放译：《一千零一夜》，亚东图书馆 1930 年版。

8. ［印度］萧野曼·升喀（Shyama Shankar）：《印度七十四故事》，汪原放
   译，亚东图书馆 1930 年版。

9. 章衣萍：《友情》，现代书局 1930 年版。

10. 章衣萍：《作文讲话》，北新书局 1930 年版。

11. ［苏］柴霍夫：《柴霍夫书信集》，程万孚译，亚东图书馆 1931 年版。

12. 胡适：《胡适文选二集》，亚东图书馆 1931 年版。

13. 吴曙天、章衣萍：《看月楼书信》，开明书店 1931 年版。

14. 胡在渭：《靡依志痛录》，1931 年自刊。

15. 章衣萍：《青年集》，光华书局 1931 年版。

16. 胡适：《吴敬梓年谱》，亚东图书馆 1931 年版。

17. ［英］谢尔顿编：《西藏的故事》，程万孚译，亚东图书馆 1931 年版。

18. 胡适：《醒世姻缘传考证》，亚东图书馆 1931 年版。

19. 章衣萍：《倚枕日记》，北新书局 1931 年版。

20. 章衣萍：《看月楼词草》，女子书店 1932 年版。

21. 章衣萍：《书信讲话》，沪江书店 1932 年版。

22. 章衣萍：《我的童年》，儿童书局 1932 年版。

23. 章衣萍:《我的祖母》,儿童书局 1932 年版。

24. (清) 西周生著,汪乃刚句读:《醒世姻缘传》,亚东图书馆 1932 年版。

25. 章衣萍:《衣萍书信》,北新书局 1932 年版。

26. [美] 哈特、[俄] 契诃夫等:《短篇小说第二集》,胡适译,亚东图书馆 1933 年版。

27. 章衣萍编著:《儿童作文讲话》,儿童书局 1933 年版。

28. 章衣萍:《关云长》,儿童书局 1933 年版。

29. 章衣萍:《寄儿童们》,儿童书局 1933 年版。

30. (明) 抱瓮老人辑,汪乃刚句读:《今古奇观》,亚东图书馆 1933 年版。

31. 章衣萍:《孔子》,儿童书局 1933 年版。

32. [法] 莫内德:《苦儿努力记》,林雪清、章衣萍译,儿童书局 1933 年版。

33. 汪原放译:《六裁判》,亚东图书馆 1933 年版。

34. 章衣萍:《秋风集》,合成书局 1933 年版。

35. 胡适:《四十自述》,亚东图书馆 1933 年版。

36. 章衣萍:《随笔三种》,神州国光社 1933 年版。

37. 章衣萍、吴曙天:《孙中山先生》,儿童书局 1933 年版。

38. 章衣萍:《陶渊明》,儿童书局 1933 年版。

39. 章衣萍:《王阳明》,儿童书局 1933 年版。

40. 汪静之、符竹因编:《文章模范》第二册,神州国光社 1933 年版。

41. 章衣萍:《我的儿时日记》,儿童书局 1933 年版。

42. 章衣萍:《小娇娘》,黎明书局 1933 年版。

43. [奥] 斯奇凡·蔡格:《一个妇人的情书》,章衣萍译,上海华通书局 1933 年版。

44. 章衣萍:《衣萍文存》,乐华图书公司 1933 年版。

45. 章衣萍:《衣萍小说选》,乐华图书公司 1933 年版。

46. 胡晋文:《醉月山房诗草》一卷,绩溪胡礼义堂 1933 年版。

47. 章衣萍:《班超》,儿童书局 1934 年版。

48. 胡适:《胡适日》,文化研究社 1934 年版。

注：又胡适《藏晖室札记》四卷，亚东图书馆 1939 年版。

又胡适《胡适留学日记》，商务印书馆 1948 年版。是书同《藏晖室札记》。

49. 章衣萍：《纪晓岚》，儿童书局 1934 年版。

50. 章衣萍：《林则徐》，儿童书局 1934 年版。

51. 章衣萍：《马援》，儿童书局 1934 年版。

52. 章衣萍：《孟子》，儿童书局 1934 年版。

53. 章衣萍：《戚继光》，儿童书局 1934 年版。

54. 章衣萍：《情书二束》，乐华图书公司 1934 年版。

55. 章衣萍：《史可法》，儿童书局 1934 年版。

56. 章衣萍：《司马光》，儿童书局 1934 年版。

57. 章衣萍、吴曙天合编：《王安石》，儿童书局 1934 年版。

58. ［英］威尔士：《未来世界》，章衣萍、陈若水译，天马书店 1934 年版。

59. 章衣萍：《郑成功》，儿童书局 1934 年版。

60. 章衣萍：《郑和》，儿童书局 1934 年版。

61. 章衣萍：《包拯》，儿童书局 1935 年版。

62. 章衣萍：《管仲》，儿童书局 1935 年版。

63. 章衣萍：《洪秀全》，儿童书局 1935 年版。

64. 胡适：《胡适论学近著》第一集，商务印书馆 1935 年版。

65. 章衣萍：《黄梨洲》，儿童书局 1935 年版。

66. （明）袁小修、袁中道著，章衣萍校点：《珂雪斋近集》四卷，中央书店 1935 年版。

67. 胡适：《南游杂忆》，国民出版社 1935 年版。

68. （清）颜自德选辑，王廷绍编订，章衣萍校订：《霓裳续谱》八卷，中央书店 1935 年版。

69. 章衣萍：《苏东坡》，儿童书局 1935 年版。

70. 汪原放句读：《王安石全集》百卷，大众书局 1935 年版。

71. （明）谢肇淛著，章衣萍校订：《五杂俎：晚明笔记》十六卷，中央书店 1935 年版。

72. （明）江进之著，章衣萍校点：《雪涛小书·晚明笔记》，又名《亘史

外纪　亘史外篇》，中央书店 1935 年版。

73. 章衣萍：《杨椒山》，儿童书局 1935 年版。

74. 章衣萍：《衣萍文存二集》，乐华图书公司 1935 年版。

75. （清）张潮著，章衣萍校订：《幽梦影：张潮散记》，中央书店 1935 年版。

76. 蔡元培、胡适等：《中国新文学大系·导论集》，良友复兴图书印刷公司 1935 年版。

77. 胡适编选：《中国新文学大系第一集·建设理论集》，良友复兴图书印刷公司 1935 年版。

78. 章衣萍：《朱子》，儿童书局 1935 年版。

79. 章衣萍：《杜甫》，儿童书局 1936 年版。

80. ［日］岩崎荣：《广田弘毅传》，汪静之、吴力生译，商务印书馆 1936 年版。

81. 胡适：《胡适论说文选》，希望出版社 1936 年版。

82. 胡在渭编辑：《徽州女子诗选》一卷，《补遗》一卷，又名《新安闺秀诗选》，1936 年油印本。

83. 章衣萍编辑：《柳眉君情书选》，绿灯书店 1936 年版。

84. 章衣萍：《文天祥》，儿童书局 1936 年版。

85. 章衣萍：《玄奘》，儿童书局 1936 年版。

86. 章衣萍：《岳飞》，儿童书局 1936 年版。

87. 章衣萍著，少侯编：《章衣萍创作选》，仿古书店 1936 年版。

88. 索非：《疾病图书馆：法定传染病篇》，开明书店 1937 年版。

89. 章衣萍：《磨刀集》一卷，中心书店 1937 年版。

注：又章衣萍《磨刀新集　看花集》二卷，1942 年版。此书《磨刀新集》为《磨刀集》增订本。

90. 章衣萍：《石达开》，儿童书局 1937 年版。

91. 胡适、蔡元培、王云五编：《张菊生先生七十生日纪念论文集》，商务印书馆 1937 年版。

92. 程朱溪：《紫色炸药》，中华书局 1937 年版。

93. 汪静之：《作家的条件》，商务印书馆 1937 年版。

94. 汪静之选注：《爱国诗选》，商务印书馆 1938 年版。

95. 索非：《孩子们的灾难》，开明书店 1939 年版。

96. 索非：《人体旅行记》，开明书店 1939 年版。

1940—1949 年

1. 汪静之、符竹因选注：《爱国文选》，（香港）商务印书馆 1940 年版。

2. 章衣萍编著：《儿童演说四讲》，儿童书局 1940 年版。

3. 朱瑞麒：《石松诗存》一卷，1940 年版。

4. 胡适、周作人等译：《世界名著代表作》，国光书店 1940 年版。

5. （清）玩花主人选，（清）钱德苍续选，汪协如校：《缀白裘》十二集 四十八卷，中华书局 1940 年版。

6. ［瑞典］史特林堡等：《爱情的面包》，胡适等译，启明书局 1941 年版。

7. 胡不归：《胡适之传》，萍社 1941 年版。

8. 胡学汤：《七十自述》，1941 年油印本。

9. 索非：《人体科学谈屑》，开明书店 1941 年版。

10. 索非：《人与虫的搏斗·虫性传染病篇》，开明书店 1941 年版。

11. 胡适著，郁鹏程编辑：《中国章回小说考证》，实业印书馆 1943 年版。

12. 胡适、刘复：《谈小说》，中周出版社 1944 年版。

13. 章衣萍：《给小萍的十二封信》，儿童书局 1946 年新 10 版。

14. 索非：《龙套集》，万叶书店 1946 年版。

15. ［英］笛福：《鲁滨逊漂流记》，汪原放译，建文书店 1947 年版。

16. 王子野：《王元寿访瞎牛》，又名《王元寿作风》，晋察冀新华书店 1947 年版。

17. （清）李渔著，汪协如标点：《十二楼》，又名《觉世十二楼》，亚东 图书馆 1949 年版。

18. 程憬：《中国古代神话研究》，北京大学出版社 2011 年版。①

---

① 程憬先生逝世于 1950 年，此书著于 20 世纪 40 年代。

出版年月不详

1. 章衣萍选注：《当代名家小说选》，汉文正楷印书局民国版。

2. 胡适著，陈独秀编：《革命文学史》，民国版。

3. ［俄］高尔基：《廿六个和一个》，朱溪译，北新书局民国版。

4. 汪静之等：《人肉：短篇杰作小说》，民国版。

5. 章衣萍等：《文章作法指导》，民国版。

未见出版信息

1. 胡在渭：《白雪新音》，洪鹏华、曹健斌主编《绩溪书目》著录。

2. 程修兹：《春不老斋诗稿》，胡在钧《程修兹一家与徽州文教界渊源》著录。

3. 章衣萍译：《婀娜》，绩溪县地方志编纂委员会编《绩溪县志》著录。

4. 章衣萍：《烦恼的春天》，绩溪县地方志编纂委员会编《绩溪县志》著录。

5. 胡在渭：《鸽原秋感集》，洪鹏华、曹健斌主编《绩溪书目》著录。

6. 胡在渭：《黄山白岳游记合编》，欧阳发等《黄山史话》著录。

7. 胡晋接：《绩溪山水歌略》，洪鹏华、曹健斌主编《绩溪书目》著录。

8. 胡在渭：《乐吾道室杂著》，洪鹏华、曹健斌主编《绩溪书目》著录。

9. 章衣萍：《牧师的女儿》，绩溪县地方志编纂委员会编《绩溪县志》著录。

10. 胡近仁：《奈何天居士吟草》，胡适《胡适全集》第十二卷著录。

11. 胡在渭：《秦淮感旧集》，洪鹏华、曹健斌主编《绩溪书目》著录。

12. 章衣萍：《儒林新史》，绩溪县地方志编纂委员会编《绩溪县志》著录。

13. 胡在渭：《社会歌谣集》，洪鹏华、曹健斌主编《绩溪书目》著录。

14. 胡在渭：《松涛阁诗集》，洪鹏华、曹健斌主编《绩溪书目》著录。

15. 胡广植：《陶园酬唱集　陶园酬唱集续编》，洪鹏华、曹健斌主编《绩溪书目》著录。

16. 柯泽舟：《无机集》，洪鹏华、曹健斌主编《绩溪书目》著录。

17. 胡在渭：《新安掌故》，洪鹏华、曹健斌主编《绩溪书目》著录。

18. 胡广植：《新都游草》，洪鹏华、曹健斌主编《绩溪书目》著录。

19. 章衣萍：《中国新文学论》，绩溪县地方志编纂委员会编《绩溪县志》著录。

附录2　来自大山深处的回应

近日，笔者于安徽省图书馆古籍部发现一部 20 世纪 20 年代新式国文教科书，题为《新文范》，六安师范讲习所油印本，编者胡在渭。在写于"中华民国十一年冬节"之第一辑《自序》中，编者称：

> 余于民国十一年春，来膺六安师范讲习所之讲席……余一年来，选授之文凡三十篇……都为一集，名之曰《新文范》。①

第三辑末又注："民国十二年十二月胡在渭编于六安师范讲习所。"由此可见，此书编印于 1922 年至 1923 年，系六安师范讲习所国文教材。这本未见于《民国时期总书目》与《北京师范大学图书馆馆藏师范学校及中小学教科书书目》的国文教科书具有以下特点：第一，它迅速地反映了时代变革，所录文章既有古代文学作品，亦有五四前后白话文学新作，并介绍新式标点使用方法，编辑时间几与商务印书馆出版，叶圣陶、顾颉刚等人所编《新学制初中国语教科书》同步；第二，它是北洋政府教育部 1920 年训令全国各小学校一二年级改古文教学为语体文教学之后，迄今为止发现的第一部师范学校新式国文教科书，对培养语体文教学人才具有重要意义。

翻阅《新文范》，第一个强烈感受就是它鲜明的时代性。身处远离京城的安徽大别山一隅，这本教材却能够紧跟时代步伐，旗帜鲜明地表现了对于五四新文学的拥护。编者于《序言》中引用胡适语宣称：

> 文章革命何疑！且准备搴旗作健儿。要前空千古，下开百世，收他臭腐，还我神奇。为大中华，造新文学，此业吾曹欲让谁？

---

① 引文均见胡在渭《新文范》，六安师范讲习所 1920—1923 年油印本。

与此同时，他还明确阐述了白话文之要义：

> 古人云："文以载道"，此道何道？"平民"之道，非"贵族"之道也；"维新"之道，非"守旧"之道也。惟此为"平民"之道也，故文之"形式"方面，宜求"平易近人"，以为普天下之平民皆得领悟而受此益，惟此为"维新"之道也，故文之"实质"方面，重在"思想革新"，以为普天下之平民皆能适应新潮流，创造新世界，而有所贡献于社会。

遵循这一主旨，《新文范》采取了与民初著名中学国文教科书——许国英、张元济《共和国教科书国文读本》，谢无量《新制国文教本》，刘宗向《国文读本》等完全不同的编辑方针：其一，打破传统国文教材文言文一统天下的局面，选录白话说理文、记叙文，特别是新文学之作，命名《新文范》，则显示了与同期桐城派弟子吴闿生编订的《古文范》（又称《国文教范》）之不同。其二，在编辑体例上，不再按照历史朝代排列选文，而是将全书分为三辑，每辑再分普通文、日用文、美术文三类。普通文中有说明、记述、表抒、议论四体，日用文有书信、通告等实用文体，美术文录诗、词、曲、小说、戏剧，初步体现了现代文体观念。

此外，《新文范》的编选策略亦不同于同时期商务印书馆与中华书局出版的《白话文范》《国语文类选》。后者选文均为白话，更适合做教学参考书而非教材，《新文范》则全从教学实际出发，文白俱在，二者兼修：既有文言散文、传统诗词作品，亦有梁启超、蔡元培、陈独秀、胡适、邵力子、朱天民、黄炎培、俞平伯等人的白话新文学之作，编者于《序言》中特别说明：

> 就文体方面论文，白话文学固为新文学之正宗，而行文若太鄙陋，亦有损艺术上的价值。须兼治文言，方可补其偏而救其弊。

他认为文言与白话的联系不可切断：

作白话文，宜采"白话文言化"的主义，惟文言行文若太高深，则又失却"民众文学"的精神，而含有"贵族文学"的意味。故不作文言则已，如作文言，则又非采"文言白话化"的主义不可。龚定庵有诗云："雅俗同一源，尽向源头讨！汝自思限之，心光眼光小。万事之波澜，文章天然好。不见六经语，三代俗语多！……"此即"文言白话化"之说也。然此"白话文言化"与"文言白话化"之两"化"字均不易言。必如天文无缝，寻不出些须痕迹，方可谓之"化"。若白话文言夹杂不清，痕迹显然，则"杂"之谓耳，"化"云乎哉！

再者，《新文范》与《白话文范》《国语文类选》等相较，还有一个明显区别，即后者所选的基本是反映思想界、文学界革命的议论文，新文学作品付之阙如，这就使读者无从领略新文学的艺术魅力，而《新文范》则在"美术文"一类中，特别选录五四新文学作品，如冰心散文《寄儿童世界的小读者》《到青龙桥去》，新诗《晚祷》《中秋前三日》，胡适新诗《老鸦》《病中得冬秀书》，陆志韦新诗《忆 Michigan 湖某夜》，以及胡适、陈果夫、翟秀峰、余上沅刚刚问世的白话剧本《终身大事》《提灯会》《农民苦》《六万元》。

至于《新文范》所选传统文言文，也有一个值得注意的变化，这就是传统经学文章少，性灵文学创作多。书中所见郑燮《范县署中寄舍弟墨书》、袁枚《祭妹文》、贺贻孙《谭烈妇八砖记》、郑日奎《游钓台记》、新安女士程金凤《龚定庵乙亥杂诗跋》、蔡元培《祭亡妻黄仲玉》等，集中体现了"发挥个性，言所欲言"的文学创作观。在第三辑《序言》中编者强调：

《叔苴子》曰："若鹦鹉……与古人争能事者，皆鹦鹉……之智也。"此即"发挥个性，言所欲言"之说也。李笠翁曰："如候虫宵犬……尽丧其为我矣"，此亦"发挥个性，言所欲言"之说也。龚定庵……序绩溪胡户部（培翚）文集曰："率是以言，继是以言，勤勤恳恳，以毕所欲言！"此又"挥个性，言所欲言"之说也。盖必如是，始能蜕去奴性，不为何种派别主义所限，卓然自立成一家。

由此，我们既可看到五四运动以来关注个体价值，倡导个性解放的呼声在民间的巨大影响，看到明清"性灵派"文学与五四新文学之间密不可分的内在联系，更可见20世纪20年代之初，中国乡村先进知识分子对新文学主旨的解读。

受到五四新文化运动的影响，《新文范》选文还表现了对妇女问题的特别关注，所录篇目多有涉及女性问题的古今诗文，如白居易《妇人苦》、江刿《卖鱼妇》、余本愚《猪焕妇》与《娘煮草》、刘绩《征妇词》、周氏《与夫泣别》、郑燮《姑恶》、贺贻孙《谭烈妇八砖记》、《元史·列女传·刘翠哥》、胡适《贞操问题》、王猷定《钱烈女墓志铭》、周赟《黄冤妇墓三戒碑记》、蔡元培《祭亡妻黄仲玉》、夏之蓉《沈云英传》、袁枚《祭妹文》等，此当为本教材又一特色。

查阅地方志，可知《新文范》编者胡在渭为徽州绩溪县人，新文化运动旗手之一胡适的同乡。徽人重乡谊，绩溪尤甚。因此，《新文范》中皖籍士子之作频频出现，诸如桐城方苞、休宁金声、新安女士程金凤、怀宁陈独秀、绩溪胡适、休宁黄负生、休宁余本愚等，而与皖人相关之作也特别得到编者青睐，如周赟《黄冤妇墓三戒碑记》记徽州府城西一商人妇冤死故事，《周肇基纪念号发刊词》为《民国日报》哀悼死于1921年"六二"惨案之庐江学生周肇基之作。

需要特别指出的是，此书编辑之际，正值北洋政府教育部始通令全国小学一二年级国文改为语体文二年之后，因此，作为中等师范学校教材，《新文范》可谓意义重大。此书虽以文选为主，但同时注重标点符号、白话文语法的讲解，全书收录《字句符号》《标点符号用法举例》《白话文法表解》，具有很强的实用性。它的出现，意味着一批熟悉、了解白话文体，能够初步使用标点符号，懂得语体文语法，能够讲解新文学作品的教师即将登上讲台，为中小学新学制服务。

当然，作为一部编写于偏僻山区、多人参与刻印的国文教材，《新文范》不可避免地带有一些先天不足。首先，全书刻印粗糙，虽然编者《序》能够准确使用标点，但大多数篇章刻印时却忽略了标点符号的使用。其次，作者选文视野显然有限，鲁迅小说、郭沫若诗歌、朱自清散文等五四以来的优秀文学作品均未选入。

附：

《新文范》第一辑序：

古人云："文以载道"，此道何道？"平民"之道，非"贵族"之道也；"维新"之道，非"守旧"之道也。惟此为"平民"之道也，故文之"形式"方面，宜求"平易近人"，以为普天下之平民皆得领悟而受此益，惟此为"维新"之道也，故文之"实质"方面，重在"思想革新"，以为普天下之平民皆能适应新潮流，创造新世界，而有所贡献于社会。余于民国十一年春，来膺六安师范讲习所之讲席，所选国文教材，悉本此旨。

客有难余者曰："子谓文之'形式'方面，宜求'平易近人'，毋乃伤'雅'乎？子谓文之'实质'方面，重在'思想革新'，'国粹'又将何以保存乎？"余喟然叹曰："恶！是何言！是何言！今有二女子于此，一则胭脂浓抹，最爱浮华；一则素服淡妆，藉存本色。试问毕竟'淡妆'者'雅'乎？抑'浓妆'者'雅'乎？人事如此，行文又何独不然？六朝之文，涂泽为美。唐初四杰不能脱六朝之窠臼，杜甫尝有诗讥之曰：'王杨卢骆当时体，轻薄为文哂未休'，又曰：'假使卢王操翰墨，劣于汉魏近风骚'，盖深恶此矫揉造作，只求典丽，而失去文章自然之美也。至若保存'国粹'问题，与新文学之提倡'新思想'更无冲突之可言。须知真正之'国粹'，必能适用于新时代；而与'新思想'必相吻合，而不相抵牾，否则真是'国渣'耳！'国粹'云乎哉？"

余一年来，选授之文凡三十篇，分"普通文""日用文""美术文"三大类；"普通文"中更分"说明""记述""表抒""议论"诸体，都为一集，名之曰《新文范》。爰将选教材之旨，以及答客难之语，书于简端，并引胡适誓诗之词，以为学者勉焉。此词曰：

文章革命何疑！且准备搴旗作健儿。要前空千古，下开百世，收他臭腐，还我神奇。为大中华，造新文学，此业吾曹欲让谁？

中华民国十一年冬节，绩溪胡在渭序于六安县立师范讲习所

《新文范》第三辑序：

六安师范去岁之国文教材，余已编为新文范第一辑。今年上期之教材，亦已编为第二辑。今更以下期之教材编为第三辑，体例如前。诸同学修业期满，行将从事教学，对于文学之主张，不得不有一言相赠。

就文体方面论文，白话文学固为新文学之正宗，而行文若太鄙陋，亦有损艺术上的价值。须兼治文言，方可补其偏而救其弊。故冰心女士主张：作白话文，宜采"白话文言化"的主义，惟文言行文若太高深，则又失却"民众文学"的精神，而含有"贵族文学"的意味。故不作文言则已，如作文言，则又非采"文言白话化"的主义不可。龚定庵有诗云："雅俗同一源，尽向源头讨！汝自思限之，心光眼光小。万事之波澜，文章天然好。不见六经语，三代俗语多！……"此即"文言白话化"之说也。然此"白话文言化"与"文言白话化"之两"化"字均不易言。必如天文无缝，寻不出些须痕迹，方可谓之"化"。若白话文言夹杂不清，痕迹显然，则"杂"之谓耳，"化"云乎哉！

至于创作方面，则当注重"发挥个性，言所欲言"。《叔苴子》曰："若鹦鹉……与古人争能事者，皆鹦鹉……之智也。"此即"发挥个性，言所欲言"之说也。李笠翁曰："如候虫宵犬……尽丧其为我矣"，此亦"发挥个性，言所欲言"之说也。龚定庵书汤海秋诗集后曰："不肯……此汤益阳之诗"，又序绩溪胡户部（培翚）文集曰："率是以言，继是以言，勤勤恳恳，以毕所欲言！"此又"发挥个性，言所欲言"之说也。盖必如是，始能蜕去奴性，不为何种派别主义所限，卓然自立成一家。纳兰性德尝论诗曰："诗之学古，如孩提不能无乳母也，必自立而后成诗，犹之能自立而后成人也。明之学老杜，学盛唐，皆一生在乳母胸前过日。"噫！今之文学界中，求其真能脱离乳母胸前之生活，而自成一家言者，究有几人哉？学者其勉旃！

十二年，十二月，九日，胡在渭序

第四章

闺阁琴箫:清末民初皖籍才媛风采略述

有清一代,安徽人才辈出。自八旗子弟定鼎中原至清末民初,以江淮重臣、新安朴学、桐城学派、徽州富商为代表的皖地风流,在政治、文化、经济三方面对整个中国社会的发展产生了举足轻重的作用,而在这光芒四射的男性社会背后,一个颇具特色的安徽女性群体也在悄然形成。这就是饱经风霜也饱读诗书,既以节烈著称、长于相夫教子,为世人留下众多贞女烈妇牌坊,但也同时拥有丰富多彩的个人内心世界,将无数令人击节赞叹的诗词歌赋置于世人面前的皖籍才媛。她们历尽人生磨难,无怨无悔,教养出在中国历史上首屈一指的思想家、政治家、实业家、教育家;也努力彰显个人价值,涌现出诸如方维仪、吴山、姚含章、王贞仪、汪嫈、沈善宝、吴藻、姚倚云、吴弱男、吴之瑛、吕碧城等华夏女性杰出人物。

这几乎是一个将封建时代女性之优长与局限均发扬到极致的群体,因而,当长达数千年的封建王朝走向尾声,崭新而又陌生的民国无可选择地来到面前时,她们是以怎样的一种姿态跨过历史的门槛,迎接新的生活,也就成为一个特别值得中国女性研究界予以关注的问题。研究这一问题,将有助于我们摒除偏见,正确认识中国传统文化对于女性思想行为的多重影响,认识中国妇女在历史自然前行的道路上走向现代生活的必然性,并因此更深入地理解民国女性文学创作的得与失。

第一节　幼习诗礼的皖省女儿

欲深入研究清末民初皖籍才媛的思想行为，自然不能不首先了解她们身后的社会文化、地域文化与家族文化。

作为程朱理学的故乡，安徽儒学传统源远流长，尤其是在才媛集中出现的徽州、桐城两地。清末民初，大部分安徽才媛的思想与生活，仍然沿袭传统主流文化——儒家文化的轨道行进。有研究者认为：

> 中国之女子，既无高尚之旨趣，又无奇特之思想；既无独立之主义，又无伟大之事业。廉耻尽丧，依赖成性，奈何奈何！①
>
> 我们有史以来的女性，只是被摧残的女性；我们妇女生活的历史，只是一部被摧残的女性底历史。②

如此判断，只是爱国者的愤激之语，并非客观冷静的历史分析。走进安徽文化深处，大量史实向我们证明，在这片深得儒家文化精义的土地上，女子教育一直是众多家族文化生活中的重要内容。

由于千年来一直秉承《列女传》③ 的传统，桐城、徽州等文化发达地区的皖籍学人，能够有效地避免将儒家思想中的女教观简单化、粗鄙化④。

---

① 徐天啸语，转引自高彦颐《闺塾师——明末清初江南的才女文化》，江苏人民出版社 2005 年版，第 1 页。

② 陈东原：《中国妇女生活史》，商务印书馆 1998 年影印本，第 18—19 页。

③ 关于《列女传》，近年来已有众多研究者指出，这并非一部仅仅宣扬"烈女"之书，它记载了古代妇女的嘉言懿行，对通才卓识、奇节异行的女子进行歌颂，是我国最早的一部妇女专史和通史，又是最早使传体脱离经、纪而独立成书的史学著作。《列女传》以后，《汉书》即立《元后列传》，《后汉书》则有《列女列传》，其后许多史书设记载妇女的专项，开了重视妇女历史地位的先例。可参看杨树增选编《国学箴言》，蓝天出版社 2013 年版，第 173 页。

④ 很多人将中国传统女教观点简单化为"女子无才便是德"，实际上，此语不过是出现于明末的一句俗谚，且真正含义不在"反才"，而在"正德"。清代章学诚曾说："古之贤女贵有才也。前人有云'女子无才便是德'者，非恶才也，正所谓小有才而不知学，乃为矜饰骛名，转不如村姤田姤，不致贻笑于大方也。"有关问题刘丽娟女士在《"女子无才便是德"考述》中做了详尽论述。请参阅谭琳、姜秀花主编《性别平等与文化构建》（下册），社会科学文献出版社 2012 年版，第 696 页。

他们深知"闺门万化之原"①,"有贤女然后有贤妇,有贤妇然后有贤母,有贤母然后有贤子孙"②,在相对稳定的社会里,一直十分重视女子教育,一般读书门第、富商之家,女性读书明理、擅写诗词者比比皆是。

例如,桐城方以智家族上自其姑母方维仪三姊妹、母亲吴令仪、妻子潘翟,下至女儿、儿媳、孙女、重孙女,人人皆受教育,能诗文者众,张英家族女性能诗者至少传承八代之久,其余姚氏、吴氏等皆不相上下。清吴坤元《保艾阁诗钞序》记载明崇祯辛未进士张秉贞女、清顺治进士姚文燕妻张姒谊:

> 年未及笄,颇夙慧,知畎渔诗篇,区明雅俗,又蚤夜吟讽,敏而能勤。他日含宫咀商,其庶几步松声之后尘乎?③

张廷玉《蠹窗诗集序》有其姊张令仪求学事迹:

> 三姊生而聪慧,工织纴组纫,性嗜学,少侍太夫人读书京邸,简帙盈案,无不披览。先公退食时,常试以奥事,应对了然。所为诗文,辄衷前人法度,论古有识,用典精当。④

左国棅《纕芷阁遗稿序》记载左光斗孙女、清康熙进士姚文熊妻左如芬:

> 维时张太君主家政,望侯闭户潜修举子业,女自定省问侍外,手持一卷不释。每归宁时,余谓之曰:"女好学博览,欲为女学士耶?"女应之曰:"亦何不可?"⑤

在徽州,清吴华孙《洪母吴恭人墓志》载歙县洪氏一门三进士之母吴

---

① (明)吕坤:《闺范·序》,齐鲁书社1995年版。
② (清)陈宏谋:《教女遗规序》,《五种遗规》,线装书局2015年版,第88页。
③ 转引自傅瑛《明清安徽妇女文学著述辑考》,黄山书社2010年版,第268页。
④ 同上书,第257页。
⑤ 同上书,第306页。

绣砚事迹：

> 恭人吴氏，系出先司徒公后，为五世孙女，赠资政大夫、通政使司、通政使竹斋府君之第三女也……幼习诗礼，兼通文艺，与侄绥诏、恩诏同塾。①

俞樾《孙宜人传》记候选盐大使之女、绩溪经学世家胡培系之妻孙采芙经历：

> 孙宜人……父讳庚，候选盐大使……幼慧，其父课之读，自经史外，凡医卜、星算之书，咸使涉猎。九岁辨四声，十三岁能诗，尤工刺绣。②

在皖中，咸丰六年（1856）进士、总理各国事务衙门总办、中外交涉事务大臣、浙江布政使孙家谷曾在《古香阁吟草跋》中叙述母亲陈燕轩的诗词创作之路：

> 太夫人甫八龄侍先外王父于京师……外王父为吾皖词宗……所交皆海内知名士，主坛坫者廿余年，亦命吾母开东阁、结闺友，商榷诗史，雍雍和鸣。既而庾岭随车，端溪授砚，山川胜概，寄之于诗。③

《光绪绪修庐州府志·列女传·才媛》记李鸿章小妹李玉娥：

> 江苏知府费日启之妻李氏，名玉娥，同邑刑部郎中李文安之次女。幼聪慧，喜读纲鉴。文安官刑部，公退之瑕，授以经义及古文词。意解心会，能得其旨趣。稍长，通群书，娴吟咏。凡有所作，戛戛独造。④

---

① 转引自傅瑛《明清安徽妇女文学著述辑考》，黄山书社 2010 年版，第 485 页。
② 同上书，第 379 页。
③ 同上书，第 54 页。
④ 同上书，第 72 页。

除却高门大户,一般读书人家女儿接受良好教育者也为数甚众。杨以牧《绣余偶草序略》云:

> 潭渡黄氏夫人讳克巽之所作也。夫人为宗夏先生爱女,幼而聪慧绝世,于书无所不览,尤喜为诗。刺绣之暇,时时拈弄笔墨,或推敲未稳,即竟日忘食。①

江峰青《佩珊珊室诗存序》曰:

> 韵珊幼而聪慧,六岁入塾,能日诵数百言。邻翁不之信,试之,验,奖给罗绢二端。稍长,习针线刺绣之暇,浏览书籍,通文艺,旁涉相人书。②

《民国太湖县志·人物志·孝妇》记载:

> 拔贡马世楫妻吉氏,生而明慧,父兄口授《论语》《孝经》即解其义。稍长,四德悉备。③

尤其值得注意的是,出身徽商之家的吴藻,尽管"父与夫俱业贾,两家无一读书者"④,但她却

> 幼而好学,长则肆力于词,居恒庀家事外,手执一卷,兴至辄吟。尝写《饮酒读骚图》,自制乐府,名曰《乔影》,吴中好事者被之管弦,一时传唱,几如有井水处必歌柳七词矣。⑤

---

① 转引自傅瑛《明清安徽妇女文学著述辑考》,黄山书社 2010 年版,第 447 页。
② 同上书,第 542—543 页。
③ 同上书,第 318 页。
④ 同上书,第 552 页。
⑤ 同上。

同样记载徽商之家重视女儿读书的事例，还有刘锡如《有诚堂吟稿跋》：

> 外舅太学势英公讳立基，徽歙望族。先世业盐……教子女一以诵读为事。外姑雅好读史，与儿婿辈语及忠孝事，恨不侧身其间。①

如此浓厚的女教之风一直延续到晚清。生于清光绪五年（1879）的吕美荪在《葂丽园随笔》一书中记载，她四龄"随外兄及吾姊入塾"，"五岁《千字文》已毕读"，"十一岁作《四书》题，破题、承题、起讲，十二岁作五言八韵试帖诗"②。由此可见，此期安徽有识之士家庭中的女子教育仍十分系统规范，而这正是清末民初皖籍才媛的知识根底。

第二节　日益鲜明的性别意识

读书拓展了安徽才媛的视野，传统文化精髓的浸润使她们中间许多人涉猎广泛，思路开阔，诗艺、画艺出类拔萃，尽管此时绝大多数女性依然是男性社会政治、经济、文化生活的"槛外人"和"无政治层"，但是，任何严谨的批评家都不能因大多数的思想行为状态，忽视先行者的存在与成就。明清两代皖籍才媛中的佼佼者，接踵班昭、蔡琰、谢道韫等前代杰出女性，博通经史，雅擅诗文，不独为闺阁女子崇拜，而且得到社会的广泛尊重。易言之，她们不再仅仅是男性的"花边"或"红颜知己"，而是凭借自己的学识与能力，毫无愧色地占据了乡土、宗族、家庭间的尊长地位。

例如，桐城方以智姑母方维仪，"世所称为'清芬阁'者"，教授同乡亲友女性"琚瑀珩璜之节，以及经史、诗赋、书画之学"，众多女儿在她身边"每就订正，争妍竞胜，不异举子态，悬甲乙于试官也"。③ 与此同时，她还"教其侄以智俨如人师"，为这位民族才俊的成长奠定了最初的基础。

---

① 转引自傅瑛《明清安徽妇女文学著述辑考》，黄山书社 2010 年版，第 434 页。
② 吕美荪：《葂丽园随笔》，1941 年著者自刊，第 85、70 页。
③ 转引自傅瑛《明清安徽妇女文学著述辑考》，黄山书社 2010 年版，第 119 页。

同类事例还可见清嘉道年间的钟文贞。《随园诗话补遗》卷二记载了这位与袁枚同出一师之门的女性：

> 芜湖有钟姓女子，名睿姑，字文贞，能诗，能画，能琴，兼工时文，受业于宁孝廉楷。……宁故宿学之士，余宰江宁时，与秦大士、朱本楫诸公受业门下。①

方濬师《蕉轩随录·冶溪故里吟》则描绘了钟文贞在他家充任塾师时的状况：

> 博士龙眠奉女宗（原注：谓桐城女师吴先生），深闺展卷习雍容。书声忽地琴声和，窗外蟾辉分外浓（原注：桐城吴夫人钟文贞馆予家十年余，予母陈太夫人、叔母宣太宜人暨诸姑祖母、诸姑母咸受业焉）。②

此外，还有被乡里奉为"女宗"的歙县盐商程鼎调之妻汪嫈，她

> 著有《雅安书屋诗集》四卷、文集二卷。学力宏深，词旨简远。且能阐发经史微奥。集中多知人论世经济之言，洵为一代女宗。③

宿松县女子许凤箫也享有同等荣誉：

> 馆南陵暨本邑仕族家。二十星霜，授经史无闲。童冠姻眷间象服之。解诗书者多愿拜门墙，俨然女宗。④

---

① （清）袁枚：《随园诗话》，浙江古籍出版社 2011 年版，第 355 页。
② 转引自傅瑛《明清安徽妇女文学著述辑考》，黄山书社 2010 年版，第 301 页。
③ 同上书，第 471 页。
④ 同上书，第 340 页。

至于名重一时的《名媛诗话》作者沈善宝，更是

> 吐属风雅，学问淹博，与之谈天下事，衡量古今人物，议论悉中款要。间或试以词赋，倚马立成，不假思索，以是知前代咏絮吟椒，犹浅术也。①

以前代女杰为榜样，以自我才学为依据，明清皖籍才媛性别意识的萌生可谓水到渠成。

明末清初，桐城方维仪"有丈夫志，常自恨不为男子，得树事业于世"②。如果说这中间还有对男性身份的认同、羡慕，那么，乾隆年间曾经游历半个中国的天长籍女科学家王贞仪则明确表现出男女平等的意识。她在诗作中豪情万丈地写道："足行万里书万卷，尝拟雄心胜丈夫"，"始信须眉等巾帼，谁言儿女不英雄"③。同样的思想，生活在皖南歙县的汪嫈以另一种方式进行阐述："我诵三百篇，多出妇人笔。王化起闺门，性情悉纯一。"④充分表现了女诗人的骄傲与自信。几十年后，侨居杭州的黟县女儿吴藻声泪俱下地喊出："英雄儿女原无别。叹千秋，收场一例，泪皆成血。"⑤吴藻闺中密友沈善宝，不仅公然宣称自己"不惮驰驱赴帝京，要将文字动公卿"⑥，也写下因身为女子无法施展抱负的焦虑：

> 滚滚银涛，写不尽、心头热血。问当年、金山战鼓，红颜勋业。肘后难悬苏季印，囊中剩有江淹笔。算古来、巾帼几英雄，愁难说。⑦

从叹息"自恨不为男子"，到直截了当地喊出"英雄儿女原无别"，再到

---

① （清）李世治：《鸿雪楼初集序》，《鸿雪楼诗选初集》，清道光刻本。
② 转引自傅瑛《明清安徽妇女文学著述辑考》，黄山书社2010年版，第145页。
③ （清）王贞仪：《题女中丈夫图》，（清）王贞仪《德风亭初集》卷十二，民国五年蒋氏慎修书屋校印本。
④ 转引自傅瑛《明清安徽妇女文学著述辑考》，黄山书社2010年版，第471页。
⑤ （清）吴藻：《金缕曲·闷欲呼天说》，《花帘词》，清道光刻本。
⑥ （清）沈善宝：《抵都口占》，《鸿雪楼诗选初集》卷五，清道光刻本。
⑦ （清）沈善宝：《满江红·渡扬子江》，《鸿雪楼外集》，清道光刻本。

扼腕叹息"算古来、巾帼几英雄，愁难说"，皖籍才媛的性别意识日趋鲜明，表现出迫切要求彰显自我才名、彰显女性文学成就的愿望。她们不仅刊印自己的诗集，而且编选历代女性诗文集，自著诗话，进行学术研究。其中，桐城方维仪曾编选《宫闺诗史》《宫闺文史》；歙县张伯岩妻丁白写作《征名媛诗启》，提出"若云无才即德，我窃以为不然"①；桐城陈婉俊著有《唐诗三百首补注》，被桐城派大师姚莹评价为"考核援引，俱能精当"②；而沈善宝所著《名媛诗话》，则充分肯定了同时代的女性文学创作成就，奠定了她在清道咸年间女性文坛上的领袖地位。

　　沿着这一路径前行，皖籍才媛迎来了西学东渐之风，迎来了晚清维新热潮。当维新派男性敲响《女界钟》，呼吁"戒缠足"，倡导兴办女学之际，她们心中压抑已久的男女平权愿望，如地泉般喷涌而出，而且很快表现出与许多男性倡导者不同的目标指向。当郑观应、梁启超宣称，兴办女学，可使二万万无用女子不再成为男人/国家的累赘，"上可相夫，下可教子，近可宜家，远可善种"③时，中国女性先觉者很快敏感地意识到他们的种种言论举措"未必其为女子设身也"，提出

　　　　盖自助者，决不乐他人代为筹长策，男子之倡女权因女子之不知权利而欲以权力相赠也，夫既有待于赠，则女子已全失自由民之资格，而长戴此提倡女权者为恩人，其身家则仍属于男子。④

1904 年，皖省女儿吕碧城于《论提倡女学之宗旨》一文中明确提出：

　　　　女学之倡，其宗旨总不外乎普助国家之公益，激发个人之权利二端。国家之公益者，合群也；个人之权利者，独立也。然非具独立之

　　① 转引自傅瑛《明清安徽妇女文学著述辑考》，黄山书社 2010 年版，第 429 页。

　　② 同上书，第 120 页。

　　③ 梁启超：《倡设女学堂启》，梁启超《乙丑重编饮冰室文集》第 1 集第 4 卷，中华书局 1926 年版，第 48 页。

　　④ 陈撷芬：《独立篇》，龚圆常：《男女平权说》，转引自全国妇联妇女运动历史研究室编《中国近代妇女运动历史资料（1840—1918）》，中国妇女出版社 1991 年版，第 191、245 页。

气，无以收合群之效；非藉合群之力，无以保独立之权。①

　　基于此，她宣称女学之兴"须以开女智兴女权为根本"②，女学之要并不仅仅在于"宜家善种"，其宗旨不仅要使女性"对于家不失为完全之个人"，而且要"对于国不失为完全之国民"③。这就认定了女性与男性同样具有个人和国民的双重身份，应当享有双重的权利与义务。在这段时间里，她以"欲拯二万万女同胞出之幽闭羁绊，黑暗地狱，复其完全独立自由之人格，与男子相竞争于天演界中"④ 的豪情，表达"流俗待看除旧弊，深闺有愿作新民"的志向，以及"待看廿纪争存日，便是蛾眉独立时"⑤ 的乐观。而吕美荪也曾创作"开通女界，振起闺风"之《女国民歌》，"为时传诵，北方女学校咸被之管弦"⑥。

　　也许有人会说，以上所有诘问、愿望的提出，当与金天翮1903年推出的"新女性"构想有关，与赫伯特·斯宾塞的《女权篇》、弥勒·约翰的《女人压制论》等被介绍到中国有关，甚至这些女性的脱颖而出，获得言论平台，也离不开男性的扶持。事实确实如此，但更不容否认的是，吕碧城等人所表达的，显然有前辈才媛的心声。没有数百年涌动在中国杰出才媛内心深处的平等愿望，男性精英人物的倡导、外来的女权思想怎会有一呼百应的力量？怎能从纯功利的"利用"迅速转换为超功利的"平权"？1904年《女子世界》曾刊发署名"亚特"的文章，称"西方新空气，行将渗漏于我女子世界，灌溉自由苗，培泽爱之花"，这一描述生动形象地说明"自由苗"已经在传统文化中悄然孕育，如果说维新思潮是松动土壤，使它得以拱出地面的助力，那么来自西方的新空气所能完成的，只是

---

① 吕碧城：《论提倡女学之宗旨》，《兴女学议》，李保民《吕碧城诗文笺注》，上海古籍出版社2007年版，第125页。

② 同上书，第127页。

③ 同上书，第147—148页。

④ 英敛之：《吕氏三姊妹集序》，傅瑛《明清安徽妇女文学著述辑考》，黄山书社2010年版，第368页。

⑤ 吕碧城：《书怀》，《写怀》，李保民《吕碧城诗文笺注》，上海古籍出版社2007年版，第1、6页。

⑥ 吕美荪：《辽东小草》，宣统元年自刊本，第33页。

滋养与灌溉，绝非播种和移植。

第三节 经国济世的远大志向

正因为女权"自由苗"来自中国传统文化，因此，它也就与生俱来地带有中国传统文化的印记，其中之一，便是清末民初女性对于国事的热切关注与强烈的参与愿望。

回顾中国传统社会，女性自古就有对于国家、民族的关怀。西汉刘向所著《列女传》中，已记载晋文齐姜、周南之妻、密康公母、楚武邓曼、曹僖氏妻等诸多通晓国事、关怀政局的女性榜样。而男性社会更强调修身、齐家、治国、平天下。至清代，以方以智、钱澄之、萧云从、凌廷堪、戴震、方苞、包世臣、姚鼐、吴汝纶为代表的皖籍名流，无论身为明清易代之际的学术大家，还是此后名重一时的新安朴学与桐城派骨干、中坚，"经世致用"始终是他们不离不弃的治学原则。

此等襟怀抱负，自然影响着许多闺阁之中的才媛。她们不满足于困守闺房，而是努力将目光投射在国家大事上。清初钮琇《觚剩》评点桐城栖梧阁主人吴氏事迹:

> 桐城吴氏，……秉性高洁，好读历代群史，而艳词小说，屏绝弗观。今闻其年六旬有奇，已届梳雪之辰，尚勤操觚之业。著有吟咏，苍古悲凉，无脂粉气，若置之《朱鸟集》中，又为闺阁另开一生面矣。①

康熙年间徽州才媛黄克巽诗，被人称颂为

> 格高而隽，句炼而新，非能言之士所能及……因是而思，国家治运休明，山川灵淑之气扶舆郁积，兼钟女妇。②

---

① （清）钮琇:《觚剩》卷三，（清）杨以牧:《绣余偶草序略》，转引自傅瑛《明清安徽妇女文学著述辑考》，黄山书社2010年版，第201页。

② 同上书，第447页。

实事求是地说，"国事"对于许多皖籍才媛来说，从来不是一个陌生的名词。许多才媛出自官宦之家，曾与丈夫、儿子一起随宦大江南北，经历宦海沉浮，早已突破所谓"身在深闺，见闻绝少，既无朋友讲席，以沦其性情，又无山川登览，以发其才藻"① 的局限，自然而然地具有较之普通人家女子更为敏锐的政治嗅觉、更为深刻的政治识见。

早在明清易代之时，出身于官宦世家的皖籍女子就以诗作表达了她们的政治关怀，其中既有面对乱世的一般意义上的忧虑：

> 衰年逢世乱，故国几时还。盗贼侵南甸，军书下北关。生民涂炭尽，积雪染刀环。②

更有深知朝政混乱的政局评说：

> 绣阁评时孰是违，忧心疾首识先机。老臣呫呫疏无补，内禁嘈嘈事已非。四望山河归粉饰，八方兵甲几戎威。③

嘉道年间，国运日趋艰难，沈善宝忧心忡忡地记载：

> 壬寅荷花生日，余过淡菊轩，时孟缇初病起，因论夷务未平，养痾成患，相对扼腕。④

> 余闻英咦入寇，大江南北盗贼因之蜂起，百姓流离，其中死节死难者甚众，湮没无闻，亦可慨亦。⑤

同一时期，泾县熊象慧以明言快论，切中朝廷门户之弊：

---

① （清）骆绮兰：《听秋馆闺中同人集·序》，嘉庆二年丁巳刻本。
② 转引自傅瑛《明清安徽妇女文学著述辑考》，黄山书社 2010 年版，第 160 页。
③ 同上书，第 19 页。
④ （清）沈善宝：《名媛诗话》，《续修四库全书》第 1706 册，上海古籍出版社 2002 年版，第 646 页。
⑤ 同上书，第 710 页。

朋党纷纷起，其如国事何。口中皆社稷，腹内各干戈。吐哺求贤少，开门揖盗多。坐令惠卿辈，撞破好山河。①

除却寻常意义上的政治关怀，一些出身于官宦家族的皖籍女子，已经不仅仅是国事的旁观者，还直接参与其中。太平天国战事中，当常熟城防危急，主将率军征战他乡时，李鸿章弟媳周世宜果断地

撤簪珥、助饷糈，以作士气；日夜登陴，督励军将，竭力防御。坚守半月，城赖以全。②

翻开周世宜诗作，忧国忧民之情十分自然地洋溢其间：

深闺弱质敢言征，寇撼危城听有声。昼夜登陴怜将士，雨风避地慨民生。漫夸巾帼娴韬略，不愿疏章达姓名。惟祝功成君早退，鹿车同挽话时清。③

显然，以上诗词所流露的，无论是政事评说，还是自我感受，都不是人们惯常所认为的女性对男性写作的简单模仿，而是真真切切出自女子肺腑之间的思想感情，一种自觉的政治情怀。它早已超越了"妇主中馈，唯事酒食、衣服之礼耳。国不可使预政，家不可使干蛊"④ 的局限，充满了对于社会人生的忧患意识。

正是在这样的思想基础上，清末民初皖籍才媛中涌现出一批心系国家兴亡的女儿。桐城吴汝纶侄女吴芝瑛堪称奔向新生活的前驱者，据陈谥《吴芝瑛传》记载：

---

① 转引自傅瑛《明清安徽妇女文学著述辑考》，黄山书社 2010 年版，第 389 页。

② 李家孚：《合肥诗话》，转引自傅瑛《明清安徽妇女文学著述辑考》，黄山书社 2010 年版，第 113 页。

③ 同上书，第 389 页。

④ （南北朝）颜之推：《颜氏家训》卷一《治家第五》，上海古籍出版社 2012 年版，第 26 页。

戊戌变法，士民得奏封事，礼部主事王照上书论新政，擢四品卿，许专折言事。祸作，新党多诛戮，照避地东瀛，潜返津。而沈荩以党案被捕，为廷尉杖毙，照惧不免，赴刑部自首。事不测，芝瑛闻之，密劝泉营救，令得脱。①

《桐城县志·人物传》更为详尽地记述了吴芝瑛的爱国之举：

光绪二十六年（1900）庚子之役后，清廷为满足侵略者要求赔偿的欲望，加捐各种税务，势家富户乘机高抬物价，国人饥寒交迫。吴芝瑛叠箱当桌、瓦片作砚，于街头挥毫卖字，募"爱国捐"。并上书清廷，提出"产多则多捐，产少则少捐，无产则不捐"的主张，因有损于达官显贵的利益，遭权贵们百般诋毁。吴芝瑛愤激而倾向革命，暗中与革命党联系，以其名望和身份，掩护遭清廷搜捕的革命党人吴稚晖等。

……在共和存亡的关键时刻，吴芝瑛毅然投入反袁斗争。其《致袁氏书》说："总统者，为吾民服务之首领，文言之总统，质言之一服役之头耶，服役之头儿之位，何篡？""公朝去，而吾民早安；公夕去，而吾民晚息；公不去，而吾民永无宁日。"②

紧随吴芝瑛之后，淮军著名将领吴长庆女孙、清末四公子吴保初之女吴弱男成为同盟会第一批女会员、中国国民革命党第一位女党员，深得孙中山先生信任，并在孙中山先生主办《民报》时担任他的英文秘书。1904年她以"爱革命者吴弱男"为名，集上海《苏报》等报刊著名言论22篇，选编为《二十世纪自由钟》，并于《中国白话报》刊登致女同胞的一篇文章，慷慨之情溢于笔端：

① 陈谧：《吴芝瑛传》，转引自傅瑛《明清安徽妇女文学著述辑考》，黄山书社 2010 年版，第 205 页。
② 转引自傅瑛《明清安徽妇女文学著述辑考》，黄山书社 2010 年版，第 205—206 页。

……诸位姊妹听见我说的话，必定要笑我：我们都是女子，只要在家里绣女红、主中馈、看小说，那些国家的事都是官的事，与我们女子有什么干涉呢？唉！诸位呀，要是这样想，就是错了。请看十九世纪那些国革命的事，多半都是女子赞成的。玛利侬岂不是女子么？那时玛利侬若不流血，恐法国早亡了。贞德岂不是女子么？她何以还能带兵呢？这都是外国女子，我们中国从前有一女子名木兰，她也是替她的父亲出去打仗，木兰岂不是中国女子么？诸位思想看，她们也是人，我们也是人，颅都是圆的，趾都是方的，一切都没有什么分别，何以她们能做，我们不能做的呢？①

当然，并非所有才媛都有机遇、有能力、有意愿走向政治前台。其时，中国传统名媛内心可以有强烈的独立愿望、政治关怀，但迈过贵族门槛，突破礼教之围却实难做到。于是，自我张扬的强烈愿望和爱国激情，与来自外界和内心的重重压力冲突、抗衡，亟须寻找一个平衡点，而此时的女学倡导运动恰恰给了她们一个难得的机遇。其一，皖人自古以来视教育为重中之重，众多才媛肩负课子重任，出类拔萃者被载入地方史志，成为女界楷模；其二，女子办学、充任教职古已有之，今日女性从教，不过是再次扮演高贵典雅的"闺塾师"角色，可谓"动中法度"；其三，兴办女学是走出家门的重要一步，不甘终身困守深闺的才媛可以借此自食其力，迈出独立自主的第一步。当然，更为重要的是，自维新变法以来，越来越多的有识之士将女子教育与民族强盛联系起来，认为"天下积弱之本，则必自妇人不学始"，兴女学，

上可相夫，下可教子；近可宜家，远可保种；妇道既昌，千室良善，岂不然哉！②

---

① 吴弱男：《告幼年诸姊妹》，《中国白话报》1904 年 5 月 29 日。
② 梁启超：《变法通议·论女学》，《倡设女学堂启》，梁启超《乙丑重编饮冰室文集》第 1 集第 2 卷，中华书局 1926 年版，第 14、48 页。

正是在这一点上，清末民初安徽才女强烈的爱国热情得以喷薄而出，出现了一大批矢志兴办女学的人物。

吕碧城姊妹在这一队伍中尤其引人瞩目，也是皖籍才媛中前行于传统与现代之间的典型。1904年，吕碧城在袁世凯、唐绍仪、严复、严修、傅增湘、英敛之等人大力协助下创办了天津北洋女子公学，并就任总教习兼国文教员，主持全校事务。1906年该校增添师范科，成为北方第一所正规女子师范学校。二姐吕美荪先后担任北洋女子公学教习，北洋高等女学堂总教习，奉天女子学堂教务长，江苏、安徽师范女子学校校长等职，可谓踪迹半天下，桃李满园。大姐吕惠如任南京两江女子师范学校校长多年，小妹吕贤满也曾经出任吉林、厦门女子学校教员。提到吕氏姊妹之举，同时代人称：

> 近者，吾国废科举、兴学堂，亦稍知所步武矣，独于女学尚缺焉。弗讲寥落如晨星。而吕氏三姊妹承渊源家学，值过渡时代，擅旧词华、具新理想，为我国女学之先导，树吾国女界之标的。①

就在吕碧城创办天津北洋女子学堂的第三年，桐城派著名学者姚莹女孙姚倚云也开始了她的女学执教生涯，出任南通女子师范学校校长。怀抱着"女教系家国者至巨"②的信念，她参与管理、亲自授课，先后15年，赢得社会各界赞誉。

第四节 驰骋文坛的才情与局限

就这样，孕育在中国传统文化体内，崛起于清末民初，带有鲜明中国特色的女性之花，骄傲地绽放了。艳丽的色彩融入文学创作，一批崭新的女性作品随之出现。这些作品虽然是"旧瓶"，采用了传统诗词、散文、小说的形式，但却视野宽广、自信满满、情调激扬，表现了不同于以往任

---

① 英敛之：《跋吕氏三姊妹集》，《大公报》1905年4月13日。
② 顾公毅：《蕴素轩诗集序》，转引自傅瑛《明清安徽妇女文学著述辑考》，黄山书社2010年版，第250页。

何历史时期的"新女性"特色。

以诗词而论，吕湘之《庚子书愤》被人称为"警世药石之言"：

> 中原何日履康庄，从此强邻日益张。四百兆民愁海共，百千亿数辱金偿。迂儒未解维时局，毅魄谁期作国殇。奇语同胞须梦醒，江山满眼近斜阳。①

吕美荪于1907年所写《书怀》诗，开篇气势已非前辈女子所能想象："五种同球是比邻，红黄棕白我皆亲。"② 紧接着，作者表达了她的志向：

> 欲促人文进大同，唤醒女学有惊鸿……凭君寸舌铸新脑，好振千年卑靡风。③

至于未来，她既充满信心，又不无惆怅：

> 我生不愿一百年，但怨早生五百年……世进大同吾朽矣，通邮应不到冥泉。④

此外，在《女国民歌》里，诗人写中国女性一旦放足，就会"尘尘大地浮空转，好蹴星球促进程"，堪称意气风发。而在另一首《自励》诗中，她又写道：

> 廿纪漫漫晓，晨光女界明……临海襟期阔，看山意气横。太平洋有水。一洗女儿情。⑤

---

① 吕湘:《庚子书愤》,《吕氏三姊妹集·惠如诗稿》,光绪三十一年版。
② 吕美荪:《辽东小草》,宣统元年版自刊本,第2页。
③ 同上书,第2—3页。
④ 同上书,第33页。
⑤ 同上书,第37页。

　　至于著有《信芳集》的吕碧城，更被称为"近代女词人第一"①。民
国期间，潘伯鹰（孤云）曾比较吕碧城与李清照的词作，认为：

　　　　易安之词，类皆闺襜之音，故云"绿肥红瘦""人比黄花"之语，
　　为千古绝唱。然咏叹低徊，不出思妇之外。至若碧城，则以灵慧之
　　才，负磊落之气，下笔为文章，无论赋景写怀，皆豪纵感激，多兀坠
　　之声。其英姿奇抱超轶不羁，散见于辞句者，几乎无处无之。②

生于海通之世，吕碧城足迹遍于环宇，更非李清照所能比拟，因此，

　　　　其在诸外邦纪游之作，尤为惊才绝艳，处处以国文风味出之，而
　　其词境之新，为前所未有。③

正是在这个意义上，有论者以为，吕碧城的词作

　　　　一扫吾华女子千年柔弱之积习，英风侠骨，广抱灵襟，壮丽出以
　　清新，芬馨而兼神骏，傲视须眉，超群拔俗。④

以文而论，吴芝瑛以旧文体写新人物，活脱脱地展示了一个奔放洒
脱、豪情万丈的革命女子秋瑾的形象：

　　　　女士平生持论，谓"女子当有学问，求自立，不当事事仰给男
　　子。今新少年动日'革命，革命'，吾谓革命当自家庭始，所谓男女

　　① 钱仲联：《近百年词坛点将录》，《当代学者自选文库·钱仲联卷》，安徽教育出版社2001
年版，第709页。
　　② 孤云：《评吕碧城女士信芳集》，李保民《吕碧城词笺注》，上海古籍出版社2001年版，
第553页。
　　③ 同上。
　　④ 刘梦芙：《冷翠轩词话》，刘梦芙《二十世纪中华词选》（下），黄山书社2008年版，第
1664页。

平权是也"。余时时戒之,谓:"妹言,骇人听闻,宜慎之。"女士曰:
"姊勿怪,吾所持宗旨如此。异日女学大兴,必能达我目的,具在数
十年后乎。然不有倡之,谁与赓续也?"……既而行酒,酒罢,女士
拔刀起舞,唱日本歌数章,命吾女以风琴和之,歌声悲壮动人。旋别
去,不复见。①

　　不过,在清末民初皖籍才媛的文作之中,最有成就的还是问渔女史
(邵振华)的小说《侠义佳人》。1909 年至 1911 年间,这部被称为"晚清
最优秀的女性文学作品,也是晚清最优秀的写女性的文学作品"② 正式出
版。小说通过几位侠义佳人启蒙办学之举,连接起各阶层女性生活,摒弃
了晚清小说常见的慷慨陈词,从女性的日常生活入手,通过对琐屑生活细
节的描述,真实展现了当时女界生活的黑暗、风俗的落后、兴女学的困
难,借以"唤醒吾女子脱离黑暗,同进文明,以享吾女子固有之权"。其
中许多描写,令人不由自主地想起经典小说《红楼梦》的笔法。譬如作者
写旧式大家庭的女性用餐:

　　　　迪民的吃鱼翅,是一块一块的吃,她们的吃鱼翅,是一根一根的
　　吃,并且真是不但是食不露齿,连嘴唇动也不动,大约是放在口里含
　　了一含,并不咬碎,囫囵吞下去了,不然怎么能够不动一动?……第
　　二道是虾仁,迪民冷眼看他们,每人吃了一粒虾仁,就不吃了。以后
　　的菜大同小异,约略的一筷半筷就算了。③

　　正是在如此细致入微的描绘中,旧家庭女性的生活状态,宛若眼前。
有评论者指出:

---

　　① 吴芝瑛:《记秋瑾女侠遗事》,转引自傅瑛《明清安徽妇女文学著述辑考》,黄山书社
2010 年版,第 209 页。
　　② 周乐诗:《清末小说中的女性想象 (1902—1911)》,复旦大学出版社 2012 年版,第
357 页。
　　③ 问渔女史:《侠义佳人》,《中国近代小说大系》,百花洲文艺出版社 1993 年版,自序、
第 265 页。

这部小说为我们提供了一幅晚清女性的群像图，是一本晚清女性的百科全书，显示出不同阶层的女性对现代性的多种不同的反映，把我们领进晚清女性的日常生活中，让我们看到她们在新与旧的伦理价值的冲突中是如何进行自我选择的。①

随着时代演进，清末民初皖籍才媛还涉足文学翻译。1906 年，吴弱男翻译出版日本作家押川春浪小说《大魔窟》，1918 年，她又以白话节译易卜生戏剧《小爱友夫》，发表于《新青年·易卜生专号》，成为在全国掀起"易卜生热"的一个重要因子。

但是，尽管才华卓著，尽管收获颇丰，进入民国以后，无论是曾经登上政治舞台的吴芝瑛、吴弱男，还是持相对保守态度的吕碧城、吕美荪、姚倚云，无一例外地远离了新文学天地。

究其原因，主要在于这些出身于高门大户，在传统文化长久熏陶之下的女性与中国传统文化无法割舍的血肉关系。

从表面上看，这是对传统语言文字的依恋。在《国立机关应禁用英文》一文中，吕碧城旗帜鲜明地说：

> 国文为立国之精神，决不可废以白话代之……（文言）文辞之妙，在以简代繁、以精代粗，意义确定，界限严明，字句皆锻炼而成，词藻由雕琢而美，此岂乡村市井之土语所能代乎？②

不过，走到表象之后，问题就显得沉重起来。显然，为传统文化所培育的一代才媛对五四伦理革命难以认同，这就有了情感上的严重疏离。即便是前驱者吴芝瑛，一方面愤慨于"女子比玩物，惨哉地狱黑。方今开通时，世界无此国"，另一方面还是认为"男正位于外，女正位于内。圣人

---

① ［美］刘剑梅：《革命与情爱：二十世纪中国小说史中的女性身体与主题重述》，郭冰茹译，上海三联书店 2009 年版，第 298 页。
② 吕碧城：《国立机关应禁用英文》，李保民《吕碧城诗文笺注》，上海古籍出版社 2007 年版，第 459 页。

训大义，非我所臆改"。① 吴弱男也曾为家乡为夫殉葬的烈妇姚氏写下颂诗："志洁冰霜操，名争日月光。年年洍水曲，花发墓门香。"② 而桐城派后代姚倚云则始终坚持：

> 女子赋天职，功在家政备。须知国之兴，实始家之治。圣贤立明训，千秋不能易……国学学之源，经史必心醉。③

面对新学兴起的浪潮，她提醒大家：

> 女子教育，贵能观于今而慎所当取，尤贵能鉴于古今而知所当守。④

同样的见解，在吕美荪笔下也有明确的表述。她一方面肯定蒋观云氏"稼穑中华业，纲常万古科。不容离此道，今日泪滂沱"的说法，另一方面又作"皇纲既解纽，殷墟旋踵至。衔此麦秀哀，岩穴永孤闷"⑤ 之句，表达了传统礼教被弃除时无所依凭的凄苦。

至于吕碧城，更是斩钉截铁地说：

> 每于报纸中，见下流浪漫子倡言打倒礼教，此辈号称国民，而下笔不能作通用之国文，复弄笔诋毁文化，此真无礼无教之尤也。夫礼教有随时世变迁以求完善之必要，而无废除之理由。世非草昧，人异猱狌，无论任何国家种族之人，苟斥以无礼无教，未有不色然怒者，何吾黄帝子孙独异于世界者。愿吾优美女界，勿认为时髦之

---

① 吴芝瑛：《神州女报题词》，吴弱男：《挽姚烈妇》，转引自傅瑛《明清安徽妇女文学著述辑考》，黄山书社 2010 年版，第 208—209 页。
② 同上书，第 93 页。
③ 姚倚云：《质言留别诸生》，《蕴素轩诗集》卷八，马亚中、陈国安校点《范伯子诗文集》，上海古籍出版社 2003 年版，第 717 页。
④ 顾公毅：《蕴素轩诗集序》，转引自傅瑛《明清安徽妇女文学著述辑考》，黄山书社 2010 年版，第 250 页。
⑤ 吕美荪：《蒋观云》，《葒丽园随笔》，1941 年著者自刊，第 70 页。

说而即盲从之。①

这不由得使人想到林庚白当年对吕碧城的评价："故士绅阶级中闺秀也。"② 确实，作为"闺秀"与"才媛"，清末民初皖籍才媛需要保持"才女"的身份，需要高雅的生活和优雅的文字。她们有忧国忧民的政治关怀，但抗拒暴力；她们有新国民的意识，但不能忍受"群"对个人独立自由的侵扰；她们可以尝试写作白话文，却不能为了"平民"文学创作放弃骨子里的贵族优越感。因此，当白话文学、平民文学、革命文学铺天盖地而来之时，她们只能坚守越来越逼仄的传统文学阵地，孤独地老去。

结　语

历史很快翻开新的一页。迎着辛亥革命的疾风暴雨，迎着五四运动的炽热之火，新一代安徽女性登上历史舞台。她们中间有从包办婚姻中挣脱出来的贫家女儿朱剑霞，一旦接受时代洗礼，这位天长女子立刻投身于辛亥革命与反袁斗争之中，同时开始豪情满怀的诗文书写。高歌着"二百余年仇恨深，普天同愤国沉沦。若论女子从军者，我是千秋第一人"③，她组织女子北伐队，担任后方运输和前线救护，此后又在上海创办勤业女子师范学校，组织女子救国会与上海女界联合会、上海女子参政协进会，被称为中国现代妇女运动的一颗明星。与朱剑霞的经历颇为相似，太湖王立明也在世纪初的历史风潮中获得新生。1912 年，她被保送至九江儒励书院读书，并因成绩优秀获得赴美留学奖学金，取得芝加哥西北大学生物系硕士学位。此后，她归国担任中华妇女节制会总干事、会长，创办《节制》月刊，出任中国妇女抗敌后援会农村妇女组织委员会主任委员，当选为民盟中央委员，同时也成为一位现代女作家。此外，还有桐城女儿孙祥偈、方

---

① 吕碧蛾：《女界近况杂谈》，转引自李保民《吕碧城诗文笺注》，上海古籍出版社 2007 年版，第 475 页。

② 林庚白：《孑楼随笔》，转引自李保民《吕碧城诗文笺注》，上海古籍出版社 2007 年版，第 549 页。

③ 见《安徽省志·人物志·政治军事人物传记》，方志出版社 1999 年版。

令孺，太平女作家苏雪林，合肥张氏四姐妹等，当她们一个接一个出现在民国安徽文坛上时，我们已经可以清晰地看到，继承了千年优秀传统文化，接受了新思想、新观念熏陶的皖籍女性，终于彻底迈过了历史的门槛，张开双臂，开始了对新生活的热烈拥抱。

附录1 民国皖籍妇女文学书目(附小传)

陈仲瑄（1883—1947）

又名陈慧，号拜石。太湖人。赵恩彤妻，赵朴初母。

1. 陈仲瑄：《冰玉影传奇》，2003年自刊本。

戴淑云（1872—1913）

字慧宜。舒城人。

1. 戴淑云：《慧宜遗稿》，蒋元卿《皖人书录》著录。

丁宁（1902—1980）

原籍江苏镇江，侨居合肥。

1. 丁宁：《还轩词》，安徽文艺出版社1985年版。

方令孺（1897—1976）

桐城人。方守敦之女。1923年赴美，先后于华盛顿州立大学、威士康辛大学攻读西方文学。1929年后历任青岛大学讲师、重庆国立戏剧专科学校教授、国立编译馆编审、复旦大学语言文学系教授等职。

1. 方令孺译：《钟》，中西书局1943年版。

2. 方令孺：《信》，文化生活出版社1945年版。

3. 方令孺：《方令孺散文选集》，上海文艺出版社1982年版。

葛世洁（1897—1984）

字冰如，怀宁人。教师。

1. 葛世洁：《梦鸿楼诗草》，民国自刊本。

2. 葛世洁：《凌寒阁吟草》，1983年自刊本。

胡渊

字漳平，泾县人。胡朴安女，贵池许世英子媳。

1. 胡渊：《南香诗钞》一卷，安吴胡氏 1940 年版。

2. 胡渊：《南香画语》一卷，安吴胡氏 1940 年版。

3. 胡渊：《随感录》，安吴胡氏 1940 年版。

蒋淑敏（1898—1982）

桐城张泊静妻，张先娴母。

1. 蒋淑敏：《绿窗闲咏》，1982 年铅印本。

李家恒（1907—1999）

字孝琼，合肥人。李国瑰长女。曾应香港文学社邀请讲课。

1. 李家恒：《绣月轩集》，蒋寅《清诗话考》著录。

2. 李家恒：《闺秀诗话》，蒋寅《清诗话考》著录。

3. 李家恒：《绣月轩集陆联语》，苏州毛上珍 1931 年版。

李相珏（1901—1981）

字璋如。桐城人。李光炯女。先后求学于省立芜湖第二女师、国立北平师范大学，毕业后任教于金陵女子大学。

1. 李相珏编辑：《先考事略》，汪福来《桐城文化志》著录。

2. 李相钰著，李相珏辑：《李相钰遗稿》，又名《亡弟未定稿》，民国安徽官纸局 1925 年版。

3. 李光炯著，李相珏编辑，许永璋校阅：《晦庐遗稿》，1960 年版。

刘世珍

字珠圆。贵池人。刘瑞芬长女，南陵徐乃昌妻。

1. 《冰奁集》，《民国南陵县志》著录。

刘淑玲

字瑞麟。桐城人。光大中继妻。

1. 光大中、刘淑玲：《安徽名媛诗词徵略》五卷，《补遗》一卷，东方印书馆 1936 年版。

2. 吴君婉著，刘瑞麟编辑：《吴君婉女士遗诗》一卷，民国版。

刘王立明（1897—1970）

原名王立明，字梦梅，小名杨顺，曾用名李梦梅、邝志洁。太湖县人。湖北刘湛恩妻。幼年进福音堂小学读书，1912 年保送至九江儒励书院，毕业后留校任教，旋获奖学金赴美留学，获芝加哥西北大学生物系硕士学位。归国后担任中华妇女节制会总干事、会长，创办《节制》月刊。抗战爆发后任中国妇女抗敌后援会农村妇女组织委员会主任委员。1944年加入中国民主同盟，当选为民盟中央委员。

1. 刘王立明：《生命的波涛》，女子生产合作社 1936 年版。

2. 刘王立明：《先夫刘湛恩先生的死》，商务印书馆 1939 年版。

3. 刘王立明：《婚约》，安庆市地方志编纂委员会编《安庆地区志》著录。

4. 刘王立明：《小珍寻母》，安庆市地方志编纂委员会编《安庆地区志》著录。

吕碧城（1883—1943）

原名贤锡，字圣因，一字兰因，号遁天、明因，后改法号宝莲，别署兰清、信芳词侣、晓珠等。旌德人。吕凤岐第三女。南社社员。曾任《大公报》编辑，创办北洋女子公学，后一度出任袁世凯秘书。1930 年皈依佛门。著者曾于清末与长姊吕湘、次姊吕美荪合著《吕氏三姊妹集》。

1. 吕碧城：《信芳集》诗一卷词一卷，1918 年版。

　　注：又吕碧城《信芳集》三卷，中华书局 1925 年版。

　　又吕碧城《信芳集》诗一卷词一卷增刊一卷文一卷《鸿雪因缘》，1929 年版。

2. 吕碧城著，费树蔚校阅：《吕碧城集》五卷，中华书局 1929 年版。

3. 吕碧城编译：《欧美之光》，开明书店 1932 年版。

4. 吕碧城：《晓珠词》一卷，1932 年版。

　　注：又吕碧城《晓珠词》四卷，1937 年版。

吕美荪（1879—1945）

原名贤鈖，后改眉孙、眉生，又易美荪，字清扬，号仲素，别署齐州女布衣。旌德人。吕凤岐次女。历任天津北洋女子公学监督、奉天女子师范学堂总教习，女子美术学校、安徽第二女子师范校长。清末著有《辽东小草》，并与长姊吕湘、三妹吕碧城合著《吕氏三姊妹集》。

1. 吕美荪：《葂丽园诗》一卷，1931 年版。

2. 蒋智由著，吕美荪辑：《蒋观云先生遗诗》，1933 年版。

3. 吕美荪：《葂丽园诗续》，1933 年版。

4. （清）梁恭辰著，吕美荪编：《劝戒录节本》，1933 年版。

5. 吕美荪：《阳春白雪词附菽丽园诗再续》，1934 年版。

6. 吕美荪：《菽丽园诗四续》，1935 年版。

7. 吕美荪：《瀛洲访诗记》，华昌大 1936 年版。

8. 吕美荪：《菽丽园随笔》，1941 年版。

吕贤满（1888—1914）

字坤秀（一作昆秀）。旌德人。吕凤岐第四女。曾任厦门女子师范学校教师。

1. 吕贤满：《清映轩遗稿》一卷，又名《季妹遗稿》，旌德吕氏 1933 年版。[1]

2. 吕贤满：《撤珥集》，陈诗《皖雅初集》著录。

吕湘（1875—1925）

原名贤钟，字惠如，一作荔如，又字云英。旌德人。吕凤岐长女，严象贤妻。曾任南京两江女子师范学校校长。清末与二妹美荪、三妹碧城合著《吕氏三姊妹集》。

1. 吕湘：《清映轩诗词稿》，光铁夫《安徽名媛诗词徵略》著录。

2. 吕湘：《惠如长短句》，1937 年版。[2]

聂芬

字韵琴。六安人。肄业于北京女子师范学校。

1. 聂芬：《女界模范》，光铁夫《安徽名媛诗词徵略》著录。

2. 聂芬：《双休阁诗草》，光铁夫《安徽名媛诗词徵略》著录。

倪静

字芷轩。桐城人。倪淑四妹，杭州陆恒修继妻。

1. 倪淑、倪婉、倪懿、倪静著，倪砚农编辑：《疏影楼集》，光铁夫《安徽名媛诗词徵略》著录。

倪淑（1852—？）

字梅轩。桐城人。倪雪楼长女。晚清任芜湖女师范学堂教员，后创办桐城第二女子小学。

---

① 此书刊附吕凤岐《静然斋杂著》。

② 此书附刊吕碧城《晓珠词》。

1. 倪淑、倪婉、倪懿、倪静著，倪砚农编辑：《疏影楼集》，光铁夫《安徽名媛诗词徵略》著录。

2. 倪淑：《晚香庐诗稿》二卷，何伟成《枞阳风雅》著录。①

倪婉

字菊轩。桐城人。倪淑二妹。参与创办枞阳化俗女学。

1. 倪淑、倪婉、倪懿、倪静著，倪砚农编辑：《疏影楼集》，光铁夫《安徽名媛诗词徵略》著录。

2. 倪婉：《晚香庐诗稿》二卷，光铁夫《安徽名媛诗词徵略》著录。②

倪懿

字藕轩。桐城人。倪淑三妹，杭州陆恒修妻。

1. 倪淑、倪婉、倪懿、倪静著，倪砚农编辑：《疏影楼集》，光铁夫《安徽名媛诗词徵略》著录。

彭淑士（1883—1969）

字亦婉，号葆青，又号绣冰。苏州人。彭名保女，合肥李国模妻。

1. 彭淑士：《碧梧轩诗存》，李国模《合肥词钞》著录。

2. 彭淑士：《绣冰词》，李国模《合肥词钞》著录。

庆凤晖（1853—?）

字筠仙。含山人。庆锡纶次女，胡某妻。

1. 庆凤晖：《桐华阁诗草》三卷，《诗余》一卷，1913 年版。

芮永恭（1886—1926）

字药侬。庐江人。王幼亭妻。

1. 芮永恭：《容安阁诗稿》，光铁夫《安徽名媛诗词徵略》著录。

史鉴

字绮文。六安人。史远岷妹。

1. 史鉴：《绣余吟草》，光铁夫《安徽名媛诗词徵略》著录。

宋亦英（1919—2005）

原名宋惠英，笔名宋梅、宋蕴。歙县人。1936 年毕业于国立北平艺术

---

① 光铁夫《安徽名媛诗词徵略》称此书为倪婉著。

② 何伟成《枞阳风雅》称此书为倪淑著。

专科学校西画系。1945年参加新四军，历任国统区上海小组联络员，《黄山报》美术编辑，新四军皖南地委文工队指导员，皖南行署工商处人事科机要秘书，安徽省文化局艺术科科员、美术工作室主任，安徽省群众艺术馆副馆长，省工艺美术局副局长，中国美协安徽分会秘书长、副主席、名誉主席，安徽省第四、五届政协委员及政协常委。其铁画屏风《迎客松》挺立于人民大会堂安徽厅。

1. 宋亦英：《宋亦英诗词选》，安徽人民出版社1983年版。

2. 宋亦英：《春草室吟稿》，安徽人民出版社1994年版。

3. 宋亦英：《宋亦英集》，黄山书社1997年版。①

苏雪林（1897—1999）

原名筱梅，字雪林，一字绿漪。太平县人。曾就读于北京高等女子师范，1921年赴法国留学，学习西方文学与绘画艺术。归国后先后在沪江大学、国立安徽大学、武汉大学、台湾师范大学、成功大学任教。

1. 雪林女士：《李义山恋爱事迹考》，又名《玉溪诗谜》，北新书局1927年版。

2. 苏雪林：《绿天》，北新书局1928年版。

3. 苏雪林：《唐诗概论》，商务印书馆1933年版。

4. 苏雪林：《辽金元文学》，商务印书馆1934年版。

5. 苏雪林述：《中国文学史》，1934年版。

6. 绿漪：《棘心》，上海书店出版社1935年版。

7. 绿漪：《绿漪自选集》，女子书店1935年版。

8. 苏雪林著，少侯编辑：《苏绿漪创作选》，新兴书店1936年版。

9. 苏雪林：《蠹鱼集》，商务印书馆1938年版。

10. 苏雪林：《青鸟集》，商务印书馆1938年版。

11. 苏雪林等：《写作经验谈》，中学生书局1939年版。

12. 苏雪林：《南明忠烈传》，国民图书出版社1941年版。

13. 袁昌英、苏雪林：《生死与人生三部曲》，新评论社1941年版。

---

① 宋亦英女士此三部著述皆录大量民国创作。

14. 苏雪林：《屠龙集》，商务印书馆 1941 年版。

15. 苏雪林：《蝉蜕集》，商务印书馆 1945 年版。

16. 苏雪林：《鸠那罗的眼睛》，商务印书馆 1946 年版。

17. 苏雪林：《苏绿漪佳作选》，新象书店 1946 年版。

18. 苏雪林：《中国文学史略》，国立武汉大学民国版。

孙祥偈（1903—1965）

字孙泉，又字苏荃，号逸斋。桐城人。谭平山之妻。1927 年毕业于北京女子师范大学国文研究科，历任北平女一中校长，北平师范大学国文系讲师，《朝报》《新晨报》副刊主编，河北大学和山西民族革命大学教授，中国民主宪政促进会常务理事兼妇女委员会主任委员等职。

1. 苏荃：《生命的火焰》，孤星社 1930 年版。

2. 孙祥偈：《苏荃词》，1936 年版。

汪阿秀（1904—1927）

字琼芝。歙县人。1927 年因情自尽。

1. 汪阿秀：《惜红吟》，光铁夫《安徽名媛诗词徵略》著录。

王仲淹（1866—1961）

合肥人。书法家潘季岑妻。新中国成立后定居上海，曾任虹口区政协委员。

1. 王仲淹：《仲淹诗草》，关山笛《合肥女诗人王仲淹》著录。

吴肖萦（1898—1928）

字君婉，桐城人。光大中妻。

1. 吴君婉著，刘瑞麟编辑：《吴君婉女士遗诗》一卷，民国版。

吴芝芳

桐城人。吴汝纶女，柯劭忞妻。辛亥革命后曾任总统府教师，辅助丈夫编修《新元史》。

1. 吴芝芳：《洁斋诗集》，柯兰《千年孔府的最后一代·我的祖父柯劭忞》
   著录。

吴芝瑛（1866—1933）

字紫英。桐城人。吴汝纶侄女，廉泉妻。

1. 吴芝瑛等《帆影楼纪事》，据民国间手稿等影印。

2. 吴芝瑛编著：《剪淞留影集》，小万柳堂丛刊 1918 年版。

3. 吴康之著，吴芝瑛辑：《鞠隐山庄遗诗》一卷附《禀稿》一卷，小万柳堂丛刊 1918 年版。

4. 廉泉著，吴芝瑛辑：《南湖东游草》五卷，小万柳堂丛刊 1918 年版。

5. 廉泉著，吴芝瑛辑：《潭柘纪游诗》一卷，小万柳堂丛刊 1918 年版。

6. 廉泉著，吴芝瑛辑：《南湖集古诗》一卷，小万柳堂丛刊 1918 年版。

7. 吴芝瑛：《吴芝瑛夫人诗文集》，1929 年版。

8. 吴芝瑛著，惠毓明编辑：《吴芝瑛夫人遗著》一卷附《哀荣录》一卷，民国版。

姚倚云（1863—1944）

字蕴素，桐城人。姚莹孙女，姚永朴、永概妹，南通范当世继妻。

1. 姚倚云：《蕴素轩词》十一卷，民国铅印本。

2. 姚倚云：《蕴素轩词》一卷，民国铅印本。

3. 姚倚云：《沧海归来集》十一卷、《词》一卷、《续集》一卷、《选余》二卷、《消愁吟》二卷、文一卷，1933 年铅印本。

俞富仪（1901—1927）

字宝娥，婺源人。俞祖馨女，郎传仁妻。夫死自尽。

1. 俞富仪：《莲心室遗稿》，1929 年版。

张芸芳

字凤笙，号梧岗，婺源人。毕业于上海南洋女子师范学校，历任湖州旅沪女子中学、安徽旅沪女子中学教员。

1. 张芸芳：《芸芳女士诗稿》，光铁夫《安徽名媛诗词徵略》著录。

张充和（1914—2015）

合肥人，长于苏州。张冀牖第四女，德裔美籍汉学家傅汉思之妻。早年就读于北京大学，抗战期间流亡西南，任职于教育部属下教科书编选委员会、重庆教育部下属礼乐馆。抗战胜利后任教于北京大学。1949 年随夫赴美。

1. 张充和、叶万青译：《游园》，国立礼乐馆 1944 年版。

张允和（1909—2002）

合肥人，长于苏州。张冀牖第二女，周有光妻。毕业于上海光华大学历史系。

1.［苏］伊林（M. Ilin）:《书的故事》，张允和译，中华书局 1936 年版。

张兆和（1910—2003）

笔名叔文。合肥人，长于苏州。张冀牖第三女，沈从文妻。曾任北京师范大学附中、师大二附中教师，《人民文学》编辑。

1.叔文:《湖畔》，文化生活出版社 1941 年版。

附录2 吕碧城及其研究

吕碧城，原名吕贤锡，字圣因，又字兰清，法号宝莲，祖籍安徽省旌德县庙首乡，1883 年出生于一个仕宦之家。在中国近现代历史上，她有过名扬一时的辉煌，但很快又被急剧变动的社会历史所疏远，以至于今天即便是在她的故乡安徽，"吕碧城"这个名字也显得那么陌生。然而，她毕竟曾经是国内外公众眼中的焦点人物，毕竟是一个在绝大多数妇女尚困守家庭的历史时代，率先走向社会独立谋生的先驱者，毕竟是曾经以飞扬的文采表现了近代中国女性才华的"这一个"，身处中国近现代历史的转折关头，她的足迹、她的命运、她的歌唱，都烙印着鲜明的时代印记，表现了近代中国女性面对即将打开的现代历史大门时，无法抑制的激动、犹疑、进取、无奈与彷徨。近年来，随着改革开放后人文研究领域的拓展，吕碧城的名字又开始进入读者的视野，但如何以平静的、科学的眼光打量这位传奇女性，摒弃一切猎奇的、盲目抬高或贬低的评价方式，依然是十分值得注意的问题。

2003 年，是吕碧城离开这个世界的甲子之祭。为纪念女士，笔者拜读了大量相关研究资料，发现几乎所有介绍吕碧城的文章都提到她少年时代不幸而又幸运的传奇遭际——父亲早逝，恶族逼产，母亲挟弱女远走他乡，不得已投靠在塘沽为官的舅父，继而为求学又从舅父家出走，得到天津《大公报》英敛之先生的赏识与提携，终于一举成名。许多文章在介绍中强调了吕碧城作为近三百年来词家殿军的非凡文采，强调了她与秋瑾及《中国女报》的关系，并借此突出她的进步性，而关于她终生未婚、富甲一方、常年漫游欧美、最终皈依佛门的记述，则使这一女子的生平更具吸引力。

然而，这样的介绍显然忽略了许多重要问题，也留下不少讹误。比如吕碧城为什么能够突然成名，又为什么在历史进程中匆匆消失？吕碧城的文采何以形成，又为什么终不能进入新文学领域？再比如，她是否真正突破了封建传统观念的束缚？在中国近现代历史中，特别是在中国妇女解放的历程中，吕碧城究竟起到什么作用？所有这些问题的回答，都要求我们不仅把目光聚焦在吕碧城个人身上，还要进一步研究她的生存环境、她的家族、她的亲人、她的时代及她的人生选择的背景。

一　关于吕碧城的家世

首先，吕碧城的故乡是在旌德县的庙首乡。庙首虽然没有芜湖那么大的名气，但它实在是一个十分值得注意的研究对象。一旦走进这块土地，我们就可以发现一切发生在吕碧城身上的"偶然"，似乎都有了必然的答案。庙首地处安徽省旌德县西乡，北接人文荟萃的泾川，东临徽文化发祥地绩溪，南面徽文化中心所在地歙州，自古以来，书院林立，学风淳厚，曾经是安徽近现代历史上重要的文化基地，清代著名学者洪亮吉、包世臣等多次到此游学。祖居庙首的吕氏家族学人辈出，仅清乾隆至光绪百余年间，就有钦点父子翰林3对，4人先后出任滇学政、湘学政、闽正考，并两度出任晋学政，其中之一即吕碧城之父吕凤岐。千百年来，中国传统文化深深浸润了这块土地，由于宗族之中不断有人外出为官，庙首吕氏对于山外世界有相当多的了解，因此这里农业经济虽然一向发达，但仍不乏外出闯荡事业的有志之士。这两点对于吕碧城后来的生活都具有不可估量的意义。

其次，我们还需要关注吕碧城幼年生活的时代，特别是影响她的文学环境。有清一代，随着传统文学的发展和女学的兴起，中国女性文学创作已呈现空前繁荣的局面。据胡文楷《历代妇女著作考》记载，中国前现代女作家凡 4000 余人，而明清两代就有 3750 余人，占中国古代女作家的 90% 以上，特别是清代女作家更多，3500 余家，正所谓"超轶前代，数逾三千"。自嘉庆至宣统百余年间，女子诗词专集层出不穷，仅著名选集就有《香咳集》《国朝闺阁诗抄》《随园女弟子诗选》《百家闺秀词》《闺秀词抄》等，至于女作家私人刻书则数不胜数。这些女作家一反"女子无才便是德"的传统观念，理直气壮地提出：

> 有志女子自当从经史子传取益，几见哲后、圣母、贤妻、淑媛有一不从经史子传中来者乎？①

由于中国传统诗论与女学主张最为相近，加之封闭环境中的中国女性特别需要情感的抒发，因此诗词自然成为她们首选的写作体裁。仅在吕碧城故乡前后左近，史籍记载的女性诗词作家，就有休宁汪蕴玉、歙州金若兰、何佩玉，泾川吴醉青、毕素梅，宣州毕幽兰，旌德刘素，太平崔巧云，等等。生活在这样一个文学气氛浓郁的环境之中，身为书香门第女子，吕碧城及其姐妹具有相当高的文学修养就是必然之事了。

当然，对吕碧城一生道路选择起到重要作用的还有她的父亲吕凤岐。这位别号"石柱山人"的儒生是光绪三年（1877）进士，而后任职翰林院，张之洞入主山西后，吕凤岐出任山西学政使。据《山大往事》记载，此时张之洞曾与吕凤岐共同开办著名的令德书院，

> 令德堂课士，仍为传统书院制，所延聘山长、分校都是对经史古学造诣颇深的儒生……其后通省人才多出于此。②

联想到吕碧城四姐妹的文才，吕凤岐的身影分明叠映其中。令人遗憾的是，令德堂立足之后，吕凤岐很快离开山西，并且再不曾做官，几年后因病去世。至于《严复集》第五卷注者将吕碧城创办并任校长的北洋女子

---

① 李晚芳：《女学言行纂》（卷上），周氏师古堂 1937 年影印本，第 5 页。
② （清）刚毅：《晋政辑要》卷 23《礼制·学校六》，光绪刊本。

公学归在吕父名下，则是一大失误。

二 关于吕碧城的迅速成名

吕碧城有过耀眼的辉煌。当年的《大公报》经理英敛之曾说：碧城诗刊载于《大公报》之后，"是时，中外名流投诗词、鸣钦佩者，纷纷不绝"①。确实，查阅光绪三十年（1904）、三十一年（1905）的《大公报》，吕碧城是热门人物。就连大名鼎鼎的章士钊，也不能不感慨："襄淮南三吕，天下知名。"② 1904 年春，吕碧城初抵《大公报》馆，5 月 20 日，发表《论提倡女学之宗旨》，短短两个月后，就得到直隶总督袁世凯等人的大力支持，半年之后，即出任天津女学堂总教习，名扬京津，以至"津京间闻名来访者踵相接，与督署诸幕僚诗词唱和无虚日"③。至于其中缘由，英敛之曾经做过一番分析，他认为：其一，

> 诚以我中国女学废绝已久，间有能披阅书史、从事吟哦者，即目为硕果晨星，群相惊讶……④

其二，

> 碧城能辟新理想，思破旧锢蔽，欲拯二万万女同胞出之幽闭羁绊黑暗地狱，复其完全独立自由人格，与男子相竞争于天演界中。⑤

而此番见解，

---

① 英敛之：《吕氏三姊妹集序》，转引自李保民《吕碧城词笺注》，上海古籍出版社 2001 年版，第 524 页。
② 章士钊语，转引自李保民《吕碧城词笺注》，上海古籍出版社 2001 年版，第 547 页。
③ 吕碧城：《予之宗教观》，李保民《吕碧城诗文笺注》，上海古籍出版社 2007 年版，第 480 页。
④ 英敛之：《吕氏三姊妹集序》，李保民《吕碧城词笺注》，上海古籍出版社 2001 年版，第 524 页。
⑤ 同上。

世之峨冠、拖长绅者尚多未解此,而出之弱龄女子,岂非祥麟威凤不世见者乎?①

然而此说颇有值得推敲之处。如前所述,清末民初中国女性能够披阅书史、从事吟哦者当不乏人,只是未必如吕碧城一样为人所知;至于吕碧城的新理想,也主要是受到先行者的启示。此外,据不完全统计,早在光绪十八年(1892),吕碧城仅仅 10 岁的时候,郑观应就曾写《女教》一文,介绍了西方国家女学与男学并重的情况,指出在中国如能广筹经费,增设女塾,使妇女"童而习之","不致虚糜坐食"②。光绪二十三年(1897),梁启超在为中国女学堂起草的《倡设女学堂启》中又指出,妇女受教育"上可相夫,下可教子,近可宜家,远可善种"③。光绪二十四年七月十一日(1898 年 8 月 27 日),上海知识妇女王春林在《女学报》第 5 期上发表《男女平等论》一文,控诉中国几千年来男尊女卑,压迫、歧视、残害妇女和在社会、家庭、婚姻等各方面的男女不平等现象。与此同时,知识妇女卢翠在《女学报》上发表《女子爱国说》,提出 7 条有关妇女权利的建议,以及立女塾、设女学报、植女公会、启女观书楼、劝女工、恤孤老、赏才艺、设女书会、立女医院、赛美会、练女子军等有关妇女权利的大事。④ 维新变法运动领袖康有为的长女康同薇在《女学报》上发表《女学利弊说》,指出"扶阳抑阴"的封建传统,是违背"天赋人权"公理的⑤;蒋畹芳发表《论中国创兴女学实有裨于大局》⑥,论述男女天生平等;刘纫兰发表《劝兴女学启》⑦,认为天下兴亡,女子也有责,愿与男子共担救国

① 英敛之:《吕氏三姊妹集序》,李保民《吕碧城词笺注》,上海古籍出版社 2001 年版,第 524 页。
② 郑观应:《女教》,夏东元编《郑观应集》(上册),上海人民出版社 1982 年版,第 288 页。
③ 梁启超:《倡设女学堂启》,梁启超《乙丑重编饮冰室文集》第 1 集第 4 卷,中华书局 1926 年版,第 48 页。
④ 卢翠:《女子爱国说》,《女学报》1898 年第 5 期。
⑤ 康同薇:《女学利弊说》,原载《知新报》1898 年第 52 册,转引自杨家骆编《戊戌变法文献汇编》第 3 册,鼎文书局 1973 年版。
⑥ 蒋畹芳:《论中国创兴女学实有裨于大局》,《女学报》1898 年第 9 期。
⑦ 刘纫兰:《劝兴女学启》,《女学报》1898 年第 4 期。

义务等。光绪二十三年，知识妇女李闰（谭嗣同妻）、黄谨娱（康广仁妻）等人为了讨论妇女教育、妇女权利等问题，在上海倡办成立中国女学会。为谋求妇女自身的解放，她们创办中国女学堂（校牌名为女学会书塾），校内所有教职员工全由妇女担任；创办《女学报》，宣传变法维新，提倡女学，争取女权，提倡男女平等，主笔30余人全部由妇女担任，其中较著名的有梁启超夫人李惠仙，康有为长女康同薇，以及裘毓芬等。她们发表了不少抨击男尊女卑、提倡女学、呼吁男女平等、要求参政的文章，并介绍欧美日本等国家妇女受教育情况。光绪二十九年（1903），金天翮《女界钟》一书在上海爱国女学发行，强烈批判了束缚妇女的封建旧道德，号召妇女争取获得接受教育、掌握财产、婚姻自由等六种权利。光绪三十年三月十一日、十二日（1904年4月26日、27日），陈撷芬在《中国日报》上发表《女界可危》一文，提出妇女要先为祖国尽义务，后争取自身的权利……

同一年吕碧城进入公众视野，开始在《大公报》发表诗词文章，代表作有《满江红·感怀》与《论提倡女学之宗旨》等。在《满江红》一词中，她写道：

> 晦黯神州，欣曙光一线遥射。问何人，女权高唱，若安达克？雪浪千寻悲业海，风潮廿纪看东亚。听青闺挥涕发狂言，君休讶。幽与闭，长如夜。羁与绊，无休歇。叩帝阍不见，怀愤难泻。遍地离魂招未得，一腔热血无从洒。叹蛙居井底愿频违，情空惹。①

整首词主要表现追求女性解放的强烈愿望和对法国女英雄的景仰。而后一篇文章主旨则在于强调：

> 女学之倡，其宗旨总不外普助国家之公益、激发个人之后权利二端……女权之兴，归宿爱国，非释放于礼法之范围。实欲释放其幽囚

---

① 吕碧城：《满江红·感怀》，李保民《吕碧城词笺注》，上海古籍出版社2001年版，第499页。

束缚之虐权，且非欲其势力胜过男子。实欲使平等自由，得与男子同趋于文明教化之途，同习有用之学，同具强毅之气。使四百兆人合为一大群，合力以争于列强，合力保全我二万里之疆土。①

由此可见，无论是倡导女学，抑或提倡女性解放，吕碧城此时不过是积极响应了前驱者的号召，远不是开先河之人，一时也并无十分新鲜的见解，而天津女学堂（后称"北洋女子公学"）的兴办，也主要是依靠英敛之、傅增湘等人的奔走及袁世凯的支持。因此，吕碧城的迅速走红，更重要的恐怕还是得力于以下三方面因素：第一，媒体的作用。在吕碧城的成名道路上，英敛之与《大公报》的作用至关重要，甚至可以说，没有此二者，吕碧城很可能和那个时代众多才女一样默默无闻，或者在某部"才媛录"中留下几个字的记载。第二，吕碧城的特殊遭遇与读者的猎奇心理。柔弱女子的不幸遭遇本来就是人们关心的话题，而柔弱女子又具相当不错的文采，则更加令人刮目相看。后来流传极广的关于吕碧城的介绍中，许多人都将吕母遭难时，碧城大姐吕惠如驰书樊樊山以求救援一事归于碧城之手，其实也不过是为了增加女士身世的新闻性。第三，吕碧城是中国近代历史上较早的女性独立者，她追求独立人格的强烈愿望，应和了那一时代的新思想、新观念，因而较一般的不幸女子更为引人注目。据吕碧城日后回忆，当年她的出走，一开始只为"探访女学"，并无从此独立的打算，只是由于遭到舅父阻拦，一怒之下决然出行，正所谓"予之激成自立以迄今日者，皆舅氏一骂之功也"②。幸运的是，她遇到热心爱才的英敛之，继而借助新兴的现代媒体的力量，声名远播。因此，吕碧城的迅速成名，有相当多的偶然因素，那个时代所有企望独立的女子并非都有如此机遇。据此，我们可以看到，作为一名女性，吕碧城的成功还是依靠男性的引导与帮助，因而与秋瑾等同时代女革命家有了显

---

①　吕碧城:《论提倡女学之宗旨》，李保民《吕碧城诗文笺注》，上海古籍出版社 2007 年版，第 125 页。

②　吕碧城:《予之宗教观》，李保民《吕碧城诗文笺注》，上海古籍出版社 2007 年版，第 480 页。

著区别：从开始走向社会的那一刻起，秋瑾选择的是自觉地凭借个人的力量实现社会革命的理想，而吕碧城其实还是走在明清以降的传统女性诗人的生活轨迹中，没有男性名士的奖掖和帮助，也就很难有她最初的立足之地。

三 关于吕碧城的政治态度

许多介绍吕碧城的著述，都在显要位置推出她早年词作《百字令·排云殿清慈禧后画像》，它在一定意义上表现了女士当年的政治态度：

> 排云深处，写婵娟一幅，翠衣耀羽，禁得兴亡千古恨，剑样英英眉妩。屏蔽边疆，京垓金币，纤手轻输去。游魂地下，羞逢汉雉唐鹊。①

在此，作者愤怒声讨了清朝统治者的荒淫无道、祸国殃民，将满腔忧国忧民之心倾泻纸上。同样心绪在吕碧城其他作品中比比皆是，李保民先生的《吕碧城词笺注·前言》，充分论证了这一问题，他以《百字令》《丑奴儿慢》《绮罗香》等词为例，说明：

> 在吕碧城的词集里，关心民瘼的篇什颇夥，时如电光石火迸闪而出，散发出耀眼的光彩。②

但是，究其实质而言，吕碧城虽然充满爱国之心，却不是个政治家，对于革命和暴力更不热心。不少介绍吕碧城的文章特别提到她与秋瑾天津相会之事，并且着重说明她们"友谊深厚，情同骨肉"，甚至说吕曾"阴联浙江秋瑾女士谋革命"，实际上是希望借助秋瑾的名声提高吕碧城的地位。然而吕碧城自有她的价值，并不需要后来者在记述历史的过程中做好

---

① 吕碧城：《百字令·排云殿清慈禧后画像》，李保民《吕碧城词笺注》，上海古籍出版社2001年版，第32页。

② 李保民：《吕碧城词笺注·前言》，李保民《吕碧城词笺注》，上海古籍出版社2001年版。

心的夸张。秋、吕天津相会的事实恰恰证明她们政治态度的大不相同。吕碧城多年后的回忆重在记述秋瑾男性化的装扮，重在感慨人生际遇的难以预料，只以最简略的文字记载了她们之间的政治交流：

> 彼密劝予同渡扶桑为革命运动，予持世界主义，同情于政体改革而无满汉之见。交谈结果彼独自进行，予任文字之役。①

秋瑾牺牲之后，吕碧城曾作《西泠过秋女侠祠次寒云韵》一首：

> 松篁交籁和鸣泉，合向仙源泛舸眠。负郭有山皆见寺，绕堤无水不生莲。残钟断鼓会何世，翠羽明珰又一天。尘劫未销惭后死，俊游愁过墓门前。②

刘纳先生批评此诗：

> 在秋瑾牺牲后人们写下的数以百计的悼诗、赞诗、谒墓诗中，吕碧城的这首诗显得很独特。诗中虽也有"惭后死"之语，但全诗的题旨并非赞颂，也缺少他人作品里频频出现的激愤之辞。③

仔细揣摩，吕碧城对秋瑾的惋惜，只是一个女人对另一个女人的惋惜，是朋友之情的展现，而非同声同气的战友之思，其政治见解之不同，于此又一次得到证明。同是在1904年，黄秀伯、杜若洲也曾找到吕碧城，"力劝入都，有争名于朝争利于市之语"④，也被一心惦念女学开办的她回

---

① 吕碧城：《予之宗教观》，李保民《吕碧城诗文笺注》，上海古籍出版社2007年版，第481页。
② 吕碧城：《西泠过秋女侠祠次寒云韵》，李保民《吕碧城诗文笺注》，上海古籍出版社2007年版，第56—57页。
③ 刘纳：《吕碧城》，中国文史出版社1998年版，第16页。
④ 吕碧城：《予之宗教观》，李保民《吕碧城诗文笺注》，上海古籍出版社2007年版，第481页。

绝了。几年之后，袁世凯主政，吕碧城虽然一度被聘为公府咨议，对袁氏充满希望，但这似乎也只能说明她在政治上的幼稚，不久，袁氏称帝野心暴露，吕碧城立刻就辞职南下，在一片非议之中隐居沪上，从此不再涉足政坛。中年以后，她还在文章中进一步表达她的这种观点：

> 夫中国之大患在全体民智之不开，实业之不振，不患发号施令、玩弄政权之乏人……女界且从而参加之，愈益光怪陆离之致。近年女子参政运动屡以相胁，予不敢附和者，职是故也。①

实事求是地说，吕碧城早年最热心的事业是倡扬女权，争取妇女解放。检点吕碧城一生著述，清末民初之际她的主要文章与相当一部分诗词均以女权为要，并且表现出不同于时代潮流的独特见解，即对于女性自身特点的强调。

清末民初的中国妇女运动，一个普遍存在的特点是它的"男性化"倾向，譬如秋瑾就曾提出，妇女要解放，必须首先改变以往的女性生活方式，连服饰、举止一并改变。秋瑾最初与家庭决裂的导火索就是由于她作男子打扮出行，引起"家庭战争"。投身革命以后她也常着男装，并且策马街头，努力展现阳刚之气。据记载，

> 在 20 世纪初……女尚男装成为一股新潮。一批妇女解放的追求者，为一扫女性的柔弱气，纷纷着男装，其意在装束方面扬弃女性打扮，进而从心灵上认同男性，以达到男女平权。②

然而，这种观点的深潜意义仍然是无视女性的自身价值，以为只有认同男性，女人才可能摆脱卑下的地位。在这一点上吕碧城表现了她特有的清醒与冷静：一方面，她继承了传统文化中的性别意识；另一方面，她又

---

① 吕碧城：《女界近况杂谈》，李保民《吕碧城诗文笺注》，上海古籍出版社 2007 年版，第 474 页。

② 孙兰英：《论中国近代妇女运动的"男性特色"》，《史学月刊》1996 年第 3 期。

突破了封建传统对女性的蔑视。基于此,她提出:

> 女人爱美而富情感,性秉坤灵,亦何羡乎阳德?若深自讳匿,是自卑抑而耻辱女性也……必恕此而责彼,仍蹈尊男卑女之陋习。①

至于女子的权利与义务,她认为:

> 女子者,国民之母也,安敢辞教子之责任;若谓除此之外,则女子义务为已尽,则失之过甚矣。②

应当承认,这是男性化的近代妇女运动中一个冷静的声音。

1916 年,在政治风波中失去了女学,也失去了对袁氏政权所有希冀的吕碧城,从道学家陈撄宁问学,并有诗云:

> 一著尘根百事哀,虚明有境任归来。万红旖旎春如海,自绝轻裾首不回。③

流露了辞别俗界的意念。此后不久,她得以赴美留学,并诚心皈依佛门,且以佛家理念为宗旨,在国际动物保护工作中做出贡献,只留下一首《鹧鸪天》,可以让我们洞见早年的政治活动给她一生带来的难以平复的伤害:

> 百创心痕刻此生,巫阳难问旧哀情。云浮夏日虽多变,影铸奇峰不易平。参贝叶,守禅经。只将因果付苍冥,复仇早舍春秋意,孤负

---

① 吕碧城:《女界近况杂谈》,李保民《吕碧城诗文笺注》,上海古籍出版社 2007 年版,第 476—477 页。
② 吕碧城:《论某督札幼稚园公文》,夏晓虹选编《女子世界文选》,贵州教育出版社 2003 年版,第 161 页。
③ 吕碧城:《访撄宁道人叩以玄理多与辩难归后却寄》,李保民《吕碧城诗文笺注》,上海古籍出版社 2007 年版,第 27 页。

龙泉夜夜鸣。①

四 关于吕碧城的文学成就

在中国近现代历史中，吕碧城首先引人注目的是她的诗词成就，尤其是她的词作。《近三百年名家词选》将吕碧城作为近三百年词家的殿军，因此，也可以说她是中国千年词史的殿军。2001 年，李保民先生完成了《吕碧城词笺注》，2007 年，再完成《吕碧城诗文笺注》，并由上海古籍出版社出版，从而使后来者能够较为全面地了解碧城词作风貌，并在尽可能地摒弃以往观念干扰之后重新评价其价值。

在晚清至民初的中国妇女文学创作中，吕碧城的作品无疑是内容最为丰富多彩，艺术水平也足以令人击节叫好的一类。与中国历代女词人一样，吕碧城早期创作多写闺阁幽情，如果说有什么不同的话，那就是她努力将因"闲"而生的愁描述得更加美丽生动。刘纳先生曾以樊增祥所激赏的《清平乐》词和《浪淘沙》词为例，说明了这一点：

> 冷红吟遍，梦绕芙蓉苑。银汉恹恹清更浅，风动云华微卷。水边处处珠帘，月明时按歌弦。不是一声孤雁，秋声哪到人间。
>
> 寒意透云帱，宝篆烟浮，夜深听雨小红楼。姹紫嫣红零落否？人替花愁。临远怕凝眸，草腻波柔。隔帘咫尺是西洲。来日送春兼送别，花替人愁。②

除此之外，少年时代的不幸遭际，故土亲人的长相分离，也使吕碧城的人生感触较同时代其他女性更为深切，因此她的思乡之作也就别具特色。譬如《长相思》词中：

> 山重重，水重重，水复山重恨不通，梦魂飞绕中。③

---

① 吕碧城：《鹧鸪天》，李保民《吕碧城词笺注》，上海古籍出版社 2001 年版，第 509 页。
② 刘纳：《颠踬窄路行世纪初：女性的处境与写作》，作家出版社 1995 年版，第 99 页。
③ 吕碧城：《长相思》，李保民《吕碧城词笺注》，上海古籍出版社 2001 年版，第 509 页。

但是，如果仅仅局限于此，吕碧城将永远走不出前人的窠臼，她之所以能够在中国近现代文学史上留下自己的足迹，就在于她并不满足于此。在《吕碧城词笺注》中，笔者注意到孤云对吕碧城与李清照的对比分析，他认为：

> 碧城则生于海通之世，游屐及于瀛寰，以视易安，广狭不可同年而语，词中奇丽之观，皆非易安时代所能梦见……此碧城环境、时代优于易安者，一也……易安纯乎阴柔，碧城则兼有刚气，此碧城个性强于易安者，二也。①

也许，孤云因过于欣赏吕碧城而贬抑了李清照的成就，但吕碧城不少词作确有一种时代赋予的英武之气，展现了作家忧国忧民的情怀。譬如《临江仙》：

> 横流滚滚吞吴越，风波谁定喧豗？畸人重见更无期。锦袍铁琴，千古想英姿。　九辩难招怜屈贾，幽魂空滞江湄。子胥终是不羁才。风雷激荡，天际自徘徊。②

又譬如《丑奴儿慢》：

> 东横泰岱，谁向峰头立马？最愁见铜标光黯，翠岛云昏。一旅挥戈，秦关百二竟无人。从今已矣，羞看貂锦，怯浣胡尘。　鼎尚沸然，残膏未尽，腐鼠犹瞋。更绣幕，闲烧官烛，红照花魂。遍野哀鸿，但无余哽到营门。迎春椒颂，八方争说，草木词新。③

当然，孤云评说中最中肯之处还是：

---

① 孤云：《评吕碧城女士信芳集》，作家出版社 1995 年版，第 553 页。
② 参见李保民《吕碧城词笺注》，上海古籍出版社 2001 年版，第 81 页。
③ 同上书，第 196 页。

其在诸外邦纪游之作，尤为惊才绝艳，处处以国文风味出之，而其词境之新，为前所未有。①

与此同时，钱仲联、吴宓等人也盛赞碧城词作这一特点，《中华文学通史》还引用《分春馆词话》说明：

（碧城词）屡述异国事物，开拓前人未有之词境，雄奇瑰丽，美不胜收，使人耳目为之一新。②

翻阅《吕碧城词笺注》，可见作家写阿尔卑斯山：

浑沌乍启，风雷暗坼，横插天柱。骇翠排空窥碧海，直与狂澜争怒。光闪阴阳，云为潮汐，自成朝暮。③

一派气势雄浑，而她写日内瓦湖畔盛开的樱花：

一重一重摇远空。波影红，花影融。数也数也，数不尽，密朵繁丛。④

又是一种花团锦簇。寄居异国他乡的岁月里，吕碧城以词这一中国传统文学形式，写遍巴黎埃菲尔铁塔、意大利罗马古城、伦敦堡、橡胶鞋、冰淇淋、自来水钢笔……正如李保民先生所说：

---

① 孤云：《评吕碧城女士信芳集》，李保民《吕碧城词笺注》，上海古籍出版社2001年版，第554页。
② 《中华文学通史》引用《分春馆词话》，李保民《吕碧城词笺注》，上海古籍出版社2001年版，第555页。
③ 吕碧城：《破阵乐》，《江城梅花引》，李保民《吕碧城词笺注》，上海古籍出版社2001年版，第250—251页。
④ 同上书，第113页。

广泛地吟咏海外风光,举凡火山、冰峦、湖海、花木以及近代新生事物等,无不成为其取材的对象……吕碧城生当海通之世,游屐遍布欧美大陆,其所历可喜可愕之境,皆非前辈词家所能想见。在吕碧城之前,尚未有人致力于以词这一形式专门表现这方面的内容。①

然而,尽管吕碧城有过不凡的文学成就,命运还是与她开了个玩笑。1937 年,吕女士在《晓珠词自跋》中说:

> 予慨世事艰虞,家难奇剧,凡有著作,宜及身而定,随时付梓,庶免身后湮没。②

可是,不过短短几十年的光景,吕碧城及其创作就在迅速崛起的新文学潮流中几近湮没。一方面,新文学在与旧文学抗争中不可避免地要以"横扫千军"的气势摒弃一切旧文学形式,而当新文学拥护者开始整理国故的时候,又总是瞩目于年代更久远的作家和作品,吕碧城这类与新文学"抗衡"的人物,自然不在研究范围之内。另一方面,诚如刘纳先生先后在《吕碧城》一书及《风化与遗憾》一文中所说,吕碧城所面对的是古人遗产过于丰厚和形式的烂熟造成的困窘,无论她想写什么,都仿佛是前人早就写过的,词语方式与意义的稳固契合造成了意型的老化和硬化,词的创意已经无比艰难,不甘平平的吕碧城虽然以最大的努力进行了挣扎,然而,

> 驾驭形式的才能愈是纯熟,那老旧熟烂的形式对她才情的制约便愈为明显。当她抒写着自己异彩焕发的灵感,她往往仍然不得不将自己的情感归诸已具公共性的"愁""怨"一类的范畴,这就不能不使人倍感遗憾了。③

---

① 李保民:《吕碧城词笺注·前言》,李保民《吕碧城词笺注》,上海古籍出版社 2001 年版。
② 吕碧城:《晓珠词自跋》,李保民《吕碧城词笺注》,上海古籍出版社 2001 年版,第 525 页。
③ 刘纳:《吕碧城》,中国文史出版社 1998 年版,第 36 页。

尤其值得注意的是，直到 20 世纪的 20、30 年代，面对旧文体写作者已不可挽回地落到文学边缘地带的事实，吕碧城仍然坚持进行古文创作。她曾经如此热切地渴望新生活，但又如此坚定地拒绝新文学，这一"坚持"本身似乎比任何宣言都更加耐人寻味。

附录3　从吴浣素到吕碧城
——清代妇女文学创作母系传承个案剖析

有清一代，妇女文学创作的母系传承现象数不胜数。频见于各类研究文献记载者，如闽南郑荔乡"九朵金花"、松江章氏六才女、宝山董氏十才媛、太原杨门诸闺秀，以及吴江叶氏、桐城方氏、杭州许氏、武进张氏等。与上述各案例不尽相同，此处将要剖析的这一个案相传母女 5 代，绵延 100 多年，她们并没有在某一历史时期显示出引人瞩目的群体风采，也不曾为以往的研究者看重，其中多数成员甚至鲜为人知。但是，正如生活中的女性往往纤弱却柔韧，这一母女相传的文学创作之家生生不息，竟然坎坎坷坷地走过乾隆、嘉庆、道光、咸丰、同治、光绪、宣统以至民国的风风雨雨，几近完整地历经清代妇女文学之辉煌、衰退、转化几个重要阶段，显示了从封建社会末期到近现代，妇女文学在社会背景、女性意识、地域分布、美学风格等方面的诸多变化，因此，解读、剖析这一个案，对认识我国知识女性由古代走向现代的身姿心态，具有重要作用。

组成这一个案的主要人物是：活动于乾隆、嘉庆年间的才媛吴浣素，吴浣素的女儿、道咸时期著名女作家沈善宝，沈善宝的继女武笺霞与外孙女严士瑜，以及严士瑜的女儿、清末民初以诗词闻名于世、号称"近代女词人第一"的作家兼教育家吕碧城。

一　吴浣素时代

吴浣素（字世仁），原籍江苏如皋，官宦人家之女，江西义宁州判沈学琳妻。在其女沈善宝撰写的《名媛诗话》中，我们可以清晰地看到这位生活于清乾隆、嘉庆、道光年间女性的风采：

先慈吴浣素太孺人（世仁），先世如皋，后外王父宦于杭，遂家焉。天资敏悟，凡为诗词书札，挥笔立就，不假思索，著有《箫引楼诗文集》。①

至于这些诗作的分量，沈善宝曾引郑雪鸿语云："不减刘令娴之作。"②出嫁以后，吴浣素与丈夫夫妻唱和，与女友结社吟咏，所有这些文学活动，都深深地刻印在幼年沈善宝的记忆中。生活在这样一个具有浓郁诗书气息的家庭中，吴浣素的儿女们"均极友爱"，母亲的谆谆教诲使他们受益匪浅：

太孺人每训宝等，学诗须从《文选》入手，不致粗鄙。倘从唐以下入手，必失浅薄矣。③

正是在母亲的教导下，沈家两个女儿都爱上了文学。妹妹善芳虽然早殇，也是"喜拈管吟哦"，"年十四学诗，初作有'扑将蝴蝶过临墙'句"④；而姐姐沈善宝，最终成为著述丰厚、才名卓著的女作家。

根据沈善宝《名媛诗话》记载，吴浣素主要文学活动时间当在乾嘉年间。这一时期，清代社会相对稳定，经历了上千年演进与发展的中国妇女文学活动也逐渐走向高潮，并引起社会关注。仅以女性文学作品的搜集整理而言，尽管明代也有郑文昂、钟惺、赵世杰、王端淑等分别编辑《名媛汇诗》《名媛诗归》《精刻古今女史》《名媛诗纬》，清初有陈维崧撰写《妇人集》，但与乾隆年间汪启淑编撰的《撷芳集》，嘉庆年间恽珠开始编撰的《国朝闺秀正始集》相比，实有"小巫见大巫"之感。《撷芳集》搜集古往今来2000余篇女性诗文，数量超过了前文所介绍几种女性诗文集的总和，昭显了一种非同寻常的繁荣气象，《国朝闺秀正始集》"广搜国朝女士之作"，收集妇女诗词2060余首，其编撰过程本身已是一件女界盛事，

---

① （清）沈善宝:《名媛诗话》，《续修四库全书》第1706册，上海古籍出版社2002年版，第618页。

② 同上书，第619页。

③ 同上。

④ 同上书，第620页。

大大鼓舞了该时期女性从事文学创作的士气。甚至当恽珠已逝，全国各地女性"仍多投诗及采访邮寄者"①，在来稿人群中，不仅有中原地带妇女，

> 滇、黔、川、粤均不乏人，且有蒙古命妇、哈密才媛、土司女士、海滨渔妇，末卷又附载朝鲜国四人，更足征圣朝文教昌明，声教所讫，无远弗届。②

吴浣素就是在这样一种历史背景下进入"才媛"队伍的。

当然，此时的吴浣素还有另一重幸运：她长期生活的钱塘一带属江南富庶地区，商品经济繁荣、社会安定，为文化教育的发达提供了肥沃的土壤。明清以来这一地区文化家族的兴起，又使书香门第的女子们耳濡目染，才女辈出。此外，乾隆年间，著名文学家袁枚大力提倡女子学习诗词，广招女弟子，支持她们结社赋诗，这一活动的发展、兴盛，也基本上是在江浙一带。当年章学诚在抨击袁枚时就说过："大江以南，名门大家闺秀，多为所诱。"③ 今人王英志更明确指出，随园女弟子

> 几乎都是江浙女子……绝大多数又是吴越才女，分布在苏州、杭州地区。而吴越自明代以来就是全国首富之区，文人才士之渊薮，因此吴越女弟子占有学诗的得天独厚之优势。④

尽管没有任何资料可以证明吴浣素是随园弟子，但她加入女性结社赋诗的行列确是事实，沈善宝《名媛诗话》记载了这一事迹：

> 乌程徐达馨，随父宦于章江，与先慈结社唱和，余时甚幼……⑤

---

① （清）金翁瑛：《国朝闺秀正始续集·序言》，清道光十六年红香馆刻本。
② （清）恽珠：《国朝闺秀正始集·例言》，清道光十一年红香馆刻本。
③ （清）章学诚：《章氏遗书·丙辰札记》，文物出版社 1985 年版，第 399 页。
④ 王英志：《性灵派研究》，辽宁大学出版社 1998 年版，第 241 页。
⑤ （清）沈善宝：《名媛诗话》，《续修四库全书》第 1706 册，上海古籍出版社 2002 年版，第 656 页。

按说在这样一种环境中，吴浣素的文学创作应当有一个比较广阔的发展天地，然而不容忽视的是，这一时期的才女们虽然大量涉足以往仅仅属于男性的文学天地，却并不能对儒家社会根深蒂固的性别体系有多少本质性的改变。《国朝闺秀正始集》黄友琴序言中就有这样的文字：

> 女子之于诗，较男子为尤近。何也？男子以四方为志，立德、立功，毕生莫殚吟咏一端，宜其视为余艺。女子则供衣服、议酒食而外，固多暇时，又门内罕与外事，离合悲喜之感发，往往形诸篇什，此如候虫时鸟，一任天机，了无足异。①

细细揣摩，这里固然有女性顽强的抗争，激烈的自辩，从性灵的角度强调女子与"诗"天然的联系，但在抗争与自辩的背后，仍然是不无悲悯的自我定位：第一，女子与诗的亲缘须有"暇时"，一旦"无暇"，诗词即会远离她们，成为不可企及的梦想；第二，即便"有暇"，诗文也不过是拘泥于个人狭小天地中的吟风弄月、春思秋怨，"罕与外事"的生活范围注定这一时期大部分女性的文学创作很难摆脱日常生活中的悲喜。较之黄序更直截了当的表述，是嘉道年间湘潭王璐《读史》诗：

> 足不逾闺闱，身未历尘俗，茫茫大块中，见闻苦拘束。少小依膝下，识字无专督，信口诵诗书，义解不求足。但当趋庭时，谈古意相属……②

这就决定了吴浣素时代妇女文学创作的基本格局。翻阅存留在《名媛诗话》中的吴浣素诗作，虽有清新可喜处，却未脱传统妇女诗词窠臼，无非是闺房内的喜忧哀思：

> 一棹入横塘，花明乱妆妆。芙蓉欺粉面，荷叶妒罗裳。黛映遥山

---

① （清）黄友琴:《国朝闺秀正始集·序言》，清道光十一年红香馆刻本。
② （清）王璐:《印月楼诗集·读史》，蔡殿齐《国朝闺阁诗钞》，清道光刻本。

绿，波开明镜光。停挠逢女伴，欲采又相商：采莲莫采藕，藕断素思长；采莲莫采荪，荪有苦心藏；采莲莫采叶，留叶护鸳鸯。同向花深处，红情绕指香。歌声闻极浦，归路已斜阳。①

其余留在女儿记忆中的吴浣素断句虽略具沧桑感，也依然不能超脱一己愁思："晨夕素心从古少，天涯芳草有谁同"，"何人绮陌寻芳草？有客天涯叹落花"，"黄叶声中千里恨，碧纱窗下一人愁"②……当然，这一时期的女性作家中，也有如顾若璞之类"文多经济大篇，有西京气格。常与闺友宴坐，则讲究河槽屯田马政边备诸大计"③的另类，但即便如此，她们想到的也不过是：

使吾得一意读书，即不能补班昭十志，或可咏雪谢庭。④

大约在 1820 年，时任江西义宁州判的沈学琳自杀身亡，一向依靠丈夫生活的吴浣素不得不中止了文学活动：

后因先严见背，家务纷纭，无以为诗，故存者不及百首。⑤

也许对吴浣素来说，这一偶然的变故使她的诗文创作受到影响，但是，对那个时代大多数女性来说，这种"远离"却是命中注定。那些生于蓬荜、嫁于村俗的女性权且不论，就以吴浣素的妹妹吴鬘云（字世佑）为例，虽然她

最耽吟咏，工画牡丹，为外大母所钟爱，不忍远嫁，在室时以诗

---

① （清）沈善宝：《名媛诗话》，《续修四库全书》第 1706 册，上海古籍出版社 2002 年版，第 619 页。

② 同上。

③ 同上书，第 548 页。

④ 同上。

⑤ 同上书，第 618 页。

画自娱，性情潇洒，吐属风雅。

最终也是"年三十于归武进卜子安参军，询从宦往来，儿女既多，笔墨遂废"。痛苦不已的吴蘩云因此告诫甥女沈善宝："欲作雅人，必须终身在室"①。而与吴浣素、吴蘩云为同时代人、号称"女中之儒"的珍浦恽太夫人，出嫁后也曾有过"经理米盐、遂弃笔墨"②的日子；曾经写下"足行万里书万卷，尝拟雄心胜丈夫"③的女科学家王贞仪，虽然婚后"日与夫子唱和"，但还是因为"分职中馈，遂半废笔墨"④。难怪美国学者曼素恩在对 18 世纪及其前后的中国妇女生活进行考察之后说，她们中间的一些人"十分惧怕婚姻，视之为童年时代的终结"，而"童年时代的终结也意味着她作为一个知识女性生活的终结"⑤。

由此可见，尽管处于清代妇女文学创作的上升时期，生活视野的狭小与经济上的依赖性，还是决定了吴浣素时代大部分妇女文学创作内容的狭隘与创作时间的短暂，这是她们难以取得更大文学成就的根本原因。

二　沈善宝时代

如果说吴浣素只不过是乾嘉年间妇女文学大潮中的普通一员，那么她的女儿沈善宝（字湘佩）则在接下来的历史潮流中跃上潮头，成为一名不可多得的弄潮女杰。这位生于 1808 年，去世于 1862 年的杭州女性，身后留下《鸿雪楼诗集》十二卷及《续集》八卷，《鸿雪楼词》一卷，《名媛诗话》十二卷及续三卷，赢得了"巾帼英雄异俗流，江南江北任邀游"的评赞，更被同时代人称为"一代骚坛竖旗帜，千秋才调

---

① （清）沈善宝：《名媛诗话》，《续修四库全书》第 1706 册，上海古籍出版社 2002 年版，第 620 页。

② （清）恽珠：《国朝闺秀正始集·例言》，清道光十一年红香馆刻本。

③ （清）王贞仪：《题女中丈夫图》，（清）王贞仪《德风亭初集》卷十二，民国五年蒋氏慎修书屋校印本。

④ （清）王贞仪：《德风亭初集自序》，（清）王贞仪《德风亭初集》卷十二，民国五年蒋氏慎修书屋校印本。

⑤ ［美］曼素恩：《缀珍录——十八世纪及其前后的中国妇女》，江苏人民出版社 2005 年版，第 128 页。

轶冠巾"①。

细细剖析，沈善宝的成功有多重原因：幼年丧父的家庭变故一方面给她的人生以重大打击，但同时也令她得到难能可贵的锻炼机会，使她具备了那一时期一般闺阁女性少有的坚毅、顽强，这种特有的意志力一旦与执着的生活追求、来自父母的良好诗书教养以及先天的聪慧禀赋相结合，顿时生成一种特殊魅力，它使沈善宝能够紧紧抓住种种时代机遇，为最终的才名彰显打下基础。

在种种时代机遇中，借助男性文学大家的力量是沈善宝文学之路得以顺畅的关键一环。进入道咸时期，清代妇女文学活动更趋活跃，男性知识分子的介入也更为全面而深入。1789 年随园老人袁枚去世，嘉庆举人陈文述再次广招女弟子"时相酬唱"，《碧城仙馆女弟子诗》云："清新华丽，不下随园。"郭延礼先生在《明清女性文学的繁荣及其主要特征》一文中列举了袁枚之后的陈维崧、俞樾等名家对女性文学创作的支持。实际上，更多男性作家还是以父亲、丈夫、甚至儿子的身份介入妇女文学活动的，他们不仅为妻子女儿选刻诗文集，而且亲撰诗话、词话为她们扬名。如嘉庆进士梁章钜所著《闽川闺秀诗话》（四卷），大量采集母亲、叔母、妻子、女儿及各方女性亲友文学活动事迹；著名学术大家孙星衍把已故妻子王采薇的集子收入《平津馆丛书》，并请洪亮吉等人为之作序；常州词派中间人物陆继辂亲自为妻子选定诗作，题为《五真阁吟稿》并为之作序……男性文学家的介入，无疑给了闺阁作家很大的支持：

> 他们给女性以切实的指导，以扩展她们的视野，提高她们的诗艺，另方面，也通过这些文化名人的称赞、评论，扩大了女性文学的影响，大大地提高了女性作家的知名度。②

---

① （清）沈善宝：《名媛诗话》，《续修四库全书》第 1706 册，上海古籍出版社 2002 年版，第 640、732 页。

② 关于这一问题，南京大学张宏生先生在《才名焦虑与性别意识——从沈善宝看明清女诗人的文学活动》一文中有详细介绍，于此不赘。张文原载《阜阳师范学院学报》（社会科学版）2001 年第 6 期。

正是在这样一种风气影响下，青年时代长期生活在江南的沈善宝曾先后拜陈箫楼、顾逸、李世治等为师，从而使自己的创作水平迅速提高，在她自己的诗作中我们可以清晰地辨识出这位年轻的闺阁女子急切的拜师愿望：

为仰宫墙赋远游，今朝先幸识荆州。龙门声价人争羡，水部才华孰与谋。碧草池塘欣入梦，春风花萼快登楼。慈云遥庇穷途客，何异身披白傅裘。①

当然，还有她得到老师指教之后的欣喜：

槐市春风坐几年，楼高百尺得薪传。闭门觅句花初落，按拍填词乐正圆。②

此外，及时加入女性结社、雅集、吟咏唱和的队伍，也是沈善宝文学活动的鲜明特色。与吴浣素时代基本上以同乡女性为基础，兼及亲眷中闺伴诗友的结社不同，道光之后女性诗社发展为异地结合，有的还跨区越省，大大开阔了社团成员的视野。而这类结社中最典型的例证就是顾太清与沈善宝等人结成的"秋红吟社"③，沈善宝因此有了与诸多闺阁诗人的交往、友谊，包括当时许多著名的女性文学家，如顾太清、吴藻、梁德绳及其女儿（许云林、云姜）、汪端、郭润玉、龚自璋（龚自珍妹）、张纫英姊妹等，《名媛诗话》有大量篇幅介绍了她们的活动：

丁酉秋仲，知余欲北行，（吴藻）约玉士贱于香南雪北庐（苹香

---

① （清）沈善宝：《清和呈春畹李观察》，《甬上顾君白先生（逸）为余点定诗稿赋谢》，《鸿雪楼诗选初集》卷二、卷一，清道光刻本。

② 同上。

③ （清）沈善宝："己亥秋日，余与太清、屏山、云林、伯芬结秋红吟社，初集咏牵牛花……"见《名媛诗话》，《续修四库全书》第1706册，上海古籍出版社2002年版，第651页。

室名）……纵谈古今，相得甚欢。①

丙申初夏，苹香、莒香姊妹偕湜池席怡珊、云林并余泛舟皋亭看桃李。绿荫新翠如潮，水天一碧，小舟三叶……推蓬笑语隔舫，联吟归来已六街灯火上矣。②

庚子暮秋，同里俞季瑛（庭碧）集太清、云林、云姜、张佩吉与余于寓园绿净山房赏菊……余援笔率书……次晨诸君和作至。③

云间丁步珊（佩）与余神交七载方得一晤，而七载之中音问不绝，此唱彼和，不谛聚谈一室。④

显然，闺阁才媛彼此间的相互切磋对于提高她们的创作水平自然具有不可低估的作用。

沈善宝时代妇女文学活动另一个引人注目的现象是，妇女们走出闺阁、自谋生路的选择已经在一定意义上得到社会认可。首先，明代已出现的"闺塾师"至此时已经成为一种知识女性的生存常态，沈善宝《名媛诗话》记载了大量"闺塾师"的事迹：

常熟赵若韫（秉清）……贫不自存，若韫守贞不字，为女塾师，以助薪水。⑤

如皋熊淡仙（琏）……贫不能给，半生依母弟居，晚为塾师。⑥

（太原张学象）家贫依姊羽仙为生。日手经史，自课其子。后益落，乃为闺塾师。⑦

骆烜室石兰早寡，抚幼子，未几，子卒，家益落，乃为闺塾师，

---

① （清）沈善宝：《名媛诗话》，《续修四库全书》第 1706 册，上海古籍出版社 2002 年版，第 616 页。

② 同上书，第 621 页。

③ 同上书，第 622 页。

④ 同上书，第 627 页。

⑤ 同上书，第 560 页。

⑥ 同上书，第 570 页。

⑦ 同上书，第 572 页。

历四十年，受业女弟子前后二十余人，多以诗词名。[①]

阳湖程蕙英（莒俦），著有《北窗诗草》。家贫，为女塾师。[②]

甚至连随园老人女孙袁嘉也成为这支队伍中的一员，据《随园三十六种》卷四十五所引王笃生《崇节母传》记载：

节母袁氏名嘉，字柔吉，浙江钱塘人，为随园先生长孙女……合肥梁氏慕其才，请授女公子经，即仪征阮孝廉恩海室也。后南汀于相山观察延入署，课诸女及爱妾，才名噪袁浦。

由此可见，道咸时期知识女性出为闺塾师自立自强，不仅不会受到社会的排斥，相反还颇受尊重。

此外，与闺塾师同样被社会认可的女子谋生方式还有出售自作书画。沈善宝《名媛诗话》关于此类女子的记载亦颇为引人注目：

秀水黄皆令（媛介）……每至西泠，僦居断桥小楼，卖诗画以自给，稍有余便不作也。[③]

三山许素心（德瑗）以苦节闻于当世……素心爱写梅菊，晚年窘甚，售书画以自给。[④]

南江陈南楼（书），钱香树太傅谥文端公陈群母……家贫，常卖画以给。[⑤]

正因为如此，沈善宝在父亲去世以后也选择了拜师学艺、出售诗画进而做女塾师的道路。施淑仪《清代妇女诗人征略》曾引《杭郡诗三辑》中

---

① （清）沈善宝:《名媛诗话》，《续修四库全书》第 1706 册，上海古籍出版社 2002 年版，第 593 页。
② 同上书，第 647 页。
③ 同上书，第 549 页。
④ 同上书，第 594 页。
⑤ 同上书，第 567 页。

有关沈善宝的生平事迹：

> 　　恭人为韵秋州倅之女，州倅殁于西江，宦囊如洗。恭人才垂髫，
> 日勤翰墨，不数年求诗画者踵至，因以润笔所入奉母课弟，且葬本支
> 三世及族属数榇，远近皆称其且孝且贤。①

而《重修安徽通志·列女·才媛》卷三百三十四则记载了作为闺塾师的沈善宝的辉煌业绩：

> 　　来安进士武凌云继妻沈氏……著有《名媛诗话》《红雪楼诗集》，
> 女弟子百余人。

生活空间的拓展、视野的扩大，使得沈善宝时代的知识女性对国计民生有了更多的关注。道光年间日益深重的国难，特别是1840—1842年的鸦片战争，更使这些目光已经越出家门的闺阁才媛胸中升腾起一股忧国忧民的意识、一种崇尚英雄的豪气。沈善宝《名媛诗话》大量搜集了勇建功业的女子与寄意经世致用的女子事迹，前者如挥戈杀敌的毕著、沈云英，后者如"常与闺友宴坐，则讲究河槽、屯田、马政、边备诸大计"②的顾若璞、"慷慨好大略，尝于酒间与夫论天下大事，以屯田法坏为恨"③的丁玉如。而沈善宝自己也常常表现出对国家大事的深切关怀：

> 　　壬寅荷花生日，余过淡菊轩，时孟缇初病起，因论夷务未平，养
> 痾成患，相对扼腕。④
> 　　余闻英咦入寇，大江南北盗贼因之蜂起，百姓流离，其中死节死

---

①　施淑仪：《清代妇女诗人征略》，上海书店出版社 1987 年版，第 455 页。
②　（清）沈善宝：《名媛诗话》，《续修四库全书》第 1706 册，上海古籍出版社 2002 年版，第 548 页。
③　同上书，第 557 页。
④　同上书，第 546 页。

难者甚众,湮没无闻,亦可慨亦。①

与此等襟怀相呼应,沈善宝时代妇女文学创作的美学风格也在不知不觉中发生变化:前辈作家中柴静仪的"落落大方,无脂粉习气",林以宁的"诗笔苍老,不愧大家",王慧的"沉雄深厚",吴喜珠的"诗极雄丽",高景芳的"笔力雄健",都得到大力推崇。沈善宝和她的朋友们都在自己的作品中传达着"踏出闺帏、操剑护国"的急切愿望,刚劲坚毅的男儿气概自然而然地注入诗词之中。著名女诗人顾春直截了当地宣称:

　　侬,淡扫花枝待好风,瑶台种,不作可怜红!②

吴藻词句则气吞江河:

　　愿掬银河三千丈,一洗女儿故态。收拾起断脂零黛,莫学兰台愁秋语,但大言打破乾坤隘。拔长剑,倚天外!③

而沈善宝的诗作不仅豪情四溢,且直接表达了对国难的密切关注:

　　闻说照海妖氛,沿江毒雾,战舰横瓜步。铜炮铁轮虽猛捷,岂少水犀强弩。壮士冲冠,书生投笔,谈笑擒夷虏。妙高台畔,蛾眉曾佐神武。④

一旦看到反侵略战争并非如自己预想的那样顺利,她忧心如焚,又因自己身为女子而无法施展抱负而焦虑万分:

---

①　(清)沈善宝:《名媛诗话》,《续修四库全书 (1706)》,上海古籍出版社 2002 年版,第 710 页。
②　(清)顾春:《苍梧谣》,《顾太清奕绘诗词合集》,上海古籍出版社 1998 年版,第 209 页。
③　(清)吴藻:《花帘词·金缕曲》,《小檀栾室汇刻百家闺秀词》卷五,南陵徐乃昌乙未 (1895) 刻本。
④　(清)沈善宝:《名媛诗话》,《续修四库全书 (1706)》,上海古籍出版社 2002 年版,第 646 页。

滚滚银涛，写不尽、心头热血。问当年、金山战鼓，红颜勋业。肘后难悬苏季印，囊中剩有江淹笔。算古来、巾帼几英雄，愁难说。

望北固，秋烟碧；指浮玉，秋阳出。把蓬窗倚遍，唾壶敲缺。游子征衫揾泪雨，高堂短鬓飞霜雪。问苍苍、生我欲何为？生磨折。①

自然，这样的作品、这样的精神不会甘于被埋没。尽管"内言不出于阃"的旧观念在沈善宝时代还有一定市场，还有不少闺阁女子在临终前，甚至个人生活出现某些变故时，即尽焚诗稿。但沈善宝这类女性知识分子已经走在那一时代妇女文学创作前列，她们是绝不会选择这种做法的。相反，她们迫切要求彰显自我才名，彰显那一时代女性的文学成就，这就出现了大量女性亲自参与刻书，编选历代女性诗文集和自己的作品集，自著诗话、词话，弘扬女性文学的现象，而其中最有代表性的就是沈善宝。关于这一点，郭延礼先生与张宏生先生分别在《明清女性文学的繁荣及其主要特征》与《才名焦虑与性别意识——从沈善宝看明清女诗人的文学活动》两文中做了详尽论述，此处不赘。

总而言之，时代打造了一个非同凡响的女作家沈善宝。尽管她也有遗憾，也有"迨于归后，米盐凌杂，儿女牵缠，富贵贫贱，不免分心，即牙签堆案，无从专讲矣，吾辈皆蹈此辙"②的感慨，但比起母亲吴浣素和姨母吴鬘云，她还是拥有了太多走向成功的有利条件。此时的沈善宝似乎已将一只脚踏出传统闺阁之门，她的女儿仿佛理所应当是欢呼着站在一个女性文学创作新起点上的人物，可是，历史却决定了她们的默默无闻。

三　武笺霞、严士瑜时代

武笺霞（字友愉），沈善宝继女，来安严玉鸣妻。沈善宝28岁嫁与安徽来安武应旸为继妻，其时武应旸前妻章氏留下两个女儿，武笺霞为次

---

① （清）沈善宝：《满江红·渡扬子江》，《鸿雪楼外集》，清道光刻本。

② （清）沈善宝：《名媛诗话》，《续修四库全书》第1706册，上海古籍出版社2002年版，第593页。

女，幼女紫薇尚在襁褓。由此推算，当时笺霞最多也就 10 岁左右。《名媛诗话》记载了武笺霞学诗趣事：

> 次女笺霞（友愉）性颇敏给，喜弄笔墨，与侍儿筝鸿晨夕执卷，咿唔研诵。余授以唐宋律绝，稍稍指授，未尝督责也，不数年皆能成小诗。天籁自鸣，亦可喜也，笺霞年十二《春日》云："唐诗读罢拣香焚，晋帖初归王右军，一曲阑干双燕子，梨花庭院雨纷纷。"《龙树寺秋望》云："新霜初染树荫稀，遥望西山露翠微。一阵秋风凉意重，芦花如雪满天飞。"①

然而，被沈善宝称为"天籁自鸣"的武笺霞的文学之路，却是一片秋风凉意。从小在沈善宝身边长大的武笺霞颇得继母喜爱，不仅带她出席朋友聚会，而且在编辑写作《名媛诗话》时，母女通力合作，《名媛诗话续集》上部即为武笺霞校字。但是武笺霞生不逢时，成人之时恰值国事日艰、民不聊生的年代。清政府与太平天国的战争对长江中下游地区社会经济造成极大破坏。据统计，太平天国失败后，"遂安人存十之七，桐庐、寿昌人存十之五，淳安、建德人存十之四，分水人存十之二"②，而湖州府的孝丰县，"仅存三十之一"②。当年沈善宝与诸多闺阁诗人雅集吟咏的杭州，此时断瓦残垣，蒿蓬没路，湖山佳胜，遍地腥膻。而在武笺霞生活的安徽，同治四年仍然几乎千里废耕。据《皖省志略》和《皖省辑要》等有关府州人口资料统计，1819 年（嘉庆二十四年）来安所在滁州人口有743929 人，而经过太平天国战争，直到 1904 年（光绪三十年），这一地区的人口才不过 161933 人。③

战乱之中，武笺霞一家也备尝艰辛。据外孙女吕贤玢回忆，武笺霞的丈夫严玉鸣就曾有一段惊险的被掳经历："外王父琴堂公壮有文名，为洪

---

① （清）沈善宝：《名媛诗话》，《续修四库全书》第 1706 册，上海古籍出版社 2002 年版，第 688 页。
② 李文治：《中国近代农业史资料》（1），生活·读书·新知三联书店 1957 年版，第 156 页。
③ 翁飞等：《安徽近代史》，安徽人民出版社 1990 年版，第 211 页。

秀全所掳，屡自杀遇救。"① 翻开此期长江中下游各地史志及文人笔记，我们可以清晰地看到彼时才媛的生活状态：咸丰三年，在距来安不远的南京城里，随园老人袁枚的长孙女袁嘉殉节随园家中。② 同一时间，邻近来安的全椒县，著名作家王城次女王叔慎

> 贼至奉姑避於乡，姑旋殁……夫病卒，氏乃绝粒死。③

另外：

> 主簿衔程光昭妻张氏，性颖慧，通经史，工诗词。粤寇至，避乱无锡。遇贼，胁之不屈，投水死。④

> 龚素英，字佩芬，合肥人。照书女，王象清室。女红余暇，辄事吟咏。咸丰九年，遇贼不屈，被刃数下，昏绝委地，贼去复苏。时其夫避难淮上，因染血为书以诀曰："世乱如此，吾得地下从李氏幸矣。"李氏者，素英弟妇，八年遇贼殉难也。及象清归，已卒，年二十有五。著有《静辉楼剩稿》。⑤

此外，孙樗《余墨偶谈》中还记载了咸丰九年他亲见的一名钱塘难妇以诗求乞的事情：

> 钱塘难妇朱袁氏，于己未夏，过梧郡以诗乞食，断句云："羞看镜里三分瘦，愧作人前半点痴"；又"千里关山三寸管，半江风雨一番愁"；又"已破绣鞋经雨滑，半垂罗帕障风微"。余尤喜其对镜云：

---

① 吕贤玢语，陈诗《皖雅初集》卷三十七，上海美艺图书公司 1929 年版。
② （清）王笃生：《崇节母传》，（清）袁枚《随园三十六种》卷五，清光绪十八年刊本。
③ 《民国全椒县志》卷十三，《中国地方志集成·安徽府县志辑》（35），江苏古籍出版社 1998 年版，第 239 页。
④ 《光绪直隶和州志》卷三十五，《中国地方志集成·安徽府县志辑》（7），江苏古籍出版社 1998 年版，第 573 页。
⑤ 见光铁夫《安徽名媛诗词徵略》，黄山书社 1986 年版，第 233 页。

"旧欢如梦事如尘，漂泊天涯抱病身。谁是与侬同下泪，相怜只有镜中人。"时年甫二十四，人极端庄。①

在一个以男性为中心的社会里，战争首先摧毁的就是女性赖以生存与发展的空间。笔者曾对胡文楷《历代妇女著作考》中所附清代妇女著作合刻集与总集做过一个粗略的统计：道光年间合刻集与总集成书 17 部，且多为大型著作，而紧随其后的咸丰年间仅成书 3 部，即《范氏三女史同怀诗》《国朝闺秀柳絮集》与《吴江三节妇集》，其中前两部刻于咸丰三年，显系此前编定。与此同时，曾经繁盛一时的长江中下游一带妇女文学活动也进入低谷。咸丰以后，这一地区知名才媛数量锐减，笔者手头有这样两个统计数字：其一，在武笺霞生活的毗邻苏南的皖东地区（包括滁州、来安、全椒、天长），从乾隆至嘉庆、道光、咸丰初年有史可证的才媛共 23 人，不乏郭芬、陈珮、沈善宝、袁嘉这类知名闺阁作家，而咸丰以后至民初则几近于无。② 其二，据哈佛燕京图书馆 2005 年电子版《明清妇女著作》统计，见于各类记载的随园老人居住地南京，共有 69 名清代女性作者，除 11 名生卒年未有记录，1 名为清末民初女士，其余均为道光、咸丰以前女性。而在沈善宝时期名媛辈出的杭州地区，300 余名女性作者中，有明确记载成长于太平天国战争年间的只有一人，而卒于咸丰年间者却为数众多。

武笺霞的女儿严士瑜大约出生于咸丰年间，1913 年病逝于上海。据女儿吕贤玢回忆：

　　先母严淑人克俭克柔，年二十七嫔于我先君。幼怜于亲，得其诗学，亦上承其外大母沈湘佩夫人之余绪也。既嫠居，提携幼弱，备极艰辛，衰年卒于沪渎。③

---

① （清）孙樗:《余墨偶谈》，李秉心等校勘《清朝野史大观》，河北人民出版社 1997 年版，第 965 页。

② 本项统计主要依据资料为恽珠《正始集》、施淑仪《清代闺阁诗人征略》、胡文楷《历代妇女著作考》、蒋元卿《皖人书录》等。

③ 吕贤玢语，陈诗《皖雅初集》卷三十七，上海美艺图书公司 1929 年刊本。

丈夫去世后，严士瑜在安徽与族人发生家产之争，竟被幽禁。万般无奈中她茹痛弃产，携碧城三姐妹就食来安母家，几年后又被生活所逼，饮鸩自尽，幸遇救不死。多年后她的女儿吕美荪曾赋诗描述当年的惨状：

> 覆巢毁卵去乡里，相携痛哭长河滨。途穷日暮空踟蹰，朔风谁怜吹葛巾？①

颠沛流离之中严士瑜遗稿尽失，仅存诗作二首，并有"吞花笑女痴"等断句留存女儿心中。

但这并不意味着严士瑜在妇女文学活动方面完全无所作为。从某种意义上说，她是一个中国妇女由传统走向现代的历史"中间物"。也许她本人不会在历史上留下深刻的印记，甚至早已被历史遗忘，但她却以自己所具有的教养、眼光，帮助女儿开创了一片生活的新天地。

这当然还需要从严士瑜所处的社会环境说起。众所周知，自咸丰年间开始，清代社会进入动乱时代，接踵而来的太平天国战争、第二次鸦片战争、中日甲午战争，以及紧随其后的一系列不平等条约的签订，使得中国国际地位急遽下降，国民怨声载道，同时也激发了爱国志士的发愤图强之心，加快了中国走向现代社会的进程。在这一过程中，男性知识分子的目光大多聚集于"经世致用"的国政大略，再也没有诸如袁枚、陈文述这样致力于倡导、提携闺阁文学创作的名家。然而，值得注意的是，恰恰是在男性文人的诸多改革措施中，女性问题因涉及"国民之种"而被提到一个重要位置上。

光绪十八年（1892），郑观应曾写《女教》一文，批评历来"朝野上下间，拘于'无才便是德'之俗谚，女子独不就学"，介绍了西方国家女学与男学并重的情况，并指出在中国如能广筹经费，增设女塾，则能使妇女"童而习之""不致虚糜坐食"②。甲午战争失败后，割地赔款的创痛促成了维新政潮，兴女学、推行女子教育也成为一个越来越响亮的口号。康有为、梁启超、严复等维新人士纷纷著书立说，提倡女子教育。梁启超在

---

① 吕美荪：《送昆秀四妹由天津南归》，《辽东小草》，宣统元年自刊本，第28—29页。
② 郑观应：《盛世危言·女教》，辽宁人民出版社1994年版，第31—33页。

1896 年发表的《论女学》中，集中概括了维新派人士的意见，他认为，中国二万万女子无知无识，分利困顿，是中国积弱的根本，而"西人之强""日本之勃兴"，无不得益于男女平权及女学之提倡。"女学衰，母教失，无业众，智民少"，他疾呼中国兴女学已成当今急务①。在维新运动促进下，中国第一个妇女组织"女学会"1897 年于上海建立，并创办《女学报》旬刊，倡导女学。所有这些舆论的、组织的活动，为中国女子教育的出现做好了准备。这些女学虽然与当年专注于诗词书画的女子求学内容有相当大的差别，但对于急切地盼望独立自主的中国妇女来说，还是充满了诱惑力。另外，随着国外资本的注入，传统手工业的衰败，现代都市的兴起，新型传播媒体作用的日益彰显，先进的文化观念与设施大量集中于北京、天津、上海、广州等大城市，乡村经济的凋敝导致传统文化迅速没落，都市生活圈以外的严士瑜之类传统才媛，已经失去了发展的依凭。

正是在这样的情况下，严士瑜做出一个果断的决定，命女儿远走天津依舅父严朗轩求学，"冀得较优之教育"②，从而为三个女儿日后的成功打下基础。

四 吕碧城时代

吕碧城（字圣因，又字兰清）是这一亲缘个案中一个高亢的尾声。这位生于 1883 年，去世于 1943 年的女性作家，被今日研究者推为"李清照后第一人"。她 20 岁时就赢得"绛帷独拥人争羡，到处咸推吕碧城"③ 的巨大声誉，1904 年出任天津女学堂总教习，名扬京津。

谈到吕碧城的迅速成名，人们自然不能忘却站在她背后的诸多男性，诸如英敛之、严复、樊增祥等。特别是《大公报》总理英敛之。1904 年春，吕碧城偶然与之结识，旋即被聘为《大公报》编辑，并连续发表诗词文章并倡导女学，

---

① 梁启超：《变法通议》，《饮冰室合集》(1)，中国文史出版社 1989 年版，第 39—41 页。
② 吕碧城：《予之宗教观》，李保民《吕碧城诗文笺注》，上海古籍出版社 2007 年版，第 480 页。
③ 李保民：《吕碧城词笺注·前言》，李保民《吕碧城词笺注》，上海古籍出版社 2001 年版。

一时中外名流投诗词鸣钦佩者纷纷不绝……津京间闻名来访者踵相接，与督署诸幕僚诗词唱和无虚日。①

经英敛之、傅增湘等人多方奔走周旋，女学得到袁世凯、唐绍仪等人大力支持，半年后天津女学堂成立，吕碧城就任总教习兼国文教员，主持全校事务。这几乎是一个奇迹。而创造这一奇迹的力量，毫无疑问并非主要来自吕碧城，更多的还是来自站在吕碧城身后怜香惜玉的男性权势人物。在这一点上，她显然仍在延续着乾嘉以来传统才媛的行为轨迹。只不过在这次推介过程中，男性知识分子借助了媒体的强大力量，实现了一个弱龄女子"一夜成名"的神话。

此外，各方男性权势者支持吕碧城所做的第一件事就是兴办女学，这一点也使我们很自然地想到沈善宝时代的闺塾师。尽管光绪三十年（1904）的"女学"与当年的闺塾已经有了相当明显的区别，其目标不再是仅仅培养闺中能诗善画的"才媛"，更多的是要令女子具有"自养"能力，担负"宜家善种"的责任，但从"闺塾"到"女学"毕竟有一脉相承之处，至少对于尚未完全走出封建时代的中国统治者与普通民众而言，从"女塾师"到"女子师范"，既有前例可循，也就成为一件比较容易令人接受的事情，更何况

这时的女学，是把二千多年来女教积累的意见，用另一种形式重演一番，丝毫谈不到新的意义。②

由以上事实我们不难看出，清末民初男性的支持依然对女性的成功，特别是文坛女性的成名起着十分重要的作用。但是，时代毕竟已经发生很大变化。被男性支持的女性的内心世界也有了极大的改变。如果说吴浣素时代女性的成功基本上依靠男性的扶植，自身的独立意识还很薄弱，嘉

---

① 李保民：《吕碧城词笺注·前言》，李保民《吕碧城词笺注》，上海古籍出版社 2001 年版，第 524 页。

② 陈东原：《中国妇女生活史》，商务印书馆 1937 年版，第 343 页。

庆、道光年间沈善宝、顾春、吴藻这类优秀才媛一方面十分需要男性的支持，另一方面也在努力创建独立彰显自我的舞台；那么当生活进入吕碧城时代，中国女性的代表人物就绝不再满足于充当历史上瞬间开放、又瞬间消失的取悦男性世界的鲜花，她们要求完全独立的人格，而且认为自己的人生不应局限于"诗词文章"这样一个狭小的天地，而是要与男性一样，主动担负起改变"国家""民族"命运的历史重任。

比如在谈到"女学"的时候，吕碧城认为：

> 今之兴女学者，每以立母教助夫训子为义务。虽然女子者，国民之母也，安敢辞教子之责任；若谓除此之外，则女子之义务为已尽，则失之过甚矣。殊不知女子亦国家之一分子，即当尽国民之义务，担国家之责任，具政治之思想，享公共之权利。①

这就是说，她并不完全认同男性知识者所提出的女学之要在"宜家善种"，尤其认为不能以此为女子教育的全部，应该把女子的活动空间从家庭拓展到社会。她认为女子教育的宗旨一方面是使女性"对于家不失为完全之个人"；另一方面"对于国不失为完全之国民"②。

以此为思想基点，吕碧城时代的女性文学表现了与前辈闺阁才媛的诸多不同：

第一，她们表现了极高的政治热情，而且不仅仅是一般意义上的关心，更有投身其中的行动。吕碧城的同时代人秋瑾之为革命献身，堪称此期女性革命热情的集中体现。与秋瑾相比，吕碧城当属稳健一派，但她也留下大量诗词作品表达了自己的政治见解。许多介绍吕碧城的作品，都在显要位置推出她早年诗词与文章，诸如《百字令·排云殿清慈禧后画像》《百字令》《丑奴儿慢》《绮罗香》《远征赋》《和铁花馆主见赠韵》《论提倡女学之宗旨》等，说明了她对于国计民生的关心。与此同时，吕碧城还

---

① 吕碧城：《论某督札幼稚园公文》，夏晓虹选编《女子世界文选》，贵州教育出版社2003年版，第161页。

② 吕碧城：《兴女学议》，李保民《吕碧城诗文笺注》，上海古籍出版社2007年版，第147页。

曾经受聘担任袁世凯总统府秘书，时间虽短，但此举却使我们看到了吕碧城对政治曾经有过的期待。

第二，由于实现了经济上的完全独立，吕碧城时代的女性有更多的生活自主权和更为开阔的生活视野，这使她们的文学创作获得更加广阔的空间。此前的清代女性，无论是意识到"欲作雅人，必须终身在室"的吴藻云，还是少女时代一心倾慕耶律常哥，"思读书论道以终其身"的珍浦恽太夫人①，抑或是年近而立才不得不为人继室的沈善宝、严士瑜，都不可能选择独身。只有生活在一个打破了封建桎梏的全新时代的吕碧城，才能随心所欲地选择自己认定的生活道路，并因此将文学作为一生的主要寄托；也只有走出国门，足迹遍及欧美的她，才能突破传统诗词格局，成为近三百年词家殿军。

第三，吕碧城的文学思想较之她的前辈还有一个明显的不同，这就是对于女性自身的欣赏。如前所述，沈善宝时代的女性已经具有"踏出闺帷、操剑护国"的急切愿望，与此相呼应的是对于诗笔苍老、雄健之风的激扬，这固然突破了闺阁文学"大抵裁红刻翠，写怨言情，千篇一律，不脱闺人口吻"的局限，但同时也表现了女性对自身的强烈不满。吕碧城认为这种做法"仍蹈尊男卑女之陋习"，正确的观点应当是：

> 抒写性情，本应各如其分，唯需推陈出新，不袭窠白，尤贵格律隽雅，性情真切，即为佳作……若言语必系苍生，思想不离廊庙，出于男子，且矫揉造作，讵转于闺人，为得体乎？女人爱美而富情感，性秉坤灵，亦何羡乎阳德？若深自讳匿，是自卑而耻辱女性也。古今中外不乏弃笄而弁男装自豪者，使此辈而为诗词，必不能写性情之真，可断言矣。②

---

① 蔡之定：《完颜母恽太夫人墓表铭》，《清代碑传全集》，上海古籍出版社 1987 年版，第738 页。

② 吕碧城：《女界近况杂谈》，转引自李保民《吕碧城诗文笺注》，上海古籍出版社 2007 年版，第 476—477 页。

这显然代表了一种更为进步的女性观。

小　结

纵览从吴浣素时代到吕碧城时代中国妇女百年历史,我们可以清晰地看到中国女性坎坷奋进的路程,看到她们对于文学、对于生活顽强执着的追求,更重要的是,看到在由古代走向现代的路程中,她们经历了多少历史的偶然和必然。1912 年,万国女子参政会会长嘉德夫人在访华时,曾对中国女性的成就深表惊讶:

> 中国女子者,全世界最有能力之女子也。试观数千年来屈伏男子专制之下,甚至闭置一室,足不出户……使各国女子受此等之压制,必无知无识,永永不能腾跃,而中国女子竟能保其天赋之能力,得非世界之最奇乎![1]

其实,她若是能了解中国女性曾经走过的道路,了解一代代中国女性在文化上、思想上的母女传承,也许就不会再有这份惊讶,而是认为一切都是水到渠成。

---

① 《补记东西女子政党握手盛会》,《万国女子参政会旬报》1905 年第 1 期。

第五章

俗中大义:现代皖人通俗文学三题

在民国期间的皖人文学创作中,通俗文学始终是一道亮丽的风景线。在这片被中国传统文学深深浸润的土地上,在这个晚清民初一直鼓荡着汹涌澎湃的报国热潮的省份,一批受新安朴学、桐城文派熏陶的读书人,面对推翻清政府统治、谋求民主自由的惊涛骇浪,面对废除科举以后的生存压力,同时也面对走出安徽、进入现代化都市的缤纷生活,开始了面向市场、面向大众的通俗文学创作。就内容而论,这些创作基本上以传统心理机制为核心,但很多作品不再只是一般意义上的"寓教于乐""惩恶劝善",彰显"仁义礼智""忠孝节烈"一类"常心""常行""常理""常人"[1],而是融入了"改良群治"的政治诉求,贯穿着"欲新道德""欲新政治""欲新风俗""欲新人心""欲新人格"[2] 的创作主旨。就形式而言,它们继承了中国古代通俗文学创作的基本要素,问世之初既已显示了文人创作或经文人加工再创造的特点,俗中有雅,亦庄亦谐。随着时代的发展,皖人通俗文学作品越来越多地熔中西艺术手法于一炉,将中国现代通俗文学创作推向了艺术巅峰。从晚清民初风靡一时的唐在田的鼓词,王钟麒、胡怀琛、杨尘因、项翱的章回小说,程小青持之久远的侦探小说翻译与创作,一直到"国内唯一的妇孺皆知的"[3] 通俗文学高手张恨水登上历史舞台,现代皖籍通俗文学作家的阵容,在全国来说亦称雄壮。鉴于张恨

---

① 笑花主人:《今古奇观序》,丁锡根编著《中国历代小说序跋集》(中),第 793 页。
② 梁启超:《论小说与群治之关系》,张品兴主编《梁启超全集》第四卷,第 884 页。
③ 老舍:《一点点认识》,《新民报》1944 年 5 月 16 日。

水、程小青、王钟麒等早已引起学界重视，并有较为深入研究，胡怀琛、刘豁公等人的通俗文学创作前文已有涉及，本章仅选取几位目前文学批评界尚未充分予以重视，甚至少有提及的现代皖籍通俗文学作家进行介绍。

第一节　唐在田：桑间陌上说古今

唐在田，本名唐畴，字在田，歙县人。这是一个连今日安徽本土人士都会觉得十分陌生的人物，但在晚清民初时期，他的作品却红遍大江南北，走入千家万户。只不过由于"长篇白话演讲綦难"，他的创作一直以鼓词与评书为主，不求登上"大雅之堂"，唯愿"每于稠人广众之中，或棚豆桑麻之后，频敲皮鼓，演唱古今"①，因此在通俗文学被"正统"文学史排斥的年代，渐渐淡出文坛。实际上，志在民间创作未必丧失家国情怀，不属于"精英文学""先锋派"人物的创作也未必没有研究价值。唐在田的著述最重要的特色正是一方面通过言说时事、讲述历史，实现"区区警世之意"②；另一方面记录了清末民初大多数处于迷茫之中的读书人的创作风貌，为后世展现了那一时代社会底层文坛的真实面貌。

据《民国皖人文学书目》等文献记载，民国初年唐在田编撰的鼓词作品至少有《绘图新编儿女英雄传说唱鼓词》六卷、《绘图新编五才子水浒说唱鼓词》六卷、《绘图新编宣统复辟说唱鼓词全传》四卷、《绘图新编永庆升平说唱鼓词前传》四卷和《后传》四卷、《绘图新编真正施公案说唱鼓词全集》四卷、《绘图新编大观园说唱鼓词》四卷、《奉直大战记鼓词》四卷、《万家生佛张作霖建议救国记说唱鼓词》四卷③、《牡丹亭还魂记》二卷、《绘图万花楼传》六卷，以及《江浙大战记》《新辑加注古今名人楹联汇海八卷》《新编中国名人小说卢永祥全史》等。这些作品大致上可分为三类：

① 唐在田：《绘图新编五才子水浒说唱鼓词·前言》，校经山房 1917 年版。

② 见山西大学文学院所藏《红楼梦鼓词》卷三末《鼓词出版广告》对唐在田《绘图新编宣统复辟说唱鼓词全传》之介绍。

③ 傅瑛：《民国皖人文学书目》，中国社会科学出版社 2016 年版。

其一为演史之作。著者所演"稗史"最引人瞩目,也是唐在田鼓词中最有特色的部分,当属对时事的快速描绘与评介。例如,宣统复辟发生在1917年5月13日,而唐在田撰写的《绘图新编宣统复辟说唱鼓词全传》四卷,当年即问世发行。1924年江苏督军齐燮元与浙江督军卢永祥之间进行的江浙大战,是直系军阀与反直系军阀势力之间的一次重大冲突,战事自1924年9月3日开始,至10月15日以徐树铮被上海租界工部局软禁而告终,唐在田的《江浙大战记》也在同年问世。在此书中,著者以通俗的文字记述了齐卢之战的原因、和平运动、战事之酝酿、苏浙之开战、全局之牵动、战时之琐闻等,还特地于书末附上《苏皖闽赣浙五省战线一览表》,突出了"史家"风范。相比而言,《奉直大战记鼓词》稍迟于事件发生的年代,出版于1925年,但这离第二次直奉战争结束尚不满一年。毫无疑问,这些作品对于记述历史、观其会通、察其情伪具有重要意义,而它们得以流布民间,使引车卖浆者也能熟知国家大事,更加功不可没。

此外,唐在田的演史之作还有一部分属于前朝旧事。此类作品基本为改编之作,但其中也有改编者思想特色的体现。首先是选本的眼光。唐在田选取的作品多为群众喜闻乐见的英雄侠士故事。诸如描写隋唐起义的《新编前后说唐鼓词全传》,描写北宋水浒英雄的《绘图新编五才子水浒说唱鼓词》,叙宋真宗时期侠义事迹的《绘图万花楼传》,记前清圣祖康熙皇帝出游轶事的《绘图新编永庆升平说唱鼓词》,透视清代官场贪腐、政治弊端,并着力描写侠义英雄的《绘图新编儿女英雄传说唱鼓词》与《绘图新编真正施公案说唱鼓词全集》等,尽管这些作品都有历史背景,但"历史"只是故事底色,改编者突出的是"上无道揆,下无法守,官富民贫,英雄草莽于是不得已而有乱事之发现"[①] 的主题,字里行间分明抒发了自身难以克制的不平之气,融入了对现实社会的激烈批判。以《绘图新编五才子水浒说唱鼓词》为例,作品开篇第一回就借题发挥,表达了对朝政的极度不满,鲜明地突出了"官逼民反"的主题:

---

① 唐在田:《绘图新编五才子水浒说唱鼓词·前言》,上海校经山房1917年版。

国乱民荒，草泽英雄起。污吏贪官，逼将义旗举。①

第三回中他又再次强调:

道君皇帝徽宗号，无道昏君第一流。抬举高俅为太尉，奸臣昏主漆胶投。国家政事日渐坏，草泽英雄尽出头。②

但是，对晚清封建统治的批判并不等于对辛亥革命的认同，诚如鲁迅在多部小说中所描写的那样，清末民初的社会底层民众并没有因为革命的到来改变生活的困窘，或者说，革命的激情与牺牲的壮烈只属于时代的"精英"，普通百姓很难理解它的真意义。这种思想反映在唐在田笔下，就是《五才子水浒说唱鼓词》第二十八回"开篇"所言:

世上民穷官富，有钱有势凶如虎。道民国平权，谁能相信？他早也共和，暮也共和，弄得个进退不得。似雀入网罗，投火的飞蛾。③

显然，编者不仅直接将批判矛头指向民初动荡不安的社会现实，也指向了为老百姓开出"平权""共和"等空头支票的"新派"政治家。不仅如此，作为一名从旧时代走来且深深依恋着中国传统文化的读书人，唐在田还在作品中表现了对引进外来文化的极度不满。此书第四十三回"开篇"即无遮无掩地表达了这种愤怒:

国是螳螂实可忧，有几个少年麻木出了头。仗住喝过西洋水，无情无理闹不休。④

---

① 唐在田:《绘图新编五才子水浒说唱鼓词》，校经山房 1917 年版。
② 同上。
③ 同上。
④ 同上。

也许，以今天的眼光来看，唐在田彼时的观念不仅仅是"落后"，甚至有些"反动"，无法与皖地层出不穷的革命精英的思想比肩，但这种思想情感的自然流露，客观上也有助于我们真切地认识百余年前平民百姓的思想状态。

遗憾的是，以往正统中国现代文学史看重的，往往只是"精英"们的思想和创作，对唐在田一类流行于社会底层且"思想平庸"的作家及其作品，既无介绍的兴趣，也无研究的热情。但笔者以为，作为一个国家、一个民族的文学史，其中不仅应当展现前驱者的创作风采，更应状写大众文学的真实面目，两相结合，彼此映照，才是对文学史的真实描述。纵览唐在田此期作品，我们恰恰可以十分清晰地看到，他是属于废除科举之后、胸怀报国之志的一大批读书人中的一个代表，他的创作，也是这一批人出于生存与情感双重需要的选择。时代使这批人面临重重困惑和压力，但他们依然竭尽全力，以最大的智慧周旋于种种矛盾之间，觅得心灵与现实的存活路径，这实在是文学史家应当予以关注的一个重要现象。

比如"俗"与"雅"的矛盾。尽管由于长期的湮没，我们对唐在田其人知之甚少，很难觅得他的生平资料，但从作品风格与写作情况来看，唐在田分明是身处"雅""俗"之间的读书人。他是皖南徽州歙县人，却曾经长时间背井离乡，浪迹天涯。鉴于诸多出版物经由上海校经山房出版，唐在田应与沪上多有往来，这与众多徽州文化人相似。但不同寻常的是，大量鼓词的写作，又透露出他肯定具有相当丰富的北方生活经历，并十分熟悉北方民众文化，尤其是大鼓书。在《绘图新编五才子水浒说唱鼓词》的序言中，唐在田说"近时鼓词盛行齐鲁而北"，而在《新编前后说唐鼓词全传》之中，嘉禾郑子之《序》也提到，唐在田的鼓词：

> 内中措词琢句均按北地方言……吾知是书一出，凡黄河流域之区，定当不胫而走矣！①

---

① 参见唐在田《新编前后说唐鼓词全传·郑序》，校经山房 1916 年版。

如此看来，唐在田的足迹当遍及大江南北。从时间上推断，他的游走四方可能是出于科举晋身的希望以及这希望的破灭和最终消失，也可能是由于晚清动荡生活所迫。但不论何时何地，写作何种大众读物，这位号称"小说大家"的"唐在田老先生"① 一直努力证明着自己的徽州读书人身份。他刻意保留"古歙"这一地域特色鲜明的称谓，在晚清出版的《蓝公案奇闻》《李公案奇闻》的卷端，在民初出版的《牡丹亭还魂记》题词里，以及1914年刊刻的《鹅幻余编·例言》后，都引人瞩目地署名"古歙在田氏"，或"古歙唐在田氏"。与此同时，他不仅为读者留下了诸多通俗化的演义、鼓词，也留下了极富文人色彩的《箫谱初集》《牡丹亭还魂记》以及指导民众写作的《分类详注八界尺牍》。尽管这类作品为数很少，但对于释放作者心中的一种情思，刷一刷"古歙唐在田氏"在"雅界"的存在感，还是具有重要意义。

当然，谈到"俗"与"雅"的关系，唐在田最重要的努力还是融"雅"入"俗"，以自身才华提升俗文学的品位。在《七续七侠五义》的卷首，他提出，侠义之书的改编应

> 仰体前书，于"侠义"二字中极能体会入微，于形迹之中而写侠，于心性之中而写义。②

这就对传统的以"援引古事，敷陈其义"为主的演义提出了更高的要求。而他自己的写作，更被时人称道：

> （《前后说唐全传》）每回起首复缀以开篇新词以整以暇，宜雅宜俗，洵大鼓书中之洋洋钜观也。③
>
> （《前后说唐全传》）藉鼓词之体例，演稗史之精华，推陈出新，

---

① 参见唐在田《新编前后说唐鼓词全传·郑序》，校经山房1916年版。
② 参见唐在田《七续七侠五义序》，治逸编《绘图新编七续七侠五义》四卷，上海书局1919年版。
③ 参见唐在田《新编前后说唐鼓词全传·郑序》，校经山房1916年版。

独标一帜，词句也浅显清白，雅俗共赏，实鼓词中之一大观也。①

夫《永庆升平》一书……兹由歙县唐君在田，就其原本，编撰鼓
词；则既有道白，复有词句，按腔合拍，可咏可歌，极合北方社会之
性质。行见一弹再鼓之场，人将争先恐后之不遑矣。②

再比如爱国情怀与现实生存的矛盾。如前所述，唐在田的作品并不缺少
家国情怀，尽管这情怀的色调比较陈旧。难得的是，他能将此种情怀与生存
所需相结合，获得可观的市场回报，比如他的快速记述史实之作。这些作品
在"记史"与"抒情"的同时，还具有强烈的新闻性，特别是当这些刚刚发
生的重大事件以鼓书与演义的通俗形式进入公众视野时，受欢迎的程度可想
而知。因此，著者也就于"演史"之际，得到可观的经济收入。

目前，由于资料极度匮乏，学界有关唐在田的研究还存在太多疑问。
其中最重要的一个问题，就是唐在田是否为晚清民初小说高产作家"治
逸"。这一时期，中国文坛畅销一时的"七侠五义"系列续书自二续以至
十五续，计有14部之多，均署名"治逸编"，并以"立言纯正，造语透
彻，能令阅者如梦中清磬，以铄音警人，而无凡响叫嚣之习"③ 闻名四方。
但"治逸"究为何人，竟已无考。2012 年，习斌先生于《晚清稀见小说
经眼录》中称，《七续七侠五义》内封"编者治逸书"下有两枚印章，阴
文印为"唐畴字在田印"，阳文印为"听泉居士"，《八续七侠五义》以及
《九续七侠五义》《十续七侠五义》内封在作者治逸的题署下，亦均有阴文
印章"唐畴字在田印"一枚。据此可见唐在田名畴，号听泉居士，笔名治
世之逸民、治逸。④ 此论倘能成立，有关唐在田的研究将打开一个新的局
面。据笔者统计，晚清署名"治世之逸民""治逸""治逸子"者，著有
小说《现世之天堂地狱》《新聊斋》《金琴苏暗杀案惨剧记》《新笑林广记
初集》《新笑林广记二集》《青楼镜》《新彭公案初集》《最新多宝龟》《野

---

① 参见山西大学文学院所藏上海校经山房石印本《大破孟州鼓词》卷首对唐在田《新编前
后说唐鼓词全传》之介绍。
② 参见唐在田《绘图新编永庆升平说唱鼓词·郑杰序》，校经山房 1917 年版。
③ 西湖乐命居士：《四续七侠五义序》，治逸《绘图增像四续七侠五义》，大成书局 1912 年版。
④ 参见习斌《晚清稀见小说经眼录》，上海远东出版社 2012 年版，第 119 页。

鸳鸯》《龟中贵》《嫖赌现形记》《天堂地狱游戏》等多种,实属对中国文坛具有重要影响的一位作家。此外,据现有资料可见,"七侠五义"系列续书自十六续至二十续五部署名"半痴"。鉴于 1916 年出版《新编前后说唐鼓词全传》时,郑序已称唐在田为"老先生",估计此时他至少应在 50 岁以上。那么,1922 年这五部书出版时,他变更笔名为"半痴"[①] 也并非没有可能。无独有偶,同在 1922 年出版的《模范军人冯玉祥全书》,也署名"半痴生著;唐在田参订",这或许可为有志于唐在田研究的学人再增加些许线索。

第二节 杨尘因:"旧瓶新酒"创佳绩

与唐在田不同,民国初年的皖籍作家杨尘因是一位思想前卫、意气风发,善于以"旧瓶"装"新酒"的创作高手。

杨尘因(1889—1961),原名道隆,号雪门、烟生,斋号"曼陀罗庵""匏系书屋""春雨梨花馆",笔名"谯北杨尘因""尘因"等。他早年毕业于日本早稻田大学,加入同盟会,民国初年担任《申报》副刊编辑。自民初至 20 世纪 30 年代,以"小说界巨擘"[②] 的身份,与胡寄尘、尤半狂、徐枕亚、吴双热、吴绮缘、周瘦鹃等并肩驰骋文坛[③],推出了众多引人瞩目的通俗小说著作。

在杨尘因这些作品中,最为引人注意的当是讽刺、侠义小说。譬如《儒林新史初二集》《绘图老残新游记》《绣像绘图江湖廿四侠》《龙韬虎略传》等。此类作品仅从标题来看,似乎未脱晚清通俗小说的框架,但略加翻阅即可发现其中别有洞天。杨尘因延续了晚清以来习见常闻的小说路数,却采用"旧瓶新酒"策略——以平民百姓喜闻乐见的旧小说形式为载体,实现批判社会现实、教育人民大众的目的。以《绘图老残新游记》为例,著者仿照晚清著名小说《老残游记》的体例,"所记者,皆为清鼎即

---

① 民国初年上海大成书局出版过全套"七侠五义"续书,十六续至二十续五种署名"半痴"。

② 周剑云:《美人轶事大观序》,杨尘因《美人轶事大观》,宏文图书馆 1920 年版。

③ 纸帐铜瓶室主:《哭赵眠云》,《永安月刊》1948 年第 111 期。

革、民国兴起之初的史实"①。二十回社会小说《儒林新史初二集》，则沿袭杨尘因同乡前辈吴敬梓《儒林外史》的创作路数，"秉持公心，指摘时弊"，以事实为基础并加以渲染，批判讽刺矛头几乎指向晚清民初知识界的方方面面。小说开篇他即写时髦留学生打着"办实业"幌子招摇撞骗，接下去，诸如老学究办小学、投稿之秘法、教员认白字、评剧家不听戏、大文豪作黑幕书、抄袭家办报、名士迷女伶、社会大家娶姨太太、蹩脚新闻记者、不识字大文豪、文人之官僚派等，"举凡社会所有戴假面具之伪君子，形形色色，一一搜入书中"②。

又如被视为杨尘因武侠小说代表作的《绣像绘图江湖廿四侠》。此书出版之时即有张之江、戴传贤、潘公展、郑孝胥、包天笑、严独鹤等 13 人题字题词，孙玉声、陈公哲、周瘦鹃、卢伟昌等 15 人作序。姜侠魂在《序言》中明确提及该书创作意图：

> 鉴于吾国国势民情日就衰弱……以文艺之力，鼓吹武侠，冀作精神教育之辅助。

这部小说的创作历时十年，九易其稿，"废稿如丘，弃材若阜"，终以"精粹缜密之百二十回一百万言之巨著"③，讲述了明末复社诸子及郑成功等反清复明运动之革命先觉人物的事迹。作家以二十四侠为主角，十奇人为主中主，三十义士为主中宾，广采明末残酷疑案、清初宫闱秘史，将英雄侠义故事描写得既悲壮绚丽、缠绵悱恻，又酣畅淋漓、壮快豪爽。书成之后，好评如潮。有人认为：

> （此书）如同《史记》《游侠列传》，司马子长百三十篇所以传游侠，若夫明清之际，鼎革之交，士夫多怀节抱义，独为民族奋斗以视史迁所记，盖觉难能可贵，则是书《江湖二十四侠》岂独传游侠而已哉！

---

① 张纯：《〈老残游记〉之续作》，《苏州大学学报》（哲学社会科学版）1987 年第 2 期。
② 郑鹪鸪序，杨尘因《儒林新史初集》，民国版。
③ 姜侠魂序，杨尘因《江湖二十四侠》，延边人民出版社 1993 年版。

今二十四侠之特色，则为发扬民族精神，将与红楼，三国、水浒，并驱争先。①

著名作家周瘦鹃先生则评介：

杨君尘因……著江湖廿四侠，追述当时革命先烈，驰骋于淫威之下，日谋所以颠覆清廷者凡二十四人。不以业之贵贱，质之智愚，而惟其言之信，其行之忠，崇其仁而取其义，表彰其懿行硕德……知是编之出，足以阐发期道，感人于不自觉，必将大有造于社会，非寻常神怪剑侠，江湖炫技者可同日语也。②

另外，杨尘因的演义体时事小说也写得独具特色。譬如《新华春梦记：洪宪演义》《燕云粤雨记》《上海民潮七日记》《绘图爱国英雄泪》《神州新泪痕》《民国春秋：天下第一英雄传》等。这些作品充分发挥了杨尘因的报人专长，更体现了他追求民主自由的政治见解与激情澎湃的爱国情怀。

杨尘因在报社任职时曾有缘结识原北洋政府外交次长唐有壬。1916 年袁世凯称帝失败，唐有壬向杨尘因提供了有关袁世凯称帝活动的电文及新华宫部分内幕，杨遂以短短几个月的时间，写就洋洋 70 万字的章回体小说《新华春梦记：洪宪演义》。此书不仅尽可能地据实描写袁世凯复辟帝制始末，还以较多的笔墨渲染了蔡锷讨袁之举及其爱情生活。据说，书成后得上海泰东图书局出版，袁世凯之子袁克定闻讯派人至沪，向各书店收购此书，并出 5000 块银圆托人向杨尘因收买版权。杨尘因避而不见，但此书因被大量收买，致使社会上只有少数流行。③

但是，这并不能抹去《新华春梦记》的历史影响。1916 年该书出版前，吴稚晖曾于序言中评价："杨子的《新华春梦记》史实甚详。"另一序

---

① 《江湖二十四侠内容简介》，杨尘因《江湖二十四侠》，延边人民出版社 1993 年版。
② 周瘦鹃序，见杨尘因《江湖二十四侠》，延边人民出版社 1993 年版。
③ 安徽省地方志编纂委员会编：《安徽省志·人物志》，方志出版社 1999 年版，第 882 页。

者张海沤预言，此书"庶几附会少，确实多，未始不可供将来修洪宪史者采择焉"。而全椒汪文鼎的序言则明确指出：

> （《新华春梦记》）引证之务极其详确，摩绘之务尽其妙肖，而又适如其人人心中所欲言，一一探出之⋯⋯民国成立已五载，决不愿无量数志士争此共和政体，不转瞬间而又堕入帝制自为之下。杨子代表民意而著是编，公而溥，微而显，婉而辨⋯⋯关系于今日为尤巨。①

果然，4年后蔡东藩著述的《民国演义》即引用了《新华春梦记》中的大量史料，1922年，《缩本新华春梦记》复由泰东图书局出版。将近70年过去，黑龙江朝鲜民族出版社又于1985年将此书修改再版，改名《新华春梦》。

紧随《新华春梦记：洪宪演义》之后，杨尘因于1919年出版《燕云粤雨记》四卷，记载袁世凯去世后中国现代历史又一重大事件——1917年至1918年的南北战争。此书描写段祺瑞、孙中山等众多人物的政治活动，与史实多有吻合之处，因此论者评价它可以"作为历史教科书的补充读物"②。同在1919年，五四运动刚刚爆发，杨尘因复以最快速度完成《上海民潮七日记》，记载了1919年6月5日到12日的上海市民罢市活动，6月28日出版，7月7日发行。在这部书中，他一方面逐日记载了上海罢市情况，而且附有上海国民大会与罢市图片10帧，使这部书成为记载"五四"运动之一侧面的不可多得的重要史料。另一方面，他还以夹叙夹议之笔，慷慨激昂地表达了自己的意见，使读者不能不与之一起热血激荡：

> 平心而论，斯非人民过激，乃官吏恃平日强权威胁特甚，而驱迫人民自动者也。即如此次民潮发动之原因，大都谓因外交不平之故。

---

① 杨尘因：《新华春梦记：洪宪演义》，泰东图书局1916年版，序言。
② 马良春、李福田总主编：《中国文学大辞典》第八卷，天津人民出版社1991年版，第6316页。

然余判之，外交不平，仅一导火线耳。而种恶之因，仍属内政。譬与日本密约之二十一条，在当日日本政府所要求，固属无理；而我政府竟甘心丧失国权，一一承认，则大谬矣。强占青岛以及密订济顺、高徐等路约，在日本政府所要求，固属无理；而我政府竟甘心丧失土地，一一不敢与抗，则大谬矣。或有质问政府一般官吏者，彼官吏必咨嗟而叹曰："不得已！""不得已！"更诘其"不得已"之故，必又曰："前者某借债所至也，前者某约械所至也。"然则官吏借债、购械之为何，大概因洪宪恢复帝制事，张勋复辟事，筹办选举事，练兵国防事，冯、徐总统就职事，南北战争事，即此诸端，皆彼官吏自作之孽，与我人民何利。八年以来，日日设法，而官吏之违法者屡见；日日练兵，而武人之捣乱者屡见。执政者专权，掠民者盈野。哀我人民，损失财产，损失生命，不可计数。更加以外债之负担日增，内乱之奋斗日盛，最后而以人民之公产，献媚与人，且不许人民质问。噫！何幸而为中国之官吏，何不幸而为中国之人民哉！①

1920 年，杨尘因写就二十回长篇白话历史小说《绘图爱国英雄泪》，交由上海益新书局出版。此书以中日《马关条约》签署前后朝鲜发生的一系列压迫与反压迫、侵略与反侵略事件为背景，叙述 19 世纪末朝鲜亡于日本之历史。作家着重描写了日本军人在朝鲜杀人抢掠、污侮妇女、横行肆虐，爱国青年安重根为洗国耻刺杀日相伊藤博文以身殉国，日本乘势强迫朝鲜政府签订条约，终于彻底控制了朝鲜。在《自序》中，他大声呼喊：

> 我中华民国，今不患有李熙、李完用之流，而患无安重根之继起者，爰是国事蜩螗，乱流澎湃，此《朝鲜亡国演义》之所由而作也。

显然，杨尘因已经预见到日本觊觎中国领土的野心，在此以小说警示国人。

---

① 杨尘因：《民潮七日记》，中国社会科学院近代史研究所《近代史资料》编译室主编《五四爱国运动》（下），知识产权出版社 2013 年版，第 206 页。

1918—1920 年，杨尘因四十回文言小说《神州新泪痕》开始在《小说季报》连载，为描写民国初年社会生活之作。有论者称，此作

> 有大段民国志士的革命活动……揭示了流窜土匪至占山为王最终军事割据的军阀起家过程。杨尘因所写，乃当日军阀常有实事。①

1921 年杨尘因写作《华伦·哈定历史》，介绍美国总统沃伦·哈定生平、政治社会观点及其轶事，书末附《哈定当选后之舆论》。1926 年，他再完成《民国春秋：天下第一英雄传》。这部六十回长篇演义小说，仍从时事角度入手，歌颂了孙中山的革命业绩。可惜这三部书目前存世极少，笔者未能得见，亦无法评价。

杨尘因通俗小说之第三种类型，是以女性为主题的创作。此类创作似乎表现出浓郁的市场气息，诸如《廿五朝艳史大观》《古今美人佚事大观》《蒙面女侠盗：福尔摩斯最新侦探案》《玫瑰花：中国女侦探案》等。但我们不能因此将它们一笔抹杀，必须研究作者在迎合市场需求、看似低俗的标题后面，做了何等文章。为深入解读这些创作，我们不能不首先介绍杨尘因创作此类作品时的背景。1919 年，姜侠魂纂辑《三十六女侠客》，一时畅销全国，以至于有人即刻效仿，欲编辑《七十二女侠客》，成了当时出版业粗制滥造的典范。② 但就在这本《三十六女侠客》的序言中，我们可以看到杨尘因对此类创作的见解。在全国兴办女学、倡导女权的五四运动前夕，杨尘因的观念实在已经算不得先进，但他推进女权的拳拳之意以及跃跃欲试之心还是十分值得重视：

> 呜呼！吾国之女权不发展焉久矣。然其所以不能发展之故，盖病于一般社会上之妇女多不自知己身为主体之故耳……使其弱不禁风、娇可夺魄之种种媚态呈现于丈夫子之前，以为此是彼妇女对于男子应

---

① 许军：《清末民初社会转型与时事小说创作流变》，上海大学出版社 2016 年版，第 393 页。

② 秋翁：《六十年前上海出版界怪现象》，宋原放主编《中国出版史料·近代部分》第 3 卷，湖北教育出版社、山东教育出版社 2004 年版，第 283 页。

尽之职务，且视为一生不可缺乏之大事业，而目人世间种种为忠奸良莠等事漠不相关，咸谓此丈夫子之事务，非我妇女辈所应与闻者。噫，诚大谬矣！而吾国之妇女所以萎靡不振，亦病在是矣。今姜子侠魂手编《三十六女侠客》一书，嘱余评订。余环诵一周，不禁拍案叫绝。异谓吾国妇女竟有若是之侠义者，洵开我近时罕见之异也！夫侠者本于性情而发于肝胆，方今世道凌夷，即丈夫子亦多畏首畏尾、裹足不前，矧妇女乎？若此《三十六女侠客》竟能行丈夫子多不敢行之事，道丈夫子不敢道之言，且皆本于性情而发于肝胆等事，不妄为，不乱举，此不仅为吾国妇女争荣吐气，且可为一般妇女凡欲发达女权之先型。余亦遍祷吾国之妇女从此奉若辈为先型也。

中华民国八年一月元旦日杨尘因醉草于海上春雨梨花馆。

正是在此之后，杨尘因与孙剑秋联手，编辑出版了《古今美人佚事大观》（又名《廿五朝艳史大观》《历代艳史大观》），内录自周至明清女性故事，包含神话与历史传说。诸如周代"飘飘欲仙之织锦女""一笑倾身又倾国"的褒姒，以及"美人千古说西施""一恸竟成千古恨"的孟姜女等。此书所记与其说是"艳史"，不如说是中国历代女性故事与传说的整理。自古以来，中国有关女性事迹记载的专著，或为对女子进行"三从四德"教育的《列女传》《女则》《女范捷录》之类，或为叙述娼妓生活的《青楼记》《青泥莲花记》等，如杨尘因、孙剑秋这般力图辑录历代女性著名人物与传说故事入史，打破"吾国之所谓史者，或为帝王作纪事录，或为一般忠孝奸佞作家传，一字之褒荣于华衮，一字之贬利于斧钺"[①] 固有格局，且不分贵贱等级，不分人神差异的著作，自有其独到的创新意识与存在意义。

此外，作为晚清民初中国"小说界巨擘"，杨尘因的通俗小说具有较高的艺术水准。首先，他善于抓住细节进行人物描写。以《儒林新史初二集》为例，仅人物万端的一张名片，就活灵活现地揭示了这群浪荡子招摇

---

① 杨尘因序，见杨尘因、剑秋《古今美人佚事大观》，上海宏文图书馆 1920 年版。

撞骗的真面目：

> 当头五行小字，那第一行是"日本法学博士"，第二行是"总统府二等顾问"，第三行是"河南记名道尹"，第四行是"亚洲杂志编辑主任"，第五行是"万国文学研究会会长"。接次中央一行，乃"万端"两字。片角又有两行小字"壮夫，一字健儿。别号东亚浪子，又号双十字楼主"，最末"亚细亚州人"。片儿背后，又有许多洋字。①

在场面刻画方面，杨尘因小说更显功力。譬如《新华春梦记：洪宪演义》中特别为人称道的第一百回，作者写袁世凯将死的一举一动，一言一行，堪称惟妙惟肖：

> 直到半夜，袁世凯的脸皮上忽然大放红光，两眼瞪着，好像认不得人似的，大着一条舌头说道："快请徐菊人进来，我要去了。"大众知病已无救，都忍住哭声，命左右飞请徐世昌进宫。这时徐世昌正在睡兴方浓之际，忽被这一个凶信惊醒，料定这一趟是免不了的，便披了便衣，跟随侍卫进宫。那袁世凯的眷属，到这时候也都不回避了。袁世凯一瞥见徐世昌，忍不住眼泪扑簌簌地洒得如雨点一般，半晌才说道："老友，我如今明白也迟了！"说时又喘了一口气道："你总算是我一个知己，我也很晓得你的，谋略不在我下，我现在是没有恢复的希望了，但是能接我手的人，只有老友你。如中国这般国家，也只有老友可以治的。临别赠言，老友你千万不可辜负我的好意！"说到这里，气已喘个不住。徐世昌也呜咽说道："我自有打算的，你好好养病吧！"袁世凯摇摇头道："我这个病，怎能够养呢？"又说道："南风甚厉，你也得要小心些，无论如何，咱们的势力不可被他们轻减的。还有我家这些老小们，总得要你做叔叔的时常照应。"转眼看着群姬说道："这些妖孽，还是让他们自由行动好。我如今自己的门面，

---

① 杨尘因：《儒林新史初集》，新民图书馆 1919 年版，第 16 页。

已败坏得这般样儿,也不必靠着他们给我死后装修了。我也知道,我如今这般待人,我死后,人必是这般的待我。可怜我的那些孤儿寡妇,能保得安静送我回家,已算最好给果,我死也就瞑目了。老友,这就是我拜托你的事儿。"说着,待卫又引着段祺瑞、孙宝琦二人进宫,袁世凯一眼瞥见他二人,忙改了笑脸儿道:"你俩来的好得很,事到如今,我也没有别的话说,就是这一个北……"刚说到"北"字,喉管里业已扯痰,嘴巴只管张着,说不出话来,两眼望着徐世昌发直。大众见势不妙,忙着去灌参汤,谁知他的牙关业已紧闭,无论如何也灌不进去。一榻弥留,约到天色将明的时节,只听喉管里打了两个呃,撒手去了。[①]

再譬如《江湖二十四侠》,杨尘因开篇从清代初年大明皇帝老家凤阳府两户普通人家说起,缓缓道来,人物介绍有条不紊。但随着内容的展开,小说前行节奏越来越紧张激烈,人物命运也越发牵动人心,武打场面更是惊心动魄、夺人眼球。现随手拈出第五十八回马玄化舞鼎一节,即可见其精彩生动:

再说马玄化见智斌等那般强硬,也知他等必有准备,决非只凭他二三人,胆敢如此。但是郑虬已与智文、智武开始战争,不能再袖手旁观,也就向智斌冷笑道:"如此,老僧们就要领教了。"接一纵步,飞到庭院。智斌也接着飞纵出殿。那佛殿正门石阶之下,庭院之中,原本高架着一尊铁鼎,约五尺余高,四围广阔约丈许,巍然屹立,是一座焚香化纸的万年炉。适当马玄化之冲,马飞起一脚打去,接听"砰"然一声巨响,如山崩地裂。那一千五百余斤的万年炉,已被他打得歪倒在地。大众一眼看着,都大为吃惊。接着马玄化不惊不乱,便笑嘻嘻地举起右臂,捉住那万年炉的炉脚,高高举起,运转如飞,别有一种钢铁之声,被风扫得"砰砰"作响……马玄化一见智斌等援

---

① 参见张赣生《民国通俗小说论稿》,重庆出版社 1991 年版,第 49—50 页。

兵已到，却并不稍微惊慌，便将两臂向上一举，顿时将那尊铁鼎抛掷空中，转溜溜地已高出屋脊。大众见他这般神力，唯怕那铁鼎落下压倒他等，急忙向后倒退几步，你退我挤，早已纷乱。再看那空中铁鼎，跌落下来，不偏不倚仍在马玄化的掌中，直立不动……再看那鼎"砰"然落下，马玄化急闪一避，还有那些命该惨死的八卦教徒，一时躲避不及，便被那尊铁鼎从空中直压下来，砰然如打雷一般，早打得几人脑浆迸裂，骨碎如泥。大众见此，都乱作一团。玄化急趁敌众纷乱之中，他复在一个教徒手中夺得两把朴刀，飞滚扑去，直如排山倒海一般，谁也抵挡不住。①

正因为具有如此精彩的武打动作描写，再加上作品彰显民族大义的主题深入人心，作家人物形象的刻画栩栩如生，1932 年，《江湖二十四侠》被改编为电影，成为著名女星黄曼梨出演的第一部无声电影，可见其影响力之大。

除却通俗小说创作，杨尘因还曾活跃在民国戏曲领域。作为一名著名的剧评家与剧作家，他曾于 1917 年编纂两部《春雨梨花馆丛刊》，由上海民权出版部刊行，至今仍是中国近现代戏曲理论研究的重要文献。1922年，他为皖籍著名演员杨小楼作传，由三益美术公司出版。有关杨尘因此方面的贡献，可见本书第五章附录 2《民国皖籍文人对中国传统戏曲文献的整理之功》，本章不再赘述。

第三节　项翙：热语冷言抒情怀

如前所述，安徽是中国现代通俗文学创作的大省。深厚的文化底蕴，外出游历的丰富见闻，废除科举以后大批士子的生存需求，都是皖地通俗文学高手层出不穷的原因。令人遗憾的是，迄今为止，还有很多曾经活跃在清末民初中国文坛上的安徽通俗文学作家未能得到学界重视，甚至连他

---

① 杨尘因：《江湖二十四侠》（三），延边人民出版社 1993 年版，第 637—640 页。

们的姓名都已模糊不清。

譬如项翱。多年来《中国通俗小说书目》《中国俗文学辞典》《中国长篇小说辞典》《中华古文献大辞典·文学卷》《曲海说山录》《话题中国文学史》等文献与学术研究著作，均将"项苍园"当作江苏常州作家张春帆，以致"学者多从之"。其间虽有欧阳健先生表示质疑，但他也仅仅提及项苍园——仙源苍园，皖人，著有《扬州梦》《家庭现形记》。① 这实在是一件十分悲哀的事。因为项翱曾是清末民初一位高产作家，仅长篇通俗小说创作就有《梦平鬼奴记》《家庭现形记》《扬州梦》《新中国之伟人》（又名《工界伟人》）、《骖游记》《戏迷梦》《模范村》《铜驼泪史》《菩萨谭》等多种，另著有短篇小说《梼杌鉴》《护国寺》《黄金祟》，以及笔记《苍园谈屑》《苍园谚语》，诗集《燕云诗草》等，在清末民初文坛曾有一定影响。

据各种资料分析，项苍园本名项翱，字渠川，号苍园、仓园、仙源苍园，安徽省太平县仙源镇人。依据 1906 年问世的《梦平鬼奴记》第一回文字分析，他当生于清光绪二年（1876）②，毕业于南通师范。因南通师范正式创办于 1903 年，故此时入学的项翱已年近而立，很可能已经遭遇科举考试失败的打击。1906 年，张謇于南通兴办唐闸实业公立艺徒预教学校，项翱任教师。③ 方廷楷《习静斋诗话》亦有："项渠川翱，通州张季直殿撰门下佳士也"④ 的说法，可见当年项翱在校表现出色，得到张謇认可，被选中任教。据黄山市地方志记载，此后项翱曾回乡任高等小学校长，创办觉民初级小学，1909 年举孝廉方正。⑤ 笔者查阅相关资料，知仙源觉民初级小学兴办于光绪三十四年（1908）⑥，故项翱至少在 1908 年已返乡，至于被举孝廉方正之后的职务安排，目前尚不得知。唯小说《骖游记》恰在

---

① 欧阳健：《仙源苍园疑非张春帆》，《明清小说研究》1990 年第 2 期。

② 参见刘叶秋、朱一玄、张守谦等主编《中国古典小说大辞典》，河北人民出版社 1998 年版，第 919 页。

③ 参见姜平、张廷栖《唐家闸：工业遗产的瑰宝》，苏州大学出版社 2010 年版，第 71 页。

④ 方廷楷：《习静斋诗话》卷一，贾文昭主编《皖人诗话八种》，黄山书社 1995 年版，第 387 页。

⑤ 参见黄山市地方志办公室编《黄山市近现代人物》，黄山书社 1992 年版，第 28 页。

⑥ 参见程必定、汪建设主编《徽州五千村（黄山区卷)》，黄山书社 2004 年版，第 113 页。

1910 年问世，所记均为新军建设故事，其中叙述者"我"原为小学教员，因此项翱极有可能是于 1909 年被派往安徽新军工作。此后，依据 1913 年刊行的小说《菩萨谭》所记，项翱很可能参与了地方国民政府的行政工作。再查项翱小说《扬州梦》《家庭现形记》《骖游记》，评点人皆为"三门少年老"，而"三门"是太平县仙源镇著名古村落，因此点评者也当是项翱故乡之人。

综上所述，项翱一生交游并不广泛，不曾出国留学，少有与文坛上流人物的结交，没有参加过著名的文学社团活动，只在并不很出名的同乡作家方廷楷《习静斋诗话》中留下些许记载，且主要是其闲暇时的诗作。因此，他自然也很难进入各种权威人士的回忆文章，时过境迁，其人其事早已被人遗忘，只有大量存世著述或被张冠李戴，或被标为"作者生平不详"。

实际上，从徽州大山中走来的读书人项翱是一位很有特色的通俗文学作家。他崇尚张謇式的实业救国精神，极端鄙视夸夸其谈、不务实际者；他满怀报国热情却无处施展，常有生不逢时的感慨，以至于连小说中的正面人物都被起名为"卜逢时"[1]；他始终没有登上时代的高点，总是以底层百姓的目光打量身边的变化，也因此满腹牢骚、满怀悲愤。因此，他的通俗小说也就有了独具特色的创作主旨：

> 改良固非若辈所能通晓其究竟，尤非艰深文语及一切道德家言所能输贯其脑膜。意见所及，因刺取古者稗官称述之意，以小说体，一畅言之，纪实与否，寓言与否，海内小说家当有以判我。一支秃笔，随题敷衍，随手煞去，无所谓章回节目。大雅先生有怒我骂我教我者乎？愿洗耳听之。[2]

如此思想，体现在 1906 年问世的《梦平鬼奴记》里，这是一个苍园氏梦游鬼国的故事。小说中苍园氏垂钓竹溪，困倦之际梦游鬼国，见到

---

① 参见仙源苍园《家庭现形记》，华商集成图书公司 1907 年版。
② 同上书，弁言。

穷、债、冤、色、酒、烟、嫖、饿、啬、懒、多事、龌龊、无赖、和事等诸鬼。鬼国判官为他讲述了诸鬼经历,并告之鬼众的一切遭遇皆因鬼国腐败而致。此时,内忧重重的鬼国又面临外敌入侵的危险,苍园挺身而出,挫败敌国入侵企图,解除了鬼国危难,受到鬼王封赠。在这里,作者句句所谈都是鬼国,但矛头所指全在人间。鬼国的种种弊端,无一不是当时中国社会腐朽黑暗的写照。而小说中苍园氏的挺身而出,正体现了满腔热血的项翱期待有朝一日为国效力的愿望。当然,此时的项翱,显然还对垂垂老矣的大清国怀抱梦想,甚至就连他的建功立业,也还希望得到"鬼王"的认可和褒奖。

值得注意的是,项翱此时的报国热情不仅体现在对社会现实的批判上,也存在于对未来事业的憧憬中。1907 年,他发表《家庭现形记》,描写了一个农村耕读之家由争吵到和睦的故事,表达了开启民智、家和邻睦、国泰民安的良好愿望,认为家庭改良才是实现"立宪"与"地方自治"的基础。1908 年,他写就《新中国之伟人》,讲述了一个理想中的办学故事:谋生上海的木匠姚思审在一个偶然的机遇中得知教育的必要性:

> 总要人人都受了教育,有了知识,才可以不受外人压制,不做外人的奴隶。

于是他下定决心,发愤创办义学,并与山东武训成为知音。两人历经艰辛,克服种种困难,终使学堂欣欣向荣。在此,项翱将务实的木匠主人公称为"新中国之伟人",显然是将救国的期望寄托在脚踏实地的劳作者身上。联系他当年求学、办学的经历,自然可以洞见作者藏于此书中的"两眶眼泪,一副心肝",能够懂得他为什么说这是一部"信史"[①]。

可叹的是,现实很快就粉碎了项翱的报国梦。1910 年《骖游记》问世,作者为我们展示了一位读书人的理想破灭过程。"我"原是一名满怀报国之志的小学教员,因同事谭君的介绍,结识了征兵局督队官卜明之。

---

① 苍园:《新中国之伟人》,《时事报》1908 年刊本。

卜明之乃是一位"新人物","我"对他抱着很大的期望，幻想随着朝廷裁撤绿营军，改练新军，随着"新军"的逐渐强大，中国便可强盛。然而，卜明之却整日醉心于升官、发财，挖空心思巴结上司，置军队管理于不顾，"新军"成员更是三教九流，无所不有，时时扰民作乱。更出乎"我"意料的是，如此作为的卜明之竟然官运亨通，一直连升至镇统，又因"声名"颇佳，被上级调去主办警察机构，更加肆无忌惮。就连原本还算清廉的谭君，也从"帮闲"变为"帮忙"，获得诸多好处。只有"我"成了大家眼中不识时务的"书呆子"。[①]

在此类小说中，项翔所用已由此前激情澎湃的"热语"，变为犀利峻峭的"冷言"。1912 年 11 月至 1913 年 1 月，他的另一篇作品《戏迷梦》连载于《小说月报》，更鲜明地显示了"冷言冷语"的批判特色，在这部作品之中已经看不到作者的任何期望，只有他对眼前一切政治变革的怀疑和否定。小说描写一位汉军旗后代、绰号"戏迷"者，在昔日友人辜忠的引领下梦游天宫的经历。书中最直接的道白者辜忠，是当年与戏迷一起"天天听戏的朋友"，

> 后来受了社会上的刺激，便一头跑到东洋，做了几年的留学生。因为感怀时事，一肚子的牢骚无处发泄，便跳入东海死了。

死后的辜忠做了天上的巡逻使者，对行将覆灭的清朝官场极度鄙视：

> 做官的人，自然都会变化……当面是人，背面是鬼……只要有官做，莫说是行走不便，就是眼睛瞎了，耳朵聋了，都不碍事的。

在他眼中，经历了百日维新的统治者无能而又残暴：

> 自从那年孙悟空大闹之后，个个都吓得屎尿长流，甚至月宫里树

---

① 仙源苍园撰，三门少年老评：《骖游记》，集成图书公司 1910 年版。

叶落下来,都惟恐打破了头,所以差不多的人,碰得不妙,被他捉住了,不是断头,就是坐天牢,简直闹得昏天黑地。

但是,对于革命,他同样不能认同,只觉得不过又是一场闹剧:

> ……近来的办法,大家都提倡天人共主……想我上界,自从盘古初开的时候,虽然是浑浑噩噩的,似乎还有一种清明之气。近来被那八个神仙飘海回来,什么改良改良,简直把一点儿天良都改掉了。因为何仙姑亦在其内,于是乎女界自由行动。这个风气已开,女娲氏借着什么炼石的新名词,欺蒙上帝,所以越弄越不对。甚至于嫦娥私奔,叫什么自由结婚……所以此刻玉皇大帝,弄得骑鹤不能下背,旧又不能旧,新又不得新,只好是空口改良,听那上八洞的神仙自由摆布……闹得一塌糊涂,简直是不堪闻问了。

面对当时一些人高唱的所谓"尽义务""热心公益"的调调,他的反应是:

> 这"义务"两个字,大家七拉八扯的瞎用,无论什么事体,你也是尽义务,他也是尽义务……然而口边上说的是四万万同胞,眼眶里却只认得一个宣统元宝……天下事,有义务就有权利,有权利就有义务,倒不如痛痛快快的就说是劳者劳之,岂不是正大光明的办法吗?他偏偏要这么鬼鬼魈魈的,借义务做个门面,暗中却弄了实实在在的。①

相比较而言,在连载于《小说月报》1913 年第 7—8 号的《菩萨谭》中,项翘的冷言批判更为深入,我们甚至已经可以清晰地从中看到若干年后鲁迅在《药》《故乡》《阿 Q 正传》中提出的有关辛亥革命的若干问题。

---

① 苍园:《戏迷梦》,原载于《小说月报》第 8—10 号,1912 年 11 月至 1913 年 1 月,转引自于润琦主编,程敏、杨之锋点校《清末民初小说书系·社会卷》(上),中国文联出版公司 1997 年版,第 175—198 页。

围绕民初各地新派人士"破除迷信"，砸菩萨像、毁神庙的行为，省里来的"代表"温建白返乡巡视。但他并没有看到新政权、新时代的气象，触目所及，只是老百姓的生活越发艰难，国家政治一团乱象。为满足"新政"的要求，城里年迈的小贩连小生意都做不下去，还要被罚款、被抓捕；乡下农民遇到灾难，依然偷偷向神仙求助。几千年封建统治的结束，在他们眼里没有任何实际意义，在他们心里，"如今什么民国不民国，小的确不知道"。①

其实这也不仅仅是底层百姓的看法，就在温建白这位"代表"看来，地方各级政府与前清衙门也没有本质的不同：

> 不过现在国体改了，他们也就跟着时风转舵，改了一个面目，其实还是一班旧人。这好有一比，好比新嫁娘一般，到得婆家来，行李服色，样样都是新的，其实骨子里的身体发肤心肝脏腑还是娘家带来的，不过面子上、形式上一新罢了。②

就连县议会的议长，也

> 向来是个顽固党，从前在任的时候，专门拍县太爷的马屁，捉拿革命党人，把人家的性命换他的功劳。此番民国鼎兴，一张冷板凳早已取消，他又看风挂牌，一马回来，欢迎革命，所以上下运动票数，弄了一个正议长。③

在调查过程中，温建白发现这次声势浩大的"破除迷信"活动，也多被权势之徒利用，成了他们发财的新途径：

> 可叹我们县里这些假新学家，早早的听见毁庙的话，便不管三七

---

① 苍园：《戏迷梦》，《小说月报》1913 年第 8 期。
② 同上。
③ 同上。

二十一，拉和尚配尼姑，冤冤枉枉的，逼这些人人命，搅得一塌糊涂，闹得不成事体。他就从中改些新名目，安些新位置，并且各人拉各人的亲戚朋友进去……把庙产五马分尸，公家没有分得一半，他们私己到占了八成。①

痛心疾首之际，读书人出身的正直官员温建白认为，只有通过普及教育才能救国，他一厢情愿地想着，

中国向来不讲究教育，致令这些愚民懵懂一世。现在过渡时代，教育既不曾普及，最好是到处演说，逢人劝导……上层社会的人开起口来，总说地方上不开通，这好有一比，犹如开锁一般，你始终不开他，他何以得通呢？……我如今抱定一个中立的宗旨，逢人说项，不加褒贬，实心实意的保存旧道德，发明新信条。常言道，人同此心，心同此理，只要彼此心理明白了，他自然心悦诚服，不过不能速效罢了。②

但是，回到现实中间，他再次发现自己这个小小的、与众无碍的愿望也难有实现的可能：基层教育虽然有了经费，但学生"都不愿意进洋学堂"，因为新式学校里的教员竟然多为当初的私塾先生，而且还有私塾先生中最无能之辈——当初因教书教不下去，被村里人驱逐，"坐在家里和老婆烧锅的先生"。这样，学堂中的"算术不过是个名目，体操更加胡闹一阵子"③。至于那些"开通"的、"有学问"的新派人物，本应肩负起教育民众任务的人，竟然被民众检举：

他嘴里说得菩萨没用，然而他时常敬的是财神他奶奶，敬的是送子观音。这等人都是教育旁人的，你又如当如何教育他呢？④

---

① 苍园：《戏迷梦》，《小说月报》1913 年第 8 期。
② 同上。
③ 同上。
④ 同上。

于是，项翱不能不无奈地叹息"大地茫茫何处春"①。

就这样，在项翱一系列通俗小说作品中，我们看到了一位清末民初中国知识分子的心路历程。也许他的视野不够开阔，识见难称弘通，甚至颇多保守之见，但其中真切的追求与无奈的幻灭，冷静的谛视与尖锐的批判，不仅影响了新文学初起之时作家们的写作，而且对于今天的人们认识那个时代与时代中人，都具有不可磨灭的历史意义。

从艺术角度来看，项翱的作品常常失之于急切的表白、大段的说教，有些作品——如《家庭现形记》《新中国之伟人》，无论是情节设置还是人物刻画都比较粗疏。但细细分析，这些小说也颇有可圈可点之处。首先是对于中国传统小说与晚清名著的继承借鉴。例如《梦平鬼奴记》借"满篇鬼语"，鬼众形象各异、遭际各不相同，著者借众鬼之口针砭现实的写法，以及小说主人公积极参与鬼国卫国活动，都很容易令人想到《聊斋志异》。《戏迷梦》采用戏曲形式写小说，表现了皖籍知识分子对中国传统戏曲特有的感情与艺术上的谙熟，可称为一次基于中国传统文化基础上的小说创作的可贵探索。其次，身处时代转折点上的项翱也有对于新小说创作手法的学习。例如，《家庭现形记》全书共 11 节，并无章节回目，这在传统小说中并不多见，于一定程度上透露出时代演进的气息；《骖游记》采用第一人称亲历方式叙事，从"我"的视角展开故事、刻画人物，显示了他对来自西方的个人叙述文体的学习。至于流畅、朴实、基本接近白话的语言，也为项翱小说增加了可读性。及至《菩萨谭》问世，作者多以客观的描写多角度地展现生活，作品因此更具说服力。

另外，据作家出版社 1991 年 12 月出版的《中国小说大词典》著录，在晚清通俗文学史上颇有地位的《掌故演义》七回，系项苍园所撰，有 1908 年上海点石斋排印本②，尚待考证。

---

① 苍园：《菩萨谭》，《小说月报》1913 年第 8 期。
② 侯健主编：《中国小说大辞典》，作家出版社 1991 年版，第 1403 页。

附录1 唐在田、杨尘因、项翶通俗小说书目

唐在田

1. ［日］禺山世次郎著，唐在田编辑：《洪秀全演义》第八卷，锦章图书局 1914 年版。

2. （明）汤显祖著，唐在田编：《牡丹亭还魂记》第二卷，1914 年版。

3. 唐在田：《新编前后说唐鼓词全传》第六卷，校经山房 1916 年版。

4. 唐在田：《儿女英雄传鼓词》，又名《绘图新编儿女英雄传说唱鼓词》第六卷，校经山房 1917 年版。

5. 唐在田：《绘图新编五才子水浒说唱鼓词》第六卷，校经山房 1917 年版。

6. 唐在田：《绘图新编宣统复辟说唱鼓词全传》第四卷，校经山房 1917 年版。

7. 唐在田：《绘图新编永庆升平说唱鼓词前传》第四卷，《后传》第四卷，校经山房 1917 年版。

8. 唐在田：《绘图新编真正施公案说唱鼓词全集》第四卷，校经山房 1917 年版。

9. 唐在田：《绘图万花楼传》第六卷，上海书局 1920 年版。

10. 唐在田辑注：《新辑加注古今名人楹联汇海》第八卷，校经山房 1920 年版。

11. 半痴生著，唐在田参订：《模范军人冯玉祥全书》，公平书局 1922 年版。

12. 唐在田：《绘图新编大观园说唱鼓词》第四卷，校经山房 1923 年版。

13. 唐在田：《江浙大战记》，大新书局 1924 年版。

14. 唐畴：《新编中国名人小说卢永祥全史》，大新书局 1924 年版。

15. 唐在田：《奉直大战记鼓词》第四卷，又名《新编绣像奉直血战说唱鼓词》，公平书局 1925 年版。

    注：又半痴生著，唐在田编《直奉大战记》，公平书局 1922 年版。

16. 唐在田：《万家生佛张作霖建议救国记说唱鼓词》第四卷，民国版。

附治逸书目

1. 治逸编辑：《龟中贵》第二卷，醉经堂书庄 1902 年版。

2. 治逸:《嫖赌现形记》，同文书店 1908 年版。

3. 治逸:《天堂地狱》，铸记清光绪版。

4. 治逸:《现世之天堂地狱》，警世小说社清光绪版。

5. 治世之逸民:《青楼镜》十六回，改良小说社 1909 年版。

6. 治逸子:《文明强盗》，改良小说社 1909 年版。

7. 治世之逸民:《新聊斋》第二卷，改良小说社 1909 年版。

8. 治逸:《新七侠五义》，改良小说社 1909 年版。

9. 治逸:《新彭公案初集》，文奎堂 1909 年版。

10. 治世之逸民:《新笑林广记初二集》，改良小说社 1909 年版。

11. 治逸:《金琴苏暗杀案惨剧记》第二卷，石东书局 1910 年版。

12. 治逸编:《绘图增像四续七侠五义》第四卷，又名《再续小五义》，大成书局 1912 年版。

13. 脱凡子著，治逸编辑，闻天主人校证:《新金瓶梅初二集》，醉经堂书庄 1912 年版。

14. 治逸:《野鸳鸯》，晋益书局 1914 年版。

15. 治逸编:《绘图增像五续七侠五义》第四卷，又名《四续小五义》，上海书局 1918 年版。

16. 醉余著，治逸编辑，闻天主人校证:《海上风流梦》，醉经堂书局 1918 年版。

17. 治逸:《最新多宝龟》，上海新新小说社 1918 年版。

18. 治逸编:《绘图新编六续七侠五义》第四卷，上海书局 1919 年版。

19. 治逸编:《绘图新编七续七侠五义》第四卷，上海书局 1919 年版。

20. 治逸编:《绘图新编八续七侠五义》第四卷，上海书局 1919 年版。

21. 治逸编:《绘图新编九续七侠五义》第四卷，上海书局民国版。

22. 治逸编:《绘图新编十续七侠五义》第四卷，上海书局民国版。

23. 治逸编:《绘图新编十一续七侠五义》第四卷，上海书局 1921 年版。

24. 治逸编:《绘图新编十二续七侠五义》第四卷，上海书局 1921 年版。

25. 治逸编:《绘图新编十三续七侠五义》第四卷，上海书局 1921 年版。

26. 治逸编:《绘图新编十四续七侠五义》第四卷，上海书局 1921 年版。

27. 治逸编:《绘图新编十五续七侠五义》第四卷,上海书局 1921 年版。

杨尘因

1. 杨尘因著,张海沤批,张冥飞评:《新华春梦记:洪宪演义》,泰东图书局 1916 年版。

   注:又杨尘因《缩本新华春梦记》,泰东图书局 1922 年版。

2. 谯北杨尘因编:《春雨梨花馆丛刊》二集,民权出版部 1917 年版。

3. 谯北杨尘因:《儒林新史初二集》,新民图书馆 1919 年版。

4. 姜侠魂纂辑,杨尘因批评:《三十六女侠客》,振民编辑社 1919 年版。

5. 谯北杨尘因:《上海民潮七日记》,上海公民社 1919 年版。

6. 病骸、闻野鹤、瘦鹃、襟亚、尘因等:《武侠大观》,振民编辑社 1919 年第 2 版。

7. 谯北杨尘因:《燕云粤雨记》第四卷,上海公民社 1919 年版。

8. 杨尘因、剑秋编:《古今美人侠事大观》,宏文图书馆 1920 年版。

   注:又杨尘因、孙剑秋编《廿五朝艳史大观》,又名《历代艳史大观》,群明书局 1920 年版。

9. 杨尘因:《绘图爱国英雄泪》,益新书局 1920 年版。

   注:又杨尘因《绘图朝鲜亡国演义》,大成书局 1920 年版。

   又杨尘因《英雄复仇记》,益新书局 1929 年版。

10. 杨尘因:《华伦·哈定历史》,大陆图书公司 1921 年版。

11. [英] 柯南·道尔、杨尘因、一飞:《蒙面女侠盗:福尔摩斯最新侦探案》,大成书局 1921 年版。

12. 谯北杨尘因:《神州新泪痕》第四卷,清华书局 1921 年影印本。

13. 姜侠魂编,杨尘因评点,庄病骸批眉:《红胡子:关东马贼秘闻》,振民编辑社 1922 年版。

14. 杨尘因:《杨小楼》第一卷,三益美术公司 1922 年版。

15. 杨尘因:《绘图老残新游记》第四卷,世界书局 1924 年版。

16. 杨尘因:《民国春秋:天下第一英雄传》,中南书局 1926 年版。

17. 姜侠魂、杨尘因、许指严、庄病骸、黄退暗:《南北奇侠传》,新新书局 1926 年版。

18. 庄病骸著述,杨尘因参订:《孙中山演义》,环球图书公司 1927 年版。

注：又庄病骸、杨尘因、文公直、姜侠魂《铁血男儿传》，三民书店 1929 年版。

19. 杨尘因、琴石山人：《玫瑰花：中国女侦探案》，会文堂新记书局 1928 年版。

20. 杨尘因、张冥飞、姜侠魂、文公直：《绣像绘图江湖廿四侠》，上海时还书局、校经山房书局 1928 年版。

21. ［英］柯南·道尔：《福尔摩斯新探案大全集》，杨尘因译，三星书局 1933 年版。

22. ［英］柯南·道尔：《木足盗》，杨尘因译，三星书局 1934 年第 5 版。

23. 杨尘因著，张冥飞批点，姜侠魂评校：《龙韬虎略传》，又名《王阳明演义》，时还书局 1937 年版。

项翱

1. 仙源苍园著，三门少年老评：《梦平鬼奴记》，震东学社 1906 年版。

2. 仙源苍园著，三门少年老评：《家庭现形记》，华商集成图书公司 1907 年版。

3. 仙源苍园著，三门少年老评：《扬州梦》，集成图书公司 1908 年版。

4. 苍园：《新中国之伟人》，又名《工界伟人》，《时事报》1908 年刊本。

5. 仙源苍园撰，三门少年老评：《骖游记》，集成图书公司 1910 年版。

6. 苍园：《戏迷梦》，商务印书馆编译所 1914 年版。①

7. 苍园：《菩萨谭》，《小说月报》1913 年第 7—8 期连载。

8. 苍园：《模范村》，黄山市地方志办公室编《黄山市近现代人物》著录。

9. 苍园：《铜驼泪史》，黄山市地方志办公室编《黄山市近现代人物》著录。

附录 2　民国皖籍文人对中国传统戏曲
文献的整理之功②

清末民初，中国传统戏曲面临诸多考验。

第一，以程长庚、余三胜、谭鑫培等为代表的传统戏曲界泰斗级人物

---

① 此书以"苍园"为作者名，连载于《小说月报》1913 年第 9—10 期，后辑入《说林》。
② 作者余莫华，淮化师范大学文学院副教授；傅瑛，本书作者。

先后辞世，许多优秀剧本、优秀技艺面临失传之危。

第二，20 世纪之初的"戏剧改良"运动中，由于救亡心切，也由于参与改良的部分知识分子对舞台艺术缺少了解，他们过分强调了戏曲的宣传鼓动功能，强化了戏曲高台教化的观念，致使中国传统戏曲的艺术魅力受到损伤。

第三，五四文学革命中，以钱玄同、周作人、胡适等为代表的五四学人，对中国传统戏曲进行了从内容到艺术的全方位指斥，认为传统戏曲是非人的文学，

> 不是"色情迷"，就是"帝王梦"，就是"封建欲"……且多颂圣之语，而传统戏曲中的"脸谱，嗓子，台步，武把子，唱功，锣鼓，马鞭子，跑龙套"等等，都是阻碍戏剧进步的"遗形物"①。

> 如其要中国有真戏，这真戏自然是西洋的戏，决不是那"脸谱"派的戏。要不把那扮不像人的人，说不像话的话全数扫清，尽情推翻，真戏怎么能推行呢?②

在这一连串打击之下，曲界人士不免产生"古音失坠，真理混淆，而谈剧者亦庞杂益甚"③ 之忧，发出"梨花零落，菊部萧条"，"程余已死，谭氏新殂，皮黄一道，殆将成绝响矣"④ 的悲叹。

面对这一局面，一批"深明音律，熟悉梨园掌故"⑤ 的民国皖人，开始了他们的"存古救弊"之举。在此后 20 多年里，他们为众多名伶作传，抢救发掘精品剧本，追溯记载史料，研究名词术语，从文献整理这样一个容易被人忽视，却又对传承、创新具有重要作用的方面入手，为中国传统戏曲

---

① 胡适:《文学进化观念与戏曲改良》，《胡适全集》(1)，安徽教育出版社 2003 年版，第143 页。

② 钱玄同:《随感录十八》，瑞峰编《现代名家名作·钱玄同作品选》，中央民族大学出版社2005 年版，第 13 页。

③ 杨尘因:《春雨梨花馆丛刊·蒋序》，上海民权出版部 1917 年版，第 2 页。

④ 刘达:《戏剧大观·罗序》，交通图书馆 1918 年铅印本，第 5 页。

⑤ 刘半农:《五十年来北平戏剧史材二编·刘序》，陈子善《哈佛读书札记》，《博览群书》2002 年第 1 期。

的发展做出了重大贡献，同时为中国戏曲文献学的构建，铺下了基石。

一　推出名伶传记，盛道伶人历史

在各种中国戏曲文献整理中，民国皖人十分重视名伶传记的撰写。此举不仅在当时为确立传统戏曲演员的社会地位、彰显其艺术价值起到了重要作用，就是在今天中国的戏曲艺术传承史上，也是重要的文献依据。

民国初年，合肥周剑云曾作《梨云影再续》，为京剧名伶尚小云、元元红、小翠花、小荷花、白牡丹等 12 人小传；1918 年，他又编辑出版被称为"五四时期有代表性的京剧刊物"[①]《鞠部丛刊》，其中"伶工小传"一栏，录谭鑫培、汪桂芬、梅兰芳等百位名演员传记；同一年，桐城刘豁公出版《戏剧大观》，内"俳优列传"栏录豁公亲撰张二奎、谭鑫培传，张毓庭、王由宸、德珺如传，以及孤鹤、洗公等人所撰孙化成、程长庚、余三胜、汪桂芬、王凤卿、吕月樵、马连良等近百人小传，以"盛道伶人之历史"[②]；1920 年，刘豁公《戏学大全》与《梅郎集：兰芳轶事》相继出版，前者内列"名优列传"一栏，为梅兰芳、梅巧玲、杨小楼、谭鑫培、张二奎、孙曦丞等作传，后者内有《梅兰芳传》；1939 年，更有怀宁程演生所著《皖优谱》出版，专著皖籍优伶传记。

需要特别指出的是，出自民国皖人之手的名伶传记，深深地刻下了安徽学术传统的印记。

首先，出于对史料的格外重视，这些伶人传记不仅包括近代大批中国传统戏曲演员唱做技艺、传授渊源、人品性格等资料，还有对于传统戏曲发展史上许多重要关节点的考证。如全椒杨尘因之《筱菊笙传》，写筱菊笙（李百龄）早年

> 为俞菊笙所器，列入门墙，春风桃李，日益增妍，且与小楼、振廷同侪……俞逝世，小楼则花样翻新，镕化杨俞为一派，而老俞之真

---

① 苏移：《京剧二百年概观》，北京燕山出版社 1989 年版，第 339 页。
② 刘达：《戏剧大观·发端》，交通图书馆 1918 年版。

传仅振廷、百龄为凤毛麟角,此筱菊笙名所由来也。①

又如刘豁公写张二奎听戏后,"依声效之……腔调之佳,科班所不及也。时为咸丰初年,向例票友未拜伶人为师者",于是,他接受朋友建议,出资自建双魁班,

> 是时北京有昆弋而无乱弹,间唱一二段二黄,辄以双笛和之,不用琴(胡琴)也。自二奎出,乱弹戏乃大行。票友之入梨园,为庙首者事……实自张始。②

另杨尘因之《许灵隐传》记载传主清末民初出身仕宦之家,却因"时事日非,国家多难",毅然"抛却仕版","跳上舞台,现身说法"③,成为沪上名伶;而《钱柔声传》则述"世家子清季钱子密太史之嫡孙……卒业于上海震旦公学,精德文,娴习音乐"④,最终走上舞台为"闺阁派"的经过。在此二部传记中,清末民初伶人身份的变化清晰可见。

其次,由于深受桐城文风影响,且胸怀觉世牖民之志,皖籍学人写名伶不独写艺、写技,更重写志、写神。周剑云之《想九霄传》中描写传主:

> 虽习花旦,以妍姿媚态见工,而赋性刚介……除演剧外,绝不屈节承欢于达官贵人之前……庚子之役,激于义愤,附和义和拳,以扶清灭洋为职志,与端王刚毅诸大僚分庭抗礼,擘划国事,气概飞扬,俨然一时人杰。

杨尘因之《刘艺舟传》写刘氏:

---

① 周剑云:《鞠部丛刊·伶工小传》,上海书店出版社 1990 年影印本,第 32 页。
② 同上书,第 27 页。
③ 同上书,第 36 页。
④ 同上。

生来傲骨，矫矫不与人群。读书嗜韩申术，时辄谓人曰：男儿行事当为天下法，碌碌给人供奔走，吾不愿为也……武汉起义，各省响应者一日千里，艺舟大喜曰："黄龙饮马，拔剑斩蛟，正此时矣！"结合塞上英雄，揭竿而起，三日夜夺关而入，下登黄。时南北统一，共和告成，艺舟卸军柄……与潘月樵南下，托身于新舞台，以三寸舌为警世钟。①

再次，透过怀宁程演生所著《皖优谱》，我们可见更多朴学风范。全书按照戏曲表演行当，分别记述程长庚、张二奎、余三胜、杨月楼、姚增禄、高朗亭、郝天秀等 178 名皖籍优伶从艺经历、造诣、贡献、影响，著者不以小传为满足，所记每人、每事均注明出处。如"杨月楼"条，著者于小传后录《菊台集秀》《升平署志略外学民籍年表》《京剧二百年历史》《梨园旧话》《梨园轶闻》《清稗类钞》等文献相关记载，为后世研究提供了诸多线索。

二　发掘传统剧本，保存戏曲精华

在中国传统戏曲文献的整理过程中，民国皖人还以严谨的态度、求实的精神，去芜存真，发掘、整理、刊出一批极有价值的戏曲剧本，为中国传统戏曲精品的流传立下不世之功。

首先是对流传于演员口头剧本的抢救发掘。由于中国传统戏剧演员往往缺少书写能力，时至民国，许多口口相传的优秀剧本或面临失传危机，或在流传过程中讹误百出。在整理这些剧本时，民国皖籍文人用力颇深。他们搜集、采访、整理、校对，在资料缺乏、手段落后的情况下，倾人力、物力、财力，使得一大批散佚民间的剧本得以再现于世。

譬如，1920 年，刘豁公所编《戏学大全》收录广调歌剧《黛玉葬花（带焚稿）》《白蛇传》。编者于按语中指出：

---

① 周剑云：《鞠部丛刊·伶工小传》，上海书店出版社 1990 年影印本，第 35 页。

本剧（指《白蛇传》）为名花旦苏州妹（粤省著名女伶）生平唯一之拿手戏。每次开演，粤人空巷……吾书所录戏词，悉出苏州妹业师口述，较诸外间以讹传讹之俗本，当然判若天渊。①

1925 年，芜湖鲍筱斋辑《湖阴曲初集》一卷，内录湖阴曲剧本《罗梦》《扫秦》《寄信》《跪池》《劝农》《打子》《收留》《教歌》《莲花》《旅店》《扫松》《拷红》《花魁》《下山》《花鼓》《刺汤》《借妻》《学堂》十八出②，间有眉批，末有点评，使芜湖这一"乡乐"得以保留至今。因此，有论者称，这一剧种，"如离却鲍筱斋"等人的"推波助澜和辛勤投入，那根本也是不可能的"③。

其次，经民国皖人多方发掘，中国古代大批戏曲佳作得以整理刊出。以往中国古代戏曲传本，体例不一、行款各殊，

至若成化坊本之类，系出自"书会才人"之手，段落不分，讹字脱漏，不一而足，更有难于卒读之感。④

有鉴于此，贵池刘世珩刊刻《汇刻传奇》，采用统一行款，通篇句读，另加圈点、眉批，刊刻精良。此丛书至 1917 年合刊时，共录剧本 59 种，包括金代《董解元西厢记》，元代王实甫《西厢记》，高明《琵琶记》，明代徐畛《杀狗记》，徐渭《四声猿》，张凤翼《红拂记》，汤显祖《还魂记》与《南柯记》，吴炳《绿牡丹》与《疗妒羹》，清代吴伟业《通天台》与《临台阁》《秣陵春》，马佶人《荷花荡》，洪升《长生殿》，顾彩、孔尚任《小忽雷》《大忽雷》，附刊元代钟嗣成《录鬼簿》，明代吕天成《曲品》，清代高奕《传奇品》，另有明代梁辰鱼散曲集《江东白苎》别行等。尤为可贵的是，该丛书所收剧本多附考据、图谱、音释、曲谱、评语、校

---

① 刘达:《戏学大全·乐府新声》，生生美术公司 1920 年版，第 12 页。
② 鲍筱斋:《湖阴曲初集一卷》，北京撷华印书局 1925 年版。
③ 茆耕茹:《仪式·信仰·戏曲丛谈》，黄山书社 2009 年版，第 286 页。
④ 曲苑编辑部:《曲苑·第一辑》，江苏古籍出版社 1984 年版，第 209 页。

注。以《西厢记》为例，所附资料竟达十余种之多①，堪称一部《西厢记》研究资料汇编。更加难得的是，这些作品，都经过编者

> 悉心雠校，校过付写，写过复校，校后付刻，刻后复校……自信可免割蕉加梅之讥，一无拗嗓聱牙之弊。②

正是因为如此，这部丛书一直被认为是中国"戏曲丛书的精品"，"给研究工作和登台演唱提供了大量重要资料"③。

1940 年，绩溪汪协如女士标点《缀白裘》第十二集第四十八卷④，也是民国皖人整理传统剧本重大成就。此书原为清代玩花主人选，钱德苍续选，内录乾隆时舞台流行剧目 489 出，其中昆曲 430 出，高腔、乱弹腔、梆子腔等 59 出，均为精华之作。汪协如标点本成书后胡适作序，特引用赵万里之语说明《缀白裘》的价值：

> 明清戏曲之有《缀白裘》，正如明朝短篇小说之有《今古奇观》。有了《今古奇观》，《三言》《二拍》的精华都被保存下来了。有了《缀白裘》，明清两朝的戏曲的精华也都被保存下来了。⑤

再次，整理刊印当时名演员剧本。清末民初，经过新思想洗礼，更多有学术底蕴与高深造诣的编剧、演员进入剧界，他们对旧本进行改编，传

---

① 此书附录包括编者所辑《重编会真杂录》二卷，（宋）赵令畤《商调蝶恋花词》一卷，（明）凌濛初《西厢记五剧五本解证》一卷，（明）徐逢吉《元本北西厢记释义音字大全》一卷，（明）王骥德《古本西厢记校注》一卷，（明）陈继儒《批评西厢记释义字音》一卷，（明）闵遇五《五剧笺疑》一卷，（元）王实甫《丝竹芙蓉亭》一折，（元）晚进王生《围棋闻局》一折，（元）白朴《钱塘梦》一折，（明）李开先《园林午梦》一折，（明）李日华《南西厢记》二卷，（明）陆采《南西厢记》二卷。

② 刘世珩：《暖红室汇刻传奇·还魂记（跋）》，曲苑编辑部《曲苑》第 1 辑，江苏古籍出版社 1984 年版，第 208 页。

③ 蒋孝达：《戏曲丛书的精品——〈暖红室汇刻传奇〉》，《博览群书》1986 年第 12 期。

④ （清）玩花主人选，（清）钱德苍续选，汪协如校：《缀白裘》第十二集第四十八卷，中华书局发行所 1940 年版。

⑤ 胡适：《缀白裘·序》，《胡适全集》（12），安徽教育出版社 2003 年版，第 353 页。

达对古典文学作品的新认识和对舞台演出的新体会。此类剧本的及时编辑刊印，自然意义重大。

1917 年，杨尘因《春雨梨花馆丛刊》录汪笑侬之《玉门关》，指出此剧

> 与旧本之结构迥殊。按旧本之谬点甚夥，考班超此时，乃一书生投笔从戎者，而旧本误曰定远侯，又班超袭取番将时，曾云"不入虎穴焉得虎子"数语，乃英雄自壮其气也，而旧本误曰觋虎跃于帐下，始作斯语，谬之甚矣。①

论及此书刊登的欧阳予倩上演之《黛玉葬花》，他以为：

> 结构精密，无词不香，无字不丽……将伤春心思刻画入微，非腹有诗书盍克臻此。②

编者于新本后附录旧本，更方便读者比较。另，周剑云《鞠部丛刊·旧谱新声》录谭鑫培之《断臂说书》《盘关》，汪桂芬之《文昭关》《行路训子》，汪笑侬之《博浪锥》，张胜奎之《三字经》，欧阳予倩之《晴雯补裘》《黛玉焚稿》，孙菊仙之《哭灵牌》，刘豁公《戏学大全》录梅兰芳之昆曲《游园惊梦》，李雪芳之《黛玉葬花》，《梅兰芳新曲本》（又名：梅郎集：梅郎曲本）录梅兰芳之《狮吼记》《西厢记》《荆钗记》《牡丹亭》等剧情与唱词，皆为一代名家名作留下传响之本。而豁公所著《京剧考证百出》，不仅录《空城计》《捉放曹》等 77 出传统剧目剧情故事，且对戏曲角色、唱做、各派演员表演特点、演出状况等进行了多方考证、评说，更为后世研究提供了宝贵资料。

---

① 杨尘因：《春雨梨花馆丛刊·剧本》，上海民权出版部 1917 年版，第 1 页。
② 同上书，第 39 页。

三 汇集戏曲文献，以利研究传承

民国皖人在戏剧文献整理中，尤重史料收集。譬如，周剑云《鞠部丛刊》辟有"歌台新史""戏曲源流""梨园掌故"栏，分别录《上海票房二十年记》《吴门票集十年记》《海上梨园五年记》《久记票房七年记》《民兴社始末记》，《程长庚凤鸣关二六原词》《张二奎上天台快三眼原词》《戏迷传扉吕月樵所编》《八大锤溯源》《久记票房之新十八扯》《三国演义之京戏考》，以及《京华鞠部琐记》《关戏之创作者》等重要史料；刘豁公《戏学大全·度曲金针》录《戏曲乐器变迁考》《说唱》《说做》《说武工》《说昆曲》《说秦腔》；《戏剧大观·伶工趣事》载《坤伶轶事》《程长庚与余三胜得名之原因》；等等。这些文献对中国传统戏剧史研究均有重要作用。此外，刘豁公主编的《戏剧月刊》也以刊载私人珍藏的稀有脚本、胡琴乐谱（工尺谱或简谱）以及名伶照片等知名，成为沪上推进中国传统戏曲发展的一支重要力量。特别是此刊所出《梅兰芳》《尚小云》《程砚秋》《荀慧生》《谭鑫培》《杨小楼》六个专号，为后来者研究中国近代戏曲史，提供了珍贵的史料。

不过，在此方面首屈一指的记载与研究，当属至德周明泰的《几礼居戏曲丛书》。

周明泰出身于皖籍名门，为晚清重臣周馥嫡孙，近代著名实业家周学熙之子。优越的经济条件、浓郁的家庭学术氛围，加上骨子里对戏曲的热爱，使得他有机会广泛浏览各类戏曲文献，进而深入钻研整理。民国期间他出版《几礼居戏曲丛书》，包括《都门纪略中之戏曲史料》《道咸以来梨园系年小录》（此书后更名《京戏近百年琐记》）、《五十年来北平戏剧史材》《清升平署存档事例漫抄》四种，汇集了中国近现代戏曲史上众多珍贵资料。

《都门纪略中之戏曲史料》出版于1932年。清道光年间杨静亭著《都门纪略》，为记载北京风俗著作，内有"都门纪略之缘起""都门纪略中之戏剧""都门纪略中之戏园"等。周明泰从道光、同治、光绪六种《都门纪略》版本中，按戏班、角色、剧目、剧园等类别加以整理、排列，比较异同，分别研究《都门纪略》中之戏班、角色、戏剧、戏园，且以图表形式，使原本琐碎的记载井然有序，清晰地展示了当时北京地区传统戏曲演出风貌及变化沿革。

同年出版的《五十年来北平戏剧史材》，前编记录自清光绪八年（1882）至清宣统三年（1911）北京几十个戏班所上演的 900 余出剧目，部分剧目注明主要演员，并附《戏名班数统计表》《戏名通检》；后编照录北京各戏园演出戏单，起于清光绪三十三年（1907），止于 1932 年。编者不仅以日期先后为序，分别著录每场演出时间、地点、戏班、剧目以及主要演员，且编写《名角初演戏名日期表》《人名通检》两表，便于读者检阅。刘半农称赞此书："以其治学之手腕为之"，因此"有异于时下谈艺捧角诸贤之所作也"①。近年来更有论者以为：

> （此书）前后两编相加，纵贯清末民初半个世纪，使当时北京戏曲演出的鲜活实况，包括一些重要细节，得以存留，实在功不可没。②

《道咸以来梨园系年小录》从嘉庆十八年（1813）始，至 1932 年止，按年记述北京戏曲界轶事，侧重名伶生卒、入科、重要演出，囊括自清嘉庆十八年（1813）至 1932 年 100 余年间北京戏曲界轶事，包括 450 名京剧、昆曲、秦腔、河北梆子等剧种演员、琴师、鼓师、票友之简历，演出活动，师承流派，亲友关系，以及同期戏班、茶园、演出剧目。有论者指出：

> 众多曾倾注毕生心血于梨园的民间戏曲表演艺术家，正是有赖于此书的提及，才不至完全被后人遗忘。③

---

① 刘半农：《五十年来北平戏剧史材二编·刘序》，陈子善《哈佛读书札记》，《博览群书》2002 年第 1 期。
② 杨铸：《一部不应被忽视的戏曲史料汇编——〈几礼居戏曲丛书〉简论》，《中国典籍与文化》2010 年第 2 期。
③ 同上。

《小录》成书后，作者又将内容续补至 1944 年，更名为《京戏近百年琐记》。

《清升平署存档事例漫抄》成书于 1933 年，详述自乾隆南巡，招江南伶工入京供奉内廷，至四大徽班进京，皮黄大兴，清咸丰帝后酷嗜俗乐，同光之际因慈禧更嗜皮黄，以及清代宫廷自制诸大传奇等事。《著者序》称：

> 去年冬余得尽观北平图书馆所收海盐朱氏旧藏清升平署档案五百余册，其中有嘉庆年间南府之档案若干册，自道光七年，改南府为升平署，历年档案除光绪三十四年几全散佚，其余鲜有阙者。探本溯源，对于清廷演剧之情状，可略得其梗概矣。①

面对如此纷繁的档案史料，著者精心梳理，分类移录，集为六卷：卷一 16 目，为一年中不同节日演出活动；卷二 14 目，为皇室各种寿辰及婚丧典礼演出活动；卷三 9 目，为南府、升平署有关史料；卷四 25 目，为宫内演出活动各种细节；卷五 16 目，为戏曲音乐史料；卷六 11 目，为演出剧目史料。附录《乐器折一》《乐器折二》《安设乐器次序单》《清升平署存盘释名》《清升平署存档详目》。所有这些，足以展示清宫 90 余年演剧基本情况。

除却《几礼居戏曲丛书》，民国时期周明泰还著有《续剧说》，体例仿清人焦循戏曲名著《剧说》，引用杨钟羲《雪桥诗话》、震钧《天咫偶闻》、王韬《淞滨琐话》、张焘《津门杂记》、柴萼《梵天庐丛录》等 39 部书目，辑录有关昆剧作家、艺人及演唱记事等各种戏剧史料，对于中国传统戏曲研究具有重要意义。

四 考订名词术语，推进戏剧研究

中国传统戏曲传至民国，许多专有名词术语早已形成，但由于

---

① 周明泰：《清升平署存盘事例漫抄·序》，（台湾）文海出版社据 1933 年本影印。

伶工多不注重文字，又无人为文记之。年湮代远，讹以传讹，致有千里之谬。故时至今日，能道之者绝少。①

有鉴于此，民国皖人在多种著述中记载这些词语之意义，并进行考证。

首先为此做出努力的当属刘豁公。早在 1918 年，他就在《戏剧大观》上专辟"京剧术语"栏，录京剧术语 79 条，诸如"摺""调门""念白""过门""文场""武场""手眼身步法""尖团呕噜音"等，皆属"普通常用者"；1919 年，他又于《京剧考证百出》中以专文述《角色定名之意义》；1920 年，《戏学大全》更于"梨园常识"栏中介绍《关于场面之常识十八则》《关于板眼之常识三十则》《关于锣鼓之常识三十六则》《关于须发之常识三十七则》《关于衣帽等项常识七十九则》《关于武器旗帜之常识五十八则》《关于旦角化妆品之常识三十七则》《关于唱做之常识五十则》《关于杂项之常识三十一则》《关于假物之常识五十三则》。

1931 年，合肥方问溪《梨园话》问世，更将此项工作推向深入。方问溪出身昆曲世家，"其先世为前清供奉者，将及二百年"，祖父方星樵（秉忠）为著名笛师，对于嫡孙，"尽以不传之秘以传之"②，因此，问溪

颇得昆乱诸秘，而于戏剧之组织、沿革、规俗等事，尤具精研。③

为编写《梨园话》，他

搜集各书，所已见他书者，就正于诸老伶工，以为无误，始录存之。复广求遗闻，以扩充其资料。④

《梨园话》全书录戏班专有名词术语 400 余条，按笔画顺序排列，逐

---

①　方问溪：《梨园话·自序》，中华书局 1931 年版，第 11—12 页。

②　关士英：《梨园话·序》，中华书局 1931 年版，第 6 页。

③　林小琴：《梨园话·序》，中华书局 1931 年版，第 3 页。

④　张次溪：《梨园话·序》，方问溪《梨园话》，中华书局 1931 年版，第 10 页。

条注解。其中简明扼要者，如"大梨膏"：

> 凡伶工自夸其能，俯视一切，谓之大梨膏。①

内容复杂者，如"大轴子""切末""打通儿""打背供""打黄粱子""科班""后台"等诸条多有附记，旁征博引，详加考证。以"大轴子"为例，著者首先释义：

> 戏园中最后所演之戏谓之大轴子。②

然后附记：

> 高阳齐如山先生曰，北京戏院中末一出戏，名曰大轴子。按"轴子"二字始于有清嘉道时代，盖长本戏之谓也。《都门竹枝词》谓，"轴"音"纣"。③

接下来，作者先考证北方语音中"轴"字读音，复由"凡成一束者，皆可为轴"引向整本戏何时称为"轴子"，从而涉及元明两朝及清初演戏习惯的演变。此后，依据《百种曲》《六十种曲》《缀白裘》《燕兰小谱》《品花宝鉴》等典籍纂辑情况，方氏进一步推论：

> 整本戏繁而长，所抄本子卷为一轴，故班中呼为轴子戏，是即"轴子"二字之所由来也。④

据此，他又记述"大轴""中轴""早轴""压轴"之不同含义，以及

---

① 方问溪：《梨园话》，中华书局 1931 年版，第 8 页。
② 同上书，第 6—7 页。
③ 同上书，第 7 页。
④ 同上书，第 8 页。

不同历史时期"轴子"内涵的变化，堪称一篇论证严谨、资料翔实之考据文。此外，又如"科班"条，著者于看似简单的介绍后，复记"科班"自清代至民国诸多变化，包括组织、招生、契约、作科规则、毕业，并节录北平富连成科班训词，实"堪为有志研究剧学者之助"①。

　　在中国现代戏曲史上，《梨园话》作为中国第一部戏曲词典，被认为可与著名戏曲学大家齐如山的经典学术名著《中国剧之变迁》《中国剧之组织》"鼎足而三"。

---

① 关士英：《梨园话·序》，方问溪《梨园话》，中华书局 1931 年版，第 6 页。

第六章

译林群英:民国皖籍文学译者群研究

　　中国现代文学翻译史上,皖籍译者群影响重大。就数量而论,多达百余人的皖籍文学翻译者与 300 余部①翻译作品也许难以与浙江、福建、广东等沿海开放地区比肩,但作为一个地域文学翻译群体,它独特的翻译贡献,特别是在中国现代文学史各个阶段均显示的不可替代的历史价值,却十分引人瞩目。

　　首先,在中国现代文学史上,皖人文学翻译具有开先河的作用。在近代文学走向现代文学的历程中,以吴汝纶、胡怀琛为代表的皖籍名家,或以其名望、地位与见解,对中国翻译事业做出过重大贡献,或敏锐地观察到中国文学未来的发展动向,积极致力于西方文学作品的译介,从实践与理论两方面大力推进了中国现代文学翻译活动。

　　其次,在五四新文化运动中,以皖籍人士陈独秀、胡适、陈嘏等为代表的《新青年》译者群,推出大量启迪民智、引导创作的文学翻译作品,提出了以"白话译名著"的伟大目标。因此,他们不仅是中国现代文学翻译的早期实践者,也是中国现代文学翻译理念的奠基人。

　　再次,紧随《新青年》译者群之后,中国现代文学史上第一个以翻译为中心的文学团体"未名社"脱颖而出,其主要成员除鲁迅和曹靖华二人之外,均为安徽霍邱人。他们致力于译介外国文学,特别是苏俄文学作品,出版了专收译作的"未名丛书",被鲁迅赞为"一个实地劳作,不尚

---

　　① 此数据来自傅瑛《民国皖人文学书目》,中国社会科学出版社 2016 年版。

叫嚣的小团体"①。

第四，时至20世纪30年代，中国现代文学进入蓬勃发展期。此时，皖籍学人的文学翻译也随之进入高潮。一方面，以钱杏邨、蒋光慈、叶以群为代表的"左联"成员，成为中国现代文学史上倡导、译介世界无产阶级革命文学的中坚力量；另一方面，朱光潜翻译出版了我国第一本美学专著——《美学原理》，而汪倜然、章衣萍、程朱溪等人，则开始了对萧伯纳、巴甫连柯、狄更斯、高尔斯华绥、高尔基、契诃夫以及斯诺夫人等名家之名作的翻译，这些译著对中国现当代文学的影响，极其深远。从此开始直至新中国成立，又有三位文学翻译大师——周煦良、杨宪益与刘辽逸从安徽走出，他们以渊博的学识、优雅的文笔，搭建中外文学沟通的桥梁，并以杰出的翻译成果和翻译理论再一次引领我国文学翻译活动的前行。

那么，安徽学子缘何能在中国现代文学翻译领域取得如此辉煌的成就？在这些成就背后，有什么样的地域文化的支撑？这是一个引人深思的问题。

第一节　皖地文化的慷慨赐予

欲深入研究这一问题，我们不能不从皖省历史文化与近代社会发展机遇谈起。

皖地自古文化昌盛。明清以来，学术发展更是引人瞩目。其中徽州与桐城是极具辐射力的两个"点"，以耀眼的光芒引领着皖籍学子的行进方向。

首先是徽州。现代史学名家张舜徽曾言：

　　余尝考论清代学术，以吴学最专，徽学最精，扬州之学最通。②

---

① 《鲁迅全集》（编年版）第10卷，人民文学出版社2014年版，第153页。
② 张舜徽：《清代扬州学记》，上海人民出版社1962年版，第2页。

　　徽派学术的代表人物如江永、戴震、程瑶田、俞正燮、凌廷堪等以精湛的学术造诣名扬四海，成为数代徽州学子的榜样。时至近代，由于徽人外出经商、为宦者众，故而徽州人士虽处大山之中，却能做到视野开阔，敏锐地感知外界世事变化，汲取新事物之影响。再加上徽人乡土观念重，宗族意识强，外出商人、官员皆鼎力支持家乡的教育事业，并持续引导子侄走出大山，求学于沿海文化发达地区，从而使固有的新安学派在新思想、新文化的影响下不断变通，形成了既根基深厚又具开阔视野的近代徽州文化，为现代翻译人才的出现奠定了基础。正是在这样一种文化氛围中，胡怀琛、胡适、汪倜然、汪原放、江绍原、姚克、吴道存、程朱溪、叶以群、周煦良等现代翻译家相继走出，并开始了自己的翻译事业。

　　其次是桐城。清代文坛影响最大的散文流派"桐城派"于清代中期崛起，主盟中国文坛200余年，文化积淀极为深厚。晚清以来，以吴汝纶为代表的后期桐城派重要人物目睹家国危难，不再拘泥于桐城"义法"，而是弘扬明末清初桐城先祖以"道统"自任的精神，致力于经世实用之学，积极寻求富国强民之路，提出：

　　　　文者天地之至精至粹，吾国所独优。语其实用，则欧美新学尚焉。博物格致机械之用，必取资于彼，得其长乃能共勃者比肩横肱坐立不俯屈也。[①]

　　在这样一种时代新风的影响下，诸多桐城学人打点行囊求学异邦，为日后倡导西学，从事文学翻译积累了必要条件，这其中即包括了陈独秀、陈黩、朱光潜等杰出翻译人物。正因为如此，周作人曾说：

　　　　到吴汝纶、严复、林纾诸人起来，一方面介绍西洋文学，一方面介绍科学思想，于是经曾国藩放大范围后的桐城派，慢慢便与新要兴起的文学接近起来了。后来参加新文学运动的，如胡适之、陈独秀、

---

　　① 吴庆麟：《吴汝纶传略》，方兆本主编《安徽文史资料全书·安庆卷》，安徽人民出版社2007年版，第1123页。

梁任公诸人都受过他们的影响很大,所以我们可以说,今次文学运动的开端,实际还是被桐城派中的人物引起来的。①

除却这两个文化辐射点的作用,近代安徽文学翻译的繁盛还得力于两个重要的历史机缘。

其一为洋务运动的兴起。洋务运动兴起之初,安徽即得风气之先。咸丰十一年（1861）,安庆成立了近代中国第一个现代化的军事工业企业——安庆军械所。徐寿、华蘅芳等一批精通西学的科技人才先后入驻安庆,在没有外国帮助的条件下,制造出中国第一艘蒸汽船"黄鹄"号。为研究的需要,他们在此设立翻译馆,致力于科技文献的翻译介绍和对通晓西学人才的培养,近距离地为安庆士子打开了一扇眺望世界之窗。同治元年（1862）,洋务运动的重要推动者李鸿章正式成立淮军。首批淮军一到上海,即开始与洋人交往,在上海初步站稳脚跟后,李鸿章又建立了以务实干练、通晓洋务为基准的淮军幕府,提出:

> 中国欲自强,则莫如学习外国利器。欲学习外国利器,则莫如觅制器之器,师其法而不必尽用其人。欲觅制器之器与制器之人,则或专设一科取士,士终身悬以为富贵功名之鹄,则业可成,艺可精,而才亦可集。②

依照"西学为体,中学为用"的洋务思想,他不仅创建了中国第一支新式武装陆军,组建了中国第一支远洋海军,兴办了中国第一家大型综合工业企业——上海江南机器制造局,主持修建了中国第一条铁路,创建了中国第一个电报局,而且创建了中国第一家外文翻译馆,派出了中国第一批官派留学生。李鸿章的洋务观念自然而然地影响了族人、淮军子弟与更多的家乡士

---

① 周作人:《桐城派对新文学的影响》,薛绥之、张俊才编辑《林纾研究资料》,福建人民出版社1983年版,第189页。
② （清）李鸿章:《就学制外国火器事覆总理各国事务衙门函》,《筹办夷务始末·同治朝》卷二五,故宫博物院影印本,第10页。

子，使得安徽有了一批站得高、看得远的政治文化精英。①

其二，时至晚清，政府开始注重外交事务，安徽士人由于科举成绩出色，淮军将领亦多任要职，因而出国任职考察机遇自然也较多。譬如，广德钱文选曾任清政府学部出洋留学生襄校监试官、驻英留学生监督；泾县吴广霈曾任驻日公使馆参赞；怀远林介弼出使日本，任监督；歙县许珏历任驻英、法、意、比大臣参赞，驻美、西、秘参赞，驻意大利出使大臣；旌德江亢虎东渡日本考察政治，后出任北洋编译局总办、《北洋官报》总纂、刑部主事、京师大学堂教习；合肥蒯光典清光绪三十四年（1908）赴欧洲任留学生监督；石埭杨文会两度出使欧洲；桐城吴汝纶率队赴日考察教育，随行人员李光炯、方守敦等均为桐城学人……所有这些，无疑为皖省青年带来较之他省更为丰富的国外教育信息，促使安徽学子纷纷踏上出国留学之路。家境稍差者如胡适、梅光迪、程万孚、许幸之等人，或经选拔依靠庚款出国，或赖亲友资助，或勤工俭学；而高门大户子女则成群结队自费奔赴国外，如淮军将领、广东水师提督吴长庆孙女吴弱男先后留学日本、英国，咸丰状元、光绪帝师孙家鼐侄孙孙毓筠留学日本，嘉兴知府、浙江巡警道、禁烟督办杨士燮之子杨毓璋留学日本，其子杨宪益留学英国，北洋通商大臣、山东巡抚、两江总督、两广总督周馥重孙周煦良留学英国，周一良留学美国哈佛大学……

据统计，仅晚清时期安徽留日学生人数已达千人以上，列全国前列，欧美留学生也达到50余人②。进入民国，皖省赴欧美留学生所占比重迅速增加，1919年12月28日《时报》记载：

　　　　此次第九届出发留学生较前为少，计男生四十四人，安徽籍占大半。

<hr/>

① 据孙燕清《风云际会之交的沪上霸业——阜丰面粉厂》记载，李鸿章大哥李瀚章的二小姐嫁到安徽寿县孙家鼐家中，即不主张子孙后代走科举老路，而要他们学洋文，办洋务。她曾教育孙多鑫、孙多森兄弟："当今欧风东渐，欲求子弟不坠家声、重振家业，必须习认洋文，以求洞晓世界大势，否则断难与人争名于朝，争利于市……"见白青锋等《锈迹——寻访中国工业遗产》，中国工人出版社2008年版，第34页。

② 王国席：《晚清安徽出国留学人员考》，《安庆师范学院学报》（社会科学版）2002年第2期。

毋庸置疑,发达的文化教育、大批留学生的出现,为民国皖籍文学翻译队伍准备了人才。

第二节 前驱者的开拓探索

正是由于具备如此得天独厚的条件,皖省现代文学翻译活动萌芽早、影响大。清末民初,桐城吴汝纶即以其特殊的身份,深刻影响了那一时代的文学翻译活动。他大力支持严复译《天演论》,并为之作序,高度肯定了《天演论》的思想价值。在此序及与严复的多次通信中,他曾提出若干有关文学翻译的见解,比如:

> 若自为一书,则可纵意驰骋;若以译赫氏之书为名,则篇中所引古书古事,皆宜以原书所称西方者为当,似不必改用中国人语。①

正是遵循这一意见,严复删去原译文中"诗曰""班固曰""孔子曰"之类文字,归入正文后"严复案语",使译文与原著更为接近。又比如:

> 凡吾圣贤之教,上者道胜而文至,其次道稍卑矣,而文犹足以久。独文之不足,斯其道不能以徒存。②

再如:

> 来示谓行文欲求尔雅,有不可阑入之字,改窜则失真,因仍则伤洁,此诚难事。鄙意与其伤洁,毋宁失真。凡琐屑不足道之事,不记何伤? 若名之为文,而俚俗鄙浅,荐绅所不道,此则昔之知言者,无

① (清)吴汝纶:《答严幼陵》,《吴汝纶全集》(3),黄山书社 2002 年版,第 144—145 页。
② (清)吴汝纶:《天演论序》,钱仲联编选《清文举要》,安徽教育出版社 1989 年版,第226 页。

不愚为戒律。①

在此，吴汝纶强调翻译文章必须讲究文采，否则就会影响"道"的传播，充分体现了桐城文派注重文章体类、行文务必求"雅"的追求，对严复提出的、影响了整个 20 世纪中国近现代文学翻译的"信、达、雅"三字准则颇有影响。

光绪二十九年（1903）春，时年 20 岁的泾县胡怀琛在兄长的鼓励下，赴上海学习英文，旋即开始研读西方诗作。宣统三年（1911），他推出中国第一部专论译诗的《海天诗话》。这部诗话不仅保留了中国近代文学史上中西文化交流的许多史实，评介了日本、英国、德国、法国、意大利、芬兰、印度等国诗人及其诗作，而且明确阐述了他的译诗见解。胡怀琛认为，诗歌翻译水平大抵可分为三类：

> 或取一句一节之意，而删节其他，又别以己意补之，使合于吾诗声调格律者，上也；译其全诗，而能颠倒变化其字句者，次也；按文而译，斯不足道矣。②

此外，他还提出诗歌译者必深入了解西方文化：

> 欧西之诗，设思措词，别是一境。译而求之，失其神矣。③

由于存"神"的至关重要，胡怀琛进一步做出阐述：

> 能文者撷取其意，锻炼而出之，使合于吾诗范围，亦吟坛之创格，而诗学之别裁也。④

---

① （清）吴汝纶：《吴汝纶全集》（3），黄山书社 2002 年版，第 144—145 页。
② 胡怀琛：《海天诗话》，张寅彭主编《民国诗话丛编》（5），上海书店出版社 2012 年版，第 309 页。
③ 同上书，第 303 页。
④ 同上。

与此同时，他特别注重翻译文字的锤炼，说：

> 昔某君尝为予言：学一国文字，如得一金矿。其言谐而确。然余谓：既得金矿，尤当知锻炼，不然金自为金，何益于我哉！①

此外，胡怀琛也是在中国近代文学翻译史上第一个明确提出"文学可译与不可译"问题，并直接发表见解的人。他以为：

> 或谓文学不可译，此言未必尽然。文学有可译者，有不可译者。能文者善于剪裁锻炼，未必不可译。若据文直译，则笑柄乃出矣。②

这就较为清晰地概括诗歌翻译之要。正是在这个意义上，学界评价此作"颇反映出清末民初中西文学交流之况"，其中"区分译诗与原作之离合关系，颇为有识"③。几年后，胡怀琛又辑录完成中国第一部外来小说翻译文集——《小说名画大观》。这部书集"近今著名小说家译撰之作"④，分伦理、教育，以至侦探、社会、言情等凡 20 类，收录作品 200 余种，堪称壮观，集中展示了中国近现代翻译文学的部分成就。

辛亥革命之后，中国历史翻开崭新的一页，一场新的思想文化革命开始酝酿。1915 年，《青年杂志》创刊，在"科学""民主"大旗引领下，中国文学翻译迅速迈进现代历史新阶段。为建设"自主的而非奴隶的文化""进步的而非保守的文化""进取的而非隐退的文化""世界的而非锁国的文化""实力的而非虚文的文化""科学的而非想象的文化"⑤，胸怀大志的皖籍学者以陈独秀创办的《新青年》为平台，展现出不凡身手，推动了中国文学翻译在对象选择、文字使用等关键问题上的转变，在理论与

---

① 胡怀琛：《海天诗话》，张寅彭主编《民国诗话丛编》（5），上海书店出版社 2002 年版，第 309 页。

② 同上。

③ 张寅彭语，傅璇琮等主编《中国诗学大辞典》，浙江教育出版社 1999 年版，第 271 页。

④ 胡怀琛：《小说名画大观·提要》，胡怀琛主编《小说名画大观》，中华书局 1916 年版。

⑤ 陈独秀：《敬告青年》，《青年杂志》1915 年创刊号。

实践两方面，当之无愧地充当了中国现代文学翻译的领军者。

首先，在 1915 年的《青年杂志》上，来自桐城派故乡的中国新文化旗手陈独秀发表《现代欧洲文艺史谭》，第一次向国人描述了从 17 世纪到 19 世纪末欧洲文学发展的大致轮廓，介绍了福楼拜、左拉、莫泊桑、龚古尔兄弟、都德、王尔德、萧伯纳、托尔斯泰、屠格涅夫、安特列夫、易卜生、霍普特曼等欧洲杰出作家，为翻译、研究西方文学提供了线索。紧接着，来自新安学派故乡的胡适也开始探讨文学翻译问题。1916 年 2 月 3 日他致信陈独秀，提道：

> 今日欲为祖国创造新文学，宜从输入西欧名著入手，使中国人士有所取法，有所观摩，然后乃有自己创造之新文学可言也。①

此后在《建设的文学革命论》一文中，他又提出两个对中国现代文学翻译起着不可估量影响的观点：第一，"只译名家著作，不译第二流以下的著作"；第二，"全用白话"②。这两点针对晚清文学翻译原稿选择不精，"多半是冒险的故事及'荒诞主义'的矫揉造作品"③ 之弊端，是一个有力的拨乱反正。

当然，《新青年》皖籍译者群的成就不仅仅表现为理论倡导，还有更为重要的翻译实践。此期《新青年》影响较大的文学翻译者有陈独秀、胡适、陈嘏、吴弱男、薛琪瑛。

早在光绪二十九年（1903），陈独秀就以"陈由己"为笔名，与苏曼殊合作，翻译了法国著名小说家雨果的《悲惨世界》，并以《惨世界》为名，连载于《国民日报》，次年由镜今书局出版单行本。进入《新青年》时代，他又于《青年杂志》第 1 卷第 2 号推出泰戈尔《赞歌》、塞缪尔·史密斯《亚美利加（美国国歌）》等文学译作。

胡适此期重要的翻译作品有诗歌《老洛伯》《关不住了》，以及莫泊桑

① 胡适：《致陈独秀信》，《胡适全集》第 23 卷，安徽教育出版社 2003 年版，第 95 页。
② 胡适：《建设的文学革命论》，《新青年》1918 年第 4 卷第 4 号。
③ ［美］芮恩施语，志希（罗家伦）《今日中国之小说界》，《新潮》1919 年第 1 卷第 1 期。

的《二渔夫》《梅吕哀》,泰来夏甫的《决斗》,易卜生的《玩偶之家》等小说、戏剧。其中于 1918 年翻译的苏格兰女诗人安尼·林德塞的《老洛伯》,以生动流畅的语言讲述了一个遥远国度的乡村爱情故事,被称为中国现代第一首白话译诗。它彻底摆脱了旧体诗的束缚,表达形式自然和谐,给当时的诗坛带来一股清新之气。

相比较而言,来自桐城派故乡的青年学子陈嘏,是《新青年》译者群中成就最高的一位。有学者指出,晚清民初的翻译大多重视其社会及教育意义和故事情节的曲折离奇,而较少考虑作品的艺术水准及其在世界文学史上的地位,所以不少译家(包括林纾)都翻译过西欧和日本许多二三流乃至三四流作家的作品,他们普遍缺乏名著意识。①

而这种情况的改变,应以陈嘏译作的出现为标志。这一时期,陈嘏翻译了俄国作家屠格涅夫的《春潮》《初恋》,第一次将这位优秀的俄国作家介绍给中国人民。他还翻译了英国著名剧作家王尔德的独幕剧《弗罗连斯》、法国自然主义小说家龚古尔兄弟名作《基尔米里》、挪威戏剧名家易卜生的《傀儡家庭》等,均显示了较高的鉴赏能力和文学素养。

《新青年》皖籍译者群中引人注意的人物还有两位女译者——吴弱男与薛琪瑛。1918 年,淮军著名将领吴长庆女孙吴弱男译易卜生戏剧《小爱友夫》,发表于《新青年·易卜生专号》,成为在全国掀起“易卜生热”的一个重要因子。洋务派干将薛福成女孙、桐城吴汝纶外孙女、安徽太湖县朱氏之妻薛琪瑛于 1915 年翻译英国唯美派戏剧家王尔德的《意中人》,连载于《新青年》第 1 卷第 2、3、4、6 号和第 2 卷第 2 号,为中国文坛首次译介王尔德的戏剧作品,同时开创以白话翻译西方戏剧作品之先河。

紧随《新青年》译者群之后,在五四新文化运动熏陶下诞生的“未名社”,犹如一颗闪亮的新星出现在民国文学翻译舞台上。这一团体主要成员除鲁迅、曹靖华外,韦素园、台静农、韦丛芜、李霁野均来自安徽六安叶集镇。遵循“以白话译名著”的原则,他们在短短几年内就集中翻译出版了一批苏俄文学作品,对介绍十月革命后的苏联文学做出了重要贡献。

―――――――――

① 朱一凡:《翻译与现代汉语的变迁:1905—1936》,外语教学与研究出版社 2011 年版,第 50—51 页。

这些作品中包括果戈理的《外套》、柯罗连科的《最后的光芒》、高尔基的《人之诞生》、陀思妥耶夫斯基的《穷人》《罪与罚》《不幸的一群》、安特列夫的《往星中》《黑假面人》、斯威夫特著《格列佛游记》、莎绿蒂·勃朗特著《简·爱》等世界文学名著，以及《近代文艺批评断片》《英国文学：拜伦时代》《文学与革命》等理论著作。其中以李霁野为代表的未名翻译家坚持采用忠实于原著的白话文直译法，打破晚清古文翻译的"转述译法"之局限，尽可能地使国外先进文化思想原汁原味地传入中国，堪称一大贡献。因此，有研究者认为，未名社的出现，

　　　标志着我国翻译文学发展的新趋势，它的翻译活动在中国翻译文学史上占有特殊的地位……它带着鲁迅的方向和战斗传统，为中国翻译文学历史写下了切切实实的一页，做出了特殊的贡献。①

第三节　新一代译者硕果累累

　　进入 20 世纪 30—40 年代，随着国家政治形势的急剧变化，皖籍译者群如同全国文坛一样，也发生了重大变化。《新青年》时代文学翻译的一统江山不复存在，代之而起的是两路翻译大军：一路是以"左联"成员为主，高举"无产阶级文学"大旗，热情介绍苏联与日本左翼文学理论与创作的"左翼"文学翻译；另一路是继续专注于经典著作翻译、专注于美的追求、旨在架起通往西方美学桥梁的自由主义文学翻译。抗日战争爆发后，两路翻译大军会合一处，同时吸引了更多皖籍学人的参与，他们以笔为旗，以翻译作品参与反法西斯战争，取得不凡成就。

　　这一时期，安徽"左翼"文学翻译十分引人瞩目。由于深受经国济世思想影响，早在辛亥革命时期，安徽就出现了鼓吹革命的"岳王会"、《安徽俗话报》，爆发了反清的马炮营起义，诞生了威震全国的淮上军。此后，安徽

---

① 孟昭毅、李载道主编：《中国翻译文学史》，北京大学出版社 2005 年版，第 116 页。

又培育了中国共产党首任书记陈独秀,以及高语罕、王明、许继慎等诸多中共早期领导人。1927 年"四一二"事件以后,安徽青年很快行动起来,以太阳社主要发起人——芜湖钱杏邨、六安蒋光慈为代表的青年共产党员开始积极倡导更具有"实用"性质的无产阶级革命文学。这一时期,他们的翻译带有明确的革命功利性,并因此认为五四时期陈独秀、胡适等人提出的"世界先进文学思潮"和名家名著已成过往,重要的翻译目标只是当下流行的国外"左翼"文学理论与作品。1928 年,钱杏邨就曾著文声称:

> ("五四")那个时代的文坛,思想是模糊不清的,对于文学的时代意义,大都没有认识清楚的,只不过表现了模糊的反抗精神而已。①

他满怀豪情地向批评界呼吁:

> 文艺批评家的职任就是一个革命家的职任,批评家的任务就是促进革命的进展与成功,批评家要把握住他们的这一种伟大的使命!②

叶以群在他的《文艺创作概论》中,也明确阐述:

> 文学发展的历史证明,文学的纯粹性或中立性,完全是空虚的神话……最近国际文学的形势,也明确地澄明,一切的文学都有意识无意识的带有党派的性质……所以,在这时代中,一切文学都具有党派性。③

以此为目标,他们的译作选题主要是来自苏联、日本的"左翼"文艺理论与创作。钱杏邨化名"钱谦吾",选择翻译高尔基小说《劳动的音乐》

---

① 钱杏邨:《批评的建设》,《阿英全集》第 5 卷,安徽教育出版社 2003 年版,第 178 页。
② 同上书,第 189 页。
③ 华蒂:《文学的艺术性、倾向性和党派性》,华蒂《文艺创作概论》,上海天马书店出版社 1933 年版,第 37—46 页。

《母亲的结婚》《伏尔加河上》；蒋光慈选定索波里的《寨主》、爱莲堡的《冬天的春笑》、谢芙林娜的《信》、谢廖也夫的《都霞》、里别丁斯基的《一周间》、曹斯前珂的《最后的老爷》、弗尔曼诺夫的《狱囚》、罗曼诺夫的《技术的语言》《爱的分野》为翻译对象，集为《冬天的春笑：新俄短篇小说》出版；叶以群翻译了高尔基的小说《隐秘的爱》，《高尔基给文学青年的信》《给初学写作者及其他：高尔基文艺书信集》，塞唯林的《苏联作家论》及《苏联文学讲话》、维诺格拉多夫的《新文学教程：到文学之路》，以及日本"左翼"剧作家洼川绮妮子所著剧本《祈祷》、村山知义所著《全线》；吕荧译翻译卢那卡尔斯基等著《普式庚论》、卢卡契的《叙述与描写》……所有这些，虽然视野不免偏仄，内容存在局限，译文尚嫌粗疏，并常常以激情替代冷静的思考和选择，但对于加强中国与世界无产阶级文学的联系，还是起到重要作用。

20 世纪 40 年代，一批非"左联"成员也加入对苏联文艺理论的翻译介绍，如凤台荒芜接连翻译范西里夫的《社会主义的现实主义》、阿玛卓夫等的《苏联文艺论集》；濉溪刘辽逸译出法捷耶夫等著的《论文学批评的任务》；寿县朱海观译瓦希里耶夫等著的《苏联文艺论集：社会主义现实主义的问题》；等等。这些都为此后乃至新中国成立后的社会主义现实主义文学创作理论提供了可资借鉴的文献资料。

20 世纪 30 年代，皖籍译者群中的另一支力量——自由主义作家也在译坛上大放光彩。众多留学国外的皖籍学子在接受了西方高等教育后归国工作，他们大多家境宽裕，幼年接受了良好的传统文化训练，青年时代深受五四新文化运动影响，继而在海外接受了更为深入的人文主义教育，具有扎实的英文功底。回国之后，他们自然而然地继续着五四时代"人的文学"的传统，并对于中国传统文化有比较清醒、客观的认识，一方面绝对拥护以白话翻译经典，另一方面又注意汲取中国传统文学精华。因此，他们的文学翻译作品虽然距国内政治纷争较远，但距人类命运的思考和美的追寻目标却很近，这就使读者能在一个动乱喧嚣的年代里，体会到探究人生与追寻美好的强大吸引力。

此批皖籍译者中的杰出代表是桐城朱光潜。他出身于桐城书香之家，少年时代就学于乡土,深受桐城文风影响,青年时代曾就读于香港大学,英国伦敦大学、爱丁堡大学,法国巴黎大学、斯特拉斯堡大学,获哲学博士学位。由于精通英、法、德等多国语言,朱光潜深知打开国人文学视野的重要性。他认为:

> 现代研究文学,不精通一两种外国文是一个大缺陷。尽管过去的中国文学如何优美,如果我们坐井观天,以为天下之美尽在此,我们就难免对本国文学也不能尽量了解欣赏……我们需要放宽眼界,多吸收一点新的力量。最好我们学文学的人都能精通一两种外国文,直接阅读外国文学名著,为多数人设想,这一层或不易办到,不得已而思其次,我们必须作大规模的有系统的翻译。①

留学期间,他就翻译了意大利美学家克罗齐的《美学原理》,首次将国外美学理论介绍到中国,也是朱光潜翻译生涯的开始。除此之外,他还以"朱孟实"为笔名,翻译了法国作家柏地耶的爱情小说《愁斯丹和绮瑟的故事》(现通译为《特里斯坦和伊索尔德》),此故事

> 在欧洲流传甚古,为中世纪叙事诗极重要的一种,亦为世界文学精华之一。从基督教流传欧洲以后,这是第一篇热烈沉痛的恋爱故事,近代欧洲人的恋爱观念,可以说是从这个故事孕育而成的。②

与朱光潜同时开展文学翻译工作的皖籍自由主义翻译家,还有从旌德县江村走出,先后赴美国加利福尼亚州、美国芝加哥大学、伊立诺伊大学研究院学习求学的江绍原;求学于英国爱丁堡大学文学系的淮军著名将领周馥的后代、东至人周煦良;出自黟县书香之家的汪倜然、吴道存;胡适的绩溪同乡、学者程修兹之子程朱溪;歙县青年姚克;来自巢湖边、被沈

---

① 朱光潜:《谈翻译》,朱光潜《谈文学》,开明书店 1946 年版,第 200 页。
② 唐弢:《晦庵书话》,生活·读书·新知三联书店 2007 年版,第 425 页。

从文称作"以诚实底严肃底态度而创作……把文学当成一种事业"①的巢县青年高植；从淮河之滨凤台县走出的荒芜；出自皖北濉溪官宦之家的刘辽逸……他们不约而同地将目光聚集于西方名家名著，特别是那些能深入表现人性之美的创作。这一时期，江绍原译有英国瑞爱德等著的《现代英吉利谣俗及谣俗学》，周煦良译有科普散文集《神秘的宇宙》、科幻小说《地球末日记》以及英国现代杰出诗人霍思曼的长诗《希罗普郡少年》，程朱溪译有俄国契诃夫著的《决斗》，姚克译有英国萧伯纳著的《魔鬼的门徒》，汪倜然协同江曼如翻译意大利著名作家契勃尼的童话《木偶游菲记》……其中高植翻译的俄国19世纪著名作家托尔斯泰的系列作品《战争与和平》《复活》《幼年·少年·青年》《安娜·卡列尼娜》，以及荒芜翻译的美国奥尼尔所著之《悲悼》，朗费罗所著这之《朗费罗诗选》，赛珍珠所著之《生命的旅途》尤为引人注意。1932年，姚克还翻译完成了鲁迅《短篇小说选集》的英译本，向世界介绍了中国的优秀作家，凸显了皖人文学翻译的一大亮点。

抗战爆发以后，皖籍译者集合在反侵略战争大旗之下，意气昂扬地翻译了大量与二战相关的文学作品，包括报告文学、传记、纪实小说等。其中汪倜然所译美国作家斯诺夫人的《西行访问记》，向世界人民介绍了陕北八路军的精神风貌；高植署名"高地"所译美国肯莱纳等著的报告文学《七十一队上升》，生动形象地描写了反侵略战争，而他的另一部译作《女罪人》则展示了二战时纳粹女间谍的活动；刘辽逸翻译了二战期间捷克作家尤利斯·伏契克的反侵略战争的优秀作品《绞索勒着脖子时的报告》、苏联作家科夫巴克所著之《从布其维里到喀尔巴阡山》，以及另一位苏联作家科涅楚克的作品《前线》；吴道存译有《世界三大独裁》《贝登堡》《德国四年记》。这些译著均为鼓舞民众士气，支援反侵略战争做出了贡献。

---

① 沈从文：《高植小说集序》，张兆和主编《沈从文全集》第16卷，北岳文艺出版社2002年版，第318—319页。

第四节　皖风皖水的润物无声

民国皖籍译者群能取得可观成就，还离不开桐城文风的影响。这集中表现为皖籍译者选取译本志在"有为于世"与译文辞章的务求"雅洁"。

桐城文派自方苞始，即提出"义法"主张，倡导言之有物，言之有序。刘大櫆进一步提出：

> 积字成句，积句成章，积章成篇，合而读之，音节见矣；歌而咏之，神气出矣。①

以强调行文的艺术性。待到姚鼐成为桐城派集大成者，又明确以"义理、考据、辞章"三者统一作为文章整体取向。几百年耳濡目染、诵读记忆，桐城派这一文学观早已深入皖籍学子骨髓血脉。即便是曾经激烈抨击过"桐城谬种"的陈独秀，在《现代欧洲文艺史谭》中向读者介绍外国作家，诸如托尔斯泰、左拉、易卜生、屠格涅夫、王尔德、梅特尔林克、莎士比亚、歌德、莫泊桑等，皆"非独以其文章卓越时流，乃以其思想左右一世也"，具有"尊人道，恶强权，批评近世文明"② 特色，对启迪中国民众具有重大作用。至于胡适提出的"文学改良八事"，第一便是"言之有物"，与方苞所谓"古之治道术者皆以有为于世者也"③，姚鼐所说"审民生纤悉，以达于谋国大体，儒者有用之学也"④，实质并无不同。

此外，对文章"雅洁"的追求是民国皖籍译者一贯的目标。吴汝纶在对严复《天演论》表示由衷赞赏时，一方面肯定严译具有使"读者怵焉知

---

① （清）刘大櫆：《论文偶记》，人民文学出版社 1959 年版，第 6 页。
② 陈独秀：《现代欧洲文艺史谭》，《青年杂志》1915 年第 1 卷第 3 号。
③ （清）方苞：《循陔堂文集序》，徐天祥、陈蕾点校《方望溪遗集》，黄山书社 1990 年版，第 5 页。
④ （清）姚鼐：《乾隆庚寅科湖南乡试策问五首》，《惜抱轩诗文集》，上海古籍出版社 1992 年版，第 138 页。

变"的巨大作用；另一方面，以更多的篇幅赞扬了严复译文的"高文雄笔"①。值得注意的是，对于严复提出、吴汝纶首肯的"信、达、雅"翻译准则，陈独秀也表示认同：

> 我认为严复对译书的要求"信、达、雅"三字，还应该遵守；信，就是忠实于原著；达，就是译文要通顺；雅，就是文字要力求优美。②

翻开 1915 年《青年杂志》创刊号，可见陈独秀所译《妇人观》，行文跌宕有致，显然经过反复推敲：

> 妇女，天人也，或化而为夜叉，善女也，或化而为蛇蝎，流萤也，或化而为蜂螫。其恒为天人、为善女、为流萤、为芬芳馥郁之花，终其身而不变者，亦往往有之，视护持之者伎俩如何耳。③

陈独秀的态度，自然影响《新青年》译者群。他的侄子陈嘏在翻译屠格涅夫小说时，文辞亦可称雅洁：

> 萨棱年二十三，家亦中资，无丐食他人之惨。顾懿亲凋零，孑然一身，居恒落寞，叹坎坷也。
>
> 凉风习习。空中有亮光闪过，审之盖星落也。尔时余正思呼语，曰："琪乃达姑娘。"不谓咽喉若有物壅塞，不能出声。万籁俱寂，夜景倍显凄凉。草丛中之草云雀，早自息声。④

---

① （清）吴汝纶：《天演论序》，钱仲联编选《清文举要》，安徽教育出版社 1989 年版，第226 页。

② 濮清泉：《我所知道的陈独秀》，《文史资料选辑》第 71 辑，文史资料出版社 1980 年版，第 55 页。

③ 陈独秀：《妇人观》，《青年杂志》1915 年第 1 卷第 1 号。

④ 陈嘏译：《春潮》，《青年杂志》1915 年第 1 卷第 1 号。

同样的追求，也表现在其他皖籍译者身上。1908 年，17 岁的胡适翻译英国诗人托马斯·堪白尔的诗作《军人梦》，"就很有些达与雅的意味了"①，此诗文辞优美，语调铿锵，颇具中国古诗韵味:

> 笳声销歇暮云沉，耿耿天河灿列星。战士创痍横满地，倦者酣眠创者逝……长夜沉沉夜未央，陶然入梦已三次。梦中忽自顾，身已离行伍。秋风拂襟袖，独行殊踽踽。惟见日东出，迎我归乡土……时闻老农刈稻歌，又听牛羊噪山脊……②

朱光潜谈到他的翻译体会时也说:"文学作品的精妙大半在语文的运用"，失败的译作，

> 原文句子的声音很幽美，译文常不免佶屈聱牙;原文意味深长，译文常不免索然无味。文字传神，大半要靠声音节奏。声音节奏是情感风趣最直接的表现。对于文学作品无论是阅读或是翻译，如果没有抓住它的声音节奏，就不免把它的精华完全失去。③

周煦良一直到晚年还强调:"我仍旧主张严复的'信、达、雅'"，"雅字既包括古雅，也包括文雅、典雅、雅驯，至少不能俗，要有风格"④，谈及个人的翻译体会，他说:

> ……在某种条件下，放弃某些不重要的意义，使译文达到预期的效果的作法还是可以的，这就是宁顺而不信了。在诗歌翻译中，牺牲

---

① 连燕堂:《二十世纪中国翻译文学史·近代卷》，百花文艺出版社 2009 年版，第 330—331 页。
② 胡适:《军人梦》，《胡适文集》，人民文学出版社 1998 年版，第 455—456 页。
③ 朱光潜:《谈文学》，《谈美·谈文学》，人民文学出版社 1988 年版，第 270、274 页。
④ 周煦良:《谈翻译的一些基本问题》，《周煦良文集·舟斋集》，上海译文出版社 2007 年版，第 5 页。

某些不重要的比喻、细节，是常有的事。①

他主张在翻译中适当运用文言，以使文字避免冗长、拖沓，例如将"Fissure wide enough to contain an army had opened at his feet"译为"广容千军的地罅在他脚下裂开"②，简洁明了；而"Clapping me timidly on the shoulder he ushered me out into the cold wintry air, blue with twilight"译为"他腼腆地拍拍我的肩膀送我出门；外面冬气凛冽，暮色苍茫"③，显然比直译成"他怯怯地拍了拍我的肩膀，把我领到外面，屋外很冷，而且有风，四下笼罩在一片淡蓝里，正是傍晚"要优美许多，特别是"冬气凛冽，暮色苍茫"更以对仗之笔造就了雅洁之文。

附录 《中国现代文学总书目·翻译文学卷》皖籍人物译著补遗④

由中国社会科学院文学研究所贾植芳等为总纂，王润贵、刘跃进、刘福春、严平等汇纂的《中国现代文学总书目·翻译文学卷》于2010年问世。该书辑录1917—1949年我国翻译出版之外国文学作品，另附1882—1916年翻译文学书目，堪称中国现代文学研究一大收获。然而笔者近日拜读，发现其中皖籍人物译著尚有遗漏，即列如下，以补不足。（为保持一致，著录格式均依照《中国现代文学总书目》）

（1917—1927）

铁血美人　小说。胡寄尘译述。上海进步书局1917年出版。

黑医生　小说。Sir A. Donan Doyle 著，成舍我译。上海文明书局1917年出版。此书为"南社小说集"之一种。

欧美名家侦探小说大观　小说。周瘦鹃主编，周瘦鹃、程小青等译。

---

① 周煦良：《谈翻译的一些基本问题》，《周煦良文集·舟斋集》，上海译文出版社2007年版，第7页。

② 同上书，第72页。

③ 同上书，第75页。

④ 作者刘松丽，淮化师范大学文学院硕士，导师傈瑛。

上海交通图书馆 1919 年至 1922 年出版。

第 1 集，上海交通图书馆 1919 年出版。目次：黄眉虎（［英］柯南·道尔）｜双耳记｜死神｜艇中图｜槽中女｜岩屋破奸

第 2 集，上海交通图书馆 1919 年出版。目次：墨异（［美］亚塞李芙）｜地震表｜X 光｜火魔｜钢门｜百宝箱

第 3 集，上海交通图书馆 1919 年出版。目次：璧返珠还（［美］维廉·莆利门）｜镜诡｜牛角｜飞刀｜情海一波

第 4 集，上海交通图书馆 1920 年出版。目次：小金盒｜毒药樽｜金箱｜颈圈｜伪票｜黄钻石｜毒梳

第 5 集，上海交通图书馆 1920 年出版。目次：伪病｜贼妻｜化身人｜药酒｜狱秘｜幕后人

第 6 集，上海交通图书馆 1922 年出版。目次：移尸案｜情人失踪｜牛蒡子｜一串珠｜错姻缘｜伪装

新俄罗斯　散文。［日］川上俊彦著，王揖唐译。上海商务印书馆 1923 年出版。书末附《旅行琐记》。

前德皇威廉二世自传　传记。［德］Friedrich Viktor Albert WilhelmⅡ著，王揖唐译。上海商务印书馆 1924 年出版。书后附录《德皇最近之状况》。

古灯小说。［法］勒白朗著，程小青、周瘦鹃译。上海大东书局 1925 年出版。此书为《亚森罗苹案全集》第八册。

（1928—1937）

妒杀案　小说。程小青编译。上海文明书局 1928 年出版。

仆人　小说。汪原放译。上海亚东图书馆 1928 年出版。目次：译者的话｜仆人（［俄］西梅亚乐甫）｜只有上帝知道（［俄］托尔斯泰）｜赌东道（［俄］契柯夫）｜过继（［法］莫泊三）｜一个女疯子｜捉迷藏（［俄］梭罗古勃）。俄国各篇曾刊载于《学灯》杂志，法国各篇曾刊载于《觉悟》杂志。

文学与革命。［俄］特罗茨基著，韦素园、李霁野合译。北平未名社出版部 1928 年出版。目次：十月革命以前的文学｜十月革命底文学"同路人"｜亚历山大·勃洛克｜未来主义｜诗歌底形式派与马克斯主义｜无

产阶级的文化与无产阶级的艺术｜共产党对艺术的政策｜革命的与社会主义的艺术。卷末有霁野《后记》，介绍本书著者托洛茨基。

近代文艺批评断片。李霁野译。北平未名社出版部 1929 年出版。目次：吹笛者底争辩（Anatole France）｜批评中的人格（Jules Lemaitre）｜传统与爱好（Jules Lemaitre）｜文学的影响（Reny de Gourmont）｜视觉与情绪（Reny de Gourmont）｜艺术箴言（Friedrich Hebbel）｜经验与创造（Wilhelm Dilthey）｜近代的诗人（R. M. Meyer）｜生活中的创造艺术（R. Mueller – Freienfels）｜艺术（John Galsworthy）｜六个小说家底侧影（John Galsworthy）｜艺术家和他底听众（A. Clutton – Brock）｜清教徒与美国文学（H. L. Mencken）。其中十一篇译自美国 L. Lewisohn 所辑的 *A Modern Book of Criticisms*。

英国文学：拜伦时代。韦丛芜译。北平未名社出版部 1930 年出版。

回忆陀思妥夫斯基　传记。［俄］陀思妥夫斯基夫人著，韦丛芜译。上海现代书局 1930 年出版。书后附录《陀思妥夫斯基致兄书》，《陀思妥夫斯基年谱》（契希金编）。

罪与罚　小说。陀思妥耶夫斯基著，韦丛芜译。南京正中书店 1930 年出版。此书据英译本转译，并参照俄文原本。卷首有译者《序》。

西藏的故事　儿童文学。［英］谢尔顿编，程万孚译。上海亚东图书馆 1931 年出版。目次：原编者序｜译者序｜聪明的蝙蝠｜老虎和蛙儿｜交了坏朋友的兔子｜驴子同石头的故事｜愚蠢首领的故事｜那只狐狸自害自｜人的忘恩负义｜贪心不足｜聪明的木匠｜戴郎珊同美女神的故事｜木虱背上的黑纹是怎么弄来的｜人同鬼的故事｜毒心伤的后母｜两个魔鬼的故事｜那个聪明的女人｜三个朋友｜兔子同野蜂赌东道｜小兔子怎么害死了狮子｜那个王失了他的宝贝｜三个猎人的故事｜打猎的人同那只独角兽｜那个官对那个有一百两银子的人的判决｜王子的朋友的故事｜乌鸦救了那个打猎人的命｜两个贼｜金瓜｜一个秃子的故事｜那个人，他有五个不同颜色的眼睛的朋友｜拉胡琴的人的故事｜圣鸭的胸脯是这么弄黄的｜两只小猫｜一个魔术家的巧计｜那狼，狐狸，同兔子这么做了孽｜锡花瓶｜兔子的故事｜骗子的故事｜一块蓝宝石的故事｜一个聪明的呆子｜那个人同许多猴子｜一个生命的树的故事｜那个头上长个肉瘤的人的故事｜告花子的故事｜狡猾的躬人｜五个朋友之争｜省俭的女人｜那婆罗门教徒余巴克的故事｜戴仁的故事｜像所罗门王故事中的一个故事｜西藏民歌｜

姊妹花　小说。范达痕著，程小青译。世界书局出版社 1932 年出版。

现代英吉利谣俗及谣俗学。［英］瑞爱德等著，江绍原译。上海中华书局 1932 年出版。是书前有，目次：序（周作人）及序（著者）｜导言｜生婚丧葬｜业务与工作（习惯法与各业谣俗）｜时令｜动植物和无生物｜鬼和超自然存在｜占卜，征兆，和运气（吉凶趋避）｜厌殃法，便方，和黑白巫术｜尾论。末附瑞爱德《英国谣俗学的新领土》，妥玛斯《谣俗学的由来和分部》（附书目），哈黎戴《晚近谣俗学研究的趋势》（附书目），《各辞典中的谣俗学论》《书目拾遗》《谣俗学诸次国际大会》《关于 Folklore. Volkskunde 和“民学”的讨论》《关于民间文学的改造》。

爱的分野　小说。［苏］罗曼诺夫著，蒋光慈、陈情合译。上海亚东图书馆 1932 年出版。

贫女和王子　儿童文学。程本海编译。上海中华书局 1933 年出版（第 9 版）。

黑女寻神记　小说。［英］萧伯纳（G. B. Shaw）著，汪倜然译。上海读书界书店 1933 年出版。

六裁判　小说。汪原放译。上海亚东图书馆 1933 年出版。此书为“儿童故事译丛”第一辑，卷首有汪原放《序》。

一个妇人的情书　小说。［奥］斯奇凡·蔡格著，章衣萍译。上海华通书局 1933 年出版。

黑女寻神记　小说。［英］萧伯纳（G. B. Shaw）著，汪倜然译。上海读书界书店 1933 年出版。

古甲虫　小说。范达痕著，程小青译。世界书局出版社 1934 年出版。

海滨别墅与公墓　小说。［保］斯塔玛托夫著，［保］克勒斯大诺夫世译，金克木汉译。中国世界语书社 1934 年出版。

神秘之犬　小说。范达痕著，程小青译。世界书局 1934 年出版。

神秘的宇宙　科普散文。［英］琼司（J. H. Jeans）著，周煦良译。上

海开明书店 1934 年出版。目次：消逝著的太阳｜近代物理学下的新世界｜物质与放射｜相对论与以太｜知识的深渊

巴斯德传　传记。［法］Rene' Vallery – Robot 著（编者按：原书如此），丁柱中译。上海中华书局 1936 年出版。原著为法文，转译自英文本。

我的家庭　小说。［苏］阿克撒科夫原著，J. D. Duff 英译，李霁野重译。上海商务印书馆 1936 年出版。

广田弘毅传　散文。［日］岩崎荣著，汪静之、吴力生译。上海商务印书馆 1936 年出版。

狱中寄给英儿的信（英汉对照）　散文。［印度］尼鲁著，余楠秋、吴道存译。上海中华书局 1936 年出版。

高尔基给文学青年的信。［苏］高尔基著，以群译。上海读书生活出版社 1936 年出版。此书收高尔基致文学青年 23 封信，末附《给象征主义者安菲塔特洛夫的信》《高尔基和肖伯纳的通信》。

苏联文学讲话。［苏］塞维林、多里福诺夫著，以群译。上海读书生活出版社 1936 年出版。目次：十月革命前的俄国文学｜国内战争时期的苏联文学｜复兴期的苏联文学｜改造期的苏联文学｜苏联文学发展底基本道路及其前途。此书据日译本转译，书末附《近代俄国文学年表》及译者《后记》。

书的故事　儿童文学。张允和译。上海中华书局 1936 年出版。此书根据法译本转译，前有译者《序言》。

世界三大独裁　传记。［美］根室（John Gunther）著，余楠秋、吴道存译。上海中华书局 1937 年出版。此书共三章，介绍墨索里尼、希特勒和斯大林三人的身世、性格、生活和政治主张。译自美国《哈泼斯》（Harpes）杂志。《墨索里尼》一章译自 1936 年 2 月号，《希特勒》一章译自 1936 年 12 月号，《斯大林》一章译自 1935 年 12 月号。

新文学教程：到文学之路。［苏］维诺格拉多夫著，叶以群译。上海读书书局 1937 年出版。目次：总论｜主题与结构｜艺术作品的风格与形态。末附录"引用书中文译本目录"。

（1938—1949）

幕后秘密　小说。［美］欧尔特毕格斯著，程小青、王嵩全译。中央书店 1939 年出版。

百乐门血案　小说。［美］欧尔特毕格斯著，程小青、庞啸龙译。中央书店 1939 年出版。

西行访问记（原名革命人物传）　报告文学。斯诺夫人著，华侃译。上海光明书局 1939 年出版。目次：作者序和译者前言｜绪论｜七十领袖｜朱德的生活史｜徐向前｜萧克｜罗炳辉｜项英（斯诺著）｜蔡树藩｜中国共产党年表。后附《译者后记》及毛泽东、朱德、作者等照片 26 帧。

世界名著代表作。胡适、周作人等译。上海国光书店 1940 年出版。目次：｜九岁的学徒（［俄］柴霍甫著，谢颂义译）｜赌赛（［俄］柴霍甫著，谢颂义译）｜天真女士（［俄］柴霍甫著，谢颂义译）｜她的情人（［俄］高尔基著，谢颂义译）｜等着上帝的真理（［俄］托尔斯泰著，谢颂义译）｜忠诚的约翰（Grimms 著，谢颂羔，米兴如合译）｜钻石案（［英］Canon Doyle 著［编者按：原书如此］，谢颂羔、米兴如合译）｜失落的双星（［法］Catulle Mendes 著，谢颂羔、米兴如合译）｜一粒蚕豆（［法］Fcerderc Misftal 著，文藻译）｜大克老司和小克老司（［丹麦］安徒生著，谢颂义译）｜美人呢，还是老虎？（［美］Frank Stockton 著，谢颂义译）｜从坟墓中带来（［意大利］马奈原著，陈德明译）｜坚忍不拔的格丽赛尔达（［意大利］薄伽邱原著，陈德明译）｜人生的电报（［波兰］普鲁士原著，陈德明译）｜两个会堂（歌罗西亚原著，徐岚译）｜快乐（［俄］库普林著，沈泽民译）｜撞钟老人（［俄］科罗连珂著，耿济之译）｜一个人的出生（［苏］高尔基著，适夷译）｜杀父母的儿子（G. Maupassant 著，胡适译）｜卖国的童子（［法］都德原著，黄仲苏译）｜沙葬（［法］嚣俄原著，韩奎章译）｜失业（［法］佐拉著，刘半农译）｜皇家的圣诞节（［法］高贝著，冠生译）｜狗约（［法］拉萨雨著，刘复译）｜一个怀疑主义的告白（［日］生田春月著，丘晓沧译）｜猴子（［日］芥川龙之介著，丘晓沧译）｜仲夏夜之梦（莎士比亚著，系音之译）｜空中足球，新游戏（［爱尔兰］萧伯纳著，傅东华译）｜主持捉奸（［意大利］鲍嘉学著，罗皑岚译）｜劳动者（［西班牙］阿佐林著，徐霞村译）｜海上（伊白涅著，愈之译）｜疯妇（［法］莫泊三著，傅浚译）｜流星（［德国］力器德著，刘复译）｜秋夜（［俄国］等雨基著，徐怂庸译）｜禁食节（［新犹太］潘莱士著，沈雁冰译）｜沙漠间的三个梦（［南非］须莱纳雨著，周作人译）｜愿你有福气（［波兰］显克微支著，周作人译）｜一滴的牛乳（［阿美尼亚］阿伽年著，周作人译）｜先驱（［芬兰］哀禾著，周作人译）｜马赛的太阳

贝登堡　散文。吴道存译。昆明中华书局 1940 年出版。目次：童军首创者贝登堡（原著者序）｜二绰号兴一格言｜旧时的家庭｜旧时的童年时代｜旧时的学校生活｜学校时代及以后｜旧时与母校的关系｜常青军的生活｜关于猎野猪｜在摩雨太的经过｜阿善提征伐的成功｜其他的军中工作｜旧式的结婚与丧母｜欧战期中英国童军对国家的贡献｜一九二零年的国际童军大会｜英皇太子与童军｜一九二四年童军大会及以后｜附录：生活年历

复活　小说。［俄］列夫·托尔斯泰著，高植译。重庆文化生活出版社 1941 年出版。此书为《译文丛书》之一种。

爱情的面包　小说。史特林堡等著，胡适等译。上海启明书局 1941 年出版。目次：生的叫喊（［挪威］哈姆生著，古有成译）｜西蒙生（［挪威］安特赛原著，古有成译）｜卖火柴的女儿（［丹麦］安徒生著，周作人译）｜爱情的面包（［瑞典］史特林堡著，胡适译）｜新袍子（［瑞典］伯格曼原著，伍蠡甫译）｜火烧城（［瑞典］苏德堡原著，许天缸译）｜父亲拿洋灯回来的时候（［芬兰］哀禾原著，周作人译）｜父亲在亚美利加（［芬兰］亚勒吉阿著，鲁迅译）｜海的坟墓（［荷兰］勃罗库人原著，胡愈之译）｜善终旅店（［比利时］魏尔哈仑原著，徐霞村译）｜婴儿杀戮（［比利时］梅德林克原著，戴望舒译）｜孤独者（［比利时］皮思原著，戴望舒译）

流转的星辰　科普散文。［英］秦思（J. H. Jeans）著，金克木译。北京中华书局 1941 年出版。

炮火中的英帝国（原名为《家庭历史》）　散文。格林（J. F. Green）原著，金克木译。重庆大时代书局 1941 年出版。

德国四年记　散文。［美］马莎托德（M. Dodd）著，吴道存译。福建南平国民书店 1941 年出版。目次：译序｜一个破例的任命｜德国的第一印象｜交游广阔起来｜一九三四年的清党｜到苏联去｜纳粹人物｜间谍、压迫和恐怖所完成的独裁｜苦刑｜柏林外交｜法西斯怎样对待我们

苏联作家论。［苏］塞唯林著，以群译。重庆上海杂志公司 1941 年出版。

戴高乐传记。卡里考斯著，朱海观译。重庆中国编译出版社 1941 年出版。目次：坦克｜不巩固的边境｜厄难｜戴高乐的为人｜戴高乐——专门技术家｜他的工作｜他的抱负

半枝别针：陈查礼侦探案　小说。［美］欧尔特毕格斯著，程小青等译。大连森茂文具店 1942 年出版。

高尔基给文学青年的信。［苏］高尔基著，以群译。重庆读书出版社 1942 年出版（第 2 版）。目次：代序（译者）｜第一部分收著者致初学作者信二十八通，涉及文学创作中各种问题｜第二部分收著者致契诃夫信四通｜第三部分收著者致安特列夫信七通｜第四部分收著者"给象征主义者安菲塔特洛夫"信四通｜第五部分收著者与萧伯纳通信。

福尔摩斯侦探案　小说。［英］柯南·道尔著，程小青编译。桂林南光书店 1943 年出版。目次：病侦探｜红圈党｜怪教授｜为祖国｜潜艇图｜石桥女尸｜可怕的纸包｜吸血妇

学生捕盗记　小说。［德］凯司特涅著，程小青译。桂林南光书店 1943 年出版。

普式庚论。［苏］卢那卡尔斯基等著，吕荧译。上海新知书店 1946 年出版。目次：俄国的春天（卢那卡尔斯基）｜《普式庚论》草稿（高尔基）｜普式庚的伟大（卢波尔）｜现代俄国文学的父亲（莱兹涅夫）｜欧根奥涅金（古雨斯坦）｜普式庚的抒情诗（吉摩菲草夫）｜普式庚的叙事诗（赫拉普琴珂）｜普式庚的散文（希克维夫斯基）｜剧作家的普式庚（维弩古雨）｜普式庚与民间传说（阿沙乃夫斯基）｜高尔基论普式庚（巴鲁哈第）｜普式庚与西方文学（吉尔明斯基）｜西欧与普式庚（纽斯达特）｜译注｜后记

前线　剧本。〔苏〕科涅楚克著，聊伊译。重庆新知书店 1944 年出版。卷首有戈宝权《考纳丘克及其得奖的剧本〈前线〉》和佚名作者《论考纳丘克的剧本〈前线〉》二文。

风流寡妇　剧本。〔意〕加尔洛·哥利登尼著，聊伊译。重庆建国书店 1945 年出版。

月亮的儿子们　小说。〔意〕梅安尼（Ugo Mioni）著，丁山译。澳门慈幼印书馆 1945 年出版。

希腊棺材　小说。〔美〕爱雷·奎宁著，程小青译。上海中央书店 1946 年出版。

心狱　小说。胡适、钱君匋编辑。上海铁流书店 1946 年出版。目次：心狱（哈代著，伍光建译）｜病了的煤矿夫（劳伦思著，杜衡译）｜楼梯上（莫理孙著，胡适译）｜复本（乔伊斯著，傅东华译）｜迁士录（高尔斯华绥著，傅东华译）｜手与心（恩盖尔夫人著，胡仲持译）

木偶游菲记　儿童文学。〔意〕契勃尼（Cherubini）著，江曼如译，汪倜然校订。上海读书界书店 1946 年出版。此书据 A. Patri 的英译本转译。

太阳的宝库　童话。〔苏〕布黎士汶著，刘辽逸译。哈尔滨光华书店 1947 年出版。书末附译后记。

画中线索　小说。R. F. Schabelitz、W. A. Barber 著，程小青译。上海艺文书局 1947 年出版。此书为《艺文侦探丛书》之一种。

迪嘉兰　散文。〔德〕F. R. 女士著，丁山译。白德美纪念出版社 1947 年出版（第 2 版）。此书为希腊圣女迪嘉兰殉教小史。

叙述与描写。〔苏〕G. 卢卡契著，吕荧译。上海新新出版社 1947 年出版。此书前有《译者小引》，末有译注。

穷人及其他小说。〔俄〕陀思妥耶夫斯基著，韦丛芜译。上海正中书局 1947 年出版。是书据英译本转译。目次：陀思妥夫斯基全集总序（译者）｜穷人｜女房东。书末附陀思妥夫斯基夫人《回忆陀思妥夫斯基》《陀思妥夫斯基致兄书》及《陀思妥夫斯基年谱》。

地球末日记　科幻小说。〔美〕E. Balmer、〔美〕P. Wylie 著，周煦良译。上海龙门联合书局 1947 年出版。

美学原理。〔意〕克罗齐原著，D. Anslieyuan 原译，朱光潜重译。上海正中书局 1947 年出版。

论文学批评的任务。〔苏〕法捷耶夫等撰，刘辽逸译。哈尔滨光华书店 1948 年出版。目次：论文学的党性｜表现苏维埃人｜社会主义的现实主义中的革命浪漫主义原则｜旧现实主义中的浪漫主义原则｜论媚外风气｜社会主义的现实主义比较旧现实主义的优点｜我们的思想敌人｜文学形式问题｜文学批评的教育作用｜文学批评在民族问题上的缺点｜在我们文学批评中积极进步的一面｜文学理论的几个问题｜争取富有思想性的文学批评｜附记。

从布其维里到喀尔巴阡山　散文。〔苏〕科夫巴克著，刘辽逸译。哈尔滨光华书店 1948 年 12 月出版。目次：致读者｜斯巴德桑森林里的主人｜跟"胡子队"相遇｜跟坦克作对｜我们的助手｜游击队的要塞｜节礼｜冬天来了｜向北方区｜宣誓｜各部队联合起来了｜检阅｜威赛莱村大战｜游击队的首都｜在克列汶河畔上扎营｜在新斯洛包德森林｜旧古农村——莫斯科｜在克里姆宫｜在遥远的途程，做光荣的事情｜德斯纳—德聂泊尔—普利帕奇｜在波列塞乡下｜我们继续挺进｜普里帕奇河上水站｜远征喀尔巴阡山｜在山间小经里｜从山里走出｜到集合地点

绞索勒着脖子时的报告　散文。〔捷克〕尤利斯·伏契克著，刘辽逸译。哈尔滨光华书店 1948 年出版。

哈泽·穆拉特　小说。〔俄〕L. 托尔斯泰著，刘辽逸译。哈尔滨光华书店 1948 年出版。

斯达林格勒　小说。〔苏〕V. 涅克拉索夫著，李霁野译。中苏文化协会 1948 年出版。

沉默的人　小说。〔美〕W. 萨洛阳等著，荒芜等译。上海中华书局 1948 年出版。

一个英雄的童年时代　小说。〔苏〕潘文塞夫著，荒芜译。上海晨光图书公司 1949 年出版。

生命的旅途　小说。〔美〕赛珍珠著，荒芜译。上海现代出版社 1949 年出版（第 2 版）。此书后附编者《二版校后记》。

苏联文艺论集。〔苏〕阿玛卓夫等著，荒芜译。北平五十年代出版社1949年出版。目次：论文学的倾向性∣论文学的自由∣苏联文学诸问题∣高尔基的美学∣论法捷耶夫∣论格罗斯曼∣论潘菲洛夫∣论肖洛霍夫∣莎士比亚在俄国∣附录：后记

社会主义的现实主义。〔苏〕范西里夫著，荒芜译。北平天下图书公司1949年出版。

苏联文艺论集：社会主义现实主义的问题。〔苏〕瓦希里耶夫著，朱海观译。上海棠棣出版社1949年出版。

苏联文艺论集。〔俄〕法捷耶夫等著，朱海观译。上海棠棣出版社1949年出版。

附一　出版年份不详的翻译文学书目

紫色屋小说。范达痕著，程小青译。上海世界书局出版。

柯柯探案集　小说。〔英〕奥斯汀著，程小青译。上海世界书局出版。

第二号室　小说。〔英〕瓦拉斯著，程小青译。上海世界书局出版。

若邈玖袤新弹词　戏剧。〔英〕莎士比亚著，邓以蛰译。上海新月书店出版。此书系五幕悲剧《罗密欧与朱丽叶》中一段。

普式庚传　传记。〔苏〕V. 吉尔波丁著，吕荧译。上海国际文化服务社出版。

西洋名著译读。胡适、周作人等译。河北女子师范学院出版。

新生　小说。〔美〕赛珍珠著，荒芜译。上海现代书局出版。目次：新生∣生命的旅途∣沉默的人

附二　1914—1915年翻译文学书目

黄金劫小说。胡寄尘编译。上海文明书局1915年出版。

附录一

民国皖人诗话述略[*]

有清以来，皖人文学著述甚丰，入民国后，诗话成就依然卓著，时值新旧文化交替之期，安徽传统文人的诗话之作犹如夕阳晚霞，展现出最后的绚丽，而新文学的躁动，也分明见于其中。因此，欲全面了解民国安徽文学的演进，就不能认识此间皖人传统诗学观点的最后坚守与新诗观念的萌生。笔者爱仿蒋寅《清代徽州人经眼录》之例，录 8 人 12 部作品，记其卷数、版本，简介著者生平，撷取主要观点，以期对民国安徽文学史的写作有所助益。

1. 《观尘因室诗话》初集一卷

陈景寔撰，民国二十五年（1936）凤台陈氏观尘因室铅印本。陈景寔（1877—?）字梦初，凤台人，长于戏曲。著有《观尘因室诗话》《观尘因室词曲合钞》十二卷。该书前有是年七月自序，全书杂用白话。《自序》称："现在的时代是古今不同了……就是我这一卷子小小的诗话，也是拿着世界眼光说的。"著者对"诗界革命"甚为支持，谈古论今却无甚新意，与著者所标榜之"一方面顾全学术，一方面更要照顾到世风民气"相去甚远。

2. 《尊瓠室诗话》三卷，《补编》一卷

陈诗撰，载民国二十四年（1935）《青鹤》第三、四、五期，又有《中和月刊》铅印本。陈诗（1864—1942）字子言，号鹤柴山人，安徽庐江人，诸生。宣统二年（1910）曾入甘肃提学使俞明震幕，民国后居上

＊ 作者邵菊花。淮化师范大学文学院硕士，导师傈瑛。

海，以鬻文为生，辑有《皖雅初集》，著有《尊瓠室诗》《静照轩笔记》等。汪国垣于《光宣诗坛点将录》中封其为"地角星独角龙"，称"子言师事吴北山，而诗与北山取径不同。盖敝精力于中晚，取其骨干，遗其形貌……"此书专记古体诗，评论简洁中肯。书中记胡朴安家族诗作甚详。所录皖籍诗人多在当地颇有名气，如寿州孙不庵、萧雪蕉，姚惜抱等人"笃好之"。亦录若干与皖省有渊源之人，如嘉兴沈子培曾宦游于皖，长沙陈慎登来皖做婿，四川李大防至皖布政兴学。陈氏所收诗人多家学渊源，淡泊名利，往往有辞官或任满后隐居经历。此诗话只字未提已然掀起文学变革大潮之新文学，可见其性情及坚守。此书现有上海书店出版社2002年排印民国诗话丛编本。

3.《静照轩笔记》不分卷

陈诗撰，载民国二十四年（1935）至民国二十五年（1936）《青鹤》第三、四卷。是稿承袭传统诗话特点，有因人存诗，亦有因诗存人。著者身处乱世，对朝代更替、宦海沉浮之人事亦多录之，并于评点之际抒发历史兴亡之感。所录诗人中辞官隐居、性情淡然者最为陈氏称道。此诗话蒋寅《清诗话考·清诗话经眼录（民国卷）》未予著录，现藏于安徽省图书馆。

4.《淞南诗话》不分卷

陈诗撰，刊于民国二十五年（1936）《艺文杂志》第一期。陈氏诗风近晚唐，录诗亦循此道。书中录南海潘叔玑诗，写景层次分明，可谓诗中有画，画中有诗，"写画亦淋漓尽致，无美不臻"；嘉定陈巽倩七古诗，状景清新自然，动中有静，静中有动，显示著者胸怀豁达坦荡，于世间功名利禄、俯仰浮沉持平常心态。诗话又记庐江时其珩于贵池抗洪殉难之事及贵池幕僚纪事诗，使英雄形象得以传世。陈氏于此诗话之末称："中国诸事可维新，惟文字不可更新……"发传统文人反对简化字之心声。此诗话蒋寅《清诗话考·清诗话经眼录（民国卷）》未予著录。

5.《红柳庵诗话》不分卷

陈诗撰，民国四年（1915）刊于《滑稽时报》第三期。全文录评张文襄、冒鹤亭、樊樊山、陈镴庵、吴剑隐等人诗，诗作多写景，然皆有象外之象，味外之味。此诗话蒋寅《清诗话考·清诗话经眼录（民国卷）》未予著录。

6.《习静斋诗话》四卷

方廷楷撰，黄山书社1995年版《皖人诗话八种》收录。方廷楷，字瘦坡，安徽太平仙源（现属黄山市黄山区）人，南社成员。另著有《香痕奁影》《习静斋词话》《论诗绝句百首》。全书因人存诗，亦因诗存人。名流大家、闺阁妇女，或同乡共里名不见经传者之作，辄并录之。所采体例沿袭传统诗话，偏重记录，少做点评，无理论阐发。因本书作于近代，故文学思想、审美倾向有时代印记。著者反对"摹效古人"，并收录歌咏新鲜事物之作，如陈伯严《汽车发汉口抵驻马店》，主张"诗惟至性最为感人"，"情果真，时往来于心而不释"；强调诗须"于世教有裨"。此诗话蒋寅《清诗话考·清诗话经眼录（民国卷）》未予著录。

7.《合肥诗话》三卷

李家孚遗稿，黄山书社1995年版《皖人诗话八种》收录。李家孚（1909—1927）字子渊，安徽合肥人。据杨德炯序称："惜其年方十九，生逢乱世，忧思郁结，仰药殂死。"李家孚先撰《庐阳诗话》，后因庐阳地域辽广，改著《合肥诗话》；又收录族人诗，名为《李氏诗话》。民国十七年（1928），其父伯琦裒其《合肥诗话》遗稿两卷，合《李氏诗话》一卷，总为三卷，又增出目录以便查检，统以《合肥诗话》名之。此诗话前有江藻、杨德炯序各一及其题词，并庐江吴学廉题词。末有戊辰（1928年）冬杨开森跋，家孚舅吴秉忠《书后》。杨开森认为此书"凡勋臣显宦，硕彦名儒以逮山林隐逸，闺阁名媛，莫不网罗"。江藻《序》指其"用《梅村诗话》例，先次其人行事，刺取其诗系于后，略加评语"。家孚述人生平，言简意赅，可补合肥诗家史料之缺；论诗极精简，虽未成系统，然吉光片羽已传其诗学见解。诗话下卷录李氏家族数代之作，颇备资考。

8.《愚园诗话》四卷

胡光国撰，民国九年（1920）刻本，署名"竹怀居士灌叟氏"。光国（1845—1924）字碧激，号愚园灌叟，原籍婺源。曾任泰州泰坝监，任满调泰州盐运分司，驻东台。辛亥革命后居上海，著有《喜闻过》《白下愚园题景七十咏》等。是书前有吴引孙序，称"辛亥变后，故旧零落湮没不传者多矣。幸经灌叟广为搜多"；又有江宁胡启运序，沈鼎题词，夏仁溥题词，著者自序。著者宦游多处，广交友人，书中所记诗人诗作多为相互酬唱所得。书中并录家事，展现著者之乐志田园，寄情闲适。此书现藏于国家图书馆。

9.《海天诗话》不分卷

胡怀琛撰，民国二年（1913）广益书局刊。怀琛（1886—1938）原名有怀，字季仁，一字寄尘，别署秋山，安徽泾县人，诸生，南社成员。曾任教于上海南方大学，上海大学，又曾编辑《小说世界》，著有《江村集》《秋山文存》等。本书"所辑皆东瀛、欧西之诗，吾国人诗纪海外事者亦录焉"，反映清末民初中西文学交流之况，亦论及诗之翻译问题。著者认为译诗"若据文直译，则笑柄乃见矣"，中西互译，当以"意"为上，不可失其"精神"。英译汉难点在于汉诗用典越多越不可译；汉译英须得其意并以"韵语写之"。书中录《拜伦年谱》一卷，所录日本诗作多清新雅致，欧西诗歌多为现实主义较强的作品。此诗话蒋寅《清诗话考·清诗话经眼录（民国卷）》未予著录。另有上海书店出版社 2002 年排印《民国诗话丛编》本。

10.《公园诗话》不分卷

胡怀琛撰，本诗话行文简短，可看作《海天诗话》之补充。取"公园"为名，缘自胡氏曾居于上海法租界顾家公园与兆丰公园之侧。著者于此再次阐述其"以意为上，不失原作"之翻译观。此诗话蒋寅《清诗话考·清诗话经眼录（民国卷）》未予著录，现有上海书店出版社 1984年影印本，《上海研究资料》收录。

11.《南社诗话》不分卷

胡朴安撰，民国三十一年（1942）至民国三十四年（1945）刊于《永安月刊》第 58 期至第 72 期。胡朴安（1878—1946）原名有忭，学名韫玉，字仲明、仲民、颂明，号朴安、半边翁。安徽泾县人。1905 年参加同盟会，后加入"南社"。辛亥革命后与宋教仁、于右任等办《民主报》，任职于《中华民报》《民权报》《太平洋报》《民国新闻》《民国时丛报》等报刊，并曾任教于上海大学、持志大学、国民大学和群治大学，出任上海通志馆馆长。著有《文字学 ABC》《中国文字学史》《中国训诂学史》《唐代文学》等。本书因人存诗，所录人物皆为南社社友，为南社研究提供了重要资料。此诗话蒋寅《清诗话考·清诗话经眼录（民国卷）》未予著录。

12.《今传是楼诗话》不分卷

王揖唐撰，民国十六年（1927）连载于《国闻周报》，民国二十二年（1933）经《大公报》出版单行本。王揖唐（1877—1948）派名志洋，字慎吾，后更名庚，字一堂，号揖唐，别号今传是楼主人等，安徽合肥人。著有《逸塘诗存》《上海租界问题》等；辑有《广德寿重光集》；译有《前德室威廉二世自传》《新俄罗斯》等。"今传是楼"为王氏书室名，因其所在地为清初昆山徐乾学藏书楼"传是楼"故址而得。书中所记多为王氏师友、同僚、乡贤等。此书"因诗存人"，名气稍逊之人物、诗作，因此而得以保存。全书以文言撰写，因著者数次外出游历，书中多有异国优美诗作，为传统诗话注入新鲜血液。对白话文学，王氏持积极观点，认为"白话入诗，本无不可"，"能为文言诗者，殆无不工为白话"。

附录二

民国淮军后裔文学书目暨至德
周氏家族文学撰述提要

有学者指出，以庐州地区团练为骨干的淮军，前承湘军，后启新建陆军，是晚清时期一支重要的武装力量，也是清代军事体制从传统向近代转型过程中承前启后的一种重要组织形式。淮军存世近40年，因镇压太平天国起义而组建，在洋务运动中逐步推进营制、装备近代化而发展壮大，并取代经制军八旗、绿营成为国防军的主力，布防地从东北到镇南关、台湾的整个沿海区域及内地共十余省份，这一时期也是近代中国外患日亟、御侮图强刻不容缓的历史时段，故而淮军及淮军史的研究，对于探讨中国军事近代化、晚清军事制度变迁、近代国防和反侵略战争的经验教训，以及加强淮军历史文化资源的保护与利用等问题，均有着重要的意义。①

但是，有关淮军的研究其实还存在另一个被人长期忽略之处，这就是它在中国近现代文学史上的重要作用。淮军大部分领袖人物都是接受过良好传统文化教育的士子，其中李鸿章、刘秉璋均为进士出身，刘盛藻、陈鼐举、丁寿昌、潘鼎新、吴长庆、吴毓兰、张绍棠、张树声、周馥等诸多淮军名将，也都是危难之际投笔从戎的读书人。因此，皖地源远流长的文化传统早已浸润他们的身心，一旦功成名就，这些家族立即飘散出郁郁书香，将引导子女发奋读书作为第一要务。经历了甲午战争，具备了从事洋务活动的经验，他们对世界的认知更为透彻，培育子女更少束缚，更有现

---

① 刘飞跃、王建刚主编，宋蓓、陈立柱、吴鸿雁副主编：《文化传承与创新发展"第七届淮河文化研讨会"论文选编》，合肥工业大学出版社2014年版，第464页。

代化的眼光，并且，他们的位高权重也为其子女获得文化资源提供了难得的便利。如此，淮军后裔之中政坛、商界、文化界新人层出不穷，这种影响一直绵延到整个民国乃至中华人民共和国成立之后。

为便于大家了解民国期间淮军后裔在文学界的贡献，笔者整理了"民国淮军后裔文学书目"与"至德周氏家族文学撰述提要"。

民 国 淮 军 后 裔 文 学 书 目

陈黉举家族

陈惟壬（1869—1948）

字一甫，号恕斋居士。石埭人。陈黉举之子。早年以父荫官直隶，曾任江苏候补道，北洋海防、东海关监督，农工商部议员，北洋劝业铁厂坐办等职。民国后历任启新洋灰公司总事务所经理、驻津办事处坐办、开滦矿务管理局正主任董事、启新洋灰公司协理、公司总经理。1941 年纂修《石埭备志汇编》五卷。

1. 陈一甫辑：《石埭陈序宾先生褒荣录》，1916 年版。
2. 陈一甫：《欧美漫游日记》，1937 年版。

陈惟彦（1856—1925）

字劭吾。石埭人。陈黉举第二子。1891 年因办理海军有功，得李鸿章保举，署贵州婺川县事，后历任开州知州、黎平府知府，官至两淮盐政。曾创设淮南公所，并与皖绅创设私立芜湖女子师范学堂，与弟陈惟壬兴办北洋实业。民国后曾任安徽财政司长，旋即辞职。

1. 陈惟彦著，徐建生编次：《宦游偶记》二卷，1917 年版。
2. 陈惟彦著，徐建生编次：《寿考》一卷，1917 年版。
3. 陈惟彦著，徐建生编次：《著述偶存》一卷，1917 年版。

陈汝良（1898—1952）

字范有，石埭人。陈惟壬之子。1917 年入天津北洋大学土木系，1925 年起先后任启新洋灰公司工程师兼经营科长、启新公司协理。1935 年创办江南水泥公司。抗战胜利后重建江南水泥厂，任常务董事兼总经理。

1. 陈汝良辑：《陈一甫先生六秩寿言》，1933 年版。

段佩家族

段祺瑞（1865—1936）

字芝泉，晚号正道老人。合肥人。段佩孙。清光绪十五年（1889）毕业于天津武备学堂，后赴德国学军事。回国后历任北洋军械局委员、威海营武备学堂教习、北洋军政司参谋处总办、练兵处军令司正使加副都统衔，清光绪三十三年（1907）调署第三镇统制，兼理北洋武备各学堂，民国后一度代理国务总理，为北洋政府皖系首领。

1. 段祺瑞：《正道居集》二卷，1923 年版。

2. 段祺瑞：《正道居诗》，1923 年版。

3. 段祺瑞：《正道居感世集》一卷，《诗》二卷，《续集》一卷，1926 年版。

李鸿章家族

李经钰（1867—1922）

字连之，号庚余、耕余，又号逸农，室名友古堂。合肥人。李蕴章之子。清光绪十九年（1893）举人，官河南候补道。

1. 李经钰：《友古堂诗集》二卷，1923 年版。

李伯琦（1887—1958）

名国瑰，号伯琦、漱荪，别号瘦生，晚号器器子。合肥人。李经钰之子。曾任天津造币总厂总收支主任、南京造币厂会办、苏州安徽同乡会会长、安徽公学校长。

1. 王政谦、李伯琦、王炳三：《虎邱百咏》，毛上珍 1930 年版。

李国楷（1886—1953）

字荣青，号少崖，别号餐霞。合肥人。李经世第三子。历官江西候补道、江西南饶九广兵备道兼九江关监督、安徽省议会议员。清光绪间著有《餐霞仙馆诗存》一卷。

1. 李国楷：《餐霞仙馆诗存》三卷，三让堂 1930 年版。

2. 李国楷：《餐霞仙馆诗增刊》一卷，三让堂 1932 年版。

陈秉淑（1886—？）

字蓉娟。怀宁陈同礼女，李国楷妻。

1. 陈秉淑：《翠枫阁诗词》，李国模《合肥词钞》著录。

李国杰（1881—1939）

字伟侯，号元直。合肥人。李鸿章长孙，李经述长子。清末曾任散轶大臣、农工商部左丞、驻比利时国公使、广州副都统、镶黄旗蒙古副都统等职。民国初任参政院参政、安福国会参议院议员、轮船招商局董事长。上海沦陷后参与叛国行动，被军统刺杀身亡。著者曾于清光绪间编辑《合肥李氏三世遗集》。

1. 李国杰：《蟠楼吟草》一卷，1937 年版。

李国模（1884—1930）

字方儒，号筱崖，别号吟梅。合肥人。李经世第二子。曾任山东候补道。著者于清光绪间撰有《吟梅吟草》一卷。

1. 李国模选辑：《合肥词钞》四卷，宜城慎余堂 1930 年版。

2. 李国模：《瘦蝶词》一卷附一卷，毛上珍 1933 年版。

彭淑士（1883—1969）

字亦婉，号葆青，又号绣冰。苏州人。彭名保女，合肥李国模妻。

1. 彭淑士：《碧梧轩诗存》，李国模《合肥词钞》著录。

2. 彭淑士：《绣冰词》，李国模《合肥词钞》著录。

李国枢（1900—1925）

字仲璇，号问淞。合肥人。李经钰第二子。

1. 李国枢：《问淞诗存》一卷附《挽诗》一卷，1926 年版。

李靖国（1887—1924）

原名国权，字仲衡，号可亭。合肥人。李经邦第五子。历任分省候补同知、江苏补用知府、分省补用道、邮传部路政司行走，民国第一届国会参议院议员。

1. 李靖国：《宜春馆诗选》二卷，1942 年版。

李家孚（1909—1927）

字子渊。合肥人。李国瑰之子。1927 年自尽。

1. 李家孚：《一粟楼遗稿》二卷，1928 年版。

2. 李家孚：《合肥诗话》三卷，又名《庐阳诗话》，李伯琦版。

李家恒（1907—1999）

字孝琼。合肥人。李国瑰长女。曾应香港文学社邀请讲课。

1. 李家恒：《绣月轩集陆联语》，毛上珍1931年版。

2. 李家恒：《闺秀诗话》，蒋寅《清诗话考》著录。

3. 李家恒：《绣月轩集》，蒋寅《清诗话考》著录。

李家煌（1898—1963）

字符晖，号骏孙、弥龛。合肥人。李经羲之长孙。肄业于上海复旦大学，1949年后迁居香港。

1. 李家煌：《始奏集》一卷，杨氏1928年版。

刘秉璋家族

刘体蕃（1872—？）

字锡之，号双井居士，室名双井堂。庐江人。刘秉璋之侄。清光绪诸生，曾任湖北补用知府，民国后寓居上海。

1. 刘体蕃：《双井堂诗集》十卷，1925年版。

刘声木（1876—1959）

原名体信，字述之，入民国后易名声木，字十枝，室名直介堂、苌楚斋。庐江人。刘秉璋第三子。曾任分省补用知府，山东、湖南学务，民国后居上海。

1. 刘声木：《苌楚斋随笔》十卷，《苌楚斋续笔》十卷，《三笔》十卷，庐江刘声木直介堂1929年版。

2. 刘声木：《苌楚斋四笔》十卷，《五笔》十卷，《引用书目》一卷，《目录》一卷，庐江刘声木直介堂1929年版。

3. 刘声木：《苌楚斋书目》二十二卷，庐江刘声木直介堂1929年版。

4. 刘声木：《寰宇访碑录校勘记》十一卷，庐江刘声木直介堂1929年版。

5. 刘声木：《续补寰宇访碑录》二十五卷，庐江刘声木直介堂1929年版。

6. 刘声木：《补寰宇访碑录校勘记》二卷，庐江刘声木直介堂1929年版。

7. 刘声木：《再续寰宇访碑录校勘记》一卷，庐江刘声木直介堂1929年版。

8. 刘声木辑：《清芬录》二卷，庐江刘声木直介堂1929年版。

9. 刘声木：《桐城文学渊源考》十三卷，《引用书目》一卷，《名氏目录》

一卷，庐江刘声木直介堂 1929 年版。

10. 刘声木：《桐城文学渊源考补遗》十三卷，庐江刘声木直介堂 1929 年版。

11. 刘声木：《桐城文学撰述考》四卷，庐江刘声木直介堂 1929 年版。

12. 刘声木：《桐城文学撰述考补遗》四卷，庐江刘声木直介堂 1929 年版。

13. （清）方苞撰，刘声木辑：《望溪文集再续补遗》四卷，庐江刘声木直介堂 1929 年版。

14. （清）方苞撰，刘声木辑：《望溪文集三续补遗》三卷，庐江刘声木直介堂 1929 年版。

15. 刘声木：《续补汇刻书目》三十卷，庐江刘声木直介堂 1929 年版。

16. 刘声木：《直介堂征访书目》一卷，庐江刘声木直介堂 1929 年版。

17. （清）曾国藩撰，刘声木辑：《曾文正公集外文》一卷，庐江刘声木直介堂 1929 年版。

18. （清）刘秉璋著，刘声木辑：《刘文庄公遗书》，民国稿本。

19. （清）刘秉璋著，刘声木辑：《刘文庄公佚诗》，民国稿本。

20. 刘声木：《清藏书纪事诗补遗》十七卷，民国稿本。

21. 刘声木：《苌楚斋随笔六笔》十卷，十友轩所著书稿本。

22. 刘声木：《苌楚斋随笔七笔》十卷，十友轩所著书稿本。

23. 刘声木：《苌楚斋随笔八笔》十卷，十友轩所著书稿本。

24. 刘声木：《苌楚斋随笔九笔》十卷，十友轩所著书稿本。

25. 刘声木：《苌楚斋随笔十笔》十卷，十友轩所著书稿本。

26. 刘声木：《苌楚斋随笔十一笔》十卷，十友轩所著书稿本。

27. 刘声木：《苌楚斋随笔十二笔》十卷，十友轩所著书稿本。

28. 刘声木：《苌楚斋随笔十三笔》十卷，十友轩所著书稿本。

29. 刘声木：《苌楚斋随笔十四笔》十卷，十友轩所著书稿本。

30. 刘声木：《苌楚斋随笔十五笔》十卷，《引用书目》十卷，十友轩所著书稿本。

31. 刘声木：《桐城派撰述录要·桐城文学撰述考绩补遗》四卷，十友轩所著书稿本。

32. 刘声木：《家训述闻》七卷，十友轩所著书稿本。

33. 刘声木：《清湘老人续颂记》一卷，十友轩所著书稿本。

34. 刘声木：《天地间人诗钞》二卷，《续钞》二卷，十友轩所著书稿本。

35. 刘声木：《天地间人艳体诗钞》十三卷，十友轩所著书稿本。

36. 刘声木：《天地间人文钞外编》二卷，十友轩所著书稿本。

37. 刘声木：《天地间人自序文钞》三卷，《卷外续》一卷，十友轩所著书稿本。

38. 刘声木：《学画琐记》四卷，十友轩所著书稿本。

刘体仁

字慰之，号辟园。庐江人。刘秉璋第二子。清光绪举人。民初弃官归家。

1. 刘体仁：《异辞录》四卷，民国石印本。

刘体智（1879—1963）

字晦之，晚号善斋老人，室名远望楼、善斋、小校金阁。庐江人。刘秉璋第四子，孙家鼐婿。曾任大清银行安徽督办、中国实业银行董事、上海分行总经理。有大量文史著述存世。

1.（清）刘秉璋著，刘体智编辑：《静轩笔记》十九卷，民国石印本。

刘麟生（1894—1980）

字宣阁，号茗边。庐江人。刘体蕃长子。早年毕业于上海圣约翰大学文科，后任上海商务印书馆及中华书局编辑，南京金陵女子文理学院国文系教授兼主任，上海交通大学及圣约翰大学教授等职。1947年起先后于日本东京及美国华盛顿任外交工作。

1. 刘麟生：《哥仑布》，商务印书馆1923年版。

2. ［美］波尔登夫人：《世界十大成功人传》，刘麟生译，商务印书馆1924年版。

3. 刘麟生：《中国文学 ABC》，世界书局1929年版。

4. 刘麟生：《词絜》，世界书局1930年版。

5. 刘麟生编著：《墨梭利尼生活》，世界书局1930年版。

6. 刘麟生编著：《中国文学史》，世界书局1932年版。

7. 刘麟生、伍蠡甫合译：《两个罗曼司》，黎明书局1933年版。

8. 刘麟生编述：《中国诗词概论》，商务印书馆1933年版。

9. 刘麟生：《骈文学》，商务印书馆 1934 年版。

10. 刘麟生：《中国文学概论》，商务印书馆 1934 年版。

11. 刘麟生、胡怀琛、金公亮等著：《中国文学讲座》，商务印书馆 1934 年版。

12. 刘麟生等辑注：《古今名诗选》，商务印书馆 1936 年版。

13. 刘麟生：《中国骈文史》，商务印书馆 1936 年版。

14. 刘麟生：《春灯词》一卷，1939 年版。

刘铭传家族

刘盛芳（1849—1930）

字兰轩，号桂亭。肥西人。刘铭传之侄。清咸丰年间入淮军，曾任新会、香山县知县。

1. 刘盛芳编著：《遁园酬唱集》二卷，《附录》一卷，启新印刷厂 1926 年版。

2. 刘盛芳：《遁园家训》，肥西县地方志编纂委员会编《肥西县志》著录。

刘朝班

室名琳琅仙馆。肥西人。刘盛藻次子。曾任刑部湖广司主事。

1. 刘朝班：《贰古斋诗文存》，肥西县地方志编纂委员会编《肥西县志》著录。

2. 刘朝班：《琳琅仙馆笔记》，肥西县地方志编纂委员会编《肥西县志》著录。

刘瑞芬家族

刘世珩（1874—1926）

字葱石，又字聚卿，号檵庵，别号楚园。贵池人。刘瑞芬之子。清光绪举人，曾任清政府道员，江苏候补道，江宁商会总理，湖北、天津造币厂监督，直隶财政监理官，度支部左参议等职。历办江南商务官报、学务，民国后移居上海。著者曾于清光绪间编著《聚学轩词稿》《国朝安徽词录》。

1. （唐）杜甫著，（宋）鲁訔编注，（宋）王十朋集注，刘世珩札记：《王状元集百家注编年杜陵诗史》三十二卷附《札记》，玉海堂影宋元本 1913 年版。[①]

---

① 清光绪年间至 1919 年刘世珩有《玉海堂影宋元本丛书》22 种 686 卷。

2. （元）顾瑛辑，刘世珩札记：《草堂雅集》十二卷附《札记》，玉海堂影
   宋元本 1917 年版。

3. （梁）萧统著，刘世珩札记：《梁昭明太子文集》五卷附《札记》一卷，
   玉海堂影宋元本 1919 年版。

4. 刘世珩编辑：《双忽雷本事》，贵池刘世珩双忽雷阁 1921 年版。

刘世珍

字珠圆。贵池人。刘瑞芬长女，南陵徐乃昌妻。

1. 刘世珍：《冰奁集》，《民国南陵县志》著录。

吴长庆家族

吴保初（1869—1913）

字彦复，号君遂，晚号瘿公。庐江县人。淮军将领、广东水师提督吴
长庆之子。与陈三立、谭嗣同、丁惠康被合称为"清末四公子"。曾任刑
部山东司主事、贵州司主稿、秋审处帮办。戊戌变法前后，著文痛论阻挠
新法之害。谭嗣同等就义，写《哭六君子》诗并"为亡人讼冤"。晚清著
有《未焚草》《北山楼集》。

1. 吴保初著，陈诗编辑：《北山楼续集》，1913 年版。

2. 吴保初撰，孙文光点校：《北山楼集》，黄山书社 1990 年版。

黄裳

合肥人。吴保初妻，吴弱男母。

1. 黄裳：《紫蓬山房诗钞》，胡文楷《历代妇女著作考》著录。

张绍棠家族

张士珩（1857—1917）

字楚宝，号㿟楼，晚号因觉，又号潜亭、冶山居士。合肥人。张绍棠
之子，李鸿章外甥。清光绪十四年（1888）举人，入直隶总督李文忠幕，
以道员领北洋军械局与武备学堂。后总办直隶赈捐局、上海制造局，清光
绪三十三年（1907）任山东补用道。民国后为造币总厂监督。著者曾于清
末撰有《竹居先德录》一卷，《竹居录存》一卷，《竹居小牍》十二卷，
《济上鸿泥图题册录存》一卷附《三石图题咏》一卷。

1. 张士珩：《竹居外录》一卷，1912 年刻本。

2. 张士珩：《弢楼脞录序》一卷，冶山竹居民国抄本。

3. 张士珩：《弢楼遗集》三卷，京师合肥张氏 1922 年刻本。

4. 张士珩：《浮槎阁文存》一卷，民国稿本。

　　注：又张士珩《冶山居士杂文》一卷，民国稿本。是书为残本，大部分内容同《浮槎阁文存》。

5. 张士珩：《食实轩文存》二卷，民国抄本。

6. 张士珩：《冶山居士传》一卷，《后传》一卷，民国石印本。

张树声家族

张云锦（1858—1925）

字绮年，晚号渔村老人。合肥人。张树声从子。清光绪诸生，官至湖北候补道。清光绪十六年（1890）曾佐刘铭传军幕，晚年隐居。著者曾于清末撰有《顺所然斋诗集》四卷，《文集》二卷。

1. 张云锦：《顺所然斋诗后集文后集》，有正书局 1924 年版。

张充和（1914—2015）

合肥人，长于苏州。张树声之孙张冀牖第四女，德裔美籍汉学家傅汉思之妻。早年就读于北京大学，抗战期间流亡西南，任职于教育部属下教科书编选委员会、重庆教育部下属礼乐馆。抗战胜利后任教于北京大学。1949 年随夫赴美。

1. 张充和、叶万青译：《游园》，国立礼乐馆 1944 年版。

张允和（1909—2002）

合肥人，长于苏州。张树声之孙张冀牖第二女，周有光妻。毕业于上海光华大学历史系。

1. ［苏］伊林（M. Ilin）：《书的故事》，张允和译，中华书局 1936 年版。

张兆和（1910—2003）

笔名叔文。合肥人，长于苏州。张树声之孙张冀牖第三女，沈从文妻。曾任北京师范大学附中、师大二附中教师，《人民文学》编辑。

1. 叔文：《湖畔》，文化生活出版社 1941 年版。

周馥家族

见"至德周氏家族文学撰述提要"。

周盛波家族

周家谦（1853—1925）

字六皆，号盘庵，晚号盘叟。合肥人。周盛波之长子。清同治十二年（1873）举人，曾任内阁中书。

1. 周家谦：《盘庵诗钞》二卷，紫蓬山房1928年版。

至德周氏家族文学撰述提要

安徽至德周馥家族兴起于同光之际，传承数代，英才辈出，对中国近代政治及民族工业的发展做出了不可磨灭的贡献。除此之外，历来重视"勋业文章"的周氏家族在文学创作与研究方面亦颇有建树。民国期间，周氏家族之繁盛达到极致，与此同时，数代人之文学撰述亦相继出版。近年来，笔者走访国内各大图书馆拜读这些著作，深感它们不仅有益于中国近现代史研究，且为解开周氏家族百余年昌盛不衰现象的不二之钥。

在此，笔者将这些书目分类介绍如下：

一　诗集

作为中国传统文人家族，周馥及其子孙写下大量诗篇，并分别刊刻成集，记载了周氏家族几代人的情思，既折射出时代风云，且突出表现了家族文化的传承。

1. 周馥：《玉山诗集》四卷，民国九年（1920）铅印本。

是书前有于式枚序，作者84岁自序。所录诗作起自咸丰十年（1860），止于民国九年（1920）。

又：民国十一年（1922）《周悫慎公全集》本。

此书收入《周悫慎公全集》八种四十五卷。

《续修四库全书总目提要·集部》称：

> （玉山）《诗集》系编年体，始咸丰庚申，迄宣统辛亥为四卷，于侍郎式枚作序。民国元年庚申正月，又益以壬子年后之作，馥自行重加删定，仍为四卷。迨馥卒后，又以庚申辛酉两年诗十三首，附于卷后。

2. 周德蕴著并绘，周明焯编：《建德周含曜女士诗画稿》，民国十年（1921）影印本。

　　周德蕴（1903—1922），字含曜。周馥孙女，周学熙第七女，周明焯之妹。

　　周明焯（1898—1990），字志俊，号市隐，又号艮轩，以字行。周馥之孙，周学熙次子。

　　是书前有姚永朴题词，周明焯序。内录《载溪闲咏》10首，国画10帧，末附周明焯撰三姊、四姊传。

3. 周达：《今觉庵诗》四卷，民国二十九年（1940）铅印本。

　　周达（1878—1949），又名明达，字今觉，号美权，又号梅泉，别署燕公，笔名今觉、寄闲。周馥之孙，周学海长子。

　　是书前有庚辰年（1940）自序，陈诗、陈祖壬序各一，内录民国八年（1919）至民国二十八年（1939）诗作。

　　《自序》称，年三十三以后，始稍稍学为诗，四十以后始存稿。

4. 周达：《今觉庵诗选续》，民国三十二年（1943）铅印本。

　　是书录著者写于民国二十九年（1940）至民国三十一年（1942）诗作。

5. 周学熙：《止庵诗存》二卷附《外集》一卷，民国三十七年（1948）至德周氏铅印本。

　　周学熙（1868—1947），字缉之，又字止庵，号卧云居士、松云居士，晚号砚耕老人。周馥第四子。

　　是书前有张元济序及著者自序。

6. 周学渊：《晚红轩诗存》，民国铅印本。

　　周学渊（1877—1953），原名学植。字立之，号息庵。周馥第五子。

　　2004年周叔弢辑《安徽东至周氏近代诗选　东至周氏家乘》第3册以"立之诗选"为题，收入《晚红轩诗存》及《师古堂课选》中诗作约180余题。①

---

　　①　2004年周叔弢选辑出版《安徽东至周氏近代诗选　东至周氏家乘》，是编5册。第1分册为周馥《玉山诗选》四卷；第2分册为周学熙《止庵诗选》二卷；第3分册为周学渊《立之诗选》与周学辉《晦庵诗选》；第4分册为周达《今觉庵诗选》；第5分册为周暹（周明扬）《弢翁诗词存稿》，周进《季木遗诗》，周明焯《艮轩遗诗》，周明和《明和诗选》，周莲荃《仲铮遗诗》，周惠良《伯廉诗选》。每诗选前均有目录及著者简介。末附周季华《后记》，并《悫慎公周馥支下世系表（1999年）》、《体诚公周馨支下世系表（2004年）》。

二 文集

周氏家族民国期间所出文集中，文学作品以传记为主，自周馥《玉山文集》迄，至第四代周叔贞《周止庵先生别传》止，语语著实，不涉空谈，实为家风。

1. 周馥：《玉山文集》二卷，《周悫慎公全集》本。

此书收入《周悫慎公全集》八种四十五卷。

《续修四库全书总目提要·集部》称：

> （玉山）文集卷一，《兴学论》《儒释辨》《格致说》诸篇，探源立论，见道之言。《货币刍议》，及卷二《书补救山东黄河事》，又《书补救永定河患》诸篇，均为经世之文。《游白鹿洞归偶书》一篇，尤为精要。大略为国而欲图富强，仍不外乎尊重孔孟之言，精研宋儒之论，以渐窥夫天地消长之道。则凡人情物理，无不贯彻，所谓本立而道生也。《书戴孝侯死事传后》及《提督聂忠节公传》二篇，抒愤褒忠，足补国史所未备。

2. 周学熙等：《清授光禄大夫建威将军头品顶戴陆军部尚书都察院都御史两广总督予谥悫慎先考玉山府君行状》，民国铅印本。

是书为周馥行状。

又：《建德周悫慎公行状》一卷，周学熙著，民国十年（1921）铅印本。

3. 周学熙编辑：《清赠内阁学士山东登莱青道刘公暨德配郝夫人合祀事迹汇编》，民国十二年（1923）石印本。

刘瑞芬（1827—1892），字芝田。安徽贵池人。光绪年间曾任两淮盐运使、太常寺卿，驻英、法、意、比等国大使，广东巡抚。

4. 周叔贞：《周止庵先生别传》，民国十四年（1925）著者自刊，铅印本。

周叔贞，女。周馥重孙女，周学熙孙女，周明焯之女。曾就读于燕京大学史地系。

又：民国三十七年（1948）著者自刊，铅印本。

是书前有颜蕙庆、周季华序各一及《凡例》《引言》，末附参考书目。
《颜序》称：

> 中华民国三十六年 9 月 26 日，至德周公学熙捐馆舍于北平。……
> 越三月，公孙女叔贞复比次公平生经国猷谋，旁及学行轶事，为公别
> 传，凡如干言……余观叔贞所为传，于北洋实业、民国财政二端之建
> 树，叙次为详，能立其大，且辞不凭虚，恒趋录档案以实之。本述而
> 不作之旨，益以趋庭之所闻见，而非公羊家所谓传闻异辞之科。是盖
> 能修辞立诚，不诬其先祖者，足以信今传后，俟惇史之访求矣。

《引言》称：

> 一、古今名人传记有一人而数传者，如罗斯福小传，种类甚多，
> 各有其特著之点。是篇为吾先祖别传，侧重于创造北洋实业与建树民
> 国财政两端，对于其他事迹比较简略。二、先祖一生建设，有关国家
> 掌故，但官方文书已不易寻觅，加以历年迁徙，所有章则文字，私家
> 亦罕存稿，兹所搜录皆有关经济财政者，以为异日考求文献者之资
> 料。三、是篇原为作者攻读史地系之毕业论文，嗣以先祖逝世，遂加
> 整理付印；别有先祖自著之年谱，另印行，与此互有详略。四、吾祖
> 所为诗凡数千首，别有诗集刊行。兹择其与干生事迹有关者，略录数
> 首，以见一斑。盖诗本性灵，藉此可以窥见个性与修养也。

5. 周明泰等辑：《至德周止庵先生纪念册》，民国三十六年（1947）铅印本。

三　文学研究

民国期间周馥家族文学研究以周明泰《几礼居戏曲丛书》为代表。借
助丰厚的经济力量和独到的文学眼光，更得益于安徽人对于戏曲的特殊热
爱，著者于《几礼居戏曲丛书》中汇聚了有关中国近现代戏曲艺术的许多
珍贵资料，完成了几部研究中国戏曲艺术发展史必备的参考书籍。而周一
良所著《跋敦煌写本〈法句经〉及〈法句譬喻经〉残卷三种》，则令人看

到周氏家族第四代于民国期间开始的学者化转向。

1. 周明泰：《都门纪略中之戏曲史料》，《几礼居戏曲丛书》本。①

周明泰（1896—1994），字志辅，别号几里居主人。周馥之孙，周学熙长子。

是书封面为刘半农题签，内分"引子""都门纪略之缘起""都门纪略之版本""都门纪略中之戏班""都门纪略中之角色""都门纪略中之戏剧""都门纪略中之戏园""尾文"。

《都门纪略》为清代杨静亭编，共二卷十一类。包括"都门纪略之缘起""都门纪略中之戏剧""都门纪略中之戏园"等。本书著者简述杨静亭所编《都门纪略》一书之缘起与版本，并以图表形式，列举自道光二十五年（1845）之初刻本至光绪三十三年（1907）后人增补、重刻6种版本中所记载的北京地区戏班、角色、剧目、戏园资料。

此书为《几礼居戏曲丛书》第1种。

2. 周明泰编：《五十年来北平戏剧史材》，《几礼居戏曲丛书》本。

是书前有刘半农序。内"前编"为影印之手抄本，记录自清光绪八年（1882）至宣统三年（1911）北京几十个戏班所上演之900余出剧目，部分剧目注明主要演员；"后编"照录北京各戏园演出之戏单。附录《戏名班数统计表》《戏名通检》。

《刘序》称：

数年前偶于厂肆得旧时戏目一册，不知何人所录，目起光绪初迄于清末，前后三十年，都一千馀事。复生长南中，未睹往日北地梨园之盛；又禀性拙朴，不娴艺事，时闻友人品论当世伶人工夫技巧，往往不解，独以此册足为北平社会旧史之一叶，意颇珍之，便于课业之余，稍稍整理，人事多忙，未能毕业。适友人周志辅君，抄摘民元以后报端戏目，意在汇订成篇，为近二十年来北平剧事荣衰之铁证。复

---

① 《几礼居戏曲丛书》，周明泰著，民国二十一年（1932）至二十二年（1933）铅印本。是编内收录《都门纪略中之戏曲史料》《五十年来北平戏剧史材》《道咸以来梨园系年小录》《清升平署存档事例漫抄》四种。所谓"几礼居"，乃著者室名。

念两目年代恰相衔接，合之则双美，离之则两偏，便以所藏假付周君，并举整理未竟之纸片归之。周君便名书曰《五十年来北平戏剧史材》，仍别为前后两编，不以分划时期，且以示两目来处之不同也。周君深明音律，熟悉梨园掌故，偶有评述，都精微中肯，顾不以此自炫，独孳孳于文史考订之学，今编此书，即以其治学之手腕为之，取径既殊，斯其书所有异于时下谈艺捧角诸贤之所作也。

此书为《几礼居戏曲丛书》第 2 种。

3. 周明泰：《道咸以来梨园系年小录》，《几礼居戏曲丛书》本。

是书辑录嘉庆十八年（1813）至民国二十一年（1932）北京戏曲界的资料。

《自序》称：

十余年前谈戏之风未盛，间有近人笔记小说，述及歌场往事。或二三老辈熟悉梨园掌故，偶有记述，登诸报端。予喜其足资谈助，择其信而可征者随手录之，积久成帙……适于岁末无事，爰取往日所手录者一一分年排列，并取近年梨园事实附诸篇末，其中叙述或以文言、或以俚语，各仍其旧，未遑为之润色修饰也。至于书中琐事间有矛盾之处，盖有时所录来处不同，未知孰是，然皆小节，非关宏旨，姑并存之，以供异日编梨园史者之参考焉。

此书为《几礼居戏曲丛书》第 3 种。[①]

4. 周明泰编著：《清升平署存档事例漫抄》六卷，《几礼居戏曲丛书》本。

升平署是清代后期宫廷伶官的常设机构，有如唐代梨园。

是书前有著者序，内详述自乾隆南巡，招江南伶工入京供奉内廷，至四大徽班进京，皮黄大兴，咸丰帝后酷嗜俗乐，同光之际因慈禧更嗜皮黄，宫廷演剧出现"本"（宫内太监）、"府"（升平署学生）、"外"（外

---

① 1951 年著者出版《京戏近百年琐记》，系依据《道咸以来梨园系年小录》，续补至民国三十三年（1944）而成。

边戏班）鼎足而三局面，以及清代宫廷自制诸大传奇事。

著者先于序中陈述因果，做详尽之概述，而后移录大量档案史料。卷一内十六目，为一年中不同节日之演出活动；卷二内十四目，为皇室各种寿辰及婚丧典礼演出活动；卷三内九目，为南府、升平署有关史料；卷四内二十五目，为宫内演出活动各种细节；卷五内十六目，为戏曲音乐史料；卷六内十一目，为演出剧目史料。附录《乐器折一》《乐器折二》《安设乐器次序单》《清升平署存档释名》《清升平署存档详目》。

此书为《几礼居戏曲丛书》第 4 种。

5. 周明泰：《三曾年谱三卷》，民国二十一年（1932）秋浦周明泰文岚簃铅印本。

是书包括宋代曾布、曾肇、曾巩之《曾子宣年谱稿》《曾子开年谱稿》《曾子固年谱稿》。

6. 周明泰选辑：《元明乐府套数举略》，民国二十一年（1932）石印本。

是书前有朱希祖及赵万里序各一。内辑录元明乐府套数，排列其宫调格式、曲牌次序，以为初学写作套数者之准则。全书分为北曲、南曲、南北合套三部分。

周维培《南北词简谱与近现代戏曲格律谱》称：

（此书）专辑元明散曲联套格式，主要取资文献为《雍熙乐府》《盛世新声》《词林摘艳》《北宫词纪》《么吴骚合编》诸曲选。共辑北曲套数 922 种，南北合套 71 种。该书可贵处在于作者对某一宫调联套规则依首曲为标准，进行归纳统计……是近现代有关散曲联套分析归纳的研究中较为全面的一部著作，虽嫌理论总结不够深入，但为后入的研究做了很好的基础工作和资料准备。[1]

7. 周明泰编著：《续剧说》四卷，民国二十九年（1940）天津至德周明泰几礼居铅印本。

---

[1] 李伟主编：《戏曲考论·戏曲卷》，上海百家出版社 2008 年版，第 365 页。

是书为叙及昆曲之笔记。卷首列有《引用书目》，如杨钟羲《雪桥诗话》、震钧《天咫偶闻》、王韬《淞滨琐话》、张焘《津门杂记》、柴萼《梵天庐丛录》等。本书即从近代笔记中辑录有关昆剧作家、艺人及演唱之记事等各种戏剧史料，编为四卷。

8. 周一良：《跋敦煌写本〈法句经〉及〈法句譬喻经〉残卷三种》，民国三十七年（1948）北京大学出版社铅印本。

周一良（1913—2001），早年曾用字太初。至德人，生于青岛。周馥之重孙，周学海之孙，周叔弢之子。

是书为《国立北京大学五十周年纪念论文集》文学院第六种，民国三十六年（1947）曾连载于《图书季刊》第 8 卷第 1—2 期。

四　选本与校勘

周氏家族民国期间选本与校勘之作极丰，主要动力在于家族学校"师古堂"的创办。为了使中国传统文化教育能够在师古堂月课中得以传承，周学熙选编中国古代大家之作，刻印出版。

1. 周学渊辑：《张李二君诗存》，民国元年（1912）铅印本。

2. 卧云居士选编：《阅微草堂笔记约选》，民国十九年（1930）铅印本。

是书选编者为周学熙。书前有编者序，内选《阅微草堂笔记》200余则。

《编者序》称，编选此书目的，在于：

> 使士人读之，知凡事无论如何诡诈，如何机变，皆有所以处之之道。苟不得其道，鲜不失败，而得其道，亦无不可以自立者。

周学熙《师古堂家刻书目简评四十三则》称此书：

> 取纪晓岚原本，约取其义旨平正、有关世道人心者，为涉世明理之助，未可概以神怪目之也。

3.（清）姚鼐著，周学熙选编：《古文辞类纂约选》十三卷，民国二十一年

（1932）周氏师古堂刻本。

周学熙《师古堂家刻书目简评四十三则》称此书：

> 就姚惜抱原书选约二百四十余篇，皆义旨纯正、词气充沛、最易
> 领会、最可效法之作，为初学者所必读，宜家置一编。

4. 周学渊选编：《八家闲适诗选》，民国二十一年（1932）北平至德周氏
   师古堂刻本。

是书内收《渊明闲适诗》一卷，韦应物《苏州闲适诗选》一卷，杜甫
《少陵闲适诗选》一卷，《朱子闲适诗》一卷，白居易《香山闲适诗》一
卷，苏轼《东坡闲适诗》一卷，邵雍《击壤集闲适诗》一卷，陆游《剑南
闲适诗》一卷。

周学熙《师古堂家刻书目简评四十三则》称：

> （此书）本曾湘乡之意，取陶渊明、白香山、韦苏州，杜工部、
> 苏东坡、陆放翁六家诗，专录其义镜闲适者，以消名利好胜之心，益
> 以朱文公、邵康节，合为八家。学者读之，师其襟怀，旷达冲淡，自
> 然品行高洁，于持身涉世大有裨益，而为诗之道，亦超然出群矣。

5. （清）伍涵芬著，周学熙节录：《读书乐趣约选》二卷，民国二十二年
   （1933）周氏师古堂刻本。

是书前有原序，内卷上为"荡胸""澄心""澹缘""怡情"，卷下为
"论文""励业""品诗"。

周学熙《师古堂家刻书目简评四十三则》称：

> 可以启发性灵，增益兴趣，青年学子案头不可少之书。

6. 周学熙编辑：《韩王二公遗事》，民国二十三年（1934）周氏师古堂刻本。
   是书辑宋代韩琦、王曾遗事。

7.（清）张英著，周学熙选编：《张文端诗文约选》二卷，民国二十三年（1934）至德周氏师古堂刻本。

周学熙《师古堂家刻书目简评四十三则》称此书著者：

> 太平宰相二十年，晌襟与香山、放翁同旷达，生平最好山水花木，其诗文篇篇不离乎此，兹约选之，可为学者养性怡情之助。

8.（清）李元度编，周学熙选编：《小学弦歌约选》，民国二十五年（1936）周氏师古堂刻本。

周学熙《师古堂家刻书目简评四十三则》称此书：

> 取古歌诗，分类为教十有六、为戒十有二，而终以广劝戒，原本九百三十余篇，兹去其义之冗复者与其句之佶屈者，约存二百七十九首，不足三分之一。童蒙读之，即可学诗，又可淑性，洵两益也。

9.（梁）释宝唱著，周叔迦校：《名僧传钞》，民国二十六年（1937）刻本。

周叔迦（1899—1974），原名明夔，字叔迦，笔名云音、演济、水月光，杌人、沧衍等，室名最上云音。周馥之孙，周学熙第三子，周绍良之父。

是书前有《名僧传》目录，内选录《洹祇寺求那跋陀》《伪秦长安宫寺释道安》《宋长乐寺释觉世》《宋江陵释道海》等39篇。末附《名僧传说处》。

10.（宋）史达祖著，周叔弢校并跋：《梅溪词》一卷，民国刊本。

周叔弢（1891—1984），原名明扬，后改名为暹，字叔弢，以字行，别署"弢翁"等。周馥之孙，周学海第三子。

五　文学翻译

周煦良的文学翻译是周氏家族进入历史新时代的又一个标志。

1.［英］琼司（J. H. Jeans）：《神秘的宇宙》，周煦良译，民国二十三年（1934）上海开明书店铅印本。

周煦良（1905—1984），笔名舟斋、贺若璧。周馥重孙，周学海之孙，周达第二子。

是书为科普散文。前有译者序，内分"消逝著的太阳""近代物理学下的新世界""物质与放射""相对论与以太""知识的深渊"5章。

《译者序》称：

> 金斯是现今很少数的，能用新兴物理学题材，写成轻快文学的人。《神秘的宇宙》写来有如一部科学的童话，作者使我们如爱丽丝一样，身历相对论和量子论所揭示的宇宙的奇境，同时很愉快地把握著物理学在哲学上引起的许多重要问题，这些也是现在科学界和哲学界讨论得最生动的问题。

2. ［美］E. Balmer、［美］P. Wylie：《地球末日记》，周煦良译，民国三十六年（1947）上海龙门联合书局铅印本。

是书为科幻小说。前有《译后记》，内收"古怪的使命""末日联合会""从空间来的不速之客""末日之后的黎明""地球上最后一晚""两个世界的撞击""宇宙征服者"等27章。

《译后记》称：

> 这本一九三二年的科学小说，在今日一九四七年，原子弹或原子能战争可能把世界人类大部分毁灭的时代，好像更有一读的理由。

附录三

民国桐城文学书目[*]

桐城文派是清代文坛上最重要的散文流派，它以文统的源远流长，文论的博大精深，著述的丰厚清正，在中国古代文学史上占有显赫地位，是中华民族传统文化中的一座丰碑。时至新文化运动兴起，作为"旧文学"的代表，桐城派成为被批判的对象，许多人因此认为桐城文脉至此衰微不振。但桐城终究是一片文化内蕴极为深厚的土地，经历了新文学浪潮的冲击，接受了欧风美雨的洗礼，进入民国之后，出生、成长在这片土地上的文学研究者、文学创作家，或坚守着桐城古文学派的治学理念，或勇敢地踏上新时代文学道路，对祖国文学事业的贡献依然卓著，其大量文学著述构成民国安徽文学史的重要内容。易言之，欲研究民国安徽文学史，不可不研究桐城文派。因此，笔者特整理"民国桐城文学书目"附录书后，以期有助于各位专家的研究。

1910—1919 年

1. 姚永朴：《见闻偶笔》一卷，1912 年版。

2. 姚永朴：《经学举要》一卷，1912 年版。

3. 姚永朴：《群书答问》，1912 年版。

4. 姚永朴：《我师录》四卷，正谊书局 1912 年版。

5. 刘雨沛：《西戍途中日记》一卷附《民国元年五月率师至吐鲁番哈密镇抚途中日记》一卷，民国版。^①

---

* 民国时期枞阳县称"桐庐"，归属桐城。故此处"桐城"包括桐城与枞阳。

① 此书依据写作内容归入"1920—1020 年"。下文标注"民国版"而归入各年代之图书亦同理。

6. 刘雨沛：《西戍杂咏》一卷，1912 年油印本。

7. 吴闿生评选，高步瀛笺释：《古今体诗约选》四卷，《笺释》四卷，京师国群铸一社 1913 年版。

8. 吴闿生评解，高步瀛集笺：《国文教范》二卷，京师国群铸一社 1913 年版。

   注：又吴闿生纂《古文范》二卷，朝记书庄、文明学社 1919 年版。

   又吴闿生纂《古文范》四卷，文学社 1927 年版。①

9. 贺涛著，贺葆真、吴闿生校订：《贺先生文集》四卷，京师国群铸一社 1913 年版。

10. 高步瀛集解，吴闿生评点：《孟子文法读本》七卷，京师国群铸一社 1913 年版。

    注：又高步瀛集解，吴闿生评点《重订孟子文法读本》七卷，直隶书局 1921 年版。

11. 吴闿生：《清封中宪大夫故城县训导贺苏生先生墓志铭》，文益印刷局民国版。

12. 沈祖宪、吴闿生辑：《容庵弟子记》四卷，1913 年版。

13. 姚永概：《邵节妇家传》，民国版。

14. 姚永朴：《邵母刘太君墓表》，民国版。

15. 陈澹然等：《孙武公传》，华新印刷局 1913 年版。

16. 坐观老人②：《清代野记》一卷，野乘搜辑社 1914 年版。

17. 姚永朴：《文学研究法》四卷，商务印书馆 1914 年版。

18. 马其昶：《马通伯文钞》二卷，中国图书公司 1916 年版。

19. 姚永概：《慎宜轩文集》八卷，1916 年版。

    注：又姚永概《慎宜轩文集》十二卷，中江印书馆 1919 年版。

    又姚永概《慎宜轩文稿附尺牍》，民国稿本。

    又姚永概《慎宜轩尺牍选钞》七卷，民国版。

    又姚永概《姚叔节先生文存》一卷，民国抄本。

20. 马其昶：《诗毛氏学》三十卷，京师第一监狱 1916 年版。

---

① 此二书均在《国文教范》基础上增补而成。
② 坐观老人（1849—1917），名张祖翼，桐城人。

注：又马其昶《诗毛氏学》，聚珍仿宋印书局 1918 年版。

21. ［英］可林克洛悌原：《慧劫》，刘泽沛、高卓译，商务印书馆 1917 年版。

22. 范康：《烬余遗稿》二卷，1917 年版。

23. 姚永朴：《蜕私轩集》五卷附《读经记》三卷，共和印刷局 1917 年版。

注：又姚永朴《蜕私轩集》五卷附《读经记》三卷，秋浦周氏 1921 年版。

24. 范康：《枕流轩诗稿》一卷，1917 年版。

25. 陈澹然：《哀恸录》一卷，1918 年版。

26. 吴芝瑛编著：《剪淞留影集》，1918 年版。

27. （清）吴康之著，吴芝瑛辑：《鞠隐山庄遗诗》一卷附《禀稿》一卷，1918 年版。

28. 姚永朴、姚永概选校：《历朝经世文钞》六卷，1918 年版。

29. 姚永概：《孟子讲义》十四卷，正志中学民国讲义本。

注：又姚永概《孟子讲义》七卷，都门印书局民国版。

30. 廉泉著，吴芝瑛辑：《南湖东游草》五卷，1918 年版。

31. 廉泉著，吴芝瑛辑：《南湖集古诗》一卷，1918 年版。

32. 廉泉著，吴芝瑛辑：《潭柘纪游诗》一卷，1918 年版。

33. 刘达著，苦海余生编辑：《戏剧大观》，交通图书馆 1918 年版。

34. 刘豁公：《拆白伟人传》，新民图书馆 1919 年版。

35. 刘豁公：《京剧考证百出》，中华图书集成公司 1919 年版。

36. 姚永朴：《旧闻随笔》四卷，1919 年版。

37. 潘田：《龙眠逸史》六卷，民国稿本。

38. 姚永概：《慎宜轩诗集》八卷，1919 年版。

注：又姚永概《慎宜轩诗集》八卷《续钞》一卷，1931 年版。

1920—1929 年

1. 刘豁公编辑：《梅兰芳新曲本》，又名《梅郎集：梅郎曲本》，中华图书集成公司 1920 年版。

注：又刘豁公编辑《梅郎集：兰芳轶事》八卷，中华图书集成公司 1920 年版。

2. 姚纪：《素庵文稿》一卷，1920 年版。

3. 马振仪：《桐城马彦郇所著》，1920 年版。

注：又马振仪《马彦郇文稿》一卷，1923 年版。

4. 陈澹然：《蔚云新语前编》二卷，《正编》六卷，《补遗》一卷，1920 年版。

5. 吴闿生纂：《文学社题名录》，1920 年版。

6. 刘达：《戏学大全附大鼓书》，生生美术公司 1920 年版。

7. 方履中：《贞泯不泐》，民国版。

8. 赵世骏书，马其昶：《金磷叟先生七十寿序》，有正书局 1921 年版。

9. 方铸：《华胥赤子尺牍》一卷，翰宝斋 1922 年版。

10. 方铸：《华胥赤子古近体诗》十卷，翰宝斋 1922 年版。

11. 方铸：《华胥赤子文集》二卷，《三经合说》一卷，翰宝斋 1922 年版。

12. 姚永概：《慎宜轩日记》，民国手稿。

注：又姚永概著，沈寂整理标点《慎宜轩日记》，黄山书社 2010 年版。

13. 马其昶：《抱润轩文集》二十二卷，京师 1923 年版。

14. 吴闿生：《北江先生诗集》五卷，文学社 1923 年版。

注：又吴闿生《北江诗草》五卷，桐城吴氏 1923 年手抄本。

又吴闿生《北江先生集》十二卷，《诗》五卷，文学社 1933 年版。

又吴闿生《北江先生诗集》五卷，黄山书社 2009 年版。

15. 姚丽山：《东游小草》二卷，五桂堂 1923 年版。

16. 江中清：《工三诗草》一卷，光明印刷厂 1923 年版。

17. 姚永朴选编：《古今体诗约选》四卷，1923 年版。

18. 何养性、何宗严编辑：《青山风雅集》二卷，1923 年版。

19. 姚孟振：《清赠内阁学士山东登莱青道贵池刘公事迹图咏》，1923 年版。

20. 何则琳：《守黑山房诗草》一卷，1923 年版。

21. 姚永朴：《蜕私轩诗说》八卷，1923 年版。

22. 章绒：《屋里青山诗钞》二卷，1923 年版。

23. 吴闿生、刘宗尧：《左传微》十二卷，文学社 1923 年版。

24. 吴闿生：《北江先生文集》七卷，文学社 1924 年版。

注：又吴闿生《北江先生集》十二卷，《诗》五卷，文学社 1933 年版。

又吴闿生《北江先生文集抄本》，民国抄本。

25. 马振宪：《李君颂臣五十寿言》，北洋印刷局 1924 年版。

26. 刘豁公等编辑：《律和声》，律和票房 1924 年版。

27. 刘豁公、王纯根编辑：《说部精英：甲子花》第一集，雕龙出版部 1924
年版。

28. 张桐峰：《桐城张桐峰诗集》，1924 年版。

29. 吴闿生选：《晚清四十家诗钞》三卷，文学社 1924 年版。
注：又吴闿生评选《近代诗钞》三卷，民国抄本。
又吴闿生评选《范无错等诗选》三卷，民国武强贺氏抄本。

30. 方守彝：《网旧闻斋调刁集》二十卷，《附录》一卷，民国版。

31. 吴光祖编著：《吴回照轩家传》，桐城吴氏 1924 年版。

32. 刘豁公编辑：《雅歌集特刊》，1924 年版。

33. 姚永朴：《论语解注合编》十卷，《附录》一卷，秋浦翰墨林 1925 年版。
注：又姚永朴著，余国庆点校《论语解注合编》，黄山书社 1994 年版。

34. 刘豁公：《上海竹枝词》，雕龙出版部 1925 年版。

35. 刘豁公、王钝根编辑：《说部精英：乙丑花》第一集，五洲书社 1925
年版。

36. 李相钰著，李相珏辑：《亡弟未定稿》，又名《李相钰遗稿》，1925 年版。

37. 吴靖：《吴庄生文稿》二编，1925 年版。

38. 方世立：《雅古堂诗集》六卷，1925 年版。

39. 杨寅揆：《沧州诗抄》十五卷，1926 年版。

40. 刘豁公、董柏崖编辑：《春之花：小说季刊》，青青社 1926 年版。

41. 吴闿生选辑：《汉碑文范》四卷，《附编》一卷，《补注》一卷，武强
贺氏 1926 年版。

42. 陈香化编：《烈节陈何氏哀荣录》一卷，1926 年版。

43. 姚永概：《慎宜轩笔记》十卷，1926 年版。

44. 刘豁公、王纯根编辑：《说部精英：丙寅花》第一集，五洲书社 1926
年版。

45. （清）姚鼐著，姚永朴训纂：《惜抱轩诗集训纂》十一卷，1926 年版。
注：又（清）姚鼐著，姚永朴训纂，宋效永校点《惜抱轩诗集训纂》，黄山书社
2001 年版。

46. 刘豁公、董柏崖编辑：《夏之花：小说季刊》，青青社 1926 年版。

47. 凌善清、许志豪编，徐慕云、刘豁公校阅：《新编戏学汇考》，大东书局 1926 年版。

48. 许镇藩：《定慧生诗草》一卷，《杂记》一卷，1927 年版。

    注：又许镇藩《定慧生诗草》六卷，《集褉贴》二卷，民国版。

49. 潘田：《府山楼文钞》三卷，《外篇》一卷，东方印书馆 1927 年版。

    注：又潘田《府山楼集》四卷，1937 年版。

50. 刘豁公、郑子褒编辑：《兰社特刊》第一集，兰社 1927 年版。

51. 刘豁公：《孽海惊涛》，大亚影片公司 1927 年版。

52. 吴闿生：《诗义会通》四卷，文学社 1927 年版。

53. 胡粲：《漱芳山馆诗钞》四卷，1928 年版。

54. （清）吴汝纶著，吴闿生编：《桐城吴先生日记》十六卷，莲池书社 1928 年版。

55. 吴肖萦：《吴君婉女士遗诗》一卷，1929 年版。

56. 吴芝瑛：《吴芝瑛夫人诗文集》，1929 年版。

57. 吴闿生：《贞惠先生碑》，民国版。

58. 朱光潜：《给青年的十二封信》，开明书店 1929 年版。

1930—1939 年

1. 吴闿生评选：《古今诗范》十六卷，文学社 1930 年版。

    注：又吴闿生评选《古今诗范》十六卷，《卷首》一卷，萃升书院民国版。

2. 陈澹然：《契庵纪述》五卷，《卷首》一卷，1930 年版。

3. 荪荃：《生命的火焰》，孤星社 1930 年版。

4. 吴闿生编：《吴门弟子集》十四卷，莲池书社 1930 年版。

5. 汪吟龙：《子云诗词》六卷，山西教育学院 1930 年版。

6. 汪吟龙：《子云文笔》一卷，山西教育学院 1930 年版。

    注：又汪吟龙《清华集》一卷，又名《子云文笔》，1934 年版。

7. 吴闿生辑：《屈宋文钞》，民国版。

8. 刘豁公辑：《戏考大全》，文华美术图书印刷公司 1931 年版。

9. 方旭：《鹤斋诗存》二卷，美信印书局 1932 年版。

10. 李则纲编：《欧洲近代文艺》，华通书局 1932 年版。

11. 姚永朴：《蜕私轩续集》三卷，民国油印本。

    注：又姚永朴《蜕私轩续集》三卷，1932 年版。

12. 姚倚云：《沧海归来集》十八卷，1933 年版。

13. 朱光潜：《谈美：给青年的第十三封信》，开明书店 1933 年版。

14. 吴芝瑛著，惠毓明编辑：《吴芝瑛夫人遗著》一卷附《哀荣录》一卷，
    民国版。

15. 姚倚云：《蕴素轩诗集》十一卷，《蕴素轩词》一卷，1933 年版。

16. 潘田：《安徽通志稿艺文考集部提要》三十六卷，安徽通志馆 1934
    年版。

17. 光开霁：《石庄小隐诗集》八卷，桐城光氏 1934 年版。

    注：又光开霁《石庄小隐诗集》四卷，民国版。

18. 陈澹然著，张江裁辑：《异伶传》，双肇楼 1934 年版。

19. 方孝岳：《中国文学批评》，世界书局 1934 年版。

20. 方孝岳：《左传通论》，商务印书馆 1934 年版。

21. 唐尔炽：《澹乐轩诗文稿》十卷，文华堂 1935 年版。

22. 许复：《耦春山馆骈文》一卷，东方印书馆 1935 年版。

23. 许复：《耦春山馆诗稿》一卷，1935 年版。

24. 刘炯公：《然藜奇彩录》，新民印书馆 1935 年版。

25. 吴闿生：《生民有相之道解　于思泊毛诗新证序》，1935 年《国立北平
    图书馆馆刊》九卷六号抽印本。

26. 李则纲：《始祖的诞生与图腾》，商务印书馆 1935 年版。

27. 刘达编：《演说选》，北新书局 1935 年版。

28. 方孝岳：《中国散文概论》，世界书局 1935 年版。

29. 光大中、刘淑玲：《安徽名媛诗词徵略》五卷，《补遗》一卷，东方印
    书馆 1936 年版。

30. 马其昶著，吴常焘编辑：《抱润轩遗集》一卷，吴常焘 1936 年版。

31. 吴复振：《存堂诗文钞》二卷，东方印书馆 1936 年版。

32. 吴闿生：《家乘小纪》，1936 年油印本。

33. 朱光潜：《孟实文钞》，良友图书印刷公司 1936 年版。

注：又朱光潜《我与文学及其他》，开明书店 1943 年版。

34. 马振理：《诗经本事》二十一卷，世界书局 1936 年版。

35. 孙祥偈：《苏荃词》，1936 年版。

36. ［印度］泰谷尔：《泰戈尔的苦行者》，方乐天译，商务印书馆 1936
    年版。

37. 方玮德：《玮德诗文集》四卷，时代图书公司 1936 年版。

38. 朱光潜：《文艺心理学》，开明书店 1936 年版。

39. 孙康：《休园诗钞》一卷，1936 年版。

40. 杨奎元：《灿庚室诗存》一卷，1937 年版。

41. （清）王灼著，张皖光补刊：《悔生集》十四卷，1937 年版。

42. 马振仪：《马彦郇诗稿》一卷，1937 年版。

43. 孙荫：《四望楼诗稿》二卷，1937 年版。

44. （清）吴坤元著，潘田辑：《松声阁集补缺别编》一卷，民国版。

45. 汪吟龙：《汉赋考》二卷，中国儒学研究会 1939 年版。

1940—1949 年

1. 姚孟振：《桐城两次沦陷记略》，民国抄本。

2. 都建华著，都履和补辑：《桐城派文人传略》，湖南 1940 年版。

3. 都建华：《中国近代文人传略》，1940 年版。

4. 刘泽沛：《春觉斋诗草》四卷，1943 年油印本。

5. 朱光潜：《诗论》，国民图书出版社 1943 年版。

    注：又朱光潜《诗论》，正中书局 1948 年增订本。

6. 方令孺译：《钟》，中西书局 1943 年版。

7. 许永璋选辑：《从军乐古诗选》，华中出版社 1944 年版。

8. 方重、朱光潜等编辑：《近代英美散文选》，开明书店 1944 年版。

9. 许永璋：《抗建新咏》，安徽企业公司 1944 年版。

10. 方晔堂：《劫余诗稿》，1945 年抄本。

11. 方令孺：《信》，文化生活出版社 1945 年版。

12. 方寿衡：《方箨石先生遗集》三卷，又名《曲庐遗著诗文合刊》，1946
    年油印本。

13. 吴光祖:《回照轩诗稿》六卷,桐城吴氏 1946 年版。

14. 朱光潜:《谈文学》,开明书店 1946 年版。

15. 杨振声、朱光潜等主编:《现代文录》第一集,新文化出版社北平总社 1946 年版。

16. 丁易:《雏莺》,群益出版社 1947 年版。

17. 舒芜:《挂剑集》,上海海燕书店 1947 年版。

18. 丁易:《过渡》,知识出版社 1947 年版。

19. 盛石:《困学斋遗稿》二卷,1947 年版。

20. 〔意〕克罗齐:《美学原理》,D. Anslieyuan 原译,朱光潜重译,正中书局 1947 年版。

21. 丁易:《丁易杂文》,华夏书店 1948 年版。

22. 任铭善、朱光潜:《近代中国文学》,华夏图书公司 1948 年版。

民国

1. 张文伯:《葆静斋哀挽诗专集》二册。

2. 张文伯:《葆静斋编年寿诗初稿》二册。

3. 张文伯:《葆静斋历年题画诗专稿》。

4. 张文伯:《葆静斋搜辑历代先贤题双溪赐金园诗文集》。

5. 张文伯:《葆静斋杂作稿》。

6. 方时乔:《方母丁安人行述》一卷。

7. 徐世昌编,吴闿生评点:《古文典范》。

注:又徐世昌编,吴闿生评点《古文典范》,中国书店 2010 年影印本。

8. (唐) 韩愈著,马其昶校注:《韩昌黎文集校注》,民国稿本。

注:又 (唐) 韩愈著,马其昶校注《韩昌黎文集校注》,上海古典文学出版社 1957 年版。

9. 陈澹然:《南屏济佛祖传》一卷。

10. 李光炯:《阮嗣宗同时诸人事略考附说阮诗》,抄本。

11. 姚永概选辑:《慎宜轩古今诗读本》,姚氏抄本。

12. 陈澹然等:《石埭陈氏先德录》一卷。

13. 张家骝:《适庐求定稿》一卷。

14. 程丙昭：《绥园遗稿》一卷，油印本。

15. 姚永概：《桐城姚氏诗钞》，抄本。

16. 张文伯：《桐城张氏文献求遗录》。

17. 郑辅东：《王屋山庄诗集》三卷，稿本。

18. 姚永概：《姚永概诗文钞》，抄本。

19. （清）魏源著，马其昶校并跋：《英夷入寇记》二卷，又名《道光洋艘征抚记》。

20. 张家骝：《张家骝诗稿》。

1949 年后

1. 江百川：《百川诗草》一卷，1985 年油印本。

2. 李光炯著，李相珏编辑，许永璋校阅：《晦庐遗稿》，1960 年版。

3. 方守敦著，舒芜编：《凌寒吟稿》六卷，黄山书社 1999 年版。

4. 苏行均著，张泽国点校：《息深轩诗集》，中国文联出版公司 2003 年版。

仅见于著录

1. 刘豁公：《沧桑记》，《中国戏曲志·上海卷》著录。

2. 姚永朴、姚永概编：《初学古文读本》二卷，姚永朴《叔弟行略》著录。

3. 马厚文：《楚辞今译》，《安庆地区志》（黄山书社 1995 年版）著录。

4. 马其昶：《存养诗钞》，《安庆人物传》著录。

5. 戴皖：《戴香山录》，《安庆地区志》（黄山书社 1995 年版）著录。

6. 方玮德：《丁香花诗集》，《安庆地区志》（黄山书社 1995 年版）著录。

7. 杨寅揆：《钝吟子小传》，《枞阳县志》（黄山书社 1998 年版）著录。

8. 潘赞化：《峨眉游草》一卷，马厚文《潘赞化先生传略》著录。

9. 潘赞化：《二明亮轩诗集》，白虚著《潘赞化二三事》著录。

10. 疏濂：《晦轩芜稿》，《枞阳县志》（黄山书社 1998 年版）著录。

11. 方时亮：《解虚轩遗诗》一卷附《杂文》一卷，方宁胜《桐城文学世家的现代转型》著录。

12. 许镇藩：《兰伯诗钞》，何伟成主编《枞阳风雅》著录。

13. 张皖光：《乐真堂文集》十卷，《诗集》八卷，《安庆地区志》（黄山书社 1995 年版）著录。

14. 江百川：《联云轩杂组》两卷，戎毓明主编《安徽人物大辞典》著录。

15. 严石泉：《了可闻吟》，《安庆地区志》（黄山书社 1995 年版）著录。

16. 姚倚云：《榴花馆稿》，胡文楷、张宏生合著《历代妇女著作考》增订本著录。

17. 光明甫：《论文诗说》，陶显斌主编《安徽省文史研究馆馆员传》第一辑著录。

18. 何容心：《毛诗经世录》，《枞阳县志》（黄山书社 1998 年版）著录。

19. 何容心：《孟子说略》，《枞阳县志》（黄山书社 1998 年版）著录。

20. 吴读风：《梦云文集》，何伟成主编《枞阳风雅》著录。

21. （清）潘江著，潘田辑：《木崖集》二卷附《笺》二卷，《安庆地区志》（黄山书社 1995 年版）著录。

22. （清）潘江著，潘田辑：《木崖文钞》一卷，《安庆地区志》（黄山书社 1995 年版）著录。

23. （清）潘江著，潘田辑：《木崖遗文》二卷，《木崖集考异》二卷附《卷末》一卷，《安庆地区志》（黄山书社 1995 年版）著录。

24. 马子潜：《偶园诗钞》，高大野《马子潜传略》著录。

25. 许轩堂：《评注王渔洋古诗选》，《枞阳县志》（黄山书社 1998 年版）著录。

26. 吴读风：《瀑风诗联》，何伟成主编《枞阳风雅》著录。

27. 方玮德：《秋夜荡歌》，《安庆地区志》（黄山书社 1995 年版）著录。

28. 李光炯：《屈阮事略考》，周邦道《近代教育先进传略初集》著录。

29. 马振彪：《群经要略》，启功主编《中央文史研究馆馆员传略》著录。

30. 李光炯：《阮嗣宗诗注》，周邦道《近代教育先进传略初集》著录。

31. 方时简：《诗集》，启功主编《中央文史研究馆馆员传略》著录。

32. 田燮吾：《诗经浅解》二卷，《枞阳县志》（黄山书社 1998 年版）著录。

33. 田燮吾：《诗新编》，《枞阳县志》（黄山书社 1998 年版）著录。

34. 疏濂辑：《石溪疏氏先德诗选》，《枞阳县志》（黄山书社 1998 年版）著录。

35. 方林辰：《拾烬暝云馆诗稿》，《桐城县志》（黄山书社 1995 年版）

36. 马冀平：《世曼寿室诗集》四册，马华正《先父马冀平传略》著录。

37. 范任：《苏联诸民族文学》，《安庆地区志》（黄山书社 1995 年版）著录。

38. 孙学颜著，潘田笺注：《孙麻山诗集笺注》三卷，汪福来主编《桐城文化志》著录。

39. 张皖光：《他山诗集》，《枞阳县志》（黄山书社 1998 年版）著录。

40. 李光炯：《陶谢合笺》，周邦道《近代教育先进传略初集》著录。

41. 马厚文：《桐城近代人物传》，《安庆地区志》（黄山书社 1995 年版）著录。

42. 方履中：《桐城名贤诗词辑》，《桐城县志》（黄山书社 1995 年版）著录。

43. 马厚文：《桐城诗选》，《安庆地区志》（黄山书社 1995 年版）著录。

44. 马厚文：《桐城文派论述》，《安庆地区志》（黄山书社 1995 年版）著录。

45. 江百川：《皖江鱼雁集》两卷，《桐城县志》（黄山书社 1995 年版）著录。

46. 马振彪：《文法要略》，启功主编《中央文史研究馆馆员传略》著录。

47. 许轩堂：《轩堂诗文集》，《枞阳县志》（黄山书社 1998 年版）著录。

48. 田变吾：《雪梧诗稿》四卷，《枞阳县志》（黄山书社 1998 年版）著录。

49. 马厚文：《鸦山皖水诗稿合选》，《安庆地区志》（黄山书社 1995 年版）著录。

50. 田变吾：《远游诗词》二卷，《枞阳县志》（黄山书社 1998 年版）著录。

51. 殷蕴元：《约予日记》，《枞阳县志》（黄山书社 1998 年版）著录。

52. 范任：《中国古代旅行》，《安庆地区志》（黄山书社 1995 年版）著录。

53. 杨寅揆：《自强斋诗文集》，戎毓明主编《安徽人物大辞典》著录。

54. 汪朗溪：《枞川名胜歌十章》，《安庆地区志》（黄山书社 1995 年版）著录。

55. 何容心：《左传说略》，《枞阳县志》（黄山书社 1998 年版）著录。

附录四
民国安徽地方(家族)文学总集书目

　　民国时期,安徽出版地方(家族)文学总集多种。这些作品既体现了地方人士对家乡(家族)文学创作的重视,也彰显了皖省地域文化的深厚底蕴。本书以编辑出版年代为序,将此类文学书目汇集一处,希望引起各位研究者的注意。

1. 刘淑玲:《安徽名媛诗词徵略》五卷,《补遗》一卷,光大中,东方印书馆 1936 年版。

　　此书以地域排列,共录明清安徽名媛 393 人诗词作品,每人前列小传。

2. 徐乃昌编:《安徽词钞词人总目》,吴县潘氏宝山楼抄本。

3. 《菜根集》七卷六种附一种,1935 年版。

　　此书为六安汪启英、汪蟠春、汪云锦、汪修之、汪世稀、汪应焜、汪嘉荃五代人诗文总集。内卷一录汪启英《亦爱庐存稿》;卷二录汪蟠春《砚香斋丛稿》;卷三录汪云锦《湖庄姑存稿》、汪修之《耕砚斋零稿》、汪奇来《昙华遗稿》;卷四录汪应焜《漱芳轩丛稿》;卷五录汪嘉荃《悠然轩遗稿》。

4. 章敏斋:《贵池掌故文存》十二卷,贵池市地方志编纂委员会编《贵池县志》著录。

5. 李国模选辑:《合肥词钞》四卷,宜城慎余堂 1930 年版。

　　此书录清初至民国间合肥籍词人 52 家,词作 692 首。

6. 胡在渭编辑:《徽州女子诗选》,一卷《补遗》一卷,又名《新安闺秀诗选》,1936 年版。

　　此书内录明清两朝 63 位徽州女诗人诗作 109 首,末附作者简介。

7. 刘原道辑:《居鄛诗征》十卷,居鄛刘氏蛰园1921年版。

此书辑录自元末明初迄清末巢县名流诗作3000余首,并附作者小传。

8. 陈诗编:《庐江诗隽》二卷,1921年版。

此书卷上录宋儒醇、金智、王凤翙、江开、钟崇基诗46首,卷下录陈昌文、计如张、吴保德、吴保初、吴保华(女)诗71首。每位作者前有小传。

9. 陈诗编:《庐州诗苑》八卷,庐江陈氏1926年版。

此书录清初至清末庐州作者221人诗925首。卷一至卷三录合肥县作者71人诗531首;卷四至卷五录庐江县67人诗163首;卷七录无为州35人诗130首;卷八录巢县27人诗71首。间有作者逸闻逸事。

10. 卢国华:《明清庐江文征录》,孙业余总编《庐江县志》著录。

11. 胡光钊:《祁诗合选续编》,祁门县地方志编纂委员会办公室编《祁门县志》著录。

12. 何养性、何宗严编辑:《青山风雅集》二卷,1923年版。

此书内录桐城何氏先辈27人遗诗221首,摘自《龙眠风雅》与《桐旧集》。

13.《濡须诗选》四卷,方澍辑。1925年版。

此书内录无为县诗人之作。卷一录季梦莲、吴元桂、谢凤毛、谢举安、谢裔宗诗;卷二录金之鹏、高学濂、吴毓麒诗;卷三录侯一鹤、侯坤、侯午、侯兰、侯歧、侯印、侯椿、侯林、侯桢、侯棻、侯樾、侯梁、侯荚、侯杰、侯锡封、侯承泽、侯先堃、沈桂、万玺图诗作;卷四录李从龙、倪钊诗。

14. 许承尧辑:《歙县明季三遗民诗》三卷,民国稿本。

此书辑录明末歙县人渐江、郑慕倩、程穆倩三人诗。每卷前有《歙县志》所载人物小传。

15. 张灿奎纂:《宿松文征正编》四卷,《续编》四卷,《末》一卷,1923年版。

此书内录宿松县历代诗词文赋,附录《增修宿松县志正讹》。

16. 方履中:《桐城名贤诗词辑》,桐城县地方志编纂委员会编《桐城县志》

著录。

17. 马厚文：《桐城诗选》，安庆市地方志编纂委员会编《安庆地区志》著录。

18. 陈诗编：《皖雅初集》四十卷，美艺图书公司 1929 年版。

此书内录清初至清末安徽八府、五直辖州、五十五县诗人 1200 余家、诗作 3700 余首。全书按行政区划编排。卷一至卷十录安庆府作者 365 人；卷十一至卷十八录徽州府 266 人；卷十九至卷二十二录宁国府 167 人；卷二十三至卷二十五录池州府 88 人；卷二十六至卷二十七录太平府 51 人；卷二十八录广德州 11 人；卷二十九至卷三十四录庐州府 322 人；卷三十五录凤阳府 36 人；卷三十六录颍州府 32 人；卷三十七录滁州 32 人；卷三十八录和州 30 人；卷三十九录六安州 14 人，卷四十录泗州 36 人。每位作者皆附小传，间有评论。

19. 吴克岐辑：《皖江妇女诗征》四卷，民国稿本。

此书前有《民国安徽省道县表》和《清安徽省道府州县表》。卷一录安庆、桐城等皖西南女性诗词；卷二录合肥、庐江等江淮女性诗词；卷三录徽州等皖南女性诗词；卷四录芜湖、宣城及皖北女性诗词。四卷共录 208 人，其中宋 1 人、明 11 人、民国 7 人，余皆为清人。每位作者均有小传，个别人物无作品录入。

20. 吴光祖编著：《吴回照轩家传》，桐城吴氏 1924 年版。

此书内录桐城高甸吴氏旧传 38 篇，新传 6 篇，哀辞 1 篇。编著者为高甸吴氏二十世。

21. 许承尧编辑：《新安佚诗辑》四卷，民国抄本。

此书卷一录歙县王寅、汪汝谦、吴孔嘉，休宁汪浚、汪明际、吴拭等 34 人诗；卷二录休宁汪士裕、汪楫、戴胜征，歙县郑熙绩、吴绮、汪从晋等 11 人诗；卷三录徐澹叟赋，闵华、方士庶、许承家、许锡龄、许昌龄、许迎年、马曰璐等 20 人诗；卷四录丁云鹏、王寅、江嗣玉、吴云、万石等 11 人诗。末有附录。部分诗人有小传。

22. 叶舟：《新州叶氏诗存》一卷，1913 年版。

此书内题"二十世为铭叶舟氏辑"。内录自十四世菁公至十九世厚公、希明公，计六世 17 人诗作。